L'ENFANT CRIMINEL

Pierre Bellemare mène une carrière d'homme de radio, de télévision et d'écrivain. En diversifiant ses activités et ses sources d'inspiration, il a prouvé qu'il n'était pas à court d'imagination. Tous ses livres sont de grands succès de librairie.

Paru dans Le Livre de Poche :

P. Bellemare
L'Année criminelle (3 vol.)
C'est arrivé un jour, 2
Suspens (2 vol.)

P. Bellemare et J. Antoine
Les Dossiers incroyables
Histoires vraies (5 vol.)
Les Nouveaux Dossiers incroyables

P. Bellemare, J. Antoine et M.-T. Cuny
Dossiers secrets

P. Bellemare et J.-M. Épinoux
Ils ont vu l'au-delà

P. Bellemare et J. Équer
Complots
Ils ont marché sur la tête
Sur le fil du rasoir

P. Bellemare et G. Frank
Sans laisser d'adresse
26 dossiers qui défient la raison

P. Bellemare et J.-F. Nahmias
Crimes dans la soie
Destins sur ordonnance
Ils ont osé !
Je me vengerai
Mort ou vif
Quand la justice perd la tête
Survivront-ils ?
La Terrible Vérité
Les Tueurs diaboliques

P. Bellemare, J.-M. Épinoux et J.-F Nahmias
L'Empreinte de la bête
Les Génies de l'arnaque

P. Bellemare, M.-T. Cuny et J.-M. Épinoux
Les Amants diaboliques

P. Bellemare, M.-T. Cuny, J.-M. Épinoux et J.-F. Nahmias
Instinct crucial
Instinct mortel (2 vol.)
Issue fatale

P. Bellemare, J.-F. Nahmias, F. Ferrand et T. de Villers
Journées d'enfer

P. Bellemare, J.-M. Épinoux et R. Morand
Possession

P. Bellemare, J.-M. Épinoux, F. Ferrand, J.-F. Nahmias et T. de Villers
Le Carrefour des angoisses

P. Bellemare, M.-T. Cuny, J.-P. Cuny et J.-P. Rouland
C'est arrivé un jour, 1

P. Bellemare, G. Frank, et M. Suchet
Par tous les moyens

PIERRE BELLEMARE
JEAN-FRANÇOIS NAHMIAS

L'Enfant criminel

Avec la collaboration de Jacqueline Hiegel

ALBIN MICHEL

Les faits et les situations évoqués dans ce livre sont vrais. Cependant, pour des questions de protection et de respect de la vie privée, certains noms de lieux et de personnes ont été changés.

ISBN : 978-2-253-14981-1 – 1re publication LGF

AVANT-PROPOS

C'est tout d'abord la peur... une peur profonde qui vient sans doute des origines... Pouvons-nous découvrir un jour que le fruit de nos entrailles est pourri, que le fruit de nos amours est un meurtrier ?

Devant un fait divers, il est rare que nous ramenions la situation à nous-mêmes, sauf s'il s'agit d'un acte criminel commis par un enfant. Cette attitude vient sans doute du fait que les gens qui n'ont pas d'histoires ont en eux un souvenir d'innocence, qui fait apparaître comme monstrueuse la violence enfantine.

Et si cela nous arrivait ?... Quelle serait notre réaction ?... Quels mots sortiraient de notre bouche ?... Aurions-nous la force de faire front, le courage d'assumer ? Car, et c'est là l'essentiel, le coupable, c'est forcément nous...

Les hommes naissent libres et égaux en droit. C'est beau. C'est à la fois chrétien et républicain, mais c'est faux. Faux génétiquement : nous héritons tant au physique qu'au mental de la longue lignée de nos parents. Faux socialement : l'aisance donne, c'est évident, plus de chances que la misère. Faux politiquement : le régime d'un pays façonne ses citoyens. Faux géographiquement : la terre nourricière ne l'est souvent pas assez.

Nous ressentons confusément que le crime d'un

enfant est le résultat d'une absence, d'une négligence, d'une incohérence, d'un laisser-aller, d'un oubli d'amour. C'est donc notre conduite et celle du groupe auquel nous appartenons qui ont laissé pourrir la branche que nous voulions si solide.

Chacun rêve de transmettre le meilleur à ceux qui suivront. Nous espérons que nos enfants seront fiers de nous... Devant la brutalité du crime, le fragile édifice s'effondre. La famille est foudroyée et nous, témoins, nous sommes épouvantés.

Avant de vous proposer de lire ce livre, Jean-François Nahmias et moi-même avons longtemps hésité.

Depuis vingt-cinq ans, nous sommes plongés dans l'univers du fait divers ; depuis vingt-cinq ans, nous avons rencontré tous les grands et petits travers de l'humanité et, bien sûr, les crimes d'enfants.

Les années passant, ce sujet est devenu de plus en plus d'actualité. Des événements en France, en Grande-Bretagne, aux Etats-Unis, où des enfants ont commis des actes difficilement imaginables, sont venus faire la une de l'information. A lire un peu rapidement les journaux, vous avez eu, peut-être, le sentiment que notre époque, notre société, nos mœurs créaient cette délinquance juvénile. En réalité, elle a existé de tous les temps et, déjà au XIXe siècle, les journalistes dénonçaient la recrudescence des crimes d'enfants.

Nous avons finalement décidé, pour votre information, de regrouper dans ce livre deux types d'événements : les crimes perpétrés durant la petite enfance — ils sont heureusement rares et connaissent peu d'évolution — et les crimes des adolescents, beaucoup plus sensibles à notre mode de vie.

J'ai demandé à Jean-François Nahmias, en introduction de ces deux grandes parties, de vous donner, pour ceux qui ne les auraient pas rencontrés au cours de précédentes lectures, les mécanismes de base qui régissent les comportements de l'enfant et de l'adolescent.

Pierre BELLEMARE

Première partie

LE FEU ET LA GLACE

De la naissance à l'adolescence

INTRODUCTION

Il n'est pas d'usage, dans ce genre de livre, de commencer par une préface. Pourtant, ici, on en trouvera deux, une pour cette première partie, consacrée aux meurtres commis par les enfants jusqu'à douze ans, et une autre pour la seconde partie, regroupant les meurtres dont les auteurs ont entre treize et seize ans.

Le lecteur pourrait être tenté de sauter ces textes de réflexion et d'aller directement aux histoires, mais nous lui conseillons de faire l'effort de continuer. Car l'enfant criminel n'est pas un sujet comme les autres. Devant ce genre de réalité, qui déroute, révolte, horrifie, il faut essayer de comprendre. Comment un enfant peut-il tuer ? C'est cette question que nous posons dans les lignes qui suivent. Et elle en soulève immédiatement une autre, qui est loin d'être simple : qu'est-ce qu'un enfant ?

Un mystère paradoxal

« L'enfant criminel » : il y a dans l'alliance de ces mots quelque chose qui choque profondément, tant les deux réalités semblent contradictoires et pourtant, comme nous allons le voir, elles ne sont pas aussi opposées que cela. En pensée, en sentiment, de manière symbolique (car dans les faits, c'est heureu-

sement autre chose), l'enfant le plus normal est spontanément meurtrier...

L'enfant est un inconnu : c'est une banalité que toutes les jeunes mamans et tous les jeunes papas découvrent avec étonnement et un rien d'angoisse. Dès les premiers jours, ses cris, sa manifestation unique, posent problème. Leur signification est ambiguë : expriment-ils la faim, la douleur, la colère ? Seule l'intuition permet d'y répondre. Et, par la suite, quand il grandit, bien que ses moyens de communication s'améliorent, l'incompréhension demeure. Fréquemment, l'enfant dit en réalité autre chose que ce qu'il dit. Chaque parent en a fait l'expérience : ses phrases ont souvent un sens caché ; elles ont une charge émotive connue de lui seul, sans rapport avec leur contenu, et qui en est la véritable signification.

Il en est de même des comportements. Les mimiques de l'enfant sont souvent déconcertantes. Sa sagesse, sa tranquillité peuvent dissimuler des intentions violentes, qui ne vont pas tarder à se manifester ; inversement, un comportement agressif peut masquer un besoin de réconfort, de protection. Ses jeux sont tout aussi peu transparents ; ils nous sont souvent incompréhensibles ou bien, alors que nous croyons les comprendre, ils ont en fait une signification tout autre.

Il arrive que l'enfant se révèle comme un être de dissimulation, de tromperie. Cela pourrait se concevoir de la part de l'enfant mal-aimé, voire maltraité, qui chercherait ainsi à se protéger, ou bien de celui qui serait déjà caractériel malgré son jeune âge, mais l'enfant entouré de l'amour le plus tendre et visiblement équilibré se comporte pareillement. Alors pourquoi ?

Pour répondre à cette question, il devrait suffire de nous reporter à notre propre existence, car nous avons été enfants. Seulement nous avons tous, sans exception, oublié notre petite enfance. Ou, pour être plus exact, nous l'avons refoulée. Ces souvenirs existent, ils sont en nous, mais dans notre inconscient, qui nous est inaccessible. Ils sont dans un coffre, dans une pièce (on prendra l'image qu'on voudra) dont nous avons perdu la clé. Telle est la découverte fondamentale qu'a faite Sigmund Freud, le père de la psychanalyse.

C'est Freud et, à sa suite, d'autres psychanalystes comme Mélanie Klein, qui nous ont révélé la véritable réalité de l'enfance. Car aucun doute n'est permis à ce sujet. Plus le temps passe et plus on constate que les découvertes de la psychanalyse sont exactes. Elles sont vérifiées jour après jour par le travail des psychologues et psychiatres pour enfants. Alors, donnons-en un aperçu, évidemment très bref et schématique.

La violence des premiers âges

La description des premiers instants de la vie humaine constitue un tableau d'une violence incroyable. Et pourtant, cette violence est normale et rien ne serait possible sans elle. On peut, si on veut, comparer ce déchaînement à celui qui a présidé à la naissance de notre planète. Dans son premier âge, la Terre, elle aussi, a connu des cataclysmes épouvantables, avec des séismes, des volcans en perpétuelle éruption. C'est dans le feu et les coulées de lave qu'elle s'est formée, avant de se refroidir pour trouver peu à peu son aspect actuel...

Pour le nourrisson, au tout début, est le sein. Ou plutôt, il n'a pas conscience qu'il y ait un sein. La notion d'être une personne distincte du reste du monde n'existe pas ; il ne se sent pas différent de son lit, de ses vêtements, de sa couche. Pour lui, le sein est une partie de lui-même, qui le nourrit.

Et puis voilà que le sein se retire ! Et brusquement, sans transition, à un état de satisfaction et d'équilibre, succède un monde de souffrance, de privation et de suffocation... Il est presque impossible de décrire toutes les conséquences de ce premier retrait du sein (la situation étant évidemment la même s'il s'agit du biberon). Il a sur nos vies une importance psychologique énorme. C'est la première manifestation de l'amour, sous forme du désir de ce qui est maintenant absent, mais aussi, c'est l'intuition que ce qui nous nourrissait n'était pas nous, qu'il dépendait d'une réalité étrangère qui peut, simplement en s'en allant et en ne revenant pas, nous détruire.

Ce véritable cataclysme a quelque chose qui ressemble à la mort. C'est à partir de cet instant que l'être humain va organiser comme il pourra, dans la peur, ce que sera sa vie : satisfaire ses besoins et son plaisir sans risquer la destruction. Bien entendu, ainsi que nous l'avons déjà dit, nous ne gardons pas le souvenir de cette expérience affective primitive, mais elle demeure dans notre inconscient. Outre l'amour et la conscience de la mort, la haine, l'agressivité, l'envie, la jalousie, le désir de posséder sont directement issus d'elle...

Le temps passant, le nourrisson comprend définitivement que le sein échappe à son pouvoir et, dans son affectivité naissante, apparaissent deux seins, le bon et le mauvais. Le premier est celui qui donne la satisfaction de la tétée et l'état de cessation des tensions qui en résulte, le second est celui qui se retire ou n'arrive pas assez vite quand on a faim. L'amour et la haine se livrent dès lors un combat incessant dans son esprit. Lorsqu'il se sent frustré du sein, il l'attaque en imagination. Il souhaite mordre, déchirer sa mère. Et ce sentiment est d'autant plus terrifiant que le nourrisson vit tout ce qu'il désire comme étant réellement arrivé. Il a la certitude d'avoir détruit l'objet détesté, qui est aussi celui qu'il aime le plus.

Pire encore : la destruction du sein signifie pour lui plus que la perte de la mère, il signifie sa propre mort. L'enfant n'a pas le choix de vivre ou de mourir. La mère est l'être tout-puissant de qui tout dépend. La tuer est se venger de la faim, du malaise de la couche sale, de la douleur de la colique, mais c'est aussi se suicider... Dans le psychisme du nouveau-né, on ne découvre pas seulement la volonté meurtrière adressée au mauvais sein, on découvre aussi le suicide !

Ainsi, comme dans les contes, deux fées, la bonne et la mauvaise, la fée Amour et la fée Mort, se sont penchées au-dessus de notre berceau. Ces conflits fondamentaux vont imprimer une marque indélébile sur la vie affective des hommes ; ils en subiront l'influence tout au long de leur vie adulte et jusqu'à leur dernier jour.

Que tout cela, pourtant, ne terrorise pas les parents entendant pleurer leur bambin... Le nouveau-né est souffrance, certes, souffrance plus terrible, plus absolue qu'il n'en existera par la suite, mais il faut redire que cette souffrance est nécessaire.

Un dinosaure nommé Œdipe

Si nous poursuivons la comparaison avec l'évolution de la Terre, nous en arrivons à cette période qui frappe tant les imaginations : celle de l'apparition des dinosaures. C'est une chose à peu près du même genre qui se produit chez l'enfant. Passés les cataclysmes des premiers âges, l'intensité du conflit autour du bon et du mauvais sein s'étant calmée, survient un monstre terrifiant : l'Œdipe. Mais, tout comme les grands reptiles du secondaire, sa venue est normale, elle va jouer son rôle (et quel rôle !) dans la constitution de l'individu.

Le conflit œdipien a été découvert par Freud lors de la première psychanalyse pratiquée, celle qu'il a faite sur lui-même. Un instant, il a cru à une particularité le concernant, mais il n'a pas tardé à comprendre que c'était au contraire un événement majeur et universel du psychisme humain. Freud situe la période d'activité de l'Œdipe entre trois et six ans, Mélanie Klein beaucoup plus tôt, mais peu importe. Ce qui compte, c'est que toutes les observations des psychologues, des psychiatres et des psychanalystes ont confirmé depuis, chez tout individu, l'existence du complexe d'Œdipe.

Chacun sait qu'il s'agit du désir de posséder sexuellement le parent du sexe opposé et de tuer l'autre. Le petit garçon veut épouser sa mère et tuer son père, et la petite fille veut la même chose en sens inverse avec son papa et sa maman. Freud a choisi pour désigner ce fameux conflit le nom du héros de la mythologie mis en scène par le tragique grec Sophocle...

A la naissance d'Œdipe, fils du roi Laïos et de la reine Jocaste, un oracle prédit qu'il tuera son père et épousera sa mère. Ses parents décident de le faire mourir en l'abandonnant sur une montagne. Mais il est recueilli et sauvé par des bergers. Devenu homme, Œdipe se querelle avec un voyageur sur une route et le tue : il s'agissait de son père Laïos ; peu après, il délivre la ville de Thèbes du monstre qui la terrorisait, le Sphinx, et reçoit en récompense la main de la reine Jocaste. La vérité éclate plus tard, alors qu'ils ont déjà plusieurs enfants. Jocaste se pend et Œdipe prend le chemin de l'exil après s'être crevé les yeux...

Le stade œdipien est évidemment celui par excellence où l'enfant peut, dans ses intentions du moins, être qualifié de criminel. On y retrouve, avec une égale intensité que dans le tout premier âge mais sous une forme différente, la présence des deux fées qui se sont penchées sur son berceau : l'Amour et la Mort.

Durant cette période, l'enfant n'est que désir, désir de meurtre et désir tout court, au sens le plus sexuel du terme, même s'il n'a pas les moyens de le réaliser.

Il est aussi intensément jaloux de ses frères et de ses sœurs, dans la mesure où ils sont des rivaux dans l'amour des parents.

Le problème est que tout cela ne se voit pas dans son comportement et qu'il présente tous les signes de la tranquillité. En fait, il donne le change et se réfugie dans ses jeux où il réalise ses sentiments de manière symbolique. Par exemple, il va tuer et porter chez le boucher un jouet qui représente le père, puis le manger en compagnie d'un autre jouet, qui représente la mère. Ensuite, le père est ressuscité et mange à son tour l'enfant.

Car tout cela s'accompagne d'un intense sentiment de culpabilité et d'une terrible peur de la punition. L'enfant sent parfaitement que ce qu'il souhaite est interdit et il craint le châtiment du parent de sexe opposé. Dans son esprit, il ne conçoit pas sa faute contre une loi, mais contre une personne, une personne physiquement présente dans la cellule familiale, qu'il sait bien plus forte que lui.

La peine redoutée est la même chez tous les enfants : la castration. Cela est vrai non seulement chez les garçons, mais aussi chez les filles, car (cela peut sembler étrange, mais c'est ainsi) toutes les petites filles se croient, à cet âge, porteuses du pénis. Au bout d'un moment, pourtant, si tout se passe bien, l'enfant finit par intérioriser l'interdit et accepter la castration symbolique. Chez le garçon, elle provoque le renoncement au désir de la mère ; chez la fille, elle est reconnue comme réelle, ce qui résout le conflit et la définit correctement sexuellement.

Ainsi qu'il a déjà été dit pour le stade précédent, tout cela est normal et il ne faut pas s'en effrayer. Le rôle des parents est de dénier à l'enfant sa volonté de toute-puissance et de l'aider à faire sienne la loi de tout être humain : l'interdiction de l'inceste. Car c'est bien là ce qui distingue l'homme de l'animal et, à la différence des autres tabous, la prohibition de l'inceste ne sera jamais remise en question, quelle que soit l'évolution des mœurs.

La période de latence ou l'ère glaciaire

Poursuivons notre comparaison géologique. De même que, dans son histoire, la Terre a connu des alternances de réchauffement et de refroidissement, voici qu'aux alentours de six ans, va survenir chez l'enfant une longue ère de glaciation : la période de latence, pour reprendre, encore une fois, la terminologie de Sigmund Freud.

C'est la période la plus étendue (environ de six à douze ans) et la plus mal connue de l'enfance. Est latent ce qui n'apparaît pas, ce qui se cache, mais cependant demeure. L'Œdipe, les désirs de haine et d'amour, la menace de castration, tout cela reste dans l'état où il se trouvait aux alentours de six ans. Que le conflit ait été résolu de manière satisfaisante ou, au contraire, soit dans une phase de tension extrême, il y a un brusque temps d'arrêt... Ce n'est plus le moment de parler de tout cela, on verra plus tard. Tout est différé, reporté à l'adolescence. Mais rien n'est perdu ; chaque élément reste en l'état, comme figé dans la glace, prêt à resurgir intact quand viendra le dégel.

Moment d'attente et de transition, la latence représente une période de paix cernée par deux périodes de crise, toutes les deux liées au conflit et à la sexualité : l'Œdipe et la puberté. L'enfant de six à douze ans ne va plus se heurter de front à ses problèmes sexuels et affectifs mais, par le biais de la scolarisation et de l'accès aux sentiments et aux valeurs, regarder désormais au-delà de l'univers parental. L'énergie, qui n'était que sexuelle, est désexualisée et investie dans l'apprentissage de l'univers des adultes.

A la différence de la période œdipienne, les souve-

nirs ne sont pas refoulés. Ils seront conservés consciemment, qu'il soient heureux ou malheureux, et chacun d'entre nous, une fois devenu adulte, possède une mémoire tout à fait correcte de cet âge.

C'est à ce moment que l'enfant commence à vouloir grandir. Il se compare à ses aînés et se trouve trop petit. Ce n'était pas sa préoccupation au stade œdipien où il se croyait tout-puissant et était exclusivement centré sur lui-même. Au contraire, l'enfant en période de latence s'identifie à un personnage idéal : le père ou la mère, un professeur, des héros ou héroïnes, historiques ou de fiction, des acteurs, des sportifs, modèles qui vont lui servir de guides dans le monde des adultes.

Ses jeux sont davantage sociaux, obéissant à des règles admises par le groupe, ils ont perdu le côté masqué et intensément affectif qu'ils avaient auparavant. C'est le moment où commencent à s'exprimer chez l'enfant les préoccupations sociales. La scolarité est une obligation et, par elle, l'enfant (et les parents) quittent un rapport entre eux pour une obligation légale.

On peut dire, en terminant, que cet âge constitue une exception au cœur même de l'enfance. C'est entre six et douze ans que les parents comprennent le mieux leurs enfants et que ceux-ci s'expriment le plus volontiers sans détour. Après les travestissements des premiers âges et de l'Œdipe et avant les secrets de l'adolescence, la période de latence constitue une longue parenthèse limpide et lumineuse.

Ce rapide survol psychologique explique pourquoi le meurtre réellement commis par un enfant est rarissime. La quasi-totalité des psychiatres pour enfants, même ceux spécialisés dans l'enfance délinquante, n'en rencontreront jamais dans leur carrière. On en comprend la raison sur le plan théorique. A la différence de l'adulte, l'enfant normal, dans ses premières années, est rempli de pulsions meurtrières, mais il n'a pas les moyens physiques de les mettre en pratique. Quand la chose pourrait devenir possible (dans des conditions encore très difficiles, il est vrai), environ à partir de dix ans, il est en pleine période de latence où l'agressivité est très faible. Autrement dit, quand l'enfant aurait envie de tuer, il ne le peut pas, quand il le pourrait, il n'en a plus envie.

Les histoires qui vont suivre ne constituent donc pas des phénomènes courants. Ce sont des cas tout à fait exceptionnels et même, peut-on dire, aberrants. Il faut insister sur ce point, car sinon, on pourrait commettre une grave erreur d'appréciation, voir des enfants meurtriers partout, dans chaque foyer, dans chaque cour de récréation. Au contraire, il nous a fallu un temps et des efforts considérables pour réunir ces histoires. Ce livre ne donne nullement un reflet de la réalité, il n'est composé que d'exceptions.

A sa lecture, on sera frappé aussi par le côté incompréhensible de ces actes. Devant de tels faits, aucun schéma général ne peut s'appliquer. Cela n'a rien d'étonnant, puisque la science elle-même ne peut les expliquer, ainsi que nous venons de le voir. Tel est le résultat décevant, frustrant de cet exposé théorique. La psychologie ne comprend pas l'enfant meurtrier. Elle n'a aucun instrument, aucun repère. Elle est muette...

L'enfant et les lois

Reste le droit, qui, lui, a obligatoirement son mot à dire lorsque ces crimes se produisent. Voici un rapide survol historique de la manière dont les diverses sociétés ont réagi face à l'enfant criminel...

Le philosophe grec Platon, qui vivait sous la plus ancienne démocratie, celle d'Athènes, au IVe siècle av. J.-C., semble avoir été le premier à envisager une législation pour l'enfant criminel, dans un sens, *d'ailleurs, libéral et conforme à ce que nous venons de dire sur l'aspect aberrant de ces actes. Il écrit dans son dialogue* Les Lois *: « La vieillesse ou l'enfance [...] ne se différencient en rien de la folie. Ces causes [...] rendent le meurtre involontaire ; c'est pourquoi le coupable sera tenu aux purifications et à l'exil, mais cet exil ne durera qu'un an. »*

Le droit romain reprend la même indulgence puisqu'il stipule qu'en dessous de dix ans et demi, l'enfant est déclaré incapable d'avoir une volonté et non responsable pénalement.

Dans la France de l'Ancien Régime, les enfants de moins de sept ans ne peuvent pas être poursuivis. Les impubères sont répartis en deux catégories. Les « proches de l'enfance » (filles de sept à neuf ans et demi-garçons de sept à dix ans et demi) ont un statut flou. Tantôt ils peuvent être condamnés, tantôt pas. Le plus souvent, la justice s'en remet à la famille : « La correction domestique des débauches et des vices des enfants réside au pouvoir des pères. » Les « proches de la puberté » (filles de neuf ans et demi à douze ans, garçons de dix ans et demi à quatorze) peuvent être punis, mais moins sévèrement que les adultes. Ils ne sont justiciables ni de la peine capitale, ni de la mutilation, ni des galères, ni de la torture, mais on peut les menacer de la question pour les effrayer. La peine la plus courante est le fouet, le plus souvent à l'intérieur de la prison, pour leur éviter l'humiliation publique. C'est le juge qui en décide, bénéficiant en cela d'un large pouvoir d'appréciation.

Dans cette dernière tranche d'âge, une exception est pourtant faite pour les crimes « énormes » : lèse-majesté, assassinat — car l'homicide avec préméditation suppose la réflexion —, parricide, blasphème, sorcellerie, sacrilège, vol sur les grands chemins. Dans tous ces cas, la peine de mort est applicable. Par exemple, en 1354, un enfant de onze ans est condamné à la potence pour assassinat. En jouant avec une fillette, il a été décoiffé par elle et on a ri car il était teigneux. Quelque temps plus tard pour se venger, il a tué la fillette. Il tente de dissimuler le corps, mais son crime est découvert. Les premiers juges, embarrassés, se sont dessaisis de l'affaire « pour ce que le cas était grand et douteux à cause de sa minorité », au profit du parlement de Paris, qui n'a pas eu les mêmes scrupules et a jugé le petit coupable « à traîner et à pendre, vu que la malice avait suppléé à son âge ». Autre exemple, plus sévère encore : en 1591, un garçon du même âge, novice chez les carmes, a été livré à la potence pour « avoir eu la pensée de tuer le roi ». Cette rigueur était quand même tout à fait inhabituelle pour l'époque, puisque, précise la chronique : « C'est dans l'émotion et la réprobation générales qu'a été exécuté le malheureux enfant. »

D'autres exemples vont, au contraire, dans le sens de l'indulgence. Le 12 mai 1528, le parlement de Bordeaux juge « deux jeunes enfants ayant dérobé et brisé un calice d'argent le jour du Jeudi saint, dedans le reposoir dressé pour le précieux corps de Dieu ». Il s'agit d'un sacrilège, donc d'un des « crimes énormes » prévus par la loi... L'arrêt des magistrats le précise bien : « La fin pour laquelle était dressé ce sanctuaire et aussi la grandeur du jour pouvaient faire incliner les juges à faire mourir tels malfaiteurs. » Mais il poursuit : « Au contraire, l'âge et la jeunesse des accusés pouvaient les mouvoir à mitiger la peine. » En conséquence de quoi il rend son verdict : les coupables sont condamnés « à être, les deux prochains samedis, battus de verges par les carrefours, à assister à toute la grand-messe les dimanches suivants, en chemise, à genoux, la torche ardente au poing et la corde au col et, lors de l'élévation du précieux corps de Dieu, crier hautement merci à Dieu et à faire refaire le calice rompu et l'aug-

menter d'un marc et bannis de la sénéchaussée de Bazas ».

Il existe également une peine exclusivement réservée aux mineurs : la pendaison sous les aisselles. Contrairement à ce qu'on pourrait croire, il ne s'agit pas d'une banale correction, mais d'un supplice terrible. On ne peut normalement le supporter plus d'une heure sans mourir par asphyxie. C'est pourquoi la peine n'est presque jamais ordonnée. En 1682, pourtant, un garçon de neuf ans, coupable d'avoir mis du poison dans un pot sur ordre de son père et d'avoir causé ainsi la mort de quatre personnes, y est condamné. Les premiers juges n'avaient pas été plus loin que le fouet, mais le parlement de Paris a infirmé leur sentence. Le jeune coupable, certainement doué d'une constitution exceptionnelle, subit deux heures sa peine place de Grève sans mourir. Il est ensuite enfermé à l'Hôpital général, créé en 1656 par Louis XIV pour les vieillards et les indigents, car il n'y a pas, alors, de prison comme lieu d'internement prolongé ; elles ne servent qu'à la préventive.

La Révolution et le code pénal napoléonien n'apportent pas dans ce domaine, à l'inverse de tant d'autres, de grand bouleversement. La majorité pénale commence à seize ans accomplis. En dessous, le jury décide si le mineur a agi avec discernement, auquel cas il peut être condamné ou non. Curieusement, il s'agit d'un durcissement par rapport à l'Ancien Régime, car l'irresponsabilité absolue en dessous de sept ans est supprimée.

La IIe République, par la loi du 15 août 1850, crée les colonies pénitentiaires pour enfants. Ces établissements remplacent la prison pour les mineurs de seize ans condamnés... Dans l'esprit du législateur, il s'agissait d'une mesure libérale, mais dans les faits, le résultat se révélera totalement inverse. Ces colonies pénitentiaires vont être de véritables bagnes, bien plus durs que la prison, suscitant des critiques de plus en plus vives.

Il faut attendre la IIIe République pour constater une véritable avancée. La loi du 22 juillet 1912 introduit deux dispositions importantes : les mineurs de treize ans ne sont plus justiciables et il est institué pour les autres des tribunaux pour enfants, à l'imitation de ce qui se fait dans les pays anglo-saxons. (C'est en 1899 qu'est créé à Chicago le premier tribunal pour enfants.)

C'est pourtant sous la IVe République que se produit l'événement capital, avec l'ordonnance du 2 février 1945. Ce texte fondamental, jugé remarquable par tous les spécialistes, régit toujours, à quelques retouches près, notre loi actuelle, dans un esprit très favorable à l'enfance.

Le tribunal pour enfants est composé d'un juge pour enfants et de deux assesseurs, qui ne sont pas des juges mais des spécialists des problèmes de l'enfance. Au-dessous de treize ans, l'irresponsabilité est de règle, seules des mesures d'assistance ou de surveillance peuvent être décidées par cet organisme.

Il est à remarquer que cette conception libérale n'est pas, de nos jours, en vigueur dans tous les autres pays, même démocratiques. La loi anglaise, par exemple, est infiniment plus répressive puisque, dès dix ans, dans des cas graves, le mineur est justiciable des tribunaux pour adultes. Les cas de Mary Bell et des enfants de Liverpool, qui figurent dans ce livre, en sont l'illustration.

Aux Etats-Unis, la justice n'est pas nationale, elle est de la responsabilité de chaque Etat, mais la tendance est presque partout à la répression. Si, au Massachusetts, les meurtriers ne sont jugés comme les adultes qu'à partir de quatorze ans, le Wisconsin a abaissé l'âge à dix ans et le Tennessee a éliminé tout âge minimum. Dans cet Etat, un enfant de deux ou trois ans qui tuerait, par exemple, un petit camarade de jeu se retrouverait en cour d'assises !

Telle n'est sans doute pas la voie à suivre pour résoudre le problème. Des études récentes effectuées aux Etats-Unis ont montré que le renvoi des mineurs vers les tribunaux pour adultes augmentait le taux de récidive. C'est le cas en Floride, avec un accroissement de 30 % en 1996. Outre-Atlantique, les très jeunes sont de plus en plus nombreux à venir à l'école armés et on fabrique des gilets pare-balles pour enfants !

En fait, plus que la répression (qui se révèle pourtant quelquefois nécessaire), c'est la prévention qui semble la plus efficace. Pour revenir à la France, il n'est pas mauvais de rappeler que, chez nous, le rôle du juge pour enfants n'est pas limité à la délinquance juvénile et que ce dernier passe la plupart de son temps à la protection de l'enfance en danger. On a pu dire que, lorsqu'il s'occupait de délinquance, le juge se mettait dans la position du père et que quand il se penchait sur l'enfance en danger, il se mettait dans la position de la mère. C'est dans ce genre d'équilibre des rôles que se trouve sans doute la solution.

LE CAS MARY BELL

Ce samedi 11 mai 1968 n'est pas un jour comme les autres, en France tout du moins. C'est le point culminant des événements étudiants. Toute la nuit précédente, Paris a été livré aux émeutes et aux barricades. Le Quartier latin a été le cadre d'affrontements d'une violence sans précédent et le pays se réveille hébété, avec la sensation d'être au bord du gouffre. Et à l'étranger, on assiste, incrédule, à ce déchaînement soudain, en se demandant ce qui se passe.

C'est dire que personne ne prête attention à ce qui se produit au même moment dans une des villes industrielles les plus pauvres d'Angleterre. Tout cela fait partie du quotidien, semble sans importance. Et pourtant...

Nous sommes à Newcastle, agglomération de deux cent cinquante mille habitants, à quatre cents kilomètres au nord de Londres. Il ne fait guère bon vivre dans ces rues aux maisons de briques rouges toutes semblables. L'usine la semaine et le pub le week-end : telle ici est la vie de la plupart des gens. Rien d'étonnant, dans ces conditions, que Newcastle se distingue par une criminalité et un alcoolisme au-dessus de la moyenne. Le taux de chômage de 4,2 % pourrait faire rêver aujourd'hui, mais en cette période de croissance et de plein-emploi, il est, lui aussi, anormalement élevé...

Dans l'agglomération de Newcastle, Scotswood est un des faubourgs les plus déshérités. C'est là qu'on trouve ceux qui occupent les plus bas emplois et une bonne part des chômeurs... Ce samedi 11 mai 1968, au début de l'après-midi, le pub Delaval Arms est comble, comme chaque semaine à pareille heure, lorsque le patron appelle la police.

— Un petit garçon de trois ans a été blessé à la tête. Il saigne. Il faudrait une ambulance.

— On arrive. Qui l'a découvert ?

— Deux petites filles...

La police vient sans tarder. Le bambin, John G., saigne effectivement en abondance de la tête. Il a pu être victime d'une chute, à moins que ce ne soit un coup, car il est choqué et incapable de dire quoi que ce soit. L'ambulance l'emmène à l'hôpital où son état se révélera heureusement sans gravité. Quant aux deux petites filles, elles attendent sagement dans le pub... Il s'agit de Norma Bell, treize ans, et de Mary Bell, onze ans. Contrairement à ce qu'on pourrait croire, bien qu'elles portent le même nom, elles n'ont aucun lien de parenté. Elles sont voisines et amies inséparables.

Elles ne se ressemblent d'ailleurs pas. Norma Bell est une longue fille brune, au physique ingrat, comme c'est courant à cet âge. Rien, chez elle, n'attire spécialement l'attention. Elle est plutôt gauche et, pour tout dire, insignifiante.

Mary Bell, c'est l'inverse. Bien qu'elle ait deux ans de moins que Norma, c'est elle qui semble l'aînée. Elle est plutôt petite, pourtant, mais à la différence de Norma, elle attire, pour ne pas dire fascine... Il y a sa beauté, d'abord : un visage à l'ovale gracieux, avec des cheveux noirs coiffés en bandeaux et des yeux d'un bleu intense. Mais elle est plus que jolie.

Elle possède déjà un charme de femme, auquel ses lèvres bien dessinées apportent quelque chose de sensuel. Elle est extrêmement expressive, donnant tour à tour, par ses regards ou ses sourires, l'impression d'un petit ange ou d'un petit démon.

Oui, Mary Bell, même s'il est facile de le dire quand on connaît la suite, a la beauté du diable, une beauté perverse... Il y a pourtant un détail qui ne cadre pas avec le reste, ce sont ses mains. La délicate et gracieuse Mary a des mains aussi massives que celles d'un garçon, aux doigts épais et forts...

Toujours est-il que Norma et elle viennent déposer devant la police, le lendemain 12 mai, dans la matinée. Voici la déclaration de Norma, devant le sergent Lindgren, matricule 462 : « Vers 13 h 30, le samedi 11 mai 1968, je jouais dans la rue avec mon amie Mary Bell et on a rencontré John G. On l'a emmené acheter des bonbons dans la boutique qui se trouve en bas de Delaval Road. Puis, on l'a accompagné jusqu'en haut des escaliers, au coin de Delaval Road et de Withehouse Road et on lui a dit de rentrer chez lui. Ensuite, Mary et moi, on est allées chercher du bois dans les vieilles maisons de Coanwood Road et on l'a rapporté à nos mamans. Puis, on est allées jouer dans le parking près du pub Delaval Arms. Pendant qu'on jouait, Mary m'a dit qu'elle entendait des cris venant des vieilles baraques à côté. On est passées par le talus et on a trouvé John G. derrière les baraques. Sa tête saignait. On l'a pris dans nos bras, mais on n'a pas pu le soulever. On a grimpé sur le talus et on l'a tiré par les mains. On a appelé un homme qui passait, mais il n'a pas voulu nous aider. Puis, on a vu un autre homme, qui a porté John au Delaval Arms où ils ont envoyé chercher une ambulance et la police. Je n'avais jamais vu John G. jouer là-bas et je ne l'avais jamais emmené là-bas. »

Mary Bell confirme ce récit, devant le même sergent Lindgren : « A 13 h 15, je suis sortie pour jouer avec mon amie Norma Bell. On était en train de jouer, quand on a rencontré John G. Il a commencé à pleurer, alors, Norma et moi, on l'a amené à la boutique du coin de Delaval Road pour lui acheter des bonbons et on lui a dit de rentrer chez lui. »

Ensuite, elle dit toujours la même chose que Norma : elles ont été chercher du bois, qu'elles ont rapporté à leur mère, elles sont retournées jouer au parking et ont entendu John G. crier. Il saignait de la tête et avait vomi sur son manteau. Elles ont essayé de le tirer par les bras, elles ont appelé un premier homme, qui a refusé de leur porter secours, puis un second, qui a conduit l'enfant au pub...

Le sergent Lindgren les remercie et leur dit qu'elles peuvent rentrer chez elles. Que font ensuite les deux fillettes ? Eh bien, il semble que ce soit des choses peu ordinaires, car, le soir du même 12 mai 1968, Mme Watson, domiciliée à Newcastle, dépose plainte, affirmant que sa fille Pauline, sept ans, et deux de ses camarades, Cindy Hepple, six ans, et Susan Cornish, six ans également, ont été attaquées sur le tas de sable de l'école maternelle de Woodlands Crescent, entre 16 h 30 et 17 heures, par Norma Bell et Mary Bell. Celles-ci auraient tenté de les étrangler.

La jeune Pauline Watson vient raconter les faits le lendemain 13 mai : « La plus petite des deux filles m'a dit de sortir du tas de sable. J'ai dit "non". Elle a mis les mains autour de mon cou en serrant très fort. Ensuite, la fille a retiré les mains de mon cou et a fait la même chose à Susan. Cindy, Susan et moi, on a couru à la maison. Je ne connaissais pas cette fille et je ne l'avais jamais vue... » La précision est d'importance, car, d'après cette déclaration, seule « la plus petite des deux filles », c'est-à-dire Mary, est en cause. Norma n'a rien fait...

Norma Bell confirme ce récit à la police un peu plus tard. Elle y ajoute même des détails terriblement inquiétants : « Après le goûter, le dimanche 12 mai, je suis allée avec Mary Bell voir les poules. Puis, on est allées jouer à l'école maternelle. Il y avait deux filles ; l'une s'appelle Pauline Watson, je ne sais pas comment s'appelle l'autre. Mary est allée dire à l'autre fille : "Qu'est-ce qu'il se passe si tu étrangles quelqu'un ? Il meurt ?" Alors, Mary a mis les mains autour du cou de la fille et elle a serré. La fille a commencé à devenir violette. J'ai dit à Mary d'arrêter, mais elle n'a pas voulu. Elle a continué un moment, puis elle a mis ses mains autour du cou de Pauline, qui est, elle aussi, devenue violette. Toutes les deux pleuraient. Une autre fille, Susan Cornish, est venue et Mary lui a fait pareil. Susan avait des bonbons et Mary les lui a pris. J'ai dit à Mary : "Ça va faire des histoires." Alors, Mary m'a demandé si je voulais des bonbons. J'en ai pris un petit et j'ai filé. J'ai laissé Mary. Je ne suis plus son amie, maintenant. »

Appelée à son tour, deux heures plus tard, devant le sergent Lindgren, Mary Bell ne se démonte pas. Avec un charmant sourire et un regard candide, elle donne une tout autre version des faits : « Dimanche 12 mai, après le goûter, je suis sortie avec mon amie Norma Bell. On est allées dans l'école maternelle. On est rentrées par un trou de la palissade. Il y avait deux filles : Pauline Watson et Cindy Hepple. Norma et moi, on a parlé avec les deux filles. Norma a dit à Pauline : "T'oserais t'en prendre à Mary Bell ?" Pauline a dit : "Non." J'ai dit à Norma de la fermer et je suis allée derrière une cabane. Pendant que j'étais derrière la cabane, j'ai entendu Pauline crier. Je suis revenue et j'ai vu Pauline se sauver. Elle se tenait le cou en poussant des cris.

Norma m'a dit que Pauline était tombée et s'était cogné le cou sur le rebord du tas de sable. Je n'ai plus vu Cindy. Ensuite, je suis retournée à la maison avec Norma... »

Le 15 mai, le sergent Lindgren, matricule 462, conclut ainsi son rapport : « Nous avons conseillé aux parents d'engager des poursuites pour coups et blessures, s'ils le désiraient. Ils se sont déclarés satisfaits de l'intervention de la police et ne comptent pas intenter une action. Les filles Bell ont été engagées à bien se conduire à l'avenir. »

« Bien se conduire à l'avenir » : c'est sur cette paternelle remontrance que se termine le premier acte de cette histoire. Tous les éléments qui annonçaient le drame étaient pourtant là et il aurait suffit d'agir à ce moment pour l'éviter. Mais bien sûr, on ne peut en vouloir au sergent Lindgren. Comment aurait-il pu deviner la vérité ? Comment aurait-il pu savoir ce qui se cachait derrière ce visage aux yeux d'un bleu intense, aux cheveux bruns coiffés en bandeaux et au charme si troublant ? Comment, oui comment ?...

La maison des Brown ressemble à toutes celles de Scotswood : en bas, la cuisine et le living-room, en haut, deux chambres et la salle de bains... Ce samedi 25 mai, Martin Brown, quatre ans, se lève. C'est un garçon solide, aux cheveux très blonds naturellement ondulés, aux yeux bleus, au visage rond et espiègle. Il a une sœur, Linda, un an... Comme tous les samedis et dimanches, ses parents font la grasse matinée. Il se lève, s'habille d'un jean et d'un polo bleu, donne à manger à sa petite sœur, réveille sa mère et va se promener.

Deux ouvriers le voient peu après les regarder débrancher des câbles électriques dans des maisons en cours de démolition... Vers 11 heures, Martin rend visite à sa tante Rita Finlay, qui habite le quartier. Il la dérange, car elle est en train de dormir et elle le met dehors. Norma Bell et Mary Bell viennent peu après rendre visite à Rita. Ce sont des habituées de la maison.

A 15 heures, Martin revient chez lui, pour demander à son père de l'argent afin d'acheter des sucettes et, les piécettes en poche, il se rend dans une baraque qui vend des sucreries aux enfants. A 15 h 05, on le voit faire la queue. Il repart à 15 h 15, avec une sucette. Il va de nouveau chez sa tante Rita, qui l'attrape parce qu'il a les doigts sales.

— Rentre chez toi te laver les mains !

— Si c'est comme ça, je ne viendrai plus dans ton affreuse maison, plus jamais !

Et, avec la mine des gamins boudeurs, Martin Brown s'éloigne en direction des maisons abandonnées dans lesquelles travaillent les électriciens. C'est là que lui a donné rendez-vous son bref et tragique destin...

15 h 30... Trois garçons de huit, onze et seize ans entrent dans une des maisons, en quête de bouts de bois pour construire un pigeonnier. L'un d'eux pousse un cri : un petit garçon gît sur le dos, au premier étage, devant la fenêtre, les bras en croix ; du sang et de la salive lui coulent de la bouche. Ils vont prévenir les électriciens. L'un d'eux, John Hall, lui fait du bouche-à-bouche, mais il est mort et presque froid.

Norma Bell et Mary Bell arrivent alors dans le bâtiment.

— Qu'est-ce qu'il se passe ? On peut monter ?

— Non. Restez où vous êtes !

Comme elles s'engagent quand même dans l'escalier, les ouvriers les chassent sans ménagement. Les deux gamines font demi-tour et vont trouver Rita Finlay.

Mary est tout excitée.

— Un môme a eu un accident ! Il y a du sang partout. Vous devriez y aller.

— Qu'est-ce que c'est que cette histoire ?

— La vérité. Même que je pense que c'est Martin Brown.

— Martin ? Ce n'est pas possible. Il sort juste de chez moi...

— Allez-y. Vous verrez.

La tante de Martin, subitement inquiète, abandonne ses tâches ménagères pour suivre les enfants. Arrivée devant la maison en démolition, elle découvre tout un remue-ménage. Mary Bell la précède dans l'escalier.

— Je vais vous montrer où c'est.

Rita l'écarte vivement et monte seule... « J'ai vu Martin dans les bras d'un homme, dira-t-elle un peu plus tard aux enquêteurs. J'ai pensé : "Il dort. Il va se réveiller." Mais quand j'ai vu qu'il était tout gris, j'ai compris qu'il était mort... »

Les parents ont été prévenus et June Brown arrive hors d'haleine. C'est pour découvrir, malheureusement, qu'il n'y a plus rien à faire. La mort est officiellement constatée à 15 h 40. Des agents cherchent des indices sur place et la police s'oriente très vite vers un accident. Il n'y a aucun signe de lutte. D'autre part, le Dr Knight, médecin légiste, ne peut discerner la cause de la mort. Il n'y a pas de blessure sur le corps ni de produit toxique dans les viscères, pas de trace de strangulation non plus. Le praticien interroge la famille pour savoir si Martin souffrait de quelque chose, mais rien. Par la suite, il dira qu'il avait bien pensé à une mort par étouffement, mais il n'y avait aucune preuve... On s'oriente vers un classement de l'affaire.

Et pourtant, il y a quelque chose qui devrait alerter les policiers, c'est la conduite de Norma et Mary Bell. C'est quand même étrange ! Pendant toute la journée fatidique, elles semblent suivre à la trace la petite victime. Elles sont sur les lieux tout de suite après le drame et veulent entrer dans la pièce où se trouve le corps. Ensuite, Mary vient dire à Rita Finlay que Martin est mort et qu'il y a du sang partout. Comment le sait-elle, puisqu'on ne l'a pas laissée entrer ?

Mais ces questions-là, ni Rita ni personne ne se les pose. Et pourquoi, sinon parce que de pareils soupçons sont inconcevables ? Deux petites filles, c'est quelque chose de trop affreux, quelque chose qu'on ne peut pas imaginer !

Alors, le manège des gamines continue. Le lendemain même, Norma et Mary viennent revoir Rita Finlay et lui tiennent les propos les plus étranges :

— Il vous manque, Martin ?... Ça vous fait pleurer quand vous pensez à lui ?... Et à June, il lui manque ?

Rita les chasse, bouleversée. Mais, encore une fois, elle ne tire aucune conclusion de cette attitude. Elle avouera après : « Je ne pouvais m'expliquer pourquoi elles faisaient cela. Mais je n'étais pas dans mon assiette, alors, je ne réfléchissais pas. »

Le surlendemain, lundi 27 mai, il y a, cette fois, du nouveau. Des faits concrets ont eu lieu dans la maternelle où avaient été agressées les petites filles sur le tas de sable. La salle de classe est sens dessus dessous et on a laissé bien en évidence quatre bouts de papier, rédigés d'une écriture enfantine : « Je tue pour que je puisse revenir », « Nous on a tué Martin Brown. Va te faire baiser, ordure », « Va te faire baiser. Prenez garde. Fannyet et Faggot », « Vous êtes bêtes, parce que nous avons tué Martin Brown. Faites bien attention. Il y a des assassinats ici, par Fannyet et le vieux Faggot, espèces de flicards ». La police, prévenue, emporte les billets et s'en tient là. Elle conclut à une mauvaise farce. Elle se contente d'installer dans le grenier de l'école, par où se sont introduits les inconnus, une alarme reliée au commissariat.

Et pourtant, le contenu de ces messages est extrêmement grave. Ils affirment que la mort du petit Martin est un crime, dont s'accusent deux personnes qui se dissimulent sous les noms de Fannyet et Faggot. Or, c'est sur ces lieux mêmes que Norma et Mary Bell ont commis une agression contre des enfants. Mais des petites filles, on n'y pense pas, on n'imagine pas...

Quatre jours plus tard, Mary se rend chez les Brown. C'est June, la mère, qui la reçoit. Mary lève vers elle ses grands yeux bleus.

— Pourrais-je voir Martin, s'il vous plaît ?

June Brown a un sursaut.

— Mais il est mort !

Mary réplique en souriant :

— Je sais. Je voudrais le voir dans son cercueil.

Horrifiée, la mère lui claque la porte au nez...

Le vendredi 31 mai, le signal d'alarme sonne au commissariat. Les policiers vont à la maternelle et découvrent Norma et Mary Bell. Interrogées, elles nient être venues auparavant. On les relâche en leur annonçant qu'elles sont inculpées d'effraction et qu'elles passeront en jugement plusieurs mois plus tard.

Les jours suivants, Mary Bell se livre à de véritables provocations. Tantôt elle se vante d'avoir étranglé Martin, tantôt elle accuse Norma de l'avoir fait, tantôt elle se rétracte. Elle dit ainsi à un garçon de douze ans, en lui montrant la maison en démolition :

— Cette maison, là-bas, c'est là que j'ai tué Brown.

Le garçon hausse les épaules :

— Tout le monde sait bien que tu es une petite vantarde !

Le 7 juin, le permis d'inhumer est délivré et les

obsèques de Martin Brown ont lieu. L'enquête est terminée. On n'a pas voulu, on n'a pas osé voir la vérité. Un second innocent va le payer de sa vie.

Trois ans, cheveux blonds fins et bouclés, Brian Howe a gardé quelque chose d'un bébé. Sa mère a divorcé quand il avait un an et demi. Il vit avec son père, sa sœur Pat et son frère Norman. John, le fils de Rita Finlay, est son meilleur ami. Brian est souvent chez elle.

Mercredi 31 juillet 1968... Rita trouve Brian et John assis par terre en train de regarder les ouvriers qui démolissent les vieilles maisons. C'est dangereux à cause des gravats. Elle leur donne une fessée à tous les deux et renvoie Brian chez lui. Vers 14 heures, Norma et Mary viennent chercher John pour jouer avec lui, mais il fait sa sieste et Rita refuse. Vers 16 heures, Pat Howe se demande où est Brian, qui est allé jouer dehors. Mary Bell se propose de le chercher avec elle ; Norma Bell arrive et se joint à elles. Il n'est pas dans les terrains de jeu habituels des enfants.

Non, il n'y est pas... On le retrouve à 23 h 10 sur un chantier près de la voie ferrée, derrière de gros blocs de béton. Il a des égratignures sur le nez, un peu d'écume ensanglantée autour de la bouche et les lèvres bleuies. Des traces de pression sont visibles sur le cou. Il est mort.

L'inspecteur-chef James Dobson, de la brigade criminelle, arrive à 1 h 10. Cette fois, la police a compris que la situation était grave. Plus question de penser à un accident, c'est un crime. Mais pas n'importe quel crime ! Les traces de strangulation sont peu appuyées. Or, un adulte en aurait probablement laissé de beaucoup plus fortes. De plus, la victime porte de petites blessures, genres piqûres, sur le corps, a été légèrement coupée au ventre et on lui a rasé des mèches de cheveux, ce qui fait penser à une sorte de jeu puéril. Et si c'était un crime d'enfant ?

L'inspecteur-chef Dobson ne peut s'empêcher de faire le rapprochement avec Martin Brown et il se sent saisi d'une violente inquiétude et d'un intense sentiment de danger. Il n'y a pas de doute : il y a à Scotswood un ou plusieurs enfants meurtriers ! Il prévient ses supérieurs et, du coup, c'est la mobilisation générale.

Une centaine de policiers sont réunis sur place, avec mission de travailler vingt-quatre heures sur vingt-quatre. Ils questionnent sans relâche les enfants. L'inspecteur-chef Dobson interroge plusieurs fois Norma Bell et Mary Bell, dont les déclarations lui semblent imprécises.

Dans sa seconde déclaration, Mary Bell accuse un garçon, A., âgé de huit ans, d'avoir frappé Brian et de l'avoir piqué avec des ciseaux cassés. Ces ciseaux ont été retrouvés près du corps, mais aucun journal n'en avait encore parlé.

A. est interrogé pendant deux heures, mais il ne se contredit pas une fois. S'il a bien joué avec Brian, c'est le matin. L'après-midi, à l'heure du crime, il a été à l'aéroport avec ses parents et sa grand-mère. C'est confirmé. Alors, comment Mary Bell peut-elle connaître l'existence des ciseaux ?... C'est sur elle et Norma que la police va concentrer ses efforts, d'autant que tous les enfants ne tardent pas à être mis hors de cause. Ce ne peut être qu'elles ou l'une d'elles...

Le 4 août, le chef inspecteur Dobson interroge Norma Bell qui reconnaît avoir vu le corps de Brian Howe en compagnie de Mary. Celle-ci lui a avoué l'avoir tué en l'étranglant.

— Ses lèvres étaient violettes. Mary a passé les doigts dessus. Elle m'a dit que cela lui faisait plaisir.

— Est-ce que tu as vu quelque chose près de Brian ?

— Mary m'a montré un rasoir et m'a dit qu'elle lui avait coupé le ventre. Elle a remonté son chandail et m'a montré la petite coupure sur son ventre. Elle a caché le rasoir et m'a dit de ne rien dire.

— Pourrais-tu me montrer où est caché le rasoir ?

— Oui.

A 20 h 30, on conduit Norma Bell à l'endroit où Brian a été retrouvé mort, près de la voie de chemin de fer. Elle désigne le coin d'un bloc de ciment. M. Dobson fouille et trouve une lame de rasoir... Norma est à l'écart et ne peut pas voir l'objet découvert. Il l'interroge :

— Quelle sorte de rasoir était-ce ? Un rasoir qui s'ouvre comme un couteau ?

— Non, c'était une lame de rasoir.

— Celle-là ?

— Oui...

A 22 h 10, Norma Bell est ramenée au commissariat où elle signe une déclaration officielle, après quoi elle est conduite dans l'établissement départemental d'éducation surveillée pour filles de Newcastle.

A 0 h 15, Dobson et deux agents se rendent chez Mary Bell. La télévision est allumée. Betty, la mère de Mary, n'est pas là. Billy Bell, son père, refuse de réveiller sa fille, mais les policiers lui disent que, dans ce cas, ils vont le faire eux-mêmes. Billy va chercher sa sœur, qui habite à côté, et c'est cette dernière qui réveille Mary. A la surprise des policiers, c'est elle également qui l'accompagne au commissariat. Le père, lui, est retourné regarder sa télé.

Mary est détendue. Elle ne semble pas inquiète de se trouver là en pleine nuit. L'inspecteur-chef lui dit qu'elle peut l'aider dans son enquête. Mais elle nie tout et, malgré trois heures d'interrogatoire, tient bon. Elle n'a pas vu Brian au moment du crime. Elle accuse Norma d'être une menteuse. Sentant qu'il ne pourra rien en tirer, Dobson la renvoie chez elle à 3 h 30, avec une impression de malaise. Ou c'est Mary et, dans ce cas, elle est douée d'un sang-froid et d'un pouvoir de dissimulation incroyables pour son âge, ou c'est Norma, mais cette dernière semblait la sincérité même...

Norma Bell, justement, se manifeste peu après. A 11 heures, l'inspecteur apprend qu'elle désire faire une seconde déclaration. Et quelle déclaration ! Elle a assisté au meurtre et non pas seulement découvert le corps plus tard. Voici des extraits de son terrible récit :

« Mercredi dernier, vers 15 heures, nous avons vu Brian Howe qui jouait avec son frère, près de la porte du jardin. Le frère de Brian lui a donné une paire de ciseaux. Nous sommes parties toutes les deux avec Brian. J'avais pris à Brian ses ciseaux et je les portais... Nous avons traversé la ligne de chemin de fer et nous sommes allés jusqu'aux blocs. Mary a dit à Brian : "Lève le cou." Elle lui a mis les mains autour du cou. Elle a dit qu'elle voulait lui faire du mal. Elle l'a fait tomber dans l'herbe et elle est devenue toute drôle. Elle a continué à lutter avec lui et il se débattait en essayant de lui faire retirer ses mains. J'ai dit : "Mary, laisse le bébé tranquille", mais elle n'a pas voulu. Alors, je me suis sauvée, en laissant les ciseaux sur l'herbe.

« Une vingtaine de minutes plus tard, Mary est venue et m'a demandé de retourner là-bas. En descendant, Mary a trouvé une lame de rasoir dans le sentier... J'ai soulevé un peu la tête et les épaules de Brian et je lui ai tapé dans le dos, mais sa main est retombée de côté et je l'ai reposé par terre. J'ai tâté son pouls, mais on ne le sentait pas battre. Mary a pressé la lame de rasoir sur le ventre de

Brian, plusieurs fois au même endroit. Je n'ai pas vu de sang. C'est à ce moment qu'elle a caché la lame de rasoir et qu'elle m'a dit : "Ne le dis pas à ton papa, je serais punie." Nous sommes retournées à Whitehouse Road. Mary est partie et je suis rentrée à la maison. Vers 17 heures, j'ai vu Mary dehors. Elle venait de finir de goûter. Nous sommes retournées voir le môme. Mary a dit qu'elle voulait le faire chauve et elle a coupé un gros morceau de cheveux sur le devant de la tête qu'elle a posé sur l'herbe en arrière de sa tête. Elle a pressé plusieurs fois les ciseaux sur son ventre, mais pas très fort... »

Un peu plus tard, l'inspecteur Dobson présente à Norma les ciseaux de Brian en compagnie de huit autres paires ; elle les reconnaît sans hésitation.

L'enterrement de Brian Howe a lieu le 7 août, en présence d'une foule bouleversée. Mary Bell est là et Dobson la voit rire, en se frottant les mains. Il est terrifié. Il comprend non seulement que c'est elle mais que, s'il ne l'arrête pas immédiatement, elle va recommencer...

Il la convoque à 16 h 30. Sa mère Betty est toujours absente. Elle est à Glasgow où, disent les gens, elle a l'habitude de faire des séjours. Son père Billy n'est pas là non plus. Il est entendu par la police de Durham, une ville proche de Newcastle, pour un délit mineur dont il est accusé. Sa sœur est allée avec lui, ce qui fait que Mary est seule. Elle est conduite dans le bureau de l'inspecteur par une femme agent. Dobson téléphone aussitôt à l'hôpital central de Newcastle pour qu'on lui envoie une infirmière, la loi anglaise stipulant qu'un mineur de seize ans ne peut être interrogé sur un crime qu'en présence d'un parent ou d'une personne indépendante du même sexe.

Tout de suite, Mary Bell reconnaît qu'elle a menti et qu'elle a rencontré Brian avec Norma au moment du crime. Suit la même insoutenable description, avec les mêmes détails, à la différence près qu'elle attribue le meurtre et les sévices au rasoir et aux ciseaux à Norma. L'infirmière, qui a été tirée de son service à l'hôpital pour être jetée en plein drame, est bouleversée, tant par le contenu du récit que par l'attitude de Mary : « Elle ne ressentait rien. Elle racontait toutes ces choses horribles, mais elle ne ressentait pas la moindre chose. On n'aurait pas dit du tout un enfant, surtout pour son vocabulaire. J'ai un fils de onze ans, mais il serait incapable d'employer les mots qu'elle employait... »

Mary est inculpée à 20 heures. Elle répond :

— Ça m'est égal.

A 20 h 30, on introduit Norma, qu'on a fait chercher. Elle est inculpée à son tour du meurtre de Brian. Elle s'écrie :

— Ah, non alors ! Vous me paierez ça !

Les deux fillettes sont laissées ensemble pour d'éventuelles déclarations. Mary garde le silence. Norma pleure et dit :

— Non, je n'ai pas fait ça !

Norma et Mary passent la nuit au commissariat. Le lendemain, elles sont présentées au tribunal en vue de leur inculpation, car, conformément à la loi anglaise, toute personne de plus de dix ans doit être jugée aux assises, ce qui est, soit dit en passant, l'âge le plus bas d'Europe avec la Suède. Rappelons qu'en France, les enfants de moins de treize ans ne sont susceptibles d'aucune sanction pénale...

Les parents de Norma sont dans la salle du tribunal, mais Betty Bell est toujours absente ; seuls sont présents Billy, sa sœur et la grand-mère de Mary. L'audience ne dure pas plus de trois minutes. Elle est suivie d'un silence pesant. Chacun des participants est atterré que les coupables soient des enfants. Après leur inculpation, Norma et Mary sont dirigées vers deux établissements différents. Mary s'écrie alors :

— J'espère que maman n'aura pas à payer une amende !

Le 16 août, elle est examinée par un psychiatre, le Dr Orton, qui fait cette remarque : « Pendant tout l'entretien, elle a été pleine d'entrain, de gaieté et n'a pas manqué de toupet. »

Le mot « toupet » va revenir régulièrement dans la bouche de ceux qui l'approchent au cours de l'instruction. Mary est familière avec tout le monde, agents et personnel judiciaire, elle appelle des inconnus par leur prénom...

Le 21 août, Dobson convoque Mary Bell pour le meurtre de Martin Brown. Elle nie. Il l'interroge aussi sur le mystérieux accident de John G., qui est d'ailleurs le cousin de Mary. L'inspecteur a des renseignements de bonne source. Il a appris de la mère de Norma que cette dernière et Mary avaient été avec lui ce jour-là. Elles lui avaient pris une sandale et l'avaient placée sur le talus recouvrant l'ancien abri antiaérien. Ensuite, Mary avait dit à John d'aller la chercher. Il était monté, elle lui avait fait un croche-pied et il était tombé... Mary nie les faits et Norma, interrogée à son tour, nie aussi...

Mary Bell est transférée au service des enfants d'un hôpital psychiatrique des environs de Newcastle. C'est à ce moment-là qu'elle fait la connaissance de son avocat, David Bryson, un jeune homme qui prend son cas très à cœur et qui se dépensera jusqu'au bout sans relâche.

Après trois mois et demi, elle est envoyée au centre de détention de Seaham, en compagnie de filles délinquantes de quatorze à dix-huit ans. C'est une maison d'éducation surveillée dépendant de l'administration pénitentiaire, mais située dans un cadre agréable, au milieu des champs, avec vue sur la mer, à deux minutes d'une belle plage. C'est là que Lewis Carroll a écrit une partie d'*Alice au pays des merveilles*. Mlle A., la directrice, s'occupe beau coup de Mary. Elle reconnaît qu'elle est méchante, mais la trouve normale si on sait la prendre. En fait, Mary sait attirer la sympathie et donner l'impression à beaucoup qu'ils sont les seuls à la comprendre.

En octobre et novembre, Mary Bell voit quatre psychiatres. Elle est aimable ou boudeuse, selon son humeur du moment, toujours fuyante. Elle refuse de parler de sa vie familiale et, en particulier, de sa mère. Elle maintient sa version sur la culpabilité de Norma. Elle évoque la mort de Brian Howe avec une froideur sidérante :

— La mort est quelque chose de si définitif et le meurtre de si fréquent que ça n'a plus d'importance... Brian Howe n'avait pas de mère, alors, on ne le regrettera pas.

Le Dr Orton, celui des psychiatres qui l'avait examinée peu après son arrestation, lui objecte :

— Quelqu'un qu'on étrangle souffre avant de mourir.

Mary rétorque placidement :

— Eh bien, quand on est mort, on est mort, alors ça n'a plus d'importance.

Le Dr Orton dira plus tard : « J'ai vu beaucoup d'enfants psychopathes, mais je n'en ai vu aucun qui ressemble à Mary, qui soit aussi intelligent, aussi manœuvrier, aussi dangereux... »

Le Dr Westbury, autre psychiatre, va dans le même sens : « Le but primordial de Mary est de manipuler les gens. C'est cela qui compte pour elle, beaucoup plus que le résultat qu'elle en obtient. »

Au Dr Rowbotham, seule femme psychiatre qui l'ait examinée, Mary parle du fort lien d'amitié qui l'unit à Norma et elle a cette formule à propos du jour du meurtre de Brian :

— J'avais plein de rire au-dedans de moi ce jour-là...

Le procès de Norma et Mary Bell s'ouvre le 5 décembre 1968 à 10 h 30 aux assises de Newcasde. Le tribunal est une bâtisse du XIXe siècle triste au possible, avec sa façade noircie par la fumée des usines et des locomotives. Le procès est public, mais les gens de Newcastle ne sont pas venus. Ils n'aiment pas cette histoire. A la surprise générale, malgré le côté exceptionnel, pour ne pas dire unique, de l'affaire, les médias ne sont pas présents non plus. La presse internationale ne s'est pas déplacée. Les journaux populaires anglais, pourtant d'habitude si avides de sensationnel malsain, ignorent l'événement. Seule la BBC y a consacré quelques brèves mentions.

Le président, sir Ralph Cusack, un des juges les plus en vue d'Angleterre, déclare l'audience ouverte, et le jury prend place. Il est composé de cinq femmes et sept hommes, représentatifs des classes moyennes du pays. Il n'y a pas de box : les deux filles sont devant l'assistance, près de leurs avocats.

Norma Bell fait incontestablement moins que ses treize ans. Elle est très agitée et son émotion est manifeste. Sa famille est présente presque au complet, une famille nombreuse : Norma est la troisième de onze enfants. On sent ses parents très proches d'elle. Ils lui adressent des sourires et des regards affectueux.

Mary est toute différente. Malgré les circonstances, elle n'a rien perdu de son charme si étonnant. Elle est beaucoup plus réservée aussi, beaucoup plus calme que sa coaccusée. Elle semble avant tout attentive à ce qui va être dit au procès, dévisageant de ses grands yeux bleus le président, les jurés et le personnel judiciaire. Elle se montre tout à fait indifférente, en revanche, aux signes qu'on peut lui faire depuis l'assistance.

Sa mère Betty, d'ailleurs, ne lui en adresse pas.

C'est la première fois qu'elle se montre en public depuis le début de l'affaire. On découvre à cette occasion une grande femme portant une perruque blonde aux cheveux épars, le visage recouvert d'un épais maquillage. Elle est très agitée et aura plusieurs manifestations hystériques pendant les débats, obligeant à des suspensions de séance. Mais en même temps, on ne sent chez elle aucune chaleur pour Mary ; c'est visiblement son propre sort qui la préoccupe, pas celui de sa fille. Le père, Billy, un bel homme aux cheveux noirs et aux favoris roux, reste apathique et silencieux, légèrement penché en avant, le menton appuyé sur la main, et il gardera cette attitude pendant tout le procès, quoi qu'on dise, quoi qu'il entende...

Rudolph Lyons, représentant du ministère public, commence l'exposé des faits à 11 h 30 et parle pendant six heures. Il est établi, selon lui, que les meurtres des deux garçons ont été commis par la ou les mêmes personnes. L'analyse graphologique a prouvé que les messages déposés dans l'école maternelle après le meurtre de Martin Brown étaient de l'écriture des deux fillettes. D'autre part, les fibres de tissu trouvées sur les vêtements du petit Martin proviennent de la robe grise de Mary. D'une manière générale, Mary apparaît moins comme une enfant perturbée que comme un habile petit monstre. M. Lyons rappelle, en particulier, qu'elle a tenté d'accuser un petit garçon innocent, le jeune A...

Le mercredi 11 décembre, c'est la déposition de Norma, très émue, en larmes. On l'interroge sur l'incident du tas de sable où Mary a serré le cou de deux petites filles, sur la mort de Martin Brown, auquel il n'est pas prouvé qu'elle ait participé puisque c'est seulement le tissu de la robe de Mary qu'on a retrouvé.

Le témoignage de Mary, dans l'après-midi du

même jour, est d'une tout autre tonalité. Elle se montre pleine d'aplomb, parvenant à déjouer les pièges avec aisance. Elle affirme, par exemple, qu'elle a joué à balancer Martin le jour de sa mort pour expliquer la présence de fibres de sa robe sur ses vêtements. Elle adapte ses réponses en fonction des preuves de l'enquête, ce qui est phénoménal, compte tenu de son âge, de son milieu et de son niveau d'instruction. Mais en même temps que son incroyable facilité à brouiller les pistes, on sent monter l'angoisse chez elle : elle commence à comprendre les conséquences possibles de ses actes, ce qu'elle n'avait jamais imaginé...

La rouerie de Mary Bell a pourtant ses limites. Si, jusqu'à la fin du procès, elle parvient à laisser planer le doute sur la mort de Martin Brown, en revanche, tout est parfaitement clair pour Brian Howe : c'est elle seule qui l'a tué, Norma ayant sans doute participé à sa tonsure avec les ciseaux et aux coups de lame sur son ventre après sa mort.

Mais quand on quitte le domaine des faits pour s'interroger sur l'état mental de la jeune meurtrière, les choses deviennent beaucoup moins évidentes. D'abord, en raison de son âge même. La notion de mort n'a pas la même signification pour un enfant de onze ans que pour des adultes et c'est ce qui fait le côté irréel de ce procès. Au fond, pour elle, tout n'a été qu'un jeu, un jeu macabre, mais un jeu. Mary n'a sans doute pas compris que ce qu'elle faisait, elle le faisait vraiment. Elle a agi pour se procurer des sensations, mais il n'est pas sûr qu'elle ait fait la liaison entre ces sensations et les conséquences de ses actes.

Ensuite, la question principale est de savoir si Mary Bell est saine d'esprit, si elle est responsable. La déposition du premier psychiatre, le Dr Orton, va dans le sens de la maladie :

— J'affirme, Votre Honneur, qu'elle souffre d'un

dérangement de l'esprit provoquant une conduite anormalement agressive ou hautement irresponsable et nécessitant un traitement médical.

Le président Cusack :

— Quels en sont les symptômes ?

— Premièrement, une absence de sentiments à l'égard des autres êtres humains, deuxièmement, une disposition à agir au gré de son impulsion et sans préméditation ; troisièmement, l'absence de remords devant ce qu'on a fait ; quatrièmement, l'incapacité de profiter de l'expérience, y compris celle de réagir au châtiment.

— Mais elle n'a pas d'aliénation au sens habituel du terme ?

— Non. L'examen ne révèle chez elle aucun signe de maladie mentale, telle que la schizophrénie ou la dépression, ni de déficience intellectuelle. Elle est, au contraire, d'une intelligence bien au-dessus de la moyenne...

Et le Dr Orton conclut :

— Je pense que cette fille n'est pas normale du point de vue mental. Elle présente une personnalité psychopathe, ce qui est de nature à affaiblir considérablement sa responsabilité.

Le président revient alors sur un point moins important pour la culpabilité de Mary que pour celle de Norma :

— Croyez-vous que Mary Bell ait un caractère dominateur ?

— Oui, je le crois.

— Est-elle ce que les psychiatres appelleraient un manipulateur ?

— Oui, Votre Honneur...

Cela confirme ce dont on se doutait depuis longtemps. Les deux filles présentes côte à côte dans le tribunal sont loin d'avoir la même envergure. Norma, totalement dominée par Mary, s'est laissé entraîner par elle. Elle n'a fait qu'assister en témoin aux crimes de sa cadette...

Le second expert psychiatre, le Dr Westbury, aboutit aux mêmes conclusions sur l'état pathologique de Mary Bell et l'attribue à une arriération d'origine héréditaire. A la demande du défenseur de Norma, il confirme, lui aussi, que Mary est « manipulatrice et tyrannique »...

Mary, d'habitude très calme, réagit très vivement au terme « tyrannique ». Elle profère des menaces indistinctes. Le président décide de ne pas y faire attention et continue l'interrogatoire du psychiatre.

— Est-elle violente ?

— Oui, Votre Honneur.

— Est-elle dangereuse ?

— Très dangereuse, Votre Honneur.

Mary demandera plus tard aux deux femmes agents qui la gardent ce que veut dire « psychopathe ». Elles lui répondront qu'elles ne le savent pas elles-mêmes et, ajoutera l'une d'elles : « Si, d'ailleurs, je l'avais su, comment expliquer cela à un enfant ?... »

En rentrant des audiences, Mary commence à avoir très peur. Elle dit à ses gardiennes :

— J'ai l'impression que tout cela est un rêve, que ce n'est jamais arrivé. Est-ce que vous croyez que je vais rentrer un jour dans ma maison ? Je voudrais dormir dans mon lit à moi. Est-ce que vous croyez que j'aurai trente ans ?

Elle se défend, vis-à-vis d'elles, avouant pour la première fois implicitement sa culpabilité :

— Ce n'est pas mal de tuer. Nous mourons tous, de toute façon...

Le vendredi 13 décembre est consacré au réquisitoire et aux plaidoiries. Rudolph Lyons fait nettement la différence entre les deux inculpées... Norma, pourtant âgée de treize ans, a subi l'influence de Mary, qui la domine totalement.

M. Lyons rappelle les mensonges et la ruse diabolique de Mary. Il s'attarde particulièrement sur la machination visant à accuser du crime un enfant innocent. Sans son alibi, A. aurait pu être sérieusement inquiété, car il jouait souvent avec Brian, et Mary l'avait choisi pour cela.

Me Smith, avocat de Norma, fait une plaidoirie émouvante, mais sans accabler Mary.

— Elle souffre de psychopathie. Ce n'est pas de sa faute si elle a grandi comme ça. Ce n'est pas de sa faute si elle est venue au monde...

L'avocat de Mary, Harvey Robson, plaide à son tour. Pour la première fois, la salle est pleine de correspondants étrangers, qui ne sont venus que pour cette séance... Me Robson rappelle la loi anglaise. Au-dessous de dix ans, l'enfant ne distingue pas le bien du mal et ne peut pas commettre un crime. De dix à quatorze ans, il est présumé être dans la même disposition d'esprit ; cependant, cette présomption est réfutable.

— Le seul fait pour un enfant de cet âge de commettre un acte qui serait un crime chez un adulte ne suffit pas à le condamner. Il faut qu'il en soit conscient, qu'il soit « coupable en esprit... ».

Avant le verdict, le Dr Westbury a fait le tour des hôpitaux psychiatriques pour savoir lequel pourrait accueillir Mary si elle était condamnée ; tous ont eu trop peur et ont refusé.

Le 16 décembre, les plaidoiries sont closes et, conformément au code britannique, le président Cusack prend la parole pour résumer les débats. Il prononce des généralités de manière plutôt embarrassée.

— Sans doute, certains pensent aujourd'hui qu'il est déplacé de soumettre des fillettes de cet âge à un jugement par juge et jury, avec tout le cérémonial d'une cour d'assises. Mais, mesdames et messieurs les jurés, voici toute la vérité : le Parlement a décrété, en promouvant cette loi, que tout enfant âgé de plus de dix ans peut passer en jugement lorsqu'il est accusé d'un crime. Vous et moi sommes tenus par la loi et nous devons l'appliquer telle qu'elle est et non telle qu'elle pourrait être si elle était remaniée, peut-être d'une façon plus conforme à nos désirs. Et surtout, en prenant votre décision, vous devez vous laisser guider non par votre cœur, mais par votre tête. Ne vous laissez influencer ni par votre sympathie pour ces deux fillettes, qui sont si jeunes et sous le coup d'une accusation si grave, ni par votre sympathie pour les parents et la famille des deux petits garçons qui ont perdu si tragiquement la vie, quels que soient les responsables de leur mort...

Les jurés se retirent et rendent leur verdict le mardi 17 décembre : Norma Bell est innocente des deux meurtres, Mary Bell est coupable d'homicide involontaire, pour cause de responsabilité atténuée, concernant les deux meurtres.

A cette annonce, Mary Bell se met à pleurer, ses parents se lamentent, mais n'ont pas un geste vers elle ; c'est sur leur sort qu'ils pleurent. Ensuite, le président Cusack prend la parole pour énoncer sa sentence. Il aurait souhaité placer Mary dans un établissement psychiatrique, mais tous ont refusé. Il prononce donc une peine de détention indéterminée, qui pourra être à vie, mais qui devra être réexaminée de temps en temps.

Ainsi s'est terminé le procès de Newcastle... Dire qu'il a été mené de manière insatisfaisante est un euphémisme. Tous ses acteurs ont fait preuve d'une légèreté stupéfiante. Ils ne se sont attachés qu'à la matérialité des faits et personne, pas même son avocat, n'a dit un mot du passé de Mary Bell. Or, l'enfance de Mary n'est pas ordinaire, c'est le moins qu'on puisse dire !

Elle est née de père inconnu alors que sa mère Betty avait dix-sept ans ; Billy, que celle-ci a épousé après, n'est que son père présumé. Betty Bell manifestait, dès son plus jeune âge, une personnalité très perturbée, avec des crises maniaco-dépressives régulières. Et elle devait être en pleine dépression à la naissance de Mary car, quand l'infirmière lui a présenté sa fille, elle s'est écriée :

— Débarrassez-moi de ça !

Tels ont été les encourageants débuts dans la vie de Mary Bell... Par la suite, rien ne s'est arrangé. Quand elle était toute petite, Betty l'a jetée par la fenêtre, et elle n'a été sauvée que par l'intervention miraculeuse d'un passant. Plus grande, elle a failli être empoisonnée trois fois par des médicaments que lui avait donnés sa mère. On n'a jamais pu savoir s'il s'agissait d'erreurs ou de tentatives de meurtre, mais la deuxième hypothèse est la plus vraisemblable.

Après Mary, Betty Bell a eu un garçon, puis deux filles, et il semble qu'elle avait une préférence pour le garçon. De toute façon, garçon ou filles, elle les délaissait pareillement. Elle quittait régulièrement le foyer familial pour se livrer à la prostitution. Telle était la raison de ses séjours prolongés à Glasgow.

Ce n'est pas tout ! Betty Bell s'était fait, semble-t-il, une spécialité de fouetter les hommes, et des flagellations auraient eu lieu dans son taudis de deux pièces, en présence de Mary, alors âgée de six ans. Si Betty quittait pour la circonstance son lieu d'exercice habituel à Glasgow, c'est que certains clients avaient, paraît-il, pour exigence particulière que la chose ait lieu devant des enfants, spécialement des filles...

Une femme qui bat des hommes, une petite fille qui étrangle des garçons : est-ce qu'il n'y avait pas un rapport ? Est-ce que ces scènes auxquelles avait assisté Mary n'avaient pas développé en elle des tendances sadiques ? Ces questions méritaient au moins d'être soulevées à l'audience.

On aurait pu s'en poser bien d'autres encore. Par exemple, remarquer que ses deux victimes étaient des garçons plus jeunes qu'elle : et si les meurtres de Mary avaient été commis par haine de son petit frère qu'elle supposait plus aimé de sa mère ?

Quoi qu'il en soit et quelles qu'en soient les causes, facteurs héréditaires, facteurs neurologiques, environnement social, histoire personnelle, Mary Bell était bien, selon ce qualificatif si mystérieux pour elle, une psychopathe. Un psychopathe, nous disent les spécialistes, est un être asocial, poussé par un désir primaire et un besoin exagéré d'émotions fortes. Dans sa recherche égoïste du plaisir, il ne tient compte d'aucune contrainte. Ses actions sont imprévues et dictées par son seul caprice. Sa faculté d'aimer est faussée. Ses rapports affectifs sont rares, passagers et destinés à satisfaire ses propres désirs.

Le psychopathe juvénile possède l'embryon des caractéristiques du psychopathe adulte. Il se fait remarquer par son agressivité, ses crises de rage. Il fait fréquemment l'école buissonnière et se montre cruel envers les animaux. Il éprouve peu ou pas de remords de ses comportements confus, brutaux et souvent sans but.

Mais, dans le cas de Mary Bell, force est de constater que sa personnalité s'apparente à celle des psychopathes adultes. Il s'agit de bien autre chose que d'école buissonnière ou de cruauté envers les bêtes. Comme les grands criminels adultes, elle tue pour le plaisir ; comme eux, elle est incapable de s'arrêter. Il est certain que si l'inspecteur-chef Dobson ne l'avait pas emprisonnée, elle aurait continué ses meurtres.

Or, ce comportement est non seulement le fait

des adultes, mais des hommes ! Les femmes psychopathes, les tueuses en série par plaisir sadique, cela n'existe pas. A part, à notre connaissance, une seule exception : Erzebeth Bathory, comtesse de Transylvanie, qui, au XVIe siècle, a sacrifié six cents jeunes filles à ses goûts pervers. Mais Erzebeth Bathory pouvait agir grâce à son rang, qui lui assurait une presque totale impunité, et dans une des régions les plus reculées et les plus arriérées d'Europe, où tout pouvait se passer à l'abri des regards.

Mary Bell, elle, n'était qu'une petite banlieusarde, vivant dans une contrée industrielle et populeuse, dans la seconde moitié du XXe siècle. Cela n'a pas empêché cette enfant de onze ans de laisser libre cours à ses instincts sauvages. Le cas Mary Bell est sans équivalent dans l'histoire du crime...

Deux incidents, survenus pendant le procès, alors qu'elle était détenue au centre d'accueil proche du tribunal, montrent la violence des pulsions meurtrières qui l'habitaient. Voyant un chat sur le rebord de la fenêtre, Mary demande à la femme-policier qui la garde si elle peut le prendre. Celle-ci ayant dit « oui », Mary se met à jouer avec lui et, brusquement, commence à l'étrangler. La femme bondit et lui demande pourquoi elle a fait cela. Mary a cette réponse incroyable :

— Oh, il ne le sent pas et, de toute façon, j'aime faire du mal à des petites choses qui ne peuvent pas se défendre !

Un peu plus tard, toujours dans le centre d'accueil, une autre femme-agent lui pose cette question banale :

— Qu'est-ce que tu veux faire comme métier, quand tu seras grande ?

— Infirmière, répond Mary.

La femme-agent s'apprête à la féliciter pour cette réponse qui ressemble à une volonté de se racheter, quand Mary poursuit :

— J'aimerais être infirmière pour enfoncer des aiguilles dans les gens. J'aime faire mal aux gens...

Quoi qu'on fasse, le cas Mary Bell restera un cas à part, un cas aberrant, un cas monstrueux, un cas unique. Toutes les explications qu'on pourrait lui apporter ne serviraient à rien. Elles n'auraient pour but inavoué que de nous rassurer en rationalisant l'incompréhensible. Il faut laisser le cas Mary Bell tel qu'il est, brut, défiant toute analyse.

Mary Bell était à ce point un sujet unique qu'elle a provoqué, après sa condamnation, plusieurs débats au ministère de l'Intérieur et plusieurs questions au Parlement. On ne pouvait pas la mettre dans un hôpital psychiatrique, puisque tous avaient refusé, et les prisons n'étaient pas faites pour accueillir des condamnés aussi jeunes. La solution aurait été de construire un établissement spécialement pour elle, mais elle était évidemment trop onéreuse. Alors, les autorités anglaises ont dû se résoudre à des expédients.

Mary a passé les deux premiers mois de sa détention dans une institution pour filles délinquantes de Londres. Le 2 février 1969, elle a été envoyée à la section spéciale de l'établissement d'éducation surveillée Red Bank, à Newton-le-Willons, dans le Lancashire, qui ne recevait que des garçons et qui est devenu mixte pour l'occasion.

Ce grand établissement moderne, destiné à accueillir des enfants asociaux de quatorze à dix-huit ans dans le but de les réinsérer, disposait de moyens importants. La section spéciale, bien que fermée, n'était pas rébarbative : des maisons individuelles claires, une salle de séjour avec télévision, des salles de classe, un atelier perfectionné, une bibliothèque, un jardin potager, des animaux domestiques. Trente personnes y étaient employées à plein temps pour s'occuper de vingt-six enfants.

Le problème pour Mary était le manque de personnel médical (les autres, étant simplement délinquants, n'avaient pas besoin de soins) et le fait qu'elle soit la seule fille, ce qui l'a isolée des autres. Le 21 juillet 1969, un jugement a été rendu sur l'appel formulé par son avocat afin d'obtenir une hospitalisation au lieu d'une incarcération. En l'absence de tout établissement approprié, l'appel a été rejeté. Cette fois, la décision était définitive : Mary Bell ne recevrait pas de soins psychiatriques...

Sa vie s'est donc organisée dans l'établissement de Newton-le-Willons. Sa chambre était remplie de cadeaux que lui envoyait sa famille (poupées, parfums, articles de toilette, etc.), mais elle ne s'en servait pas. Elle les laissait dans leur emballage et les regardait comme une exposition. Elle recevait presque uniquement les visites de Billy, mais celles-ci ont cessé lorsqu'il a été condamné à quinze mois de prison. Betty est alors venue la voir, mais leurs rapports ne se sont pas améliorés.

En avril 1970, Mary a demandé que sa mère ne vienne plus. Peu après, elle lui a adressé un poème lui demandant de dire au tribunal que la coupable c'était elle.

« *Mam, rassure mon tout petit esprit,*
Dis-le au juge, au jury, à genoux, je te prie,
Ils t'écouteront, toi, si tu cries
Que la coupable, c'est toi, pas moi.
J'ai peine qu'il en doive être comme ça.
Nous pleurerons toutes les deux et tu partiras
Vers d'autres portes où libre tu seras
Enfermée dans des cellules de prison.
Ta famille, c'est nous :
Ces derniers mots, je te les dis de la part
De Dad, de B... et de moi.
Dis-leur que tu es coupable,
S'il te plaît, alors, Mam, on me libérera. »

Ce poème n'est pas aussi absurde qu'il n'y paraît, quand on pense aux trois tentatives de meurtre de sa mère contre Mary...

Billy Bell s'est complètement séparé de Betty en 1971. En octobre 1973, Mary, âgée de seize ans et ayant enfin atteint l'âge normal de détention, a été transférée dans une prison de femmes du Cheshire. Elle a été libérée en 1980, à vingt-trois ans, après douze ans de détention, avec mise à l'épreuve jusqu'à la fin de ses jours. Elle est âgée aujourd'hui de quarante ans, a changé de nom et est mère d'une fillette de douze ans, qui a dépassé d'un an l'âge fatidique où elle avait été elle-même meurtrière. La malédiction est brisée : c'est tout ce qu'on peut dire, si on veut terminer sur une note d'optimisme cette terrible histoire.

LA BÊTE DU BORDELAIS

Nous sommes en l'an de grâce 1600, sous le règne du bon roi Henri IV, à Saint-Aulaye, à l'est du Bordelais, dans la région de Libourne. Il fait beau, c'est le milieu du mois de juillet et il n'y a pas de souci particulier chez les habitants de ce gros bourg, sur la route passante qui va de Périgueux à Bordeaux : la moisson a été bonne, les vendanges s'annoncent tout aussi réussies...

Ce jour-là, Marion Renard, paysanne dans la campagne environnante et nourrice pour subvenir aux besoins de sa nombreuse famille, entre dans la maison de Guillaume Chenal, apothicaire. Le rez-de-chaussée sert de boutique. Guillaume Chenal y est en compagnie de sa clientèle, au milieu des fioles et des pots. Marion monte au premier étage où son épouse Agnès Chenal se repose dans une des chambres, tandis que l'autre est occupée par leur nouveau-né Antoine, âgé d'un mois... La nourrice ouvre la porte et pousse un cri d'horreur.

L'apothicaire et sa femme, qui arrivent en courant, ont le même cri en découvrant le spectacle... Le berceau est éclaboussé de sang. L'enfant a été égorgé sauvagement... Guillaume se penche sur le cou de la petite victime et l'homme de science qu'il est découvre aussitôt l'incroyable vérité. Il se redresse et dit d'une voix tremblante :

— C'est un loup !

Ses clients, qui sont montés avec lui, la nourrice, les voisins qui accourent, ne veulent pas y croire.

— Vous avez mal vu, maître Guillaume.

— Non. J'en ai soigné, des morsures de loup ! Il n'y a pas de doute possible...

La nouvelle se propage dans Saint-Aulaye et y sème l'effroi. Car une attaque de loup, en juillet et dans une maison pleine de monde, est un phénomène tout à fait contre nature. Le loup est un animal craintif qui ne s'attaque à l'homme qu'en toute dernière extrémité, lors des grandes famines de l'hiver et jamais seul, toujours en horde. Dans le cas présent, il ne peut s'agir que d'un loup fou, certainement enragé. Cela veut dire que personne n'est à l'abri... Peu après, le curé sonne le tocsin. Une battue est organisée, mais sans résultat. Le loup meurtrier de Saint-Aulaye court toujours.

Un mois a passé et il fait particulièrement chaud en ce début d'août 1600... A Puymangou, un hameau voisin de Saint-Aulaye, Perinette Lebeau, huit ans, fille de pauvres paysans qui ont pour toute richesse deux brebis, va les faire paître près de la rivière. Elle n'en mène pas large, Perinette. En partant, elle s'efforce de ne pas penser au loup enragé et elle serre très fort contre elle le gros bâton qu'on lui a donné pour se défendre de la bête.

A midi, son père quitte son travail aux champs pour lui apporter de quoi manger et surtout pour la rassurer... Il arrive dans la clairière où elle a l'habitude de se rendre et reste pétrifié : les brebis sont là, mais plus Perinette ! A l'endroit où elle se trouvait, la terre est toute remuée, il y a des lambeaux de sa robe et des traces de sang. Il les suit... Elles le conduisent à un taillis où il découvre une vision d'horreur.

Perinette a été sauvagement égorgée et en partie

dévorée, au visage, surtout... Le malheureux père appelle à l'aide et les habitants du hameau ne tardent pas à arriver. Mais plus que l'affreux spectacle de la fillette, c'est celui des brebis qui les glace de peur. Elles broutent paisiblement, parfaitement rassurées. C'est justement cela qui est terrible ! Quel est ce loup qui s'attaque aux humains et laisse tranquilles les brebis ? Quel est ce prodige ? Quelle est cette diablerie ?...

C'est alors qu'en regardant mieux les blessures de Perinette, on découvre que, s'il y a bien des morsures de loup, il y en a d'autres, plus petites, qui n'ont pu être faites que par des dents d'homme... Tous ceux qui sont présents se signent, épouvantés. Un loup-garou ! Ce n'est pas un loup enragé qui a frappé à Saint-Aulaye, c'est un être bien plus dangereux et terrifiant !

Cette fois, l'émotion est immense dans la région et les autorités civiles et religieuses se mobilisent. A l'issue des funérailles de Perinette Lebeau, une procession parcourt la campagne, reliques en tête, pour faire fuir le démon. Le procureur d'office de La Roche-Chalais, Guillaume Perdrier, est saisi de l'affaire. Il mobilise des soldats pour prêter main-forte aux paysans, qui organisent une gigantesque battue. Mais ni l'eau bénite ni les hommes en armes ne se révèlent d'une quelconque efficacité. Le loup-garou du Bordelais est toujours là et ne va sans doute pas tarder à se manifester de nouveau.

Porchères se situe au centre du lieu de chasse de l'animal du diable. Ameline Roussel, comme l'infortunée Perinette, est la fille de paysans pauvres qui n'ont pour tout trésor que quelques brebis. La mère est à la maison, le père est aux champs, elle n'a ni frère ni sœur et il faut bien que quelqu'un emmène paître les bêtes.

C'est le matin... Ameline récite ses prières, implorant le ciel que le loup-garou n'aille pas dans les parages. Pour se défendre de lui, ses parents lui ont remis un bâton et un crucifix... Soudain, les branches se mettent à bouger devant elle. Elle brandit sa croix en criant :

— Arrière, Satanas !

Et tout aussitôt, elle pousse un soupir de soulagement. Ce n'est que Jean Grenier, son voisin. Il a douze ans environ, comme elle, et il est particulièrement fort pour son âge. Il va pouvoir rester avec elle pour la protéger. Elle a un sourire.

— Jean, tu m'as fait peur !

Mais elle n'a pas achevé sa phrase que son sourire se fige... Jean Grenier a un drôle d'air... Et puis, il a sa main droite dans son dos, comme s'il cachait quelque chose. Il se met à ricaner.

— La bergère de Puymangou, elle aussi, m'a dit : « Tu m'as fait peur !... »

Ameline Roussel recule, terrorisée... Elle vient de découvrir ce que son voisin avait derrière son dos : c'est un crâne de loup, dont il fait claquer les mâchoires. Elle balbutie :

— Jean, pourquoi fais-tu cela ?

— Parce que j'aime la chair humaine. Je ne peux pas m'en passer !

Ameline reste figée, comme les petites bêtes lorsque le serpent les approche. Elle va se laisser égorger sans se défendre, lorsque, soudain, elle se ressaisit : elle frappe de toutes ses forces avec son bâton... Jean Grenier, qui ne s'attendait pas à cette réaction, pousse un cri de rage. Il a la tête en sang. Il se jette sur elle, tandis qu'elle appelle au secours à pleins poumons. Le garçon est à deux doigts de l'étrangler mais, sans doute alarmé par ses cris, il y renonce et s'enfuit à toutes jambes...

Les premiers paysans arrivent quelques instants plus tard, mais cette fois, la jeune victime peut parler :

— C'est Jean Grenier... Le loup, c'est Jean Grenier !

La chasse s'organise aussitôt dans Porchères. On ne met pas longtemps à découvrir le coupable dans une masure abandonnée du village et il aurait été sans doute mis en pièces, si le curé n'était intervenu... C'est ainsi que Jean Grenier, douze ans, se retrouve devant la justice, en l'occurrence le procureur d'office de La Roche-Chalais, Guillaume Perdrier...

Jean Grenier, s'il est fort pour son âge, ne semble pas, c'est le moins qu'on puisse dire, avoir la même avance sur le plan intellectuel. C'est un grand gaillard au front bas, aux sourcils épais, au regard fuyant... Il n'a guère eu une existence heureuse. Sa mère est morte en lui donnant le jour, son père s'est remarié et sa marâtre le maltraite. Il est, depuis des années, livré à lui-même, passant son temps à vagabonder et à chaparder.

Le procureur Perdrier l'interroge à la prison de La Roche-Chalais. Il le fait sans se laisser impressionner par l'horreur des faits, d'une manière impartiale et consciencieuse... Voici leur dialogue, tel qu'il a été conservé dans les archives :

— Quel âge avez-vous ?

— Je ne sais pas.

— Votre père dit que vous avez douze ans.

— Peut-être bien...

— Vous avez dit à la jeune Ameline que vous ne pouviez vous passer de chair humaine. Comment vous est venu ce goût ?

— J'ai fait un pacte avec le diable.

— Racontez-moi cela.

— Je me suis donné à lui une nuit de pleine lune.

— Quel âge aviez-vous alors ?

— Je ne sais pas... C'était il y a longtemps.

— Comment était le diable ?

— Il était tout noir. Sa bouche était très froide.

— Pourquoi avez-vous un crâne de loup avec vous ?

— C'est un ordre du diable.

— C'est bien vous qui avez commis les crimes de Saint-Aulaye et de Puymangou ?

— C'est moi...

Jean Grenier se retrouve devant le parlement de Bordeaux en novembre 1610. Malgré son jeune âge, il relève, en effet, de cette juridiction. Il est même passible de la peine de mort, la sorcellerie étant un des crimes qualifiés d'« énormes » par la loi et pour lesquels un coupable de douze ans peut être exécuté.

Mais dès l'ouverture des débats, on se rend compte qu'il ne sera pas question de peine capitale. Jean Grenier est tout juste capable de répondre aux questions ; il tient des propos confus, parfois contradictoires. Il ne semble pas avoir un niveau mental supérieur à celui d'un enfant de sept ans. Bien vite, les juges, à une époque où, pourtant, la sorcellerie était une croyance partagée par tout le monde, n'accordent aucun crédit à son histoire de pacte avec le diable. Il n'y a rien de diabolique dans tout cela, rien que les chimères d'un simple d'esprit.

Et le parlement de Bordeaux, qui dans des affaires semblables a déjà su faire preuve de discernement et de modération, condamne Jean Grenier « à rester toute sa vie dans un couvent comme domestique, sous peine d'être pendu et étranglé en cas d'évasion ».

Il y a un épilogue à l'histoire de la bête du Bordelais. Le procureur de La Roche-Chalais, Guillaume Perdrier, décidément homme consciencieux et méticuleux, a voulu savoir ce qu'était devenu le condamné. Il est allé le voir dans son couvent dix ans plus tard, en 1610, et il a pu constater combien les juges avaient vu juste en le déclarant irresponsable.

Il s'est trouvé en face d'un grand jeune homme hébété, en train de balayer, la seule tâche dont il était capable, les moines n'ayant pu, malgré leurs efforts, lui en faire accomplir une autre. De nouveau, il a consigné son interrogatoire dans ses archives.

— Vous plaisez-vous ici ?

Pas de réponse...

— Les moines sont-ils bons avec vous ?

— Oui. Ils sont bons.

— Avez-vous un souhait ?

Pas de réponse...

— Y a-t-il quelque chose qui vous ferait plaisir ?

— Oui. S'il m'était permis de manger de la chair humaine, j'en mangerais volontiers...

Jean Grenier est mort quelques semaines plus tard, âgé de vingt-deux ans. Son cas est caractéristique d'une arriération mentale qui est de toutes les époques et témoigne que la justice de son temps a eu le mérite de le reconnaître.

LE PETIT CHOU

C'est si amusant, les histoires qu'on raconte aux enfants ! Cela fait sourire, cela attendrit les parents, qui s'amusent de leur crédulité...

Par exemple, rappelez-vous, il n'y a pas si longtemps — cela remonte à deux ou trois générations —, tous les parents ou presque faisaient croire par pudibonderie à leurs rejetons que les garçons naissaient dans les choux et les filles dans les roses. C'était assez bête, mais conforme à la morale de l'époque et puis, c'était charmant, poétique et si commode ! Alors, une histoire de petit chou devrait être attendrissante. Pourtant, celle-ci ne l'est pas. Elle est même terrifiante.

Le pavillon des Lambert, à Gournay-sur-Marne, ressemble à tous ceux qui l'environnent : une maison en meulière à deux étages, étroite de façade, avec un jardinet d'agrément devant et un petit potager derrière.

Il est minuit et tout dort dans Gournay, ce 4 avril 1930. Une forme se glisse silencieusement dans le jardin des Lambert. Un voleur ? Non... Avec la pleine lune, on distingue parfaitement la silhouette et les voleurs ne font pas un mètre dix, les voleurs ne sont pas habillés en bleu ciel ; les voleurs n'ont pas une longue chevelure dorée qui leur tombe dans le dos...

Jeannette Lambert a neuf ans et on a rarement vu une aussi jolie petite fille. Elle est plutôt menue pour son âge. Outre ses magnifiques cheveux blonds, elle attire l'attention par ses yeux bleus très pâles, limpides, et aussi par son teint de lait qui lui donne quelque chose de fragile.

C'est vrai que Jeannette Lambert est de santé délicate. Elle a déjà eu à plusieurs reprises des crises de langueur, de mélancolie. Ses parents, Denise et Pierre Lambert, dont elle est l'unique enfant, se sont fait beaucoup de souci à son sujet, mais jusqu'à présent aucun médecin n'a réussi à trouver de quoi elle souffrait exactement. Il est sûr, en tout cas, que s'ils la voyaient en ce moment, son père et sa mère seraient furieux. Comment ! Est-ce prudent pour une petite fille de se promener pieds nus et en chemise de nuit, même si ce 4 avril il fait relativement doux ? Et puis pourquoi ne dort-elle pas ? Que vient-elle faire ?

Oui, au fait, que vient faire Jeannette Lambert dans le jardin ? Elle quitte rapidement le côté sur rue et se retrouve dans le potager. Le clair de lune rend plus pâle encore son petit visage. Avec sa robe de nuit bleue et ses longs cheveux blonds, elle devrait ressembler à un ange, et pourtant, son regard brille d'un éclat inquiétant, ses petites dents s'entrouvent dans un sourire mauvais ; dans la main droite, elle tient un objet métallique long et pointu qui luit faiblement... C'est à un démon que ressemble ce petit être frêle...

La fillette se faufile entre les plants de salades et de radis. Elle relève le bas de sa chemise de nuit et s'agenouille. Elle considère avec un regard décidé l'aiguille à tricoter métallique qu'elle a en main. Elle la lève au-dessus de sa tête et murmure :

— Le gros ! Seulement le gros !

Et elle se met à frapper de toutes ses forces, à coups redoublés, la bouche tordue par un rictus de haine. Puis elle se redresse et disparaît aussi furtivement qu'elle était venue.

Jeannette Lambert se retrouve dans sa chambre. Elle va cacher l'aiguille à tricoter au fond de son coffre à jouets et saute dans son lit. Elle est encore essoufflée lorsqu'elle prend sa poupée dans ses bras.

— Ça y est, Isabelle ! Le petit frère ne naîtra pas. Il est mort. J'ai percé le gros chou. On restera toutes les deux toutes seules. Maman ne pourra plus aller cueillir de petit garçon.

Jeannette Lambert continue à parler à sa poupée.

— Je n'ai pas touché aux petits choux. Ce n'était pas la peine : le petit frère ne pouvait pas tenir dedans. Mais quand ils seront gros, je leur donnerai aussi des coups d'aiguille.

Le lendemain matin, Pierre et Denise Lambert prennent, comme tous les samedis, leur petit déjeuner ensemble dans leur chambre. Comme tous les maris dont la femme est enceinte, Pierre Lambert est rempli de prévenances. D'autant que cette grossesse est quasi inespérée. Ils pensaient tous deux qu'ils ne pourraient plus avoir d'enfant et que Jeannette resterait leur fille unique.

Mme Lambert, depuis un moment, ne répond que distraitement à son mari. Elle reste le front plissé, le regard vague. Visiblement, elle pense à autre chose ; à tel point que son mari s'inquiète.

— Cela ne va pas ? Tu es souffrante ?

— Non, non... C'est la petite... Je n'aime pas ce qui s'est passé hier.

Pierre Lambert s'assombrit à son tour.

— Evidemment. Je te comprends. Mais c'est sans doute normal. Cette enfant était habituée à vivre seule avec nous, alors quand tu lui as annoncé la nouvelle...

Denise secoue vivement la tête.

— Non. Ce n'est pas normal ! Ces larmes, cette crise de nerfs... J'ai cru qu'elle allait s'évanouir. Et je ne peux pas oublier ce qu'elle a dit : « Je ne veux pas qu'il naisse ! Il faut qu'il meure ! »

— Les enfants disent n'importe quoi...

— Ce n'est pas mon avis. Elle avait un regard méchant, cruel. Je suis sûre que les autres enfants ne réagissent pas ainsi.

Pierre Lambert semble plus inquiet pour sa femme que pour ce qui s'est passé la veille.

— Jeannette est une enfant sensible. Ce n'est pas nouveau. Tu ne devrais pas te mettre dans ces états-là.

Mme Lambert ne répond pas. Elle devient plus sombre encore.

— Il faut que je te dise quelque chose que je ne t'avais jamais dit. C'est au sujet de Marion...

Pierre Lambert fronce les sourcils. Que vient faire Marion dans cette histoire ?... Marion est leur ancienne femme de ménage qu'ils ont renvoyée il y a deux ans parce qu'ils l'avaient surprise en train de voler de l'argent. Enfin, ce ne sont pas exactement eux qui l'ont surprise... Denise parle soudain avec véhémence :

— Nous n'aurions pas dû la renvoyer.

— Qu'est-ce que tu racontes ? Jeannette l'avait prise sur le fait.

— C'est ce qu'elle a dit.

— Mais enfin, elle l'a vue.

— C'est ce qu'elle a dit.

— Cela n'a pas de sens ! Pourquoi aurait-elle menti ? Ce n'est tout de même pas par pure méchanceté...

Mme Lambert se met à crier malgré elle.

— Si !

Elle se lève et va ouvrir la commode de la chambre. Elle en retire une liasse de billets.

— Tiens, regarde, le compte y est ! 2 000 francs : le montant exact du vol. Tu peux vérifier...

Pierre Lambert pâlit.

— Je n'y comprends rien. Ce ne peut pas être Jeannette qui les a cachés ici.

Denise Lambert secoue la tête avec un ricanement lugubre.

— Oh non, ce n'est pas elle ! Elle est bien trop perfide pour cela. Elle savait que si elle avait caché l'argent dans cette commode, on l'aurait rapidement retrouvé.

Denise regarde son mari dans les yeux.

— Quand Jeannette a été prendre les 2 000 francs dans ton portefeuille, dans l'unique but de faire renvoyer Marion qu'elle détestait, elle a été les enterrer dans le jardin. C'est il y a quinze jours que je les ai retrouvés par hasard en faisant des plantations... Je les ai mis là. J'étais tellement bouleversée que je n'ai pas osé t'en parler...

M. Lambert a pris l'argent. Il le tourne et le retourne nerveusement entre ses doigts.

— Je n'arrive pas à y croire !

— Pourtant, c'est la vérité.

Pierre Lambert marche dans la chambre de long en large.

— Ecoute... Pour l'instant, attendons. Dans ton état, il ne te faut pas de contrariété. Après la naissance, nous verrons.

Denise pousse un soupir.

— Avec toi, c'est toujours après. Il reste à souhaiter que tout se passe bien.

— Evidemment ! Que veux-tu qu'il arrive ?

— Je ne sais pas. J'ai peur...

24 avril 1930. Les craintes de Denise Lambert semblent vaines. Depuis la fameuse journée où on lui a appris qu'elle allait avoir un petit frère, Jeannette a totalement changé d'attitude. Elle ne fait

plus aucune allusion au prochain événement. Elle paraît même d'humeur particulièrement gaie.

Elle chantonne ce matin-là dans la cuisine, sa poupée Isabelle dans les bras, tandis que sa mère est en train de préparer le repas. Soudain celle-ci, qui épluche un chou, se penche, intriguée.

— Mais qu'est-ce que c'est ?

Jeannette s'approche vivement.

— Ce sont les petites bêtes qui ont fait cela, maman. Il y a toujours des petites bêtes dans les choux.

Mme Lambert a un sursaut.

— Comment peux-tu savoir ce que j'ai vu ? Je ne t'ai rien dit.

— Mais... Je pensais que tu avais vu des trous.

Denise Lambert regarde de plus près.

— Oui, il y a des trous. Mais ils n'ont pas pu être faits par des vers. Ils sont trop gros, trop réguliers.

Denise considère sa fille : cette gamine délicate et charmante, aussi mignonne que la poupée qu'elle tient dans ses bras. Elle voudrait de toutes ses forces ne pas avoir compris la vérité. Mais il n'y a, hélas, aucun doute. Son mari et elle lui ont dit que les garçons naissaient dans les choux et les filles dans les roses. Ils lui ont dit aussi qu'après une petite fille, ils souhaitaient avoir un petit garçon... En lardant le chou, vraisemblablement à coups d'aiguille à tricoter, Jeannette a commis de propos délibéré un meurtre. Car elle y croyait. Ce n'était pas un légume qu'elle pensait avoir frappé, c'était un enfant... Mme Lambert reste un instant silencieuse et lance d'une voix étranglée :

— Va-t'en !

29 mai 1930. L'agitation et l'émotion règnent dans le petit pavillon des Lambert, à Gournay-sur-Marne. En effet, Denise vient de ressentir les

premières douleurs et il a fallu appeler le médecin d'urgence.

Pierre Lambert a emmené Jeannette avec lui dans le jardin, tandis que le docteur et la sage-femme sont enfermés dans la chambre au premier étage. Il garde le silence. Il est soucieux et on le comprend. L'accouchement est prématuré. Il survient au septième mois. Le médecin lui a dit de ne pas s'inquiéter, que tout irait bien. Mais tout de même...

A ses côtés, Jeannette Lambert donne, elle aussi, les signes de la plus grande inquiétude.

— J'ai peur, papa ! J'ai peur !

Pierre Lambert la regarde sans répondre. Il a toujours adoré Jeannette et il ne parvient pas à y croire. D'abord, cet incroyable acte de méchanceté et de perfidie dont elle s'est rendue coupable il y a deux ans en volant de l'argent pour faire accuser et renvoyer la femme de ménage. Et puis, cet acte plus incroyable encore qu'elle a commis dans les semaines qui précèdent : larder de coups d'aiguille le plus gros chou du potager pour tuer le petit frère dont elle ne veut pas...

— J'ai peur, papa !

Elle se met à pleurer en regardant le carré de choux.

— Papa, j'ai fait quelque chose de très vilain...

Malgré tout, M. Lambert ne peut pas arriver à en vouloir à sa fille. Il a au contraire pitié de cette détresse d'enfant. Il la prend dans ses bras.

— Ne pleure pas. Tu sais, papa et maman ne t'ont pas dit tout à fait la vérité. Les petits frères ou les petites sœurs — car ce sera peut-être une petite sœur — ne naissent ni dans les choux ni dans les roses. Ils sont dans le ventre des mamans. Alors, ce que tu as fait, ce n'est pas grave.

Jeannette n'a pas l'air d'entendre. Elle pleure toujours

— Le petit frère est mort.

M. Lambert essaie de trouver les mots qu'il peut.

— Mais non, il n'est pas mort. Et puis, quand tout à l'heure le petit frère ou la petite sœur sera là, cela ne changera rien. Papa et maman t'aimeront autant qu'avant et même plus qu'avant.

Jeannette Lambert maintenant fait une véritable crise de nerfs. Elle répète au milieu de ses sanglots :

— Le petit frère est mort !

C'est à ce moment que le docteur arrive et vient prendre à part M. Lambert.

— Monsieur, il va vous falloir du courage... Votre femme va tout à fait bien, mais l'enfant, c'était un garçon, nous n'avons rien pu faire. Il était mort-né.

Une semaine a passé ; une semaine pendant laquelle Denise Lambert n'a pas quitté sa chambre, en proie à un abattement profond. Pour la première fois, elle vient de manifester le désir de parler à son mari, alors que jusque-là elle ne voulait voir personne, pas même lui.

Pierre Lambert est effaré en voyant sa pâleur et ses traits creusés. Mais c'est surtout son regard qui lui fait peur ; un regard dur comme celui d'une bête blessée.

— Pierre, je ne pourrai jamais lui pardonner !

— Ecoute, c'est une enfant...

— Non. Ce n'est pas une enfant, c'est un monstre. C'est elle qui a tué mon fils. Je le sais.

— Voyons, Denise, tu perds la raison. Tu en parles comme d'une sorcière. Ce n'est pas sérieux !

— Si, c'est sérieux ! Lorsque j'ai vu ce chou percé à coups d'aiguille, j'ai senti quelque chose en moi. C'était comme si tout s'arrêtait.

Denise Lambert se redresse sur son lit et s'accroche à son mari.

— Pierre, notre fils est mort à ce moment-là, j'en suis sûre ! Et c'est elle qui l'a tué !

Pierre Lambert est bouleversé, mais il tente quand même de minimiser les choses.

— Tu ne dois pas avoir des idées pareilles. D'ailleurs il faut que je te parle justement de Jeannette. Depuis le drame, elle ne va pas bien du tout.

— Cela m'est égal !

— Je suis très inquiet, Denise. Le docteur aussi... Il l'a vue tous les jours, après toi : il dit que c'est peut-être grave.

— Cela m'est égal !

— Mais c'est notre fille, Denise...

— Plus pour moi. Qu'elle aille au diable !

C'est exactement ce qui est arrivé : Jeannette Lambert, la petite fille au visage d'ange et au cœur de monstre, est allée au diable. Elle n'a pas pu supporter le terrible sentiment de culpabilité qu'elle a ressenti à la suite de son acte. Pendant des jours et des jours, elle est restée dans sa chambre en pleurant et en répétant :

— Le petit frère est mort !

Puis, sa raison, qui était sans doute déjà atteinte depuis quelques années, car ses crises de langueur, de mélancolie, étaient vraisemblablement les symptômes d'une maladie mentale, a définitivement chaviré. Elle n'a plus prononcé que des paroles incohérentes. Elle a refusé de s'alimenter. Il a fallu l'interner. Elle est restée à l'asile jusqu'à sa mort, dix ans plus tard...

Depuis longtemps, Pierre et Denise Lambert, repliés dans leur chagrin, avaient quitté Gournay-sur-Marne pour la capitale. Il y a beaucoup trop de jardins potagers dans une petite ville de banlieue et, même de loin, la vue d'un chou leur faisait horreur.

SOUTH SIDE STORY

Personne n'a oublié l'opéra de Leonard Berstein, adapté peu après à l'écran et qui fut un succès dans le monde entier : *West Side Story.* Il racontait l'histoire de Roméo et Juliette transposée dans les faubourgs ouest de New York... C'était dans le début des années soixante. Ces affrontements entre une bande d'Américains de souche et d'Américains d'origine portoricaine avaient été considérés à l'époque comme d'une extrême violence. Et pourtant, jusqu'à l'épilogue tragique à cause d'un coup de couteau, les deux camps rivaux se battaient à mains nues. On s'alarmait aussi de la jeunesse des protagonistes. Pensez donc : ils n'avaient que dix-huit ans !

Trente ans ont passé... Nous sommes en août 1994, non plus dans les faubourgs ouest de New York, mais dans les faubourgs sud de Chicago. Et les drames qui s'y déroulent la nuit illustrent l'effarante progression de la violence en trois décennies aux Etats-Unis. Voici ce qu'on pourrait appeler *South Side Story,* une histoire d'affrontement entre bandes elle aussi, mais qui ne ressemble en rien à *West Side Story.* On ne peut ni la mettre en musique, ni la danser, ni la chanter, et elle ne suscite que l'incrédulité et l'horreur.

Dimanche 28 août 1994... Il est 21 heures et la tombée de la nuit n'a pas mis fin à la chaleur. Il règne une moiteur étouffante dans le South Side, cette immense zone délabrée qui s'étend au sud de Chicago. Le South Side est, avec Harlem, à New York, et Watts, à Los Angeles, la plus grande concentration de misère des Etats-Unis. Car, dans le pays le plus puissant du monde, ils sont des millions à vivre dans des conditions analogues à celles du tiers monde, des millions qui ont un point commun : ils sont noirs.

Il n'y a que des Noirs dans le South Side ; des Blancs y risqueraient leur vie. La police n'y va jamais, sauf pour des faits particulièrement graves. Dans ces cas-là, elle intervient en force, avec un déploiement de moyens qui s'apparente à une opération de guerre.

Non, la police ne peut pas venir dans le South Side pour chaque crime qui s'y commet, sinon tous les effectifs de Chicago n'y suffiraient pas. Ces crimes ont, d'ailleurs, une particularité : ils sont commis par des adolescents ou des enfants.

Dans le South Side, les parents ne travaillent pas : ils sont pratiquement tous au chômage. Ce sont les enfants qui font vivre la famille. Les uns gagnent leurs dollars en vendant du crack, le dérivé bon marché de la cocaïne. Inutile de préciser qu'entre les jeunes dealers, c'est une guerre sans merci. Ils se tirent dessus pour quelques grammes de drogue, la possession d'un bout de trottoir ou simplement par jeu. Quant aux autres, ils sont tout simplement tueurs à gages ! En effet, en cas de capture, ils ne sont passibles que de peines légères, alors que les adultes risqueraient la chaise électrique. Les gangs se livrent à un intense recrutement parmi eux, principalement au moment de la rentrée scolaire.

Nous sommes devant un terrain vague donnant sur la 108ᵉ rue, une des plus laides et des plus misérables du quartier, ce qui en dit long sur l'aspect des lieux. La 108ᵉ rue a une caractéristique : des paniers de basket y sont accrochés de place en place sur la façade des maisons. Ainsi, les jeunes peuvent y jouer à leur sport favori. Il y a bien un terrain de basket à l'école, mais l'établissement est trop dangereux, ainsi que le chemin qui y conduit. Les élèves n'y vont plus ; le quartier n'est plus scolarisé. C'est l'ultime étape de la décomposition sociale.

Pour l'instant, ce n'est pas un match de basket qui se déroule sur le stade improvisé que constitue le terrain vague, mais une partie de football. Une vingtaine de très jeunes gens se disputent à grands cris un ballon ovale, avec des casques de moto sur la tête pour se protéger des chocs. Tout autour, il y a un peu de public : des habitants de la rue, garçons et filles...

Silencieusement, de nouveaux spectateurs viennent prendre place dans une zone d'ombre entre deux réverbères. Les footballeurs, tout à leur partie, n'y prêtent pas attention : ils ont tort. Car, qu'ils soient de l'une ou de l'autre équipe, ils appartiennent au même gang. C'est en quelque sorte une récréation qu'ils se sont accordée entre deux expéditions. Il est vrai que c'est de leur âge, même s'ils ne vont plus à l'école. Mais c'est aussi terriblement imprudent. Ils sont tous ensemble dans un lieu éclairé au milieu de la nuit et ils forment, pour un gang rival, une cible immanquable.

Ce gang rival est là... Parmi les arrivants, un adulte tient en main ce qui semble un paquet de linge. Il est impossible de dire de qui il s'agit : il est dans la pénombre et il est de couleur noire, comme tous ceux qui sont ici. Il s'adresse à une petite silhouette non loin de lui :

— Bobby, viens ici !

L'interpellé s'approche et l'homme sort du paquet quelque chose qui ressemble à une mitraillette. En fait, il s'agit d'un MAC, une arme automatique redoutable, capable d'envoyer avec une grande précision plusieurs centaines de balles de 9 mm à la minute.

— Prends ça et tire dans le tas !

— Moi ?

— Oui, toi. Pose pas de question !

Pour exécuter l'ordre qu'il a reçu, le prénommé Bobby sort légèrement de l'ombre et on peut distinguer ses traits fins. Il est beau, avec sa peau très noire, ses cheveux aux gracieuses et amples boucles, ses yeux en amande qui brillent d'un vif éclat. Mais il a quelque chose de félin, de sauvage. On dirait un tigre ou plutôt un chat, tant sa taille est petite. Et elle correspond exactement à son âge. Il s'appelle Robert Sandifer et il a onze ans...

Robert Sandifer n'a pas une seconde d'hésitation. Il presse la détente et, l'instant d'après, c'est l'enfer. Le MAC arrose le terrain vague de sa pluie de mort. Les joueurs courent en hurlant se mettre à l'abri... Lorsque le jeune tireur cesse le feu, l'un d'eux se tortille à terre avec une balle dans la jambe et une forme est allongée immobile un peu plus loin. C'est le corps d'une jeune fille, Shavon Dean, quatorze ans, qui habitait à côté, dans la 108e rue, qui n'avait rien à voir avec l'un ou l'autre gang et qui était simplement venue en curieuse. Elle a reçu une balle dans la tête... Il y a un bruit de cavalcade : Robert Sandifer et les siens s'enfuient dans la nuit moite de cette fin d'août. Ce sera un crime impuni de plus dans le South Side !

Et pourtant, non, car cette fois, les autorités décident de réagir. Trop, c'est trop ! C'est la 631e victime par balle pour Chicago et sa banlieue depuis le début de l'année, c'est-à-dire en huit mois seulement. Les records de criminalité établis dans les tristement célèbres années de la prohibition par Al Capone et les siens sont largement battus. Et c'est d'autant plus tragique qu'un tiers des victimes ont moins de vingt et un ans.

Le lendemain, on assiste à un véritable débarquement de forces policières dans la 108e rue et ses alentours. Devant une telle démonstration de fermeté, chacun comprend que c'est sérieux. Et les langues se délient, car les témoins sont nombreux.

— C'est Robert Sandifer qui a tiré. On l'a vu...

— Sandifer ? Vous êtes sûr ? Il n'a que onze ans !

— Sûr et certain. Ses chefs étaient là aussi. Mais eux, on ne les a pas vus.

— Et vous avez une idée de l'endroit où il peut être, Sandifer ?

— Ça, c'est le genre de chose que personne ne peut savoir...

Si la police a réagi immédiatement au nom de Robert Sandifer, c'est qu'elle le connaît bien. Malgré son âge, il a déjà un lourd passé. Il a fait sa première fugue à huit ans, il a commis son premier vol à neuf et sa première attaque à main armée à dix. Il a été arrêté onze fois, mais relâché après quelques jours de détention dans un centre pour mineurs. Il a pour signe particulier un tatouage sur le bras droit : *I love Mommy,* c'est-à-dire : « J'aime M'man. »

Cet amour qu'il porte à sa mère n'est pourtant pas si évident que cela. Il est son second enfant. Elle a eu son premier à quinze ans, de père inconnu. Robert lui est venu à dix-huit, également de père inconnu. C'est une coutume dans le South Side. Les jeunes filles noires se font faire des enfants. C'est leur seule possibilité de revenus si elles ne veulent pas se livrer à la prostitution. A chaque naissance, en effet, elles touchent un chèque de l'Assistance publique.

Dans le cas de Robert, sa mère l'a eu certainement pour l'argent et non par envie de maternité. Car, si elle s'est occupée de lui, c'est de manière bien particulière ! A trois ans il lui a été retiré par les services municipaux : il portait des traces de brûlures de cigarettes dans le cou, les épaules et les jambes. Il a été confié à sa grand-mère, qui n'avait ni le temps ni l'autorité suffisants pour s'occuper de lui. A partir de là, l'engrenage habituel s'est engagé : d'abord la petite délinquance, jusqu'à ce qu'il se fasse recruter par un gang.

Lorsque l'identité du tueur du terrain vague est connue du public, il se produit un déclic. Robert Sandifer, en raison de son extrême jeunesse, fait la une des journaux. Et pas seulement à Chicago : dans tous les Etats-Unis. Il devient le symbole du mal qui gangrène le pays... Les médias citent des chiffres effrayants : l'année précédente, en 1993, 301 enfants de dix à quatorze ans ont été arrêtés pour homicide et 351 en ont été victimes eux-mêmes. Ils rappellent des faits tout aussi alarmants. Lors de la même année 1993, un questionnaire national a été posé aux écoliers de neuf et dix ans ; à la question : « Qu'est-ce qui vous mettrait le plus en sécurité ? » la quasi-totalité ont répondu : « Une arme. » D'ailleurs, dans les quartiers difficiles, il y a des portiques de détection d'armes à l'entrée des écoles.

Comment en serait-il autrement, quand on connaît la passion des armes dans la mentalité nationale ? Dans un pays où fumer dans la rue est presque assimilé à un crime, se promener avec un revolver passe pour un droit constitutionnel inaliénable. Il y a 210 millions d'armes à feu en circulation aux Etats-Unis, soit plus d'une par adulte, hommes, femmes et vieillards confondus. Et les choses ne sont pas près de changer. On peut faire confiance pour cela au NRA (National Rifle Association), l'association des fabricants d'armes, le plus puissant lobby américain, fort de trois millions et demi de membres, qui dispose de sommes considérables, qui finance campagne de propagande sur campagne de propagande et achète suffisamment de députés pour empêcher le vote de toute loi efficace...

Tout cela est dit et redit dans la presse, qui, pendant plusieurs jours, ne parle que de Robert Sandifer. Moins, d'ailleurs, comme d'un monstre que comme d'une victime. Il faut le retrouver, l'arracher à l'enfer qu'est le South Side !

C'est sans doute cette médiatisation qui effraie les chefs de son gang. Tout ce tapage devient terriblement dangereux ; laisser Robert Sandifer en vie, c'est mettre en péril tous les autres... Le 4 septembre 1994, une semaine tout juste après la fusillade du terrain vague, on découvre le corps du jeune garçon dans un passage souterrain sordide et taggué sous une voie de chemin de fer. Il a deux balles dans la tête. Son identification se fait sans difficulté ; sur son bras droit, est tatouée la phrase : « J'aime M'man. »

Ses meurtriers sont arrêtés peu de temps après. Il s'agit d'habitants des environs, à peine plus âgés que lui : Craig Hardway, seize ans, et son frère Timmy, quatorze. Craig est condamné à vingt ans de prison, Timmy est placé dans une maison d'éducation spécialisée, en raison de son âge.

On vous l'avait dit : *South Side Story* n'est pas *West Side Story*. Aujourd'hui, dans les faubourgs sud de Chicago et les autres banlieues déshéritées des Etats-Unis, on n'a aucune chance de trouver un

Roméo ou une Juliette, et les seuls moments d'extase qu'on peut goûter sont ceux, dérisoires et fugitifs, procurés par le crack, cette drogue terrible qui détruit un individu en moins d'un an.

Non, rien de ce qui s'est passé en ce mois d'août 1994 à Chicago n'aurait pu inspirer un film musical. En voulez-vous une dernière illustration ? A la fin de *West Side Story,* on assiste à la scène émouvante du héros mort, dont le corps est porté par les membres des deux bandes rivales, enfin réunies. Dans le cas de Robert Sandifer, il n'y aurait pas eu besoin de s'y mettre à plusieurs pour soulever son corps. La police l'a précisé dans son rapport officiel : il pesait 35 kilos.

LE SECRET DE LA MER

Septembre 1955... Le capitaine Serge Maurier et sa femme Irène sont allongés dans un transat, sur le pont des premières classes du paquebot *Tuléar*, qui les ramène de Madagascar où ils viennent de passer deux ans en garnison coloniale.

Irène et Serge Maurier transpirent à grosses gouttes... Il ne faudrait pas imaginer cette traversée comme une croisière d'agrément. En 1955, on utilise le bateau parce que l'avion n'est accessible qu'à un petit nombre de privilégiés. Et ce long trajet jusqu'à Marseille, qui s'effectue par l'océan Indien, la mer Rouge, le canal de Suez et la Méditerranée, est très éprouvant.

Nous sommes au large de Djibouti. L'équateur est encore proche et jamais, sans doute, la chaleur n'a été aussi accablante. Irène et Serge Maurier se sourient pourtant. Depuis dix ans qu'ils sont mariés, c'est un couple uni. Elle, est cultivée, fine, sensible, un peu nerveuse parfois ; lui, a les qualités qu'on peut attendre d'un militaire : les pieds sur terre, de l'autorité, de l'équilibre. Bref, ils se complètent et leur entente s'est matérialisée par deux garçons, Jean-Pierre, sept ans, et Michel, dix mois, qui est né lors de leur séjour dans la grande île.

Leurs enfants, justement, sont restés dans la cabine. Michel a été laissé dans son berceau ; pas question de l'emmener dehors par cette chaleur. Bien sûr, en cette année 1955, la climatisation n'existe pas sur les navires, mais le nourrisson a quand même près de lui un ventilateur, qui apporte un peu d'air, à défaut de fraîcheur. Quant à Jean-Pierre, il a préféré rester sur sa couchette. Il ne se sent pas bien : le mal de mer.

Irène Maurier pose la revue d'actualités qu'elle était en train de lire.

— Je vais aller voir ce que deviennent les enfants.

Serge Maurier a un signe de tête approbateur.

— Je viens avec toi...

Le capitaine et sa femme descendent l'escalier. Depuis le couloir les pleurs de leur bébé sont déjà perceptibles. Quand ils ouvrent la porte de la cabine, ce sont des cris assourdissants qui les accueillent... Irène s'approche du nourrisson et lui passe la main sur le front.

— Il a chaud...

Il est vrai que, malgré le hublot ouvert et le ventilateur qui vrombit près du berceau, il règne une chaleur d'étuve. Irène prépare un biberon d'eau sucrée et prend son fils dans ses bras. Mais celui-ci refuse de boire. Il crie plus fort encore, il est secoué de sanglots. A présent, ce sont de véritables hurlements qu'il fait entendre ; c'est assourdissant ! Irène Maurier, qui est à bout elle-même à cause de la canicule, perd patience.

— Ah, si tu cries comme ça, on va te passer par le hublot !

La voix de sa mère doit avoir un effet apaisant, car le petit Michel se calme et se tait tout à fait. Elle peut lui donner son biberon.

Serge Maurier prend la parole avec un rien d'inquiétude.

— Tu ne crois pas qu'il faudrait l'emmener chez le médecin du bord ?

— Nous l'avons déjà vu. C'est normal par ces chaleurs. Beaucoup d'eau pour éviter la déshydratation. C'est la seule chose à faire.

Le biberon terminé, Irène remet l'enfant dans son berceau...

— Et moi, tu ne t'occupes pas de moi ?

C'est Jean-Pierre, alité dans la couchette à côté, qui se manifeste pour la première fois. Irène Maurier s'assied auprès de lui.

— Mais si, j'allais venir. J'ai d'abord été voir Michel parce qu'il est le plus petit. Comment cela va, mon grand ?

— Tu le sais bien. J'ai le mal de mer.

— Cela va passer... A tout à l'heure.

Elle lui donne un baiser et ils remontent sur le pont...

Pour se rafraîchir, les Maurier décident de se rendre à la piscine, car le *Tuléar,* par bonheur, en possède une. Elle est évidemment bondée, mais l'eau leur fait tellement de bien qu'ils y restent plusieurs heures sans se rendre compte du temps qui passe... Lorsqu'ils regagnent enfin leur cabine, ils ont un sourire en arrivant dans le couloir : le silence règne ; Michel s'est endormi. Ils ouvrent la porte et s'immobilisent : leur bébé n'est plus dans son berceau ! Irène se met à crier :

— Michel ! Michel !

C'est alors que s'élève la voix tranquille de Jean-Pierre, depuis sa couchette.

— J'ai fait ce que tu m'as dit, maman.

— Qu'est-ce que tu as fait ?

— Ce que tu as dit. Il a crié. Je l'ai passé par le hublot...

Dans la cabine, le temps s'arrête. Les Maurier veulent croire à une plaisanterie de leur aîné. Ils fouillent dans le placard, ils explorent par terre mais il n'y a rien et comme, à dix mois, Michel n'a pas pu quitter seul son berceau... Irène regarde le hublot d'où s'engouffre un air brûlant et par lequel on entend le bruit des flots... Elle s'évanouit.

Les moments qui suivent sont dramatiques. Le capitaine du *Tuléar* est alerté. C'est le branle-bas de combat. L'équipage fait des recherches dans tout le navire, les passagers lui prêtent main-forte, mais le nourrisson est introuvable. Il faut bien se résoudre à admettre l'horrible vérité : son frère l'a jeté à la mer.

Irène Maurier est transportée à l'infirmerie dans un profond état de choc. Elle y reste jusqu'à l'arrivée à Marseille. Jean-Pierre, de son côté, est confié à son père, lui aussi profondément traumatisé. Ils occupent tous deux leur cabine où ils étaient quatre si peu de temps auparavant.

L'enfant ne cesse de répéter, entre deux crises de larmes :

— Ce n'est pas de ma faute, papa ! C'est maman qui me l'a dit...

A Marseille, c'est le commissaire du port qui se voit chargé de ce cas sans précédent. Le bébé a bel et bien été défenestré par le hublot, mais un enfant de sept ans n'est pas pénalement responsable. Alors, le laisser à ses parents ? Il ne peut s'y résoudre. La mère est encore gravement déprimée, le père a l'air également perturbé. Il lui semble évident que, dans l'intérêt de Jean-Pierre, il faut l'isoler. Il sera confié à une institution appropriée en attendant que le juge pour enfants décide d'une mesure.

C'est une fois arrivés dans leur appartement parisien, alors que leur fils est resté dans un home d'enfants du Midi sur décision du commissaire, que Serge et Irène Maurier parlent pour la première fois du drame. Et leur discussion prend aussitôt un tour extrêmement violent, car l'un et l'autre n'ont cessé de penser et ils sont arrivés à des conclusions diamétralement opposées... C'est Serge Maurier qui attaque le premier.

— Pendant tout le temps que tu étais à l'infirmerie, Jean-Pierre n'a fait que me répéter : « J'ai fait ce qu'avait dit maman. C'est la faute de maman. » Et il avait raison. Tout vient de ton inconscience monstrueuse !

— Je donnerais toute ma vie pour ne pas avoir dit cela !

— C'est trop tard ! C'est toi qui as provoqué le geste de cet enfant. La criminelle, c'est toi !

— Non, Serge...

— Comment ?

— Serge, le criminel, c'est lui !... Je reconnais que ce j'ai dit était irresponsable, était fou. Mais il en a profité !

— Qu'est-ce que tu dis ?

— Il n'avait jamais accepté la naissance de Michel. Il attendait une occasion. Il s'est servi de ma phrase inconsciente pour assassiner ce frère qu'il haïssait.

Pour toute réponse, Irène reçoit une formidable gifle de son mari, mais cela ne lui fait pas baisser le ton.

— Je ne veux plus le voir, Serge. Il me fait horreur !

— C'est ton fils...

— Non. C'est le meurtrier de mon fils.

— Si tu ne veux plus le voir, tu ne me verras pas non plus.

— Comme tu veux. Divorçons !

Et c'est bien ce qui se produit : Serge continuant à accuser sa femme et Irène son fils, les Maurier vont jusqu'au divorce. La séparation est prononcée aux torts réciproques des époux, mais la grande question est, bien entendu, la garde de l'enfant.

Il n'est pas possible de le confier à Irène, qui n'en veut pas. Serge aurait bien accepté, mais sa profession rend la chose impossible : sa prochaine affectation est en Algérie, en pleine guerre. Alors, le juge des divorces, en accord avec le juge pour enfants, remet Jean-Pierre Maurier à ses grands-parents paternels, qui habitent la Bretagne, avec droit de visite pour le père et la mère...

Irène Maurier ne l'exercera jamais. Elle ne veut plus voir Jean-Pierre et elle tient parole. Serge Maurier ne viendra jamais non plus, mais pour une autre raison : il est tué dans un attentat peu après son arrivée à Alger.

A huit ans tout juste, Jean-Pierre Maurier se retrouve donc quasi orphelin et tous les efforts de ses grands-parents n'y font rien : de sombre qu'il était, il devient renfermé, puis violent. Il faut le retirer de l'école primaire qu'il fréquentait pour le confier à un établissement d'éducation spécialisée. Il ne revient chez ses grands-parents que pour les vacances.

Un jour d'été triste et venteux, alors que Jean-Pierre avait treize ans, M. et Mme Maurier père et mère ont découvert qu'il n'était pas dans la maison. Pris d'un terrible pressentiment, ils ont couru sur la plage. Là, ils ont trouvé ses vêtements bien rangés sous la pluie, mais pas de Jean-Pierre. Les secours, aussitôt alertés, ont exploré les environs pendant une semaine entière, sans pouvoir retrouver son corps.

Sous son oreiller, il avait laissé un mot laconique : « Je vais rejoindre Michel. » C'était tout... Il ne disait pas s'il n'avait pu supporter le remords de son crime ou l'injuste accusation de sa mère...

C'est sur un point d'interrogation que se termine ce drame. Qui de Serge ou d'Irène Maurier avait raison ? Est-ce qu'un enfant naïf avait agi à cause d'une phrase stupide ? Ou, au contraire, est-ce qu'un petit monstre machiavélique avait froidement tiré parti des circonstances ? Les vagues, en engloutissant Jean-Pierre, ont laissé la question sans réponse...

Deux frères reposent, l'un dans les flots brumeux de la Bretagne, l'autre dans les eaux brûlantes de la mer Rouge. Deux innocents ou bien un meurtrier et sa victime ? Nul ne le sait. C'est le secret de la mer.

LE PACTE

Dans le coquet pavillon des Sturm, à Flesheim, petite cité de Bavière, c'est la joie, en ce mois de juin 1971. Mme Sturm est rentrée de la clinique avec son nouveau-né, une ravissante petite fille prénommée Helga. Et c'est d'autant plus merveilleux qu'elle ne pensait plus pouvoir avoir d'enfant. Son mari et elle ont déjà une fille, Frida, dix ans, et un fils, Ludwig, huit ans, mais depuis la venue au monde de ce dernier, ils avaient attendu en vain une troisième naissance. Maintenant c'est fait, l'heureux événement est arrivé.

« L'heureux événement »... Il y a parfois des expressions qui peuvent se révéler d'une épouvantable ironie !

1er juillet 1971... La petite Helga, âgée de quelques jours, dort dans sa jolie chambre. Son berceau, une authentique pièce Empire, est recouvert d'un long voile de mousseline blanche. Il faut dire que le pavillon des Sturm est aussi luxueux qu'arrangé avec goût. Les Sturm ont les moyens. Rainer, le père, est industriel. Il possède une entreprise de produits alimentaires qui fait vivre la moitié de Flesheim. Chacun connaît dans la région sa silhouette dynamique, avec ses cheveux roux en brosse et son menton volontaire. Il aurait pu, s'il le voulait, être maire et même député, mais la politique ne l'intéresse pas. Il se contente d'être la personnalité locale la plus riche et la plus en vue...

La porte de la chambre vient de s'ouvrir silencieusement. Frida et Ludwig Sturm font leur entrée dans la pièce. Ce sont deux beaux enfants. Frida, grande et blonde, fait plus que ses dix ans, Ludwig a la mine hardie du gamin insupportable et trop gâté qu'il est. Ils avancent en se tenant par la main. Rainer, leur père, est à son travail, Elke, leur mère, est chez le coiffeur et c'est le jour de sortie de la bonne : ils sont seuls à la maison. Il y a un moment déjà qu'ils attendent cet instant, exactement depuis la naissance de leur petite sœur... Frida chuchote :

— Tu as signé. N'oublie pas...

Ludwig a un sourire.

— Parce que tu crois que je vais flancher ?

Ils sont devant le berceau. Frida Sturm écarte le voile de mousseline. Elle se tourne vers son frère.

— Chacun un coin de l'oreiller !...

Lorsque, deux heures plus tard, Mme Sturm rentre de chez le coiffeur, elle découvre le bébé inerte et tout bleu. Elle appelle les pompiers, mais ceux-ci ne parviennent pas à le réanimer. Le médecin de famille, qui arrive peu après, n'a aucun soupçon. Il se préoccupe seulement de réconforter les parents effondrés.

— C'est la mort subite du nourrisson. C'est rare, mais cela arrive. C'est une tragique fatalité. Soyez courageux !

Et il délivre le permis d'inhumer, tandis que les premières personnes prévenues du drame se manifestent au téléphone...

Le soir, après avoir beaucoup pleuré avec leurs parents, le frère et la sœur se retrouvent dans la chambre de Frida. En chuchotant, ils laissent éclater leur joie.

— Enfin, on est tous les deux comme avant !

— Et il n'y en a pas un qui s'est méfié !

— Montre-moi le pacte...

Frida va prendre une feuille de papier détachée d'un cahier. Elle lit : « Aujourd'hui 1er juillet 1971, nous jurons de tuer notre sœur Helga. Nous l'étoufferons en prenant chacun un coin de son oreiller pour que ce soit notre crime à tous les deux. Signé Frida Sturm et Ludwig Sturm... » Le petit Ludwig hoche la tête avec satisfaction, puis pousse un soupir.

— Dommage qu'on soit obligés de le brûler ! J'aurais aimé le garder comme souvenir.

— On va le garder.

— Tu es folle ! Les parents vont le découvrir.

— Non. Regarde...

Frida Sturm va vers le beau secrétaire à cylindre qui lui sert de bureau et appuie sur un des côtés. Il y a un déclic et un tiroir secret apparaît.

— Je l'ai découvert il y a quelques jours par hasard.

— Formidable !

Sous le regard ravi de son frère, la petite fille plie la feuille de papier, la glisse dans la cachette et referme l'ouverture... Le drame s'était déjà abattu sur la maison des Sturm, ce dernier geste va porter l'horreur à son comble.

Flesheim, Bavière, 28 mars 1981, trois heures du matin... Près de dix ans se sont écoulés et Gregor Hofmann, lieutenant de police, fonce au volant de sa voiture. Il n'aurait jamais pensé connaître de tels moments dans sa carrière de policier. Il y a quelques minutes, il a été réveillé par un coup de téléphone :

— Ici Ludwig Sturm. Mon père et ma mère ont été assassinés. Venez vite !

Le père et la mère de Ludwig Sturm, le lieutenant ne veut pas y croire ! M. et Mme Sturm, les personnages les plus considérables de Flesheim. M. Sturm, qui fait vivre la moitié de la ville, qui est la providence de la région...

En fonçant, sirène hurlante, dans les rues vides, le lieutenant Gregor Hofmann a devant les yeux l'image familière de Rainer Sturm : sa haute silhouette au regard dominateur. Se pourrait-il que cet homme-là ait été assassiné ? Et Elke Sturm, cette femme du monde, dont la présence se remarquait dans toutes les manifestations culturelles et associatives, tuée elle aussi ? C'est un coup de tonnerre à Flesheim !

Quelques minutes plus tard, le lieutenant Hofmann a confirmation de la tragique vérité. Le meurtre, qui a eu lieu dans la chambre à coucher des Sturm, au premier étage de leur pavillon, est particulièrement horrible. Ils ont été tués à coups de couteau et de marteau. Ils gisent sur leur lit. Elke Sturm porte sur tout le corps de profondes blessures, dont plusieurs ont été, sans nul doute, mortelles. Mais Rainer Sturm est dans un état plus effrayant encore. Où sont cette élégante silhouette, ce visage énergique, aux cheveux en brosse ? Il est recroquevillé sur lui-même et son crâne a été écrasé, écrabouillé.

Gregor Hofmann se retourne... Deux jeunes gens se tiennent immobiles et silencieux dans l'encadrement de la porte. Ludwig Sturm, dix-huit ans, s'est habillé hâtivement d'un blue-jean ; il a gardé sa veste de pyjama. Il est grand, très grand même, brun et maigre. A son côté, Frida Sturm, vingt ans, frissonne dans sa chemise de nuit. Elle est toute pâle, avec un air absent ; ses cheveux blonds semblent presque blancs.

Le lieutenant va vers elle et la prend par le bras. Il sait, comme beaucoup de gens à Flesheim, que la santé nerveuse de la jeune fille est fragile. Elle vient de faire une dépression, qui a nécessité son hospitalisation dans une clinique psychiatrique. Elle n'en est sortie que depuis une semaine.

— Venez, mademoiselle. Ne restez pas là.

La voix de Frida est étrangement dépourvue d'intonation.

— Je veux savoir qui...

— Je suis là pour cela et je saurai, je vous le jure !

Après avoir laissé Frida Sturm dans sa chambre, le lieutenant Hofmann s'adresse à Ludwig.

— Excusez-moi, monsieur Sturm, mais êtes-vous en état de parler ?

— Oui. Et j'ai des choses à vous dire.

— Vous avez vu les assassins ?

— Pas tout à fait...

Ils quittent tous deux l'horrible pièce du drame et vont s'installer dans le salon, au rez-de-chaussée.

— Que s'est-t-il passé, monsieur Sturm ?

Le grand jeune homme se tasse sur lui-même.

— Je dormais. J'ai entendu du bruit dans la chambre des parents. J'y suis allé. Je me suis heurté à deux hommes qui s'enfuyaient. Ils m'ont bousculé. Le temps que je leur coure après, ils s'étaient enfuis. Je suis retourné dans la chambre et j'ai découvert... ce que vous avez vu.

— Leur signalement ?

— Je ne sais pas. Ils avaient des passe-montagne.

— Et par où sont-ils partis ?

— Par la porte.

Le lieutenant réfléchit, tandis que Ludwig Sturm se prend la tête dans les mains, secoué de sanglots sans larmes... Il est terriblement mal à l'aise. Il aimerait que tout cela colle, mais cela ne colle pas. Ces deux hommes en passe-montagne font penser à des professionnels. Or, pas un cambrioleur digne de ce nom n'irait dans une maison où se trouvent quatre personnes. Il se renseignerait d'abord. Alors, des tueurs ? Cela ne va pas non plus. Après leur double meurtre, ils seraient allés jusqu'au bout. Ils ne se seraient pas enfuis à l'arrivée du jeune homme, ils l'auraient assassiné, ainsi que sa sœur...

Une femme d'un certain âge, aux cheveux gris, toussote au seuil du salon, l'air gêné.

— Excusez-moi, lieutenant, mais j'aimerais vous parler.

— C'est urgent ?

— Oui, c'est urgent.

— Vous êtes ?

— Mme Becker. Je suis la voisine.

— Eh bien, je vous écoute, madame Becker.

Mais au lieu de parler, la voisine baisse les yeux, embarrassée.

— C'est que j'aimerais vous parler... à vous seul.

Gregor Hofmann jette un coup d'œil à Ludwig Sturm. Le jeune homme s'est raidi et une lueur de crainte est passée dans ses yeux.

— Voulez-vous nous laisser quelques instants, monsieur Sturm ?

Ludwig Sturm, sans un mot, déplie sa longue carcasse et quitte la pièce. Mme Becker prend place sur le fauteuil qu'il vient de quitter et se met à parler à voix basse.

— C'est un affreux malheur, et je crains que ce ne soit plus affreux encore.

— Expliquez-vous.

— Il y a une demi-heure, j'ai entendu du bruit chez les Sturm, des cris et des coups sourds... Il faut vous expliquer que je souffre d'insomnie. Bref, j'ai été à ma fenêtre. La chambre de M. et Mme Sturm était allumée. Le bruit a continué pendant encore une minute ou deux et puis, plus rien.

— C'est tout ? Avez-vous pu voir quelqu'un ?

— Non, personne n'est sorti de chez eux.

— Vous en êtes sûre ?

— Certaine. A moins que ce ne soit par la fenêtre opposée à mon pavillon. Mais pas par la porte, en tout cas.

Le lieutenant Hofmann a encore dans l'oreille la réponse de Ludwig à sa question : le jeune homme a donc menti. Pourquoi ? Il n'ose pas formuler le soupçon qui lui vient à l'esprit. Il prie Mme Becker de rentrer chez elle et fait venir de nouveau Ludwig Sturm. Il lui résume en quelques phrases la conversation qu'il vient d'avoir avec le témoin et conclut par un seul mot :

— Alors ?...

Le lieutenant Gregor Hofmann s'attend à des explications confuses de Ludwig, mais ce n'est pas le cas. Il redresse au contraire la tête. Il n'a plus du tout l'air du fils de la meilleure famille de la région, de l'héritier richissime promis à un brillant avenir. Il ressemble tout à coup à une bête sauvage acculée par des chasseurs.

— C'est une vieille folle ! Elle ment !

— Non ! C'est vous qui mentez ! Votre récit n'est pas vraisemblable. Vous ne pouvez pas échapper à la vérité ! Qui a tué vos parents ?

Il y a un silence tendu à l'extrême entre les deux hommes, et Ludwig Sturm finit par baisser la tête, l'air vaincu.

— C'est bon. Je vais parler... C'est pour Frida que j'ai inventé cette histoire. C'est ma sœur, après tout.

— Vous voulez dire que c'est elle qui a tué vos parents ?

— Oui, c'est elle.

— Avec un couteau de cuisine et un marteau ?

— Frida relevait d'une grave dépression. Il faut croire qu'à la clinique ils ne l'avaient pas guérie. Tout à l'heure, j'ai été réveillé par des cris. Quand je suis arrivé dans la chambre de mes parents, il était trop tard. Elle était là avec le marteau et le couteau pleins de sang... Elle n'est pas responsable, lieutenant.

Un bruit fait se retourner le lieutenant. C'est Frida qui vient d'entrer dans le salon. Elle s'avance d'une démarche un peu irréelle et s'arrête devant son frère.

— Je ne peux pas, Ludwig ! Pardonne-moi.

Le lieutenant Hofmann intervient.

— Vous ne pouvez pas quoi, mademoiselle ?

— Je ne peux pas faire ce qu'on avait dit avec Ludwig : m'accuser en prétendant que j'étais folle, si l'histoire des cambrioleurs ne marchait pas. Je ne veux pas passer tout le reste de ma vie chez les fous !

— Tu préfères la mort, idiote ?

— Je préfère la vérité, Ludwig. C'est plus fort que moi : il faut que je parle.

Frida Sturm commence à parler et le lieutenant Gregor Hofmann va atteindre le fond de l'horreur...

— C'est Ludwig et moi qui avons tué nos parents. On l'a fait tous les deux. Lui, il frappait et moi je les tenais.

Ludwig Sturm s'effondre sur le canapé. Sa sœur poursuit :

— Nous n'avions pas le choix.

Gregor Hofmann est blême.

— Pas le choix ?... Que voulez-vous dire ?

— Il était impossible de faire autrement... En allant me coucher, j'ai vu que le tiroir secret de mon secrétaire avait été ouvert. Il manquait mes papiers intimes, que je cachais là. J'ai été dans la chambre de Ludwig pour lui demander si c'était lui qui les avait pris. Ce n'était pas lui. C'était donc mes parents.

Frida ravale sa salive.

— Il faut dire que, si j'avais été hospitalisée, ce n'était pas pour dépression, c'était pour me faire désintoxiquer. Je me droguais. Et c'est pour cela que mes parents ont fouillé dans ma chambre. Ils craignaient que je recommence. Ils cherchaient de la drogue, mais c'est autre chose qu'ils ont trouvé ! Nous avons couru dans leur chambre, Ludwig et moi, et nous avons entendu un cri de ma mère. Elle avait lu... Je suis entrée. Ils se sont jetés tous les deux sur moi comme des bêtes. Ils ont voulu me tuer. Ludwig est descendu à la cuisine, il est revenu avec le couteau et le marteau et nous les avons frappés. Il le fallait ! Ils criaient qu'ils allaient tout révéler, tout dire à la ville entière, à la terre entière !

Frida Sturm se tait, épuisée. Le lieutenant la secoue par les épaules.

— Qu'est-ce qu'il y avait dans vos papiers ? Qu'est-ce qu'il y avait d'assez horrible pour vous faire tuer père et mère ?

Frida ne répond pas. C'est Ludwig Sturm qui prend la parole. Il est devenu tout à coup très calme.

— Le pacte...

— Quel pacte ?

— Celui que nous avons passé, ma sœur et moi, il y a dix ans. Je viens de le brûler, comme nous aurions dû le faire depuis longtemps, mais je le connais par cœur : « Aujourd'hui 1er juillet 1971, nous jurons de tuer notre sœur Helga. Nous l'étoufferons en prenant chacun un coin de son oreiller pour que ce soit notre crime à tous les deux. Signé Frida Sturm et Ludwig Sturm. »

Le lieutenant Hofmann est aussi blanc que sa chemise. Il se souvient, comme tout le monde à Flesheim, de la tragique disparition du bébé Sturm, qui avait consterné la cité... C'était donc un crime ! Le crime de deux enfants ! Il regarde le jeune homme et la jeune femme qui lui font face, qui sont l'image même de l'honorabilité, de la respectabilité et qui sont, en fait, les meurtriers les plus abominables qu'il ait rencontrés dans sa carrière. Il balbutie :

— C'est vrai, mademoiselle ?

Frida Sturm lui répond sans le regarder, d'une voix étrange, lointaine.

— Nous étions si heureux tous les deux, Ludwig

et moi... Pourquoi est-ce que nos parents ont eu l'idée d'avoir un troisième enfant ?

Le lieutenant prononce d'un ton mécanique :

— Je vais être obligé de vous demander de me suivre, ainsi que votre frère...

Mais Frida et Ludwig Sturm n'ont jamais eu à répondre de leur crime, ils n'ont même jamais été arrêtés. Ils avaient prévu une dernière échappatoire pour le cas où toutes les autres auraient échoué. Au moment où, avec l'accord du lieutenant, ils allaient prendre quelques affaires personnelles, ils ont réussi l'un et l'autre à avaler une dose de cyanure qu'ils avaient préparée.

Cette fois, c'était fini et bien fini. Il y avait quatre cadavres dans la maison si coquette et respectable des Sturm. Avec, en plus, le fantôme d'une petite innocente assassinée dix ans plus tôt.

LA CITÉ DES CAFARDS

La Cité des roses, cité HLM d'une ville industrielle de l'Est de la France, est en fait une succession de longues barres grises, comme on en faisait dans les années soixante. On avait planté quelques rosiers le long des façades, tout de suite après la construction, pour justifier ce nom bucolique, mais il y a longtemps qu'il n'y en a plus et ses habitants ont rebaptisé le grand ensemble « Cité des cafards ». Car, des cafards, au contraire, il y en a ! Malgré les équipes de désinfection qui viennent régulièrement, ils s'introduisent dans les appartements en passant sous les portes, dans les conduits d'aération et les vide-ordures, par dizaines, par centaines de milliers.

On pourrait l'appeler aussi « Cité du cafard »... La Cité des roses n'est pas ce qu'on fait de pire comme habitat urbain. Ce n'est pas un de ces endroits où la drogue est omniprésente, où s'affrontent les bandes rivales, un de ces lieux de non-droit où la police ose à peine s'aventurer. Non, la vie y est à peu près normale, mais elle est triste, si triste ! Dans cet ancien pays minier sinistré par la crise, il y a à peine de travail et encore moins de distractions. Alors, on s'y ennuie. On s'y ennuie à mourir ou... à tuer !

Ce 15 mai 1994, c'est une scène banale qui a lieu dans la Cité des roses. Un huissier de justice, attaché-case à la main, un serrurier, trousse à outils en bandoulière, et deux agents de police montent les marches de l'escalier D, bâtiment C — l'ascenseur est en panne — pour procéder à l'expulsion d'un locataire qui ne paie pas son loyer. En l'occurrence, il s'agit d'une femme, Catherine Berton, quarante-six ans, ancienne ouvrière au chômage, qui vit seule dans son F3 depuis son divorce et le placement de ses deux enfants à la DDASS.

A leur passage, des voisins alertés par la rumeur sortent sur le palier.

— Il paraît qu'ils vont chez Mme Berton...

— On va peut-être enfin savoir ce qu'elle est devenue.

Car Catherine Berton représente une énigme. Officiellement, elle habite toujours la Cité des roses. Son courrier lui est régulièrement adressé, mais elle ne vient pas le prendre et il s'accumule dans sa boîte aux lettres au point de déborder. En fait, depuis un an, personne ne l'a vue ni n'a eu de ses nouvelles. L'expulsion risque de tourner court.

C'est suivi d'un petit attroupement que l'huissier tambourine contre la porte, puisque sans électricité la sonnette ne fonctionne plus... Comme on pouvait s'y attendre, il n'y a pas de réponse. Il fait un signe au serrurier.

— Allez-y...

Il y a quelques minutes de silence, troublées par le cliquetis des pinces sur le métal, et la porte s'ouvre. Huissier en tête, le petit groupe entre dans les lieux. Tout est calme, silencieux, tranquille, mais il y a pourtant une curieuse odeur, un relent.

La première pièce — une chambre — est vide. La seconde est la salle à manger. L'huissier, avec le souci du détail propre à sa profession, remarque un carreau cassé dans la porte-fenêtre donnant sur le balcon, ainsi que l'épaisse couche de poussière qui recouvre le sol, parcouru par les inévitables cafards. Et c'est alors qu'il se fige, en même temps que le serrurier et les agents...

Mme Berton est là, assise dans un fauteuil. Elle regarde droit devant elle, mais elle ne voit rien : elle est morte. Elle offre un spectacle étrange et horrible : elle est toute desséchée, parcheminée, comme momifiée... Mais de quoi est-elle morte ?... Ils s'approchent tous les quatre et poussent en même temps un cri où la surprise se mêle à l'horreur.

Car ce qu'ils ont sous les yeux est inimaginable ! Si Catherine Berton s'est suicidée, première idée qui leur est venue à l'esprit ; elle a choisi pour cela une technique qui fait froid dans le dos : elle s'est planté dans la tempe... une fléchette. Et la malheureuse s'y est certainement reprise à plusieurs fois avant de réussir sa tentative, car sa peau est percée de plusieurs trous. Voilà pourquoi on ne la voyait plus depuis un an. Cela fait un an qu'elle est là, sur ce fauteuil, à l'endroit où elle a accompli son geste fatal... Mais pourquoi son corps s'est-il momifié, au lieu de se décomposer, dégageant une odeur qui aurait alerté les voisins ?

Ce n'est pas la seule question qu'on peut se poser. Il y en a d'autres, tout aussi troublantes. Par qui le carreau a-t-il été cassé ? Par la morte ? C'est possible, quoique la brisure ait eu lieu juste à côté de la poignée de la porte-fenêtre. On aurait voulu s'introduire dans les lieux qu'on n'aurait pas agi autrement. Et puis, en regardant bien, on constate que, sur le sol, il y a des traces au milieu de la poussière. On a marché ici et même très récemment. Ce ne peut en aucun cas être la malheureuse Catherine Berton... Tout cela n'est pas clair. C'est même louche. L'un des deux agents va dans la voiture de police appeler le commissariat, puis revient monter la garde en compagnie de son collègue, tandis que l'huissier et le serrurier, qui n'ont plus rien à faire dans la suite des événements, se retirent...

Une demi-heure plus tard, l'inspecteur Legrand est sur place en compagnie d'un médecin. C'est grâce à ce dernier qu'on va avoir la réponse à la première question : la momification du corps... Après un examen attentif, il se redresse :

— La personne ne s'alimentait plus depuis longtemps au moment de son décès, qui remonte à environ un an. Cela explique que la décomposition n'ait pratiquement pas eu lieu. Elle n'avait, pour ainsi dire, que la peau sur les os.

— Pourquoi ne mangeait-elle pas ?

— Dépression, sans aucun doute...

— Elle est donc morte d'inanition, pas de la fléchette ?

— Peut-être. Peut-être que la fléchette a été plantée *post-mortem*. Mais, après une année entière, c'est impossible à préciser...

L'inspecteur Legrand remercie son interlocuteur et se met au travail, tandis que des infirmiers emmènent la morte... Tout est déroutant dans cette affaire : suicide à la fléchette, meurtre au moyen de cette arme si particulière, ou bien mort naturelle suivie d'un acte macabre qui ressemble au geste d'un fou ou à une vengeance ?

Quoi qu'il en soit, il faut revenir aux faits matériels : on est entré ici récemment et, à moins qu'on n'ait eu la clé, on est passé par le balcon après avoir cassé le carreau. Or, ce dernier est attenant à un autre balcon et à un seul, celui des voisins d'à côté, dont il est séparé par une cloison vitrée. C'est sans doute chez les voisins que se trouve la solution...

Mme Caproni, l'habitante de l'appartement contigu, est une femme corpulente et volubile. Visiblement, elle ne demande pas mieux que de renseigner l'inspecteur.

— Quelqu'un qui serait entré avec ses clés ? Ce n'est pas possible, inspecteur : elle avait fait changer la serrure. A cause de son ancien mari. Elle me l'a dit la dernière fois qu'on s'est vues. Même qu'il est venu pas longtemps après. Il a essayé d'ouvrir la porte et, forcément, il n'a pas pu ; il a carillonné, il a crié, mais elle ne lui a pas ouvert...

— Alors, c'est qu'on est passé par chez vous !

— Qu'est-ce que vous dites ?

L'inspecteur Legrand lui fait part de ses constatations... Du coup, la volubile Mme Caproni reste sans voix... Elle finit par articuler :

— Pourquoi est-ce que j'aurais fait une chose pareille ?

— Je ne dis pas que c'est vous, je dis qu'on est passé par chez vous... Eh, viens un peu ici, toi !

Le policier vient d'apercevoir un gamin d'une dizaine d'années, qui se tenait dans un coin.

— Comment t'appelles-tu ?

Mme Caproni répond à sa place.

— C'est mon fils Olivier. Mais laissez-le tranquille. Il ne sait rien.

— Ce n'est pas mon avis... Tu sais quelque chose, mon bonhomme, et tu vas me le dire !

Le jeune Olivier Caproni n'a, effectivement, pas du tout l'air à son aise... C'est un garçon tout en longueur, au visage aigu et aux allures sournoises, mais qui, en cet instant, semble absolument terrorisé... Il commence par nier, mais l'inspecteur poursuit son interrogatoire sans ménagement, malgré les protestations indignées de la mère. Et, soudain, Olivier Caproni craque.

— Je ne voulais pas, m'sieur. C'est à cause de la bande...

— Quelle bande ?

— La mienne, m'sieur. Mais je ne voulais pas...

L'enfant ne peut pas poursuivre... Il y a un long silence. Mme Caproni s'est tue. Elle considère son fils avec stupeur, presque avec horreur. L'inspecteur Legrand, de son côté, ne veut pas croire à ce qu'il est en train d'imaginer... Il prononce d'une voix blanche :

— Parle !

Et Olivier Caproni, dix ans, raconte...

— On voulait savoir ce qu'elle était devenue, Mme Berton, ce qui se passait dans son appartement. On en parlait des fois à l'école. Alors, un jour, j'ai proposé à ma bande d'y aller...

— Qui c'est, ta bande ?

Olivier cite les noms de trois garçons et une fille de sa classe et il poursuit :

— On est arrivé sur le balcon, mais c'était fermé. Alors...

— Alors, tu as cassé le carreau. Ce n'est pas grave. On ne te dira rien pour cela. Continue...

— La dame, on l'a vue tout de suite. Elle était assise dans son fauteuil. Elle ne bougeait pas. Elle nous regardait mais elle ne nous disait rien. Les autres ont voulu partir, mais je leur ai dit : « Vous êtes idiots. Vous voyez bien qu'elle est morte. » Ils n'ont pas voulu me croire...

Le gamin s'arrête. Il est arrivé au point crucial de son récit et il a du mal à poursuivre.

— Qu'est-ce que tu as fait pour leur montrer qu'elle était morte ?

— Il y avait des fléchettes sur la table. J'en ai pris une et... je l'ai lancée sur Mme Berton.

— Et elle était morte ?

— Oui, m'sieur, je vous jure ! Elle n'a pas bougé, elle n'a pas crié, rien !

— Et après, les autres ont pris les autres fléchettes et ont fait comme toi ?

Olivier baisse la tête sans répondre...

— Et après, vous êtes encore revenus par le balcon ?

— Non, pas par le balcon. Il y avait la clé dans la porte. On l'a prise et on l'a ouverte. Mais on n'a plus joué aux fléchettes, jamais !

— Pourquoi vous reveniez, alors ?

— Pour rien, pour s'amuser. On appelait cela « la maison de la momie ». On se promenait dans les pièces...

— Et vous regardiez aussi la dame avec sa fléchette dans la tête ?

— Aussi...

L'inspecteur prend congé, non sans adresser un sévère avertissement à Mme Caproni, mais intérieurement il respire. L'histoire est vraisemblable et elle a toutes les chances d'être vraie... Un jeu ! Ce n'était qu'un jeu cruel, comme en inventent souvent les enfants. L'horrible version qu'il avait un instant entrevue n'appartenait pas à la réalité. Il lui reste, bien sûr, à vérifier les propos du jeune Olivier, mais il jurerait qu'il n'a pas menti.

C'est ce qu'a permis d'établir son enquête... Voici les derniers moments de Catherine Berton, tels qu'a pu les reconstituer l'inspecteur Legrand.

En 1992, Mme Berton traverse une période noire : elle divorce et, en raison d'épisodes dépressifs, elle se voit retirer ses deux enfants, bien que le divorce ait été prononcé en sa faveur. Elle se retrouve seule dans les trois pièces de son HLM. Il y a longtemps que ses allocations de chômage sont parvenues à leur terme et elle ne touche plus que le RMI, plus la pension que lui verse son ex-mari. Cela devrait lui permettre de payer son loyer et de vivre à peu près décemment, mais ses plus graves difficultés ne sont pas matérielles, elles sont psychologiques. Elle fait une nouvelle dépression, avec hospitalisation prolongée en institution psychiatrique et, lorsqu'elle rentre chez elle, bien loin de se rétablir, elle se replie complètement sur elle-même. Elle ne prend plus de nouvelles de ses enfants auprès de la DDASS. Elle maigrit de vingt kilos, ne sort plus, ne parle plus à personne, si bien que nul ne sait plus ce qu'elle est devenue.

Reste son ex-mari, qui paie une pension alimentaire que Catherine n'encaisse même plus. Inquiet, il vient chez elle pour s'informer de son sort. Mais comme elle a fait changer les serrures, il ne peut pas entrer. Il n'insiste pas. Il se dit qu'elle doit habiter ailleurs, qu'elle a dû trouver quelqu'un et refaire sa vie.

Seulement, si Catherine Berton habite ailleurs, elle est toujours la locataire en titre de son F3 et elle ne paie plus le loyer. L'office HLM lui écrit plusieurs fois, mais ses relances viennent s'entasser dans sa boîte aux lettres avec le reste du courrier. Alors, le 15 mai 1994, c'est la procédure d'expulsion qui a lieu. On connaît la suite...

Le dossier Catherine Berton a été classé. Il n'y avait pas d'enfants monstrueux dans cette macabre affaire. Il n'y avait même pas de suicide digne du grand guignol. Il n'y avait qu'une pauvre et banale histoire de maladie et de solitude : un triste jour, Catherine Berton, habitante de la Cité des cafards, est morte de cafard.

L'ENFER À L'ÉCOLE

James Osmanson a dix ans, en cette année 1993, et il n'a pas spécialement à se plaindre de l'existence. Il vit seul avec sa mère Cindy, à Denver, la grande ville du Colorado. Bien sûr, il a été attristé par le divorce de ses parents, deux ans auparavant, mais un divorce est une chose qu'ont vécue avant lui beaucoup de petits garçons. D'autant que Cindy et son mari Tom se sont séparés à l'amiable. Leurs rapports restent bons et James quitte Denver pour passer ses vacances scolaires avec son père, à Butte, dans l'Etat du Montana, pas très loin de la frontière canadienne.

C'est un jour d'avril 1993 que tout s'écroule brusquement. Cindy Osmanson est prise d'une forte fièvre... Le petit James s'inquiète :

— Tu es malade, maman ?

Cindy a un regard triste.

— Oui. Je crois que je vais aller à l'hôpital.

— A l'hôpital ? Mais moi, quand j'ai eu la rougeole, le docteur m'a donné des médicaments et j'ai guéri...

La réflexion de James Osmanson est juste : on ne va pas à l'hôpital pour une simple fièvre. Pourtant, quand le médecin arrive, il ne prescrit pas de médicaments à Cindy Osmanson, comme il l'avait fait pour la rougeole de son fils. Il l'envoie aussitôt à l'hôpital. Et, peu après, c'est le père de James qui arrive à son tour.

— Tu sais, maman a besoin de se reposer. Alors, tu vas venir habiter avec moi...

— Je ne pourrai plus voir maman ?

— Mais si. On va aller lui dire au revoir et tu reviendras souvent à Denver...

James Osmanson se rend à l'hôpital en compagnie de son père. Il emporte, comme dernière image de sa mère, celle d'une femme terriblement amaigrie, presque aussi blanche que les draps de son lit, et il part avec Tom pour Butte, dans le Montana.

James Osmanson avait gardé un bon souvenir de Butte, un village perdu dans les Montagnes Rocheuses. Mais c'est parce qu'il y venait en vacances et que son père, qui les prenait en même temps que lui, lui faisait faire des balades dans les environs. Habiter à Butte, c'est autre chose. Il n'y a aucune distraction. Son père n'est pas avec lui : il travaille ; James ne connaît pas de garçons de son âge et personne ne vient à sa rencontre.

Il reste seul dans l'appartement paternel à regarder la télévision. Il s'ennuie. Sa mère lui dit dans ses lettres qu'elle va mieux, mais il n'est toujours pas question qu'il aille la voir à Denver...

La rentrée scolaire arrive et, comme il a onze ans, il doit aller au collège... Le 15 septembre 1994, James Osmanson pénètre pour la première fois dans la « Margaret elementary school » de Butte. Il est content. Il va enfin se faire des amis ! Il ne sait pas qu'il va regretter sa solitude devant la télévision et que son enfer va commencer... Dès qu'il est dans la cour, une voix haineuse éclate derrière lui.

— Mais c'est le fils de pute !

James Osmanson se retourne. C'est un gamin aux cheveux ébouriffés et aux joues pleines de taches de rousseur. Il a sans doute le même âge que lui, mais il est beaucoup plus grand. Il est entouré de cinq ou six autres élèves. L'un d'eux prend la parole à son tour.

— Le fils de la pute et du pédé !... Alors, toi aussi, t'as le sida ?

Un professeur arrive à ce moment pour les faire entrer en classe... James est tellement bouleversé qu'il n'a rien répliqué et qu'à la récréation il reste à l'écart des autres... Le sida, bien sûr, il en a entendu parler. Il sait que c'est une maladie terrible, une maladie dont on meurt. « Pute » et « pédé », il sait aussi ce que cela veut dire, enfin à peu près... Mais justement, ce n'est pas vrai ! Son père et sa mère ne le sont pas. Pourquoi est-ce que ses camarades le disent ? Pourquoi sont ils des menteurs ? Pourquoi sont-ils méchants ?

Le soir, Tom Osmanson trouve son fils en larmes. James explique en phrases hachées ce qui vient de se passer. Au mot « sida », il voit son père pâlir. Il y a ensuite un silence et la voix émue de celui-ci.

— C'est de ma faute. J'aurais dû te le dire avant. J'aurais dû penser que tu l'apprendrais à l'école...

— Alors, c'est vrai : maman a le sida ?

— Oui.

— Alors elle va mourir ?

La voix de Tom Osmanson est terriblement gênée.

— Non. Tu sais, on a fait beaucoup de progrès. On va sûrement la guérir.

— Tu me le jures ?

— Je te le jure...

Le petit James a un sourire, pour la première fois de la journée. Mais une expression d'horreur le remplace aussitôt.

— Alors, maman, c'est... une pute ?

— Non. Il faut que tu me croies. Maman a attrapé le sida parce qu'on lui a fait une opération et qu'elle avait besoin de sang. On appelle cela une transfusion... A l'époque, on ne savait pas qu'on pouvait l'attraper de cette manière et elle... m'a transmis la maladie.

— Toi aussi, tu as le sida ?

— Je suis seulement séropositif. Je ne l'aurai peut-être jamais...

James Osmanson est bouleversé. Mais son père ne lui a pas encore tout dit.

— Tu sais, Tom, les gens sont souvent méchants et bêtes, surtout ici. Si je pouvais, nous irions habiter à Denver. Mais j'ai du travail à Butte et je ne suis pas sûr d'en retrouver ailleurs. Alors, il faudra que tu sois très fort...

Oui, M. Osmanson a raison. Les habitants de Butte, des bûcherons, des trappeurs, des cultivateurs vivant repliés sur eux-mêmes depuis des générations, sont restés très conservateurs et puritains. Pour eux, le sida est la maladie des homosexuels, des prostituées et des drogués, une maladie honteuse qu'attrapent les dépravés, une punition du ciel. Or, personne, au village, n'ignore son état ni celui de sa femme. On le fuit, même pour lui dire bonjour. Quand il arrive dans un magasin, tout le monde s'écarte... Pourtant, Tom Osmanson ne s'en doute pas, son calvaire n'est rien à côté de celui que va subir son fils !

A l'école, c'est bien pire qu'au village. Les autres parents ne peuvent pas admettre, comme on le dit pourtant dans les journaux et à la télévision, que le sida n'est contagieux que sexuellement ou par le sang. Pour eux, le petit James, qui est sûrement contaminé, va infecter à leur tour leurs enfants. Ils font circuler une pétition pour qu'il soit exclu de l'école... Les autorités scolaires font savoir qu'il n'en est pas question : la loi l'interdit. Alors, ils décident de se débarrasser du fils Osmanson d'une autre manière : en lui rendant la vie impossible pour qu'il parte de lui-même. Ils encouragent leurs enfants à le persécuter... A longueur de journée, c'est la même affreuse litanie autour du gamin :

— Fils de pute ! Fils de pédé ! Tes parents vont mourir. Et toi aussi, tu vas mourir !

James Osmanson n'en peut plus. D'autant qu'il est petit et fragile. Il est incapable de se faire respecter par la force. Il subit, chaque jour plus désespéré... Son père le soutient de son mieux ; il l'encourage à tenir le coup ; il lui dit qu'il cherche un autre travail à Denver et qu'il va trouver bientôt. Et puis, les autres vont peut-être en avoir assez. Cela va peut-être s'arranger...

Non, cela ne s'arrange pas. Cela empire, au contraire. On lui met des excréments dans son cartable. On lui grave au canif sur son pupitre le mot « sida » et, chaque jour, il doit voir devant lui le mot qui résume toute sa tragédie.

Lundi 12 avril 1994... James Osmanson est encore plus triste qu'à l'ordinaire. Cela fait une semaine qu'il n'a pas reçu de lettre de sa mère et il imagine que cela ne veut rien dire de bon. Peut-être qu'elle est morte et qu'on ne le lui a pas dit...

Et il n'a même pas son père pour le réconforter. Celui-ci est allé à Helena, la grande ville voisine, pour qu'on lui fasse des examens. Peut-être que lui aussi, on va découvrir qu'il a le sida ; peut-être qu'il va mourir et qu'il va se retrouver tout seul au milieu de tous ces garçons de son âge qui le terrorisent...

Mais c'est lundi et il doit justement aller les retrouver à l'école... Le petit James tremble en faisant son cartable. Il voudrait de toutes ses forces ne pas y aller, mais il n'a pas le choix : papa le lui a fait promettre avant de partir ; il doit être fort et courageux !

James Osmanson s'apprête à sortir mais, au dernier moment, il y renonce. Il ne peut pas. Il a trop peur. Ses jambes sont toutes molles, elles refusent d'avancer. Pourtant, il doit aller à l'école, il a promis... Et c'est alors que lui vient l'idée... Oui, il y aurait un moyen : le revolver que son père garde dans sa table de nuit ; avec cela, il pourrait aller à l'école sans avoir peur. Ce n'est pas pour tirer, bien sûr, c'est seulement pour les effrayer, pour qu'ils le laissent tranquille...

Il est lourd, le poids de l'arme à grosse crosse noire, rangée à côté de ses livres et de ses cahiers, tandis qu'il traverse les rues de Butte pour se rendre au collège. Mais peut-être qu'il n'aura pas à le sortir, peut-être que les autres resteront tranquilles, cette fois... James n'a pas longtemps à attendre la réponse. Dès qu'il a franchi les portes de l'établissement, les cris éclatent autour de lui. Ses camarades se partagent les répliques, à la manière d'un chœur d'opéra bien réglé :

— Hou, le fils de pute !

— Hou, le fils de pédé !

— Tes parents ont le sida !

— Ils vont mourir et toi aussi !

C'est presque sans s'en rendre compte qu'il ouvre son cartable et qu'il se saisit du revolver. Il le brandit et ferme les yeux... Il se fait tout à coup un grand silence, puis d'autres cris éclatent, de terreur, cette fois. Alors, sans qu'il sache vraiment pourquoi, James Osmanson tire, plusieurs fois, au hasard, les yeux toujours fermés.

Lorsqu'il les ouvre, il y a une forme allongée par terre. C'est un élève de sa classe, qui a reçu une balle dans la tête. Il s'agit de Jeremy Bullock, onze ans. Par une tragique ironie du sort, c'était un des seuls à ne pas l'avoir harcelé. Il avait même pris sa défense au début, mais il y avait renoncé, devant l'hostilité générale.

Arrêté, le jeune meurtrier ne peut que répéter aux policiers, entre deux sanglots :

— C'était pour qu'ils arrêtent de se moquer de moi, de dire que mes parents allaient mourir du sida...

Conformément à la loi du Montana, James Osmanson, reconnu coupable de meurtre, a été placé dans une maison de correction jusqu'à ses dix-huit ans. Peu de temps après son arrivée dans l'établissement, il a appris la mort de sa mère. A l'heure actuelle, Tom Osmanson est toujours vivant. Souhaitons que les progrès de la médecine lui permettent d'échapper à la maladie. Car, si un fils a besoin de son père, c'est bien le petit James !

LES TROIS JUMEAUX

Les jumeaux, c'est gentil et mignon, à condition... à condition qu'ils soient bien deux et pas trois ! Trois jumeaux, cela n'a pas de sens, direz-vous. Et pourtant, il va être question dans cette histoire de trois jumeaux. C'est un de trop, et c'est là tout le drame.

10 juin 1940. La France vient d'être écrasée en quelques semaines par les troupes allemandes. Partout, c'est l'affolement, la débâcle, le désespoir. Mais cela n'empêche pas la vie de continuer. En ces heures noires, il y a quand même des enfants qui naissent.

Adrienne Bertier est en train d'accoucher à la clinique du Bon Secours, dans une petite ville du Nord de la France. Depuis quelques semaines déjà, elle sait qu'elle va avoir des jumeaux. La double naissance se passe sans problème. Elle donne le jour à deux beaux garçons que son mari et elle prénomment Pierre et Robert, enfin que Mme Bertier prénomme ainsi, car son mari est au front, elle ne sait pas où, dans la confusion qui règne alors...

La guerre passe, la paix revient. Malheureusement, M. Bertier, lui, ne revient pas. Il a été tué à Dunkerque, pas si loin de l'endroit où il habitait. Pierre et Robert, orphelins de père, ont grandi, et, chose curieuse pour des jumeaux, plus ils grandissent, plus ils sont différents. Certes, ce ne sont peut-être pas des jumeaux vrais, mais quand même ! Il est difficile d'imaginer des frères aussi dissemblables tant au physique qu'au moral. Robert est plutôt frêle. Il est d'une nature rêveuse, délicate, sensible. Pierre, au contraire, beaucoup plus grand, est aussi brun que son frère est blond. Et lui, il est du genre casse-cou, il ne tient pas en place.

Et même dans les sentiments qu'ils se portent, on constate une différence. Robert adore son frère, il lui voue une véritable vénération, mais ce n'est absolument pas réciproque. Pierre, pour une raison inexplicable, se comporte d'une manière incroyablement froide avec lui. Il l'envoie promener pour un oui ou pour un non. Il préfère jouer tout seul, à des jeux mystérieux, en se parlant à voix basse, prononçant des phrases que personne n'a jamais entendues...

En 1946, les petits Bertier ont six ans. Le 1er octobre, ils se retrouvent sur les bancs de l'école. Adrienne Bertier a été les conduire, mais comme ils habitent tout près de l'établissement, à une centaine de mètres sur le même trottoir, elle ne va pas les chercher, elle les laisse rentrer seuls. Or, ils ont l'un et l'autre quelque chose à lui raconter. Robert parle le premier :

— Maman, dans notre classe, il y a un élève qui ressemble à Pierre. Il s'appelle Philippe Larive.

Pierre confirme. Il est même tout excité :

— C'est vrai ! On s'est mis au même banc. Pour se ressembler, qu'est-ce qu'on se ressemble ! Même que le maître nous a dit d'avoir toujours des tabliers différents pour qu'il puisse nous reconnaître.

Adrienne Bertier reste silencieuse. Elle a une très

désagréable impression. Une appréhension lui noue la gorge... Peut-être les enfants ont-ils exagéré. Elle veut en avoir le cœur net. Demain, elle les accompagnera à l'école pour voir à quoi ressemble ce Philippe Larive...

Le lendemain, elle tombe nez à nez avec lui. Il est, lui aussi, accompagné par sa mère. Il lui a fait le même récit et elle vient également pour éclaircir cette histoire troublante.

En apercevant leurs enfants respectifs, les deux mères restent figées de saisissement. C'est plus qu'une ressemblance, ce sont des copies conformes. Pierre et Philippe, eux, sont tout joyeux de se retrouver. Ils se sourient et Mme Bertier, comme Mme Larive, peuvent constater qu'ils ont le même signe particulier : il leur manque une incisive à la mâchoire inférieure.

Les deux mères demandent aux gamins d'entrer à l'école et elles se retrouvent seules. C'est Adrienne Bertier qui parle la première.

— Quand votre fils est-il né ?

— Le 10 juin 1940.

— A la clinique du Bon Secours, c'est cela ?

— Oui...

Un long silence... Mme Bertier comprend maintenant l'attitude en apparence inexplicable de Pierre, ce refus qu'il avait de son frère, ce besoin de s'isoler pour des jeux connus de lui seul. Il devait sentir inconsciemment l'absence de son véritable jumeau et le chercher dans ses longues rêveries solitaires.

Elle repense aussi aux circonstances dans lesquelles elle a accouché. Il y avait des alertes aériennes, des mouvements de troupe et le personnel de la clinique, réduit de moitié, travaillait jour et nuit depuis des semaines. Toutes les circonstances étaient réunies pour qu'une substitution d'enfants ait lieu... En face d'elle, Mme Larive pousse un long soupir.

— Qu'allons-nous faire, maintenant ?

— Nous n'avons pas le choix. Même si nous voulions ne rien faire, les jumeaux ne nous le permettraient pas. Ils se sont retrouvés et ils n'accepteront plus qu'on les sépare. D'ailleurs, à l'école, ils vont tout de suite deviner la vérité. Nous devons saisir la justice...

C'est ce que font les deux femmes, toutes deux veuves de guerre, et le résultat des tests est immédiat : Robert Bertier et Philippe Larive ont les mêmes empreintes digitales et la même formule sanguine. Quant à Robert, des examens prouvent qu'il ne peut pas être le fils de Mme Bertier. En revanche, ses caractéristiques génétiques sont compatibles avec celles de Mme Larive.

L'enquête est close. Il n'y a plus qu'à en tirer les conséquences sur le plan légal. Au début de l'année 1947, les deux enfants sont échangés. Philippe vivra chez Adrienne Bertier, en compagnie de son véritable jumeau. Quant à Robert, le « troisième jumeau », il deviendra le fils de Mme Larive.

Le temps passe et les choses, dans les deux foyers, évoluent, mais pas du tout de la même manière... Chez Adrienne Bertier, après un moment d'adaptation, tout rentre dans l'ordre. Philippe et Pierre ressentent vite la force de ce lien si particulier qui unit les jumeaux vrais. Chacun retrouve cette moitié de lui-même qui lui manquait confusément. Et Pierre n'éprouve aucun regret de l'absence de Robert, qu'il n'aimait pas.

Chez Mme Larive, à quelques centaines de mètres de là, c'est tout le contraire ! Elle a beau faire, elle est totalement rejetée par son fils biologique. Robert est sombre, il s'enferme dans un silence buté. Malgré tous ses efforts, il s'obstine à l'appeler « madame » et à la vouvoyer. Il ne cesse de répéter à longueur de journée :

— Je veux retourner à la maison ! Je veux être avec maman ! Je veux être avec mon frère !

— Mais c'est ici, ta maison...

— Je veux rentrer chez moi. S'il vous plaît, madame...

La situation s'arrangerait peut-être avec le temps s'il n'y avait l'école. Car si Robert, maintenant Larive, n'habite pas avec son frère, il le voit tous les jours ou presque. Les deux ex-frères sont toujours dans la même classe. Et c'est sans doute ce qui est le plus pénible pour Robert. Il cherche désespérément la compagnie de Pierre, mais ce dernier le repousse sans ménagements.

— Va-t'en ! Fiche-moi la paix !

— Pierre, sois gentil...

— Fiche-moi la paix, Larive ! Et puis, d'abord, ne m'appelle pas Pierre, appelle-moi Bertier. A l'école, on s'appelle par son nom, pas par son prénom.

— Mais, Philippe, tu l'appelles bien par son prénom...

— Lui, c'est mon frère, ce n'est pas pareil. Fiche-moi la paix, Larive, ou je te colle un marron !

Et Pierre Bertier, qui est beaucoup plus fort que son ex-frère, met souvent sa menace à exécution. Robert rentre chez lui — enfin, ce qui est chez lui légalement — avec des bleus, des écorchures ou un œil au beurre noir...

Toute l'année scolaire 1947-1948 se passe ainsi. Les deux jumeaux, assis au même banc, sont dans un univers qui se limite à eux seuls. Ils sont bons ou mauvais dans les mêmes matières et ils ont presque toujours les mêmes notes. A la récréation, ils jouent ensemble. Ils sont aux anges de s'être aussi miraculeusement retrouvés. Ils débordent de vitalité.

Robert, au contraire, s'étiole chaque jour davantage. Il était sombre, il devient violent. Malgré sa faible constitution, il répond maintenant aux coups. Il s'en prend, en particulier, à celui qu'il déteste par-dessus tout : Philippe, qui lui a volé son frère adoré. Il finit par le haïr. Plus d'une fois, en rentrant de l'école, il dit à celle qu'il appelle toujours « madame » :

— Un jour, je le tuerai !

C'est ce qui décide Mme Larive à tenter une démarche auprès du directeur... Celui-ci l'écoute avec un air soucieux.

— Ce que vous dites est vrai. Mes enseignants et moi-même, nous sommes inquiets pour votre fils. Il vit très mal la situation. Mais je ne vois pas ce que nous pouvons faire, à part redoubler d'attention et de gentillesse.

— On ne peut pas le changer d'école ?

— C'est impossible. Il doit aller à celle dont dépend son domicile. Ou alors, mettez-le dans le privé.

— C'est bien trop cher pour moi.

— Déménagez. Pierre ira automatiquement dans un autre établissement.

— Vous croyez qu'on déménage comme cela ?

Effectivement, en cette année 1948, la France est loin de s'être remise des terribles destructions de la guerre. La crise du logement sévit partout.

Le directeur pousse un soupir :

— Si vous ne pouvez rien faire, peut-être que Mme Bertier pourra quelque chose. Essayez de la convaincre...

C'est ce que fait Mme Larive. Adrienne Bertier comprend très bien sa démarche. Elle même souffre pour Robert, qui a été son fils pendant six ans et pour qui elle a toujours beaucoup d'affection. Si c'était possible, elle mettrait ses jumeaux dans un autre établissement, mais elle se heurte exactement aux mêmes obstacles. Elle vit de ménages et de sa pension de veuve de guerre. Elle est loin d'être assez riche pour s'offrir le privé ; quant à déménager, il y a la crise du logement... Il faut continuer comme cela, en espérant que tout finira par s'arranger.

10 juin 1948... L'année scolaire se termine. Ils sont trois à fêter leurs huit ans ce jour-là, les « trois jumeaux ». C'est sans doute cela qui rend Robert Larive plus amer, plus désespéré encore que d'habitude. Aussi, à la sortie de l'école, il s'en prend encore une fois à son ennemi mortel, Philippe Bertier. Pour le reconnaître de son jumeau, les instituteurs lui font porter un tablier bleu, alors que Pierre en a un gris. Robert se plante devant lui.

— Défends-toi ! Je vais te casser la gueule !

L'autre ricane et, comme il en a l'habitude, lui assène deux coups de poing sur la figure... Mais, cette fois, les choses n'en restent pas là. Il y a un chantier dans la rue, avec un tas de sable et des pierres. Robert se saisit de l'une d'elles et frappe de toutes ses forces la nuque de Philippe qui s'éloignait...

Philippe Bertier est mort dans la nuit. Mais s'agissait-il bien de lui ? Car son jumeau survivant a prétendu constamment par la suite être Philippe et avoir échangé son tablier avec Pierre. Les médecins, les psychologues consultés ont penché pour une affabulation : selon eux, l'enfant mentait, soit pour faire souffrir le meurtrier en lui faisant croire qu'il avait tué non le rival détesté, mais le frère adoré, soit parce qu'il ne pouvait supporter cette mort et s'appropriait l'identité du disparu...

Robert Larive, non responsable pénalement, n'a,

bien sûr, subi aucune peine. Il a, au contraire, été entouré d'une assistance psychologique constante, pendant toute son enfance, puis son adolescence... Cela n'a servi à rien. Il ne s'est jamais remis de son acte. Il a sombré dans la délinquance, jusqu'à ce qu'il se suicide lors de son dernier séjour en prison.

C'est exactement la même destinée qu'a connue le jumeau survivant, qu'il s'agisse de Pierre ou de Philippe. Il ne s'est jamais remis de la disparition de son frère : il a sombré, lui aussi, dans la délinquance, avant de mettre fin à ses jours.

MANON AUX CHEVEUX D'OR

— Manon aux cheveux d'or...

Thomas Lefranc caresse avec attendrissement la chevelure de sa fille Manon, en ce jour de Noël 1768. Manon a trois ans et c'est vrai qu'elle a des cheveux blonds magnifiques. Elle est d'ailleurs ravissante dans sa robe de fête blanche en broderie et elle sourit, de ses petites dents éclatantes, à la vie qui s'ouvre devant elle.

Il faut dire que Manon, fille de Thomas et Pernelle Lefranc, changeurs sur le pont au Change, à Paris, a tout pour être heureuse. La maison où son père exerce son activité et où vit sa famille est luxueuse, même si elle est un peu curieuse. Elle est bâtie sur le pont même. Le magasin s'ouvre sur la rue, les chambres donnent sur la façade arrière d'où on peut contempler la Seine. Ce n'est pas une particularité. Tous les changeurs de Paris habitent dans des demeures semblables, sur le pont qui leur doit son nom...

Parmi eux, Thomas Lefranc est l'un des plus importants. Il est riche, très riche même. Manon a toujours été entourée d'une nombreuse domesticité, elle a les plus jolies robes, les jouets les plus précieux. Et, justement, en ce jour de Noël, ses parents ont une surprise pour elle. La femme de chambre arrive en tenant une superbe poupée, habillée d'une robe blanche, comme celle que porte l'enfant, et presque aussi grande qu'elle... La fillette ouvre des yeux émerveillés.

— C'est pour moi ?

Pernelle Lefranc sourit.

— Bien sûr, ma chérie...

Manon s'empare du jouet et le prend dans ses bras.

— Je l'appellerai Amélie...

Thomas Lefranc s'approche d'elle, attendri.

— Plus tard, tu épouseras un gentilhomme et tu habiteras à Versailles, chez le roi...

— Chez le roi !

— Oui. Fais confiance à ta bonne étoile...

Une bonne étoile : qui pourrait prétendre le contraire ? Comme elle a de la chance, Manon aux cheveux d'or, alors qu'il y a tant de misère autour d'elle dans la grand-ville et plus encore dans les campagnes du royaume de France !... Pourtant, tout cela n'est qu'apparence. Manon est née sous la pire étoile, une étoile toute noire, toute froide, toute glacée. Elle n'est pas encore apparue dans son ciel, mais elle va venir, elle est tout près.

Trois ans ont passé... Nous sommes à la fin de novembre 1771. Dans la maison du changeur Lefranc, on est partagé entre la joie et l'anxiété. Celles-ci ont élu domicile dans deux chambres voisines. Dans celle du couple, Pernelle Lefranc repose, souriante, sur le grand lit. Elle vient de donner naissance au second enfant qu'elle attendait depuis longtemps. C'est une fille, Charlotte.

A côté, Manon, elle aussi, est alitée. Mais elle ne sourit pas, bien au contraire. Elle est presque aussi blanche que ses draps et elle grelotte, malgré le feu qu'on a fait dans la cheminée. Elle serre contre elle sa poupée Amélie... Elle a été prise, il y a quinze jours, d'une fièvre aussi violente que brutale que rien n'a pu faire cesser, ni les sangsues, ni les potions, ni les saignées... Le médecin, qui vient de quitter sa mère, après s'être assuré qu'elle-même et l'enfant se portaient bien, vient l'examiner à son tour. Elle l'interroge d'une voix faible :

— C'est un petit frère ?

— Non, une petite sœur. Elle est belle comme un cœur.

Manon pousse un soupir de contrariété. Elle aurait préféré que ce soit un garçon.

— Je peux la voir ? Elle peut venir ici ?

— Ce ne serait pas raisonnable. Elle risquerait d'attraper votre fièvre.

Le docteur lui prend le pouls, lui examine la langue, le blanc des yeux et conclut :

— Nous allons continuer les saignées et vous allez guérir...

Et effectivement, quelques jours plus tard, la fièvre cesse brusquement. Manon peut se lever mais, elle le sent bien, elle n'est pas guérie. Elle est terriblement fatiguée, chaque geste, même marcher, lui est pénible. Ses parents ne semblent pas s'en inquiéter. Pour eux, la fièvre est passée, c'est ce qui compte. Et puis, leur principale préoccupation est maintenant Charlotte. Elle est vraiment ravissante : elle sera aussi jolie que Manon !

Manon, justement, n'aime pas Charlotte. D'abord parce que ce n'est pas le petit frère qu'elle voulait, et puis le nouveau-né est associé à ses souvenirs de maladie, à ces moments terribles qu'elle a passés dans sa chambre, croyant qu'elle allait mourir. Malgré l'insistance de ses parents, elle refuse d'aller voir sa sœur dans son berceau, elle s'en va ou elle boude quand on parle d'elle. D'ailleurs, depuis sa fièvre, son caractère a changé. Elle est morose, irritable...

Quelques mois passent encore et Manon se rend compte que, décidément, cela ne va pas. Il y a toujours cette langueur qui ne la quitte pas, et puis il y a aussi autre chose, une sensation étrange, qu'elle a du mal à définir... C'est un matin, tandis que la femme de chambre lui passe sa robe, qu'elle a le premier soupçon. Cette robe, cela fait longtemps qu'elle la porte et elle lui va toujours. On dirait, oui, on dirait... qu'elle ne grandit plus !

Quand la domestique est partie, Manon se saisit d'un petit couteau, se place contre un mur de sa chambre et fait une entaille à hauteur du sommet de sa tête. Les jours suivants, elle va se mesurer devant l'encoche et c'est chaque fois la même désespérante constatation : elle arrive à la même hauteur... A la fin, elle va confier son angoisse à sa mère.

— Maman, je crois que je ne grandis plus...

Pernelle Lefranc lui répond quelques phrases pour la rassurer et lui promet qu'elle va faire venir le docteur. Ce dernier arrive le soir, alors qu'elle est déjà couchée. Il lui dit, lui aussi, quelques paroles rassurantes et s'en va.

Pourquoi faut-il que Manon ait la curiosité de le suivre ? Elle descend l'escalier derrière lui à pas de loup et le voit entrer dans la salle à manger où l'attendent ses parents. Elle colle son oreille à la porte... Les voix sont nettement distinctes.

— La fièvre maligne de votre fille a arrêté sa croissance. Le cas est rare, mais s'est déjà produit. La médecine est malheureusement impuissante.

— Vous ne voulez pas dire que notre fille sera... naine ?

— Hélas...

Il y a un silence accablé et la voix de son père :

— Moi qui voulais lui faire épouser un gentilhomme !

Un nouveau silence se fait, puis sa mère prononce cette phrase terrible :

— Heureusement, il nous reste Charlotte.

Manon Lefranc remonte en courant l'escalier...

Naine... Elle sera une naine ! Le beau mariage, les bals à Versailles, la cour, le roi, ce sera pour Charlotte ! Elle, elle restera à la maison. Ou plutôt non : on en fera une religieuse. On l'enfermera dans un couvent où personne ne pourra la voir. Les robes, les bijoux, les beaux messieurs, ce sera pour Charlotte. Elle passera sa vie au milieu de vieilles femmes tristes et laides. Tout sera pour Charlotte et rien pour elle !...

Dès ce jour, les choses changent dans la maison Lefranc. Manon se met à haïr Charlotte, tandis que ses parents se détachent d'elle. C'est qu'elle ne les intéresse plus. Les Lefranc ont, en effet, de grands projets ou, tout du moins, un grand projet : entrer dans la noblesse. Grâce à leur fortune, ils peuvent espérer, comme cela se pratique à l'époque, marier une de leurs filles à l'héritier d'une grande famille désargentée. Puisque ce n'est plus possible avec Manon, cela se fera avec Charlotte. Charlotte porte désormais tous leurs espoirs, Manon n'est plus rien.

Cette dernière, en même temps qu'elle ne grandit pas, change d'aspect. Son visage se ferme, son expression devient ingrate, revêche... Où est-elle, Manon aux cheveux d'or ? Chaque matin, en se réveillant, elle court devant la marque de son mur, avec l'espoir fou que, dans la nuit, la malédiction aura été brisée. Mais la sensation de la petite entaille sous ses doigts la détrompe. La malédiction est toujours là...

Le temps passe et la haine de Manon contre Charlotte ne cesse de croître. Sa sœur est pourtant une enfant riante et douce, mais Manon la déteste tout simplement parce qu'elle grandit. La croissance de Charlotte est un cauchemar. Elle en prend pour confidente sa poupée Amélie, sur laquelle elle a reporté tout son amour :

— Aujourd'hui, Charlotte a fait ses premiers pas.

Je voudrais qu'elle soit morte ! Toi, Amélie, tu me comprends. Toi, tu es comme moi, tu ne grandis pas...

Un jour, elle se jette sur un chaton qu'un domestique avait recueilli dans la rue et lui tord le cou. Sa mère, qui a été témoin de son acte, est scandalisée :

— Pourquoi as-tu fait cela ? C'est très méchant, très cruel !

Manon répond avec violence :

— Parce qu'il allait grandir. Je ne voulais pas qu'il grandisse !

Pernelle Lefranc se contente d'une remontrance. Elle n'est pas autrement inquiète de ce qui vient de se passer. Il y a longtemps que ce que fait Manon ne la préoccupe plus guère.

Novembre 1777, Charlotte a six ans, l'âge où Manon a eu sa terrible maladie, l'âge dont elle a toujours la taille, bien qu'elle ait maintenant douze ans. Ce jour-là, Pernelle Lefranc arrive avec un paquet gris.

— Je vous ai fait faire la même robe à Charlotte et à toi.

Manon est devenue aussi pâle que lorsqu'elle avait sa fièvre.

— La même robe ?

— Eh bien, oui : vous avez les mêmes mesures. Vous serez mignonnes habillées pareillement. J'ai choisi du gris. Il y a longtemps que tu n'en as pas porté et elle non plus...

Et sa mère continue à parler, à détailler la qualité du tissu, la beauté des dentelles, les broderies en fil d'or... Pas un instant, elle ne se rend compte de l'inconscience qui est la sienne, du supplice qu'elle inflige à son enfant contrefaite, du couteau qu'elle retourne dans sa plaie et des conséquences qui peuvent en résulter.

Manon pourrait refuser, mais elle se laisse faire et la voilà habillée comme sa sœur... Elle souhaite de toutes ses forces que Charlotte tombe malade, qu'elle s'arrête de grandir, qu'elle garde cette robe grise toute sa vie. Elle lui dit qu'elle a inventé un nouveau jeu : il faut qu'elles se mesurent toutes les deux devant la marque de sa chambre. Charlotte est une enfant simple et rieuse. Elle aime beaucoup Manon. Elle n'a pas la moindre idée de la haine qu'elle lui porte et de la souffrance qui est en elle. Elle accepte de bonne grâce.

Pendant un moment, Manon a un fol espoir. On dirait que Charlotte ne grandit plus. Et puis, un jour, elle doit se rendre à l'évidence : sa sœur dépasse nettement l'entaille du mur...

Thomas Lefranc a dû s'en rendre compte aussi, car le lendemain, il arrive avec sous le bras une magnifique robe verte. Charlotte pousse des cris de joie en la voyant.

— C'est pour moi ?

— Mais oui ! Tu es une grande fille, maintenant.

Manon, qui était là, ouvre aussi la bouche pour crier, mais elle refoule son cri dans sa gorge, tout comme elle empêche ses sanglots d'éclater. Elle court dans sa chambre. Elle ouvre sa fenêtre et regarde longuement la Seine au-dessous... En ce moment, Charlotte doit enlever la robe grise, trop petite pour elle, et la donner à la femme de chambre pour qu'elle en fasse cadeau aux pauvres. A présent, elle doit enfiler sa robe verte...

Manon se perd dans la vision de ce spectacle qu'elle a eu sous les yeux depuis toujours : la Seine et son animation ; les pêcheurs dans leurs barques, les gamins barbotant près des rives, les avaleurs de nef, ainsi qu'on les appelle, tirant en longues files, avec de grosses cordes, les péniches depuis le chemin de halage.

Dans ses bras, elle tient sa poupée Amélie et il lui

semble qu'elle lui parle. Amélie lui dit qu'elle devrait se jeter par la fenêtre. Ce serait mieux pour tout le monde. Ce serait la sagesse. Mais Manon n'est pas en mesure d'écouter la voix de la sagesse. Il y a trop de haine en elle. Elle lance sa poupée avec un grand cri... Une fillette qui se trouvait en barque avec son père lui fait signe d'aller la chercher. Peu après, Manon voit Amélie dans les bras de la petite fille. C'est bien : sa poupée n'est pas au fond du fleuve. Maintenant, il n'y a plus qu'à attendre la nuit...

La nuit venue, quand tout le monde dort, Manon quitte son lit. Elle tient dans la main droite une paire de ciseaux, dans la gauche, elle a un papier roulé en boule. Elle avance comme une somnambule vers la chambre de sa sœur, mais elle n'est pas somnambule. Elle sait parfaitement ce qu'elle va faire.

Elle agit avec des gestes précis, assurés. Elle ouvre la porte sans faire le moindre bruit. Charlotte repose paisiblement dans son lit ; sa robe verte est étalée sur son prie-Dieu. Avec les ciseaux, elle coupe en deux parties égales dans le sens de la longueur la magnifique parure. Elle prend l'une des deux moitiés et s'approche de sa sœur endormie. Maintenant, elle doit aller jusqu'au bout. Elle n'a pas le choix...

C'est la femme de chambre qui a retrouvé le lendemain les deux petites filles mortes. Elles avaient toutes les deux une moitié de la robe verte autour du cou, Charlotte dans son lit, Manon dans le vide. Elle s'était pendue. Elle était montée sur une chaise et avait accroché sa corde improvisée à un crochet dans le mur, qui servait autrefois à suspendre les lampes à huile. A ses pieds, elle avait laissé un message laconique sur un papier froissé : « Je ne voulais pas que Charlotte grandisse... »

LES ENFANTS DE LIVERPOOL

« Votre attention, s'il vous plaît. Le petit James, deux ans et demi, s'est perdu. Il porte un anorak bleu, un survêtement gris, des baskets blanches. Il a les cheveux blonds. Sa maman l'attend à l'accueil. »

Voilà ce qu'entendent, ce vendredi 12 février 1993 au milieu de l'après-midi, les clients qui font leurs courses dans le supermarché du Strand, un centre commercial ultramoderne du quartier populaire de Bootle, à Liverpool.

A l'accueil, une jeune femme de vingt-cinq ans, Denise Bulger, se tient près de l'hôtesse qui vient de dire l'annonce et d'un des responsables du magasin. Ce dernier lui sourit.

— On va forcément vous ramener votre petit garçon...

Il en a vu d'autres, le responsable du magasin. Des disparitions d'enfants, il s'en est produit des dizaines depuis qu'il est à ce poste et ils sont tous revenus rapidement. Mais cela n'empêche pas Denise Bulger d'être inquiète, comme toutes les mamans.

— Je ne comprends pas ! J'étais au rayon boucherie et quand je me suis retournée, James n'était plus là.

— Le supermarché est grand, et puis il y a le reste du centre.

— Mais j'ai cherché partout, j'ai fait toutes les boutiques...

L'hôtesse s'empare de nouveau du micro :

— Votre attention, s'il vous plaît. Le petit James, deux ans et demi...

17 heures. Cela fait maintenant une heure que le message est diffusé régulièrement sans le moindre résultat. Le responsable du magasin a perdu son assurance du début. Il est même devenu très soucieux.

— Je vais prévenir la police. Voulez-vous contacter votre mari ?

Denise Bulger fait un signe de tête affirmatif et appelle à son travail Ralph Bulger.

— James a disparu pendant que je faisais mes courses. Viens vite !...

Dès qu'ils sont sur les lieux, les policiers examinent les enregistrements vidéo. Le supermarché est, en effet, ainsi que tout le centre commercial, sous la surveillance de caméras placées un peu partout... Ils n'ont pas de mal à découvrir James Bulger avec sa mère au rayon boucherie. A 15 h 37 précises — car l'heure apparaît en incrustation sur les images —, on le voit s'éloigner seul et se diriger vers l'escalator. A 15 h 41, une autre caméra le repère à l'étage au-dessus. Un enfant d'une dizaine d'années s'approche de lui, lui dit quelque chose et le prend par la main. Ils disparaissent ensemble et, à 15 h 43, une troisième caméra les capte à la sortie du magasin. Ils sont à présent trois. Un autre enfant, du même âge que le précédent, les a rejoints. Ils sont l'un et l'autre correctement habillés. Le premier porte un anorak gris, le second une veste sombre ; leurs cheveux sont coupés court.

Denise Bulger a un soupir de soulagement en direction de son mari :

— Si ce sont des enfants, ce n'est pas grave. Ils ont dû vouloir aller jouer...

Ralph Bulger acquiesce. Les policiers et le responsable du supermarché aussi. Ils sont du même avis. Que penser d'autre ?

20 heures. Le couple Bulger a quitté le centre commercial pour le bureau du commissaire Albert Kirby, qui a pris les choses en main. C'est que la situation est grave : pas la moindre piste, pas le moindre indice. Mais il va peut-être y avoir du nouveau, car c'est l'heure du journal télévisé et l'information est annoncée en ouverture. La photo de James Bulger est montrée au public, tandis que le présentateur donne le numéro du commissariat. Le résultat ne tarde pas : le téléphone sonne. C'est une vieille dame.

— J'ai vu cet enfant dans l'après-midi, près du réservoir de Breeze Hill où je promenais mon chien. Il était avec deux jeunes garçons et il pleurait. J'ai demandé ce qu'il se passait. Un des gosses m'a répondu que le petit s'était perdu et qu'ils cherchaient le chemin du commissariat. Je leur ai montré la direction.

Le commissaire Kirby la questionne.

— Et vous n'avez pas essayé de demander à l'enfant si c'était vrai ?

— Si, mais il avait peur de mon chien. Il n'a pas voulu que je l'approche...

Une fleuriste appelle peu après :

— C'était vers 17 heures. Ils m'ont demandé le chemin de Walton Avenue. Je les ai aidés à traverser.

D'autres témoins se manifestent encore et on peut, grâce à eux, suivre le parcours du trio. Ils sont sortis du centre commercial, sont passés devant le grand magasin Marks & Spencer et ont tourné à droite dans Stanley Road. Quelques mètres plus loin, un passant a vu James sur les épaules d'un des garçons. Ensuite, ils ont quitté le quartier de Bootle et ont marché pendant trois kilomètres, pour se rendre dans un autre quartier populaire, celui de Walton, près du port.

Mais là, les choses ont pris une tournure beaucoup plus inquiétante. Selon les témoignages, James paraissait fatigué et pleurait ; il avait une grosse bosse au front. Les deux garçons le tiraient de force. Pourquoi ? Quelles étaient leurs intentions ? En tout cas, cela ne ressemblait pas à un jeu...

On n'en sait pas plus, et parents et enquêteurs passent une nuit tragique, sans la moindre nouvelle de James. Le lendemain matin, Ralph Bulger lance un message suppliant à la radio :

— Ma femme et moi nous sommes dans une angoisse totale, mais nous savons que notre petit garçon est avec deux enfants. Qu'ils sachent que nous ne les disputerons pas. L'important, c'est qu'ils nous ramènent James.

Vers 15 heures, il y a un nouveau témoignage et il est on ne peut plus inquiétant. Peu avant la disparition de James, Mme B., une autre cliente du supermarché, a perdu de vue son petit garçon et elle l'a retrouvé en compagnie de deux enfants d'une dizaine d'années, qui l'avaient abordé. A son approche, ils se sont enfuis.

Cela change tout... Ce n'est pas par hasard que les petits inconnus sont partis en compagnie de James. Il s'agit d'un acte prémédité. Ils rôdaient dans le magasin à la recherche d'un enfant pour... l'enlever ! L'affaire prend soudain un tour à la fois angoissant et monstrueux.

Et, le lendemain, dimanche 14 février, à 15 heures, c'est la terrible nouvelle... Quatre adolescents qui jouaient au ballon près d'une voie ferrée, non loin du réservoir de Breeze Hill, aperçoivent une petite forme allongée sur les rails. Ils courent au commissariat tout proche et les agents découvrent, horrifiés, le corps de James Bulger. Il a été torturé, puis battu à mort. Le meurtre est si sauvage que la police se refuse à préciser la nature exacte des blessures. Ni Ralph ni Denise n'ont la force d'aller reconnaître leur fils. C'est Jim, le frère de Ralph, qui le fait. Il manque de s'évanouir en découvrant le spectacle.

L'émotion est immense dans toute l'Angleterre à l'annonce non seulement du crime, mais de l'identité des meurtriers présumés. Car, si ce sont bien eux, c'est une affaire sans précédent ! Certains se souviennent du cas de Mary Bell, vingt-cinq ans auparavant, mais les deux meurtres dont elle s'est rendue coupable n'étaient pas aussi atroces...

L'enquête avance très vite... La photo des caméras montrant le petit James entre ses deux ravisseurs de dix ans est floue, mais elle peut être retravaillée et elle est diffusée le jeudi suivant, 18 février, au cours d'une émission populaire de télévision, *Crimewatch,* qui lance des appels à témoins. Le commissaire Kirby demande à tous ceux qui pensent avoir reconnu les gamins de le faire savoir. Les appels téléphoniques sont très nombreux, plus de quatre cents, et deux mêmes noms reviennent fréquemment...

En fait, il ne s'agit, pour les policiers, que d'une confirmation, car deux suspects ont déjà été appréhendés. Leur arrestation s'est faite très discrètement, presque secrètement, pour éviter les émeutes. Ils se nomment John V. et Robert T., et ils ont bien dix ans tous les deux !

Ils habitent le quartier de Walton, à cinquante mètres de l'endroit où a été découvert le corps. Ils sont issus du milieu le plus défavorisé. Les parents de John sont tous deux chômeurs et sont restés longtemps séparés. Robert vit avec sa mère, chômeuse et alcoolique, en compagnie de six autres frères, âgés de dix-huit ans à huit mois. Il y a longtemps que son père est parti. Ses frères les plus jeunes sont de pères de passage, les trois plus âgés ont fait de la prison pour divers délits.

Ils sont suivis l'un et l'autre par les services sociaux de Liverpool et passent le plus clair de leur temps à faire l'école buissonnière et à voler. S'ils sont amis inséparables, ils ne se ressemblent pas. John a un curieux comportement à l'école : il veut à tout prix se faire remarquer. Il se cogne la tête contre les murs, arrache les cahiers des autres, se taillade les bras avec des ciseaux, se colle des morceaux de papier sur le visage et fait, dit son maître, « n'importe quoi pour qu'on s'intéresse à lui ». Robert, lui, est déjà un petit voyou. Il est à la fois violent et cruel. On l'a vu arracher des têtes de pigeons vivants et attacher un chat sur la voie ferrée pour qu'il se fasse écraser. Il a, en outre, abandonné un de ses petits frères près d'un canal, non loin de l'endroit où a été retrouvé le corps de James, « histoire de s'amuser »...

Tandis que l'Angleterre apprend leur arrestation avec une horreur grandissante, les interrogatoires commencent dans la plus grande douceur. Les policiers ont reçu des instructions précises : faire comme s'ils interrogeaient leurs propres enfants, essayer d'oublier ce qui s'est passé. Dissimulant leur nausée, ils posent leurs questions avec patience, s'efforçant de mettre en confiance, de rassurer. John et Robert ont droit à de longues périodes de repos. Ils sont interrogés en présence de leur famille, de représentants légaux et sociaux.

On a choisi de les entendre séparément, dans deux commissariats différents, afin qu'ils ne puissent s'influencer mutuellement. Jusqu'au dernier moment, les enquêteurs espèrent sans doute secrètement qu'ils se sont trompés, que ce ne sont pas eux qui ont fait cela, qu'ils n'en ont été que les témoins...

Et pourtant, si, ce sont eux et eux seuls ! Ils passent exactement les mêmes aveux, concordant au détail près. Non seulement ils sont bien les tortionnaires et meurtriers de James, mais ils ont agi avec préméditation. C'étaient bien eux qu'avait vus l'autre cliente. Ils n'étaient venus au supermarché que pour enlever un enfant.

De surcroît, leur attitude est proprement terrifiante. Ils s'expriment avec calme, détachement, ne manifestant ni l'un ni l'autre le moindre remords. Pendant les périodes de détente qu'on leur accorde, ils jouent avec des jeux vidéo ou dessinent. Aucun d'eux, diront les policiers, n'a pleuré à aucun moment...

Lundi 22 février 1993. La procédure criminelle suit son cours. Conformément à la loi anglaise et à la différence de ce qui se passe chez nous, ce n'est pas un juge d'instruction qui décide de l'inculpation, mais un tribunal de mise en accusation. Si sa réponse est positive, ensuite aura lieu le procès proprement dit.

Ce matin-là, le tribunal de Bootle, devant lequel vont passer John V. et Robert T., est en état de siège. Un imposant cordon de bobbies avec matraques essaie de tenir en respect une foule qui gronde. Car, malgré les appels au calme, notamment ceux des parents de James, la tension est à son comble. On a même du mal à imaginer le vent de folie qui souffle sur l'Angleterre depuis le début du drame. Tandis que des milliers de bouquets de fleurs, d'animaux en peluche et de mots d'enfants sont déposés au supermarché où James a été enlevé et sur la voie ferrée où on a retrouvé son corps, des mères promènent leurs enfants en laisse comme des petits chiens, l'opinion traumatisée voit des meurtriers de dix ans partout. Et la classe politique, dans un pays où la violence est un problème bien plus aigu qu'en France, ne fait rien pour inciter au calme. La grande majorité penche pour plus de sévérité, de répression. Le Premier ministre John Major déclare : « La société doit condamner un peu plus et comprendre un peu moins les criminels », et il appelle à « une croisade contre le crime ». Le ministre de l'Intérieur qualifie les jeunes criminels de « sales petites bêtes ». D'autres responsables réclament le rétablissement des maisons de correction et des châtiments corporels...

Devant la chambre d'accusation du tribunal de Bootle, ce sont heureusement le calme et la sérénité qui règnent, en cette matinée du 22 février 1993... Les trois juges : Mme Dale, MM. Dixon et Birkett, prennent place. Les accusés sont alors introduits dans la salle. Ils entrent dissimulés par les policiers et s'installent face à la barre d'où ils ne bougeront plus car on ne doit les voir que de dos. Seuls, d'ailleurs, cinq journalistes ont été autorisés à assister à l'audience. Le public, restreint et trié sur le volet, a dû subir avant d'arriver dans la salle de multiples fouilles. Les parents de James ne sont pas présents.

Contrairement aux usages, le président ne procède à aucun interrogatoire d'identité. Les noms des deux garçons seront tenus secrets, ainsi que leur adresse... De dos, comme ils sont, on peut constater que l'un est tout maigre et doit mesurer environ un mètre vingt ; l'autre est encore plus petit. Ils ne font même pas leurs dix ans !

L'audience commence par la lecture des aveux de John V. et de Robert T., puis le procureur prend la parole pour demander leur inculpation pour tentative d'enlèvement, enlèvement et assassinat. Pendant son réquisitoire, on peut voir l'un des petits accusés bâiller et l'autre s'étirer.

On leur donne alors la parole. Ils se disputent d'une voix boudeuse, ennuyée, comme s'il s'agissait de savoir lequel des deux a volé un pot de confitures.

— C'est la faute de Robert, dit John. C'est lui qui a eu l'idée d'enlever un môme !

— C'est John qui a tué James, dit Robert. C'est pas moi !

Les débats sont clos. Ils ont duré en tout six minutes. Le président prend la parole. Conformément à la loi britannique, qui fixe à dix ans l'âge minimum pour être inculpé, il suit l'avis du procureur : John V. et Robert T. sont inculpés de tentative d'enlèvement, enlèvement et assassinat. Le président leur annonce qu'ils vont devoir attendre leur jugement dans une institution spécialisée. Ils y seront suivis par des psychiatres et comparaîtront devant le tribunal ultérieurement. Ils risquent la prison à vie.

L'audience est levée. Les policiers reviennent entourer les deux garçonnets, qui ont un sursaut de surprise, comme s'ils semblaient brusquement comprendre qu'ils ne rentreront pas chez eux ce soir...

Dehors, quand ils sortent dans un fourgon blindé, une foule énorme vocifère.

— Salauds ! Qu'on les tue !

Il y a des jets de pierres et des bagarres pendant une dizaine de minutes avec les policiers. Puis le calme finit par revenir...

Il est tout à fait revenu et seule subsiste une immense tristesse lorsque ont lieu, une semaine plus tard, le lundi 1er mars 1993, les obsèques de James Bulger.

A 10 h 30, le convoi funéraire, composé de quatre

limousines noires remplies de fleurs blanches, arrive dans l'église du Sacré-Cœur de Kirby, lieu de culte sinistre, en ciment et en béton, à l'image de ce quartier de HLM où vivent Denise et Ralph Bulger. Les voitures s'arrêtent devant le portail et quatre personnes portent le petit cercueil blanc, dont Ralph Bulger, le papa, qui essaie de dissimuler son chagrin.

L'office a lieu alors, tandis que simultanément des messes sont dites dans toute l'Angleterre, notamment à la cathédrale Westminster de Londres. Dans son homélie, le père O'Connel, qui officie, se fait l'écho de la douleur générale :

— Nous aimerions tant ramener les pendules deux semaines en arrière et rendre les choses meilleures, nous aimerions tant faire revenir James, mais nous ne le pouvons pas. James, qui va tant nous manquer, est désormais dans la vie éternelle où la souffrance et la peine n'existent plus.

Mais il tente tout de même de trouver des mots d'espoir :

— Nous devons tous nous interroger. Ce décès terrible doit servir à édifier un monde meilleur, ou alors James sera mort pour rien.

A la fin de l'office est diffusée dans l'église une chanson de Michael Jackson, la préférée de l'enfant. Le chanteur a d'ailleurs envoyé un message de condoléances aux parents. Dehors, se tient une foule d'un millier de personnes, parfaitement digne et silencieuse. Elle suit le convoi qui prend la direction du petit cimetière local. Les services municipaux sont passés auparavant pour le nettoyer, car il sert de lieu de rendez-vous aux drogués et il était jonché de seringues...

Le procès de Robert T. et de John V. s'ouvre le lundi 1er novembre 1993, la Toussaint n'étant pas un jour férié en Angleterre. Pour des raisons de sécurité, les débats ont lieu au tribunal de Preston, à soixante kilomètres de Liverpool. Les jurés sont au nombre de douze, neuf hommes et trois femmes, âgés de vingt à soixante ans. Comme tout le monde, ils ont eu connaissance par les médias du sort des deux petits accusés depuis le meurtre.

Robert T. et John V. ont été enfermés dans une institution spécialisée proche de Manchester. John V. a fêté ses onze ans en août. Il a rêvé souvent du petit James, mais n'a jamais parlé spontanément du meurtre. L'un de ses défenseurs a confié que, pour s'entretenir avec lui, il devait lui donner une console de jeux électroniques et que l'enfant lui répondait sans cesser de jouer. Il ne s'intéresse vraiment qu'au football. Pour lui faire comprendre l'importance du procès, son avocat lui a dit : « Le 1er novembre, ce sera la finale de la coupe. »

Robert T., de son côté, s'est exprimé beaucoup plus facilement que John. Il est déluré et se donne volontiers des allures de caïd. Depuis leur détention, en tout cas, ils ont passé de nouveaux aveux, qui semblent confirmer la préméditation. Ils ont déclaré qu'ils étaient venus au supermarché pour « tuer du bébé ». Ils ont reconnu avoir échoué dans une première tentative d'enlèvement sur un autre enfant. Leur intention était de le pousser sur la voie rapide devant les voitures. Quand ils ont pris James, ils voulaient le jeter dans le canal. Mais, arrivé sur le quai, il s'est mis à pleurer. Ils l'ont alors conduit près de la voie ferrée. On connaît la suite.

Il est 10 h 35 lorsque les deux enfants font leur entrée dans le tribunal de la Couronne de Preston. Tous deux sont en blazer et cravate, à la manière des collégiens des établissements chics de Grande-Bretagne. Ils ont les cheveux courts et on remarque qu'ils sont devenus un peu grassouillets.

Robert T. et John V. prennent place devant le juge, sur une estrade qu'on a dû surélever spécialement. Ils resteront le dos tourné au public et les journalistes ont interdiction de les photographier. Indépendamment de leur avocat, ils ont chacun un éducateur à leurs côtés pour les assister. Pendant toute la durée des débats, on ne les appellera pas par leur nom ni même par leur prénom, mais uniquement « le garçon A » pour Robert T. et « le garçon B » pour John V.

Devant eux, se tient le juge Morland, juge unique de ce procès, en robe rouge et perruque. Derrière, ont pris place leurs parents, tête baissée, écrasés par la situation. Seul le père de James, Ralph Bulger, est présent ; sa mère, enceinte de huit mois n'est pas là.

Robert T. et John V., ou plutôt « les garçons A et B », vont donc répondre des inculpations retenues contre eux par le jury d'accusation : tentative d'enlèvement, enlèvement et meurtre de mineur. En raison de leur âge, s'ils sont reconnus coupables, aucune peine d'une durée précise ne pourra être prononcée contre eux. Ils seront « détenus selon le bon plaisir de Sa Majesté ». C'est ce qui s'est passé pour le seul cas analogue au leur : Mary Bell, dont on vient de lire l'histoire dans cet ouvrage.

Malgré les aveux répétés de Robert et John, leurs avocats ont décidé de plaider non coupable. Il n'est pas question, évidemment, de nier qu'ils ont tué James Bulger. Chaque défenseur va essayer de prouver que son petit client n'a rien fait et que c'est l'autre qui est coupable. Cette tactique peut sembler contestable, mais pour bon nombre d'observateurs, c'est ce procès lui-même qui n'a aucun sens. Quelle justice peut-on rendre contre des meurtriers de dix ans ?...

Les débats sont ouverts. Le juge Morland qui, comme ses confrères britanniques, a des pouvoirs largement supérieurs à ceux de nos présidents de cour d'assises, commence par un discours à l'adresse des jurés. Il leur demande de se forger une opinion par eux-mêmes et non par ce qu'ils ont lu, entendu ou vu dans les médias. Ce n'est pas loin d'être un vœu pieux, compte tenu des circonstances.

L'acte d'accusation est lu par l'avocat général Richard Henriques. Dès ses premiers mots, il replonge l'assistance dans l'horreur, avec une intensité encore jamais atteinte. Si les journalistes avaient ignoré certains détails, lui retrace de manière complète et insoutenable le calvaire du malheureux James Bulger. Il n'est pas mort du passage du train, qui a coupé son corps en deux. Il est décédé bien avant, de nombreuses fractures du crâne, infligées à l'aide de pierres, de briques et d'un objet métallique. L'empreinte de la chaussure d'un de ses meurtriers est même restée imprimée sur son visage.

Après en avoir terminé avec son récit, le procureur conclut :

— Il est clair qu'en dépit de leur jeune âge, les deux accusés entendaient bien tuer James ou à tout le moins lui infliger de très graves blessures. Ils n'ignoraient pas que leur comportement était sérieusement répréhensible. Tout avait été décidé d'un consentement mutuel du début jusqu'à la fin...

La première journée s'achève sur ces propos. Le lendemain 2 novembre, le procureur Henriques donne lecture des aveux des deux enfants. Auparavant, ils avaient commencé par nier, ce qui incite le procureur à un commentaire. Il désigne les deux jeunes accusés vêtus comme des collégiens de bonne famille :

— Ne vous fiez pas à leurs allures de séraphins. Leurs interrogatoires par la police ont révélé une remarquable aptitude au mensonge !

Et il est vrai qu'ils ont menti devant les policiers, comme d'ailleurs beaucoup de criminels quel que soit leur âge. S'ils ont admis s'être rendus au centre commercial du Strand, ils ont affirmé d'abord en être repartis seuls, sans jamais avoir croisé le bambin. Puis, l'enfant A a reconnu que B avait bien pris la main du petit James et s'était promené avec lui dans le supermarché, mais a conclu : « Finalement, il l'a laissé partir. »

B, interrogé de son côté, a eu recours aux mêmes tentatives mensongères. « Nous n'avons jamais vu d'enfant et nous n'avons jamais volé d'enfant », a-t-il juré à sa mère, qui assistait à l'entretien. « Tu crois peut-être que nous avons fait le coup, maman, lui a-t-il dit encore, mais je t'assure que non ! »

Mais l'un comme l'autre ont fini par craquer. Des enfants de cet âge ne pouvaient résister longtemps à la pression policière. Voici donc les aveux de B, tels qu'ils sont lus par le procureur Henriques. Ils sont terribles.

A l'origine, il s'agissait simplement de faire l'école buissonnière pour aller voler à la tire dans le supermarché du Strand, comme ils l'avaient fait souvent. Quand ils ont vu James quitter sa mère au rayon boucherie, A s'est écrié : « Emmenons-le au milieu de la rue, comme cela il se fera écrabouiller ! », ce à quoi B affirme lui avoir répliqué : « Mais c'est très mal !... » Toujours est-il qu'après, c'est l'horreur.

« Nous l'avons amené sur la voie de chemin de fer, avoue B, et nous avons commencé à lui jeter des pierres. Robert lui avait déjà jeté de la peinture sur le visage. Je l'ai frappé deux fois à la tête. Nous avons pris des briques et puis il y a eu des coups avec un gros morceau de fer. Robert voulait encore que je jette des briques, mais je ne voulais plus. J'ai jeté des petites pierres en le ratant. Je ne sais pas pourquoi j'ai enlevé les chaussettes de l'enfant. L'enfant était allongé sur la voie. Nous nous sommes enfuis et nous sommes allés au milieu du pont, au-dessus des rails. Le bébé s'est relevé. Nous avons encore lancé des briques. Il est retombé. »

Suit l'enregistrement des aveux, cette fois, de A et B devant les policiers, en présence de leurs mères qui ne semblaient pas alors réaliser la gravité de la situation. Il en ressort que le calvaire du malheureux James a été pire encore que ce qu'on croyait. Il a supplié ses tortionnaires, alors qu'il était couvert de sang, « de ne plus lui faire de mal ». Cela ne les a pas empêchés de continuer à s'acharner sur lui d'une manière horrible.

Tout cela est à la limite du supportable pour l'assistance et bien plus éprouvant encore pour les parents des enfants A et B. Quant au père du petit James, on n'ose même pas imaginer ce qu'il peut ressentir...

Les jours et les audiences se succèdent devant le tribunal de la Couronne de Preston. On projette le film des caméras de surveillance du centre commercial, montrant l'enfant partir la main dans la main avec ses futurs bourreaux. On entend à la barre les différents témoins qui ont croisé James sur le chemin de son calvaire.

Et ces témoignages sont terribles, car ils montrent que l'enfant n'était pas consentant et que, dès le départ, l'enlèvement s'est fait avec violence.

Le premier d'entre eux est un chauffeur de taxi garé devant le centre commercial.

— L'un des gamins l'a tiré, puis l'a soulevé, avant de le prendre, en l'enserrant très fort avec ses deux bras.

Voici un passant, qui les a croisés un peu plus loin :

— Lorsque je l'ai vu, il était visiblement bouleversé et pleurait à chaudes larmes.

Le président interroge le témoin :

— Essayaient-ils de le réconforter, de le calmer ?

— Je n'ai rien vu de la sorte...

Arrive ensuite à la barre une femme de quarante-trois ans qui rentrait de ses courses au centre commercial :

— J'ai vu un petit garçon blond qui trébuchait sur la chaussée et portait une blessure au front.

Elle éclate en sanglots :

— Il semblait souffrir, mais ne pleurait pas.

Le récit d'une autre femme, qui, se trouvant dans un autobus, n'a rien pu faire, est particulièrement terrible.

— Les deux enfants s'amusaient avec leur victime. Le tenant chacun par un bras, ils le balançaient violemment en l'air. On voyait que le bébé souffrait. Je me suis mise à crier dans le bus : « Quel mal sont en train de faire ces gamins à cet enfant ? » Tout le monde m'a d'abord regardée, puis s'est tourné pour voir ce qui se passait...

Les témoignages suivants, à mesure qu'on se rapproche du terme du calvaire de James, montrent le bébé de plus en plus « désorienté »... Bien sûr, il est tentant d'accabler après coup ces hommes et ces femmes qui ne sont pas intervenus. Mais pouvaient-ils imaginer l'horreur de la situation ? Ils ont cru à une dispute entre gamins qui se connaissaient, ce qui, dans une ville aussi violente que Liverpool, fait partie de l'environnement quotidien. L'un d'eux, interrogé par le président à ce sujet, lui fait cette réponse, somme toute logique :

— Je croyais que c'étaient des frères...

Enfin, le témoignage le plus impressionnant est celui de la mère de l'enfant qu'auraient voulu enlever Robert et John quelques minutes avant le petit James. Il est particulièrement précis et accablant pour ce qui constitue la pièce maîtresse de l'accusation : la préméditation. La mère de l'enfant, dont le nom n'est pas prononcé non plus et qu'on appelle « Z », est encore sous le coup de l'émotion lorsqu'elle arrive à la barre.

— Je suis sans doute la maman la plus chanceuse qui soit. Mon fils était à côté de moi dans la chemiserie. La seconde d'après, plus personne ! A dix mètres, je l'ai vu filer, sautant et riant avec un garçon que j'ai reconnu ensuite comme étant le garçon B. A n'était pas loin. J'ai appelé mon fils. Ils se sont retournés et le garçon B a dit : « Retourne avec ta mère !... »

Les audiences suivantes sont consacrées aux petits accusés. A, ainsi qu'il a été dit, est le cinquième de sept enfants. Ses parents se sont séparés lorsqu'il avait six ans. Depuis il a vécu — si on peut appeler cela vivre — avec sa mère alcoolique, plus souvent au pub du quartier qu'à la maison. C'est le plus violent des deux, le meneur. Quant à B, c'est un enfant difficile, avec visiblement des problèmes psychologiques. On rappelle son comportement bizarre à l'école : coups de tête contre les murs, mutilation des bras. Il semble qu'il y ait un terrain dans la famille, car son frère a fait une tentative de suicide. Mais ce qu'on ne savait pas encore, c'est qu'un mois avant le meurtre, son père avait loué une vidéocassette d'horreur racontant l'histoire d'une poupée que deux enfants voulaient tuer. Comme la poupée ne voulait pas mourir, les enfants l'achevaient à coups de barre de fer...

Au bout de trois semaines de débats, on en arrive enfin aux plaidoiries. Le procureur insiste sur le plus important à ses yeux : la conscience claire du bien et du mal qu'ont, selon lui, les garçons A et B.

— Bien sûr qu'ils ont fait le mal, s'écrie-t-il. Un enfant de quatre ans l'aurait su !

Et il insiste sur la préméditation de cet « acte diabolique », réclamant en conclusion la peine de prison indéterminée prévue par la loi anglaise.

Les avocats des accusés plaident, comme prévu, l'innocence de leur client... Me David Turner, avocat du garçon A :

— C'est le garçon B qui a tout décidé. C'est lui qui a pris l'enfant par la main !

Me Brian Walsh, avocat du garçon B :

— A est un fieffé menteur ! Il a menti à la police. Il n'a montré aucun remords, alors que le garçon B a demandé pardon à la mère de sa victime.

Contrairement à ce qui se passe en France, en Angleterre, ce n'est pas la défense qui a le dernier mot, c'est le président. Une fois les débats terminés, le juge Morland s'adresse aux jurés pour leur dire sa façon de voir les choses. Il leur fait longuement la leçon.

— Les déclarations à la police de A contre B ou de B contre A ne sont pas des preuves. Il faudra que vous soyez sûrs que les enfants avaient bien l'intention de tuer ou de blesser grièvement James et qu'ils savaient que c'était mal pour les condamner pour meurtre. Sinon, vous ne retiendrez que l'homicide involontaire... Si vous êtes sûrs qu'ils avaient l'intention de commettre ensemble ce crime, peu importe alors qui a frappé le plus fort ou le premier. Ils sont tous les deux également coupables...

Ce discours va totalement à l'encontre des plaidoiries des deux avocats, qui ont essayé de disculper chacun leur client, mais, encore une fois, le président a ce droit et c'est sur ces paroles que les débats sont clos...

Nous sommes le mercredi 24 novembre 1993. Denise Bulger, la mère du petit James, malgré ses huit mois de grossesse, est venue pour la première fois à l'audience afin d'entendre le verdict. Elle va l'attendre durant cinq heures et demie. A l'issue de ce délai, les neuf hommes et trois femmes du jury reviennent avec un vote unanime ; A et B sont coupables de meurtre et iront en prison « pour une durée indéterminée, au bon vouloir de Sa Majesté ».

Le président Morland s'adresse aux deux petits condamnés pour leur traduire la sentence dans leurs mots à eux.

— Cela veut dire que vous serez détenus pour beaucoup, beaucoup d'années, jusqu'à ce que le ministre de l'Intérieur décide que vous êtes mûrs et pleinement réhabilités et que vous ne représentez plus un danger pour les autres...

Le président ajoute encore quelques commentaires personnels sur le crime et autorise la presse à rendre publique l'identité des deux garçons, ainsi qu'à diffuser leurs photos.

Voici donc les deux jeunes criminels livrés à la vindicte populaire. Pour quelle raison ? Pour leur infliger une sanction supplémentaire ? Pour les empêcher à tout jamais de se réinsérer dans la société ? Pour rendre la vie impossible à leurs familles ? Pour satisfaire la curiosité morbide du public ? On ne le saura pas, et c'est de cette manière plus que contestable que se termine le procès.

En France, la réprobation est d'ailleurs unanime devant la manière dont s'est comportée la justice anglaise. Magistrats, psychiatres et éducateurs multiplient les critiques. Cette condamnation, disent-ils, n'a aucun sens. A un si jeune âge, on n'a pas conscience de sa responsabilité ni du temps qui s'écoule en prison. Des enfants de dix ans doivent être déclarés pénalement irresponsables ou à la rigueur être jugés par un tribunal pour enfants, mais en aucun cas par un tribunal pour adultes.

Et surtout, le procès de Preston s'est attaché uniquement aux faits. Il n'a pas cherché à répondre à la seule question importante, même si elle est terriblement complexe : comment un tel acte est-il possible ? Comment deux enfants de dix ans peuvent-ils en venir à torturer et assassiner un enfant de deux ans et demi ? C'est cette question que nous allons nous poser maintenant.

Il y a une première réponse qui a le mérite d'être simple, c'est celle donnée par l'archevêque anglican de Worcester : « On ne peut pas comparer ces deux tueurs aux autres enfants. Ils sont habités par le démon. Ce sont des monstres qui ne concernent pas les gens normaux. »

La réponse est non seulement simple, elle est aussi rassurante. Ce ne sont ni John V. ni Robert T. qui ont tué James Bulger, c'est Satan ! Dans ces conditions, il n'y a pas à s'interroger davantage, à faire d'examen de conscience, il n'y a qu'à prier. Mais la réponse est justement trop simple, même pour des croyants, et on ne peut qu'être aux côtés de l'évêque anglican de Liverpool quand il déclare : « Il ne faut pas jeter ces deux enfants aux poubelles de la société. »

Car il n'a pas eu lieu n'importe où et chez n'importe qui, ce crime ! Comment passer sous silence le milieu social ? Les familles de John et de Robert sont confrontées à la misère et à pire que cela, elles sont confrontées à Liverpool, c'est-à-dire à un des environnements les plus désespérants qui soient au monde.

Liverpool est une des villes les plus sinistrées de Grande-Bretagne. Prospère jusqu'à la fin des années soixante, cet ancien grand port de commerce s'est enfoncé depuis dans la déchéance, la décomposition. En trente ans, la moitié de la population a quitté la ville. En 1993, le taux de chômage atteint 18 % et celui des jeunes 70 %. 40 % des foyers vivent au-dessous du seuil de pauvreté et 15 % dans l'extrême pauvreté.

La violence qui sévit dans les quartiers les plus défavorisés, comme celui de Walton où habitaient les coupables, défie l'imagination. La drogue et la prostitution règnent partout. On vole seul ou en bande, on se bat dans les rues.

Car Liverpool n'est pas seulement la cité de la misère, c'est aussi celle du crime. La ville des Beatles est devenue celle des hooligans du football, des assassins du stade du Heysel. C'est toute la ville qui traîne derrière elle cette responsabilité collective, cette malédiction. Comme on a pu l'écrire : « Liverpool a un casier judiciaire... »

Banalisé, le crime peut même devenir à Liverpool une sorte de revendication sociale, dans une société où les différences entre classes sont plus visibles que chez nous. En Angleterre, les enfants riches vont dans les écoles privées payantes. Les enfants pauvres vont à l'école publique, ou n'y vont pas du tout. Dans ces conditions, le crime est un moyen de se valoriser, pour celui qui n'a pas d'autre manière de s'exprimer.

Mais le milieu social n'est pas tout, le milieu familial compte tout autant. Et on a pu voir que, dans le cas de Robert comme de John, la défaillance parentale était particulièrement criante. Ni l'un ni l'autre n'avaient le sentiment de la loi que procure une bonne image du père ; celui de Robert était absent, celui de John n'était pas à la hauteur de son rôle. Ni l'un ni l'autre ne bénéficiaient d'affection non plus. Faute d'avoir été aimés, ils ne s'aimaient pas, ils n'avaient pas d'estime d'eux-mêmes. Et quand on ne s'estime pas, à dix ans, on se réfugie dans le jeu.

Or, jouer, à cet âge, dans des conditions extrêmes, en l'absence de toute éducation, de tout repère moral, peut vouloir dire tuer. Car, pour l'enfant de dix ans, la mort ne signifie pas grand-chose. Il sait qu'elle existe, mais il ne comprend pas vraiment ce que c'est. Freud a fait à ce sujet une observation célèbre. Un enfant de dix ans qui avait perdu son père a eu cette phrase : « Je sais que mon père est mort, mais je ne comprends pas pourquoi il ne vient pas m'embrasser tous les soirs. »

L'attitude de Robert et John lors de leur interrogatoire, puis du procès de mise en accusation, montre qu'ils n'avaient absolument pas conscience de ce qu'ils avaient fait. Il n'est d'ailleurs pas indifférent de noter qu'ils ont beaucoup joué, après leur arrestation, à des jeux vidéo, ces jeux où il suffit d'appuyer sur un bouton pour que le héros qui a été tué se remette à vivre, ces jeux où la mort n'existe pas, ou plutôt n'est pas irréversible, est anodine, banale.

La télévision peut avoir, bien évidemment, un effet semblable. Il n'est pas nécessaire d'insister sur la cassette du père de John, mettant en scène un meurtre exactement semblable à celui du petit James. D'une manière générale, la télévision montre un monde imaginaire que l'enfant peut prendre pour la réalité et être tenté d'imiter. Aux Etats-Unis, peu avant ce drame, un jeune téléspectateur qui venait de regarder *Superman* s'était jeté par la fenêtre, croyant avoir les mêmes pouvoirs...

Non, ce n'est pas Satan qui a tué James Bulger, ce sont bien deux êtres de notre temps, de notre société, dont nous sommes, que nous le voulions ou non, responsables. On pourra dire mille choses au sujet de leur acte sans parvenir à le comprendre, ce qui n'est pas une raison pour cesser de nous interroger.

Aujourd'hui, John et Robert sont toujours en détention... En 1996, peu avant les élections législatives, le ministre de l'Intérieur de l'époque, Michael Howard, dans un souci électoraliste, pour complaire à la partie la plus répressive de l'opinion, a décidé que leur peine ne pourrait pas être inférieure à quinze ans. Ce qui démontre, s'il en était encore besoin, à quel point leur procès public en assises et la médiatisation qui l'a entouré pouvaient avoir des effets pervers.

Comme on devait s'y attendre, les avocats des deux petits condamnés ont fait appel et la cour leur a donné raison. Elle a reconnu les préoccupations électorales de Michael Howard et a cassé sa décision. « Le ministre, dit son arrêt, n'a pas respecté les principes d'équité qu'on est en droit d'attendre de n'importe quel tribunal. »

John et Robert resteront donc détenus pour une durée qu'on ne peut pas encore déterminer. Ils sont dans deux centres d'éducation surveillée, suivis par des psychiatres et des éducateurs. Ces derniers sont formels : l'un et l'autre font des progrès remarquables. Ils ont de réelles chances de s'en sortir une fois parvenus à l'âge adulte.

Par un paradoxe terrible, leur crime va peut-être permettre à Robert et à John d'échapper au sort des autres enfants de Liverpool.

DEUXIÈME PARTIE

LE DÉGEL

L'adolescence

INTRODUCTION

Cette seconde partie va être consacrée aux meurtres commis par les enfants de treize à seize ans... Nous avons conservé pour les désigner le terme d'enfants, quoiqu'il s'agisse plus exactement d'adolescents. Mais dans l'affectivité des adultes, à commencer par les parents eux-mêmes, et dans une certaine mesure au regard de la loi, qui ne les considère pas entièrement comme des adultes, il s'agit encore d'enfants.

Alors, comment et pourquoi devient-on meurtrier ou meurtrière entre treize et seize ans ? Si la question reste douloureuse, elle n'est plus, comme dans la partie précédente, à la limite du supportable. Nous ne retrouverons pas ici l'horreur qui nous avait saisis en face de l'enfant meurtrier proprement dit. L'adolescence est associée à la violence et on peut concevoir qu'elle puisse, parfois, mener au meurtre.

Un déchaînement inévitable

Le dégel... C'est sans doute le terme qui convient le mieux à l'adolescence. La longue période de glaciation commencée à la période de latence s'achève brusquement avec l'irruption de la puberté. Tout s'anime en tous sens. Il nous suffit de nous reporter à nos propres souvenirs pour retrouver cette impres-

sion de jaillissement, de tourbillon, de déchaînement, caractéristique de cet âge. La vie affective se réveille comme la nature au printemps et le paysage qu'on y découvre est le même que celui de la petite enfance.

Car, ainsi que nous l'avions dit, chaque élément était resté en l'état, comme figé dans la glace, prêt à resurgir quand viendrait le dégel. Si on préfère une autre image, on peut comparer avec une représentation théâtrale. Après un long entracte, le spectacle recommence. Le rideau, baissé à la période de latence, se lève et le spectacle reprend là où il s'était arrêté aux alentours de six ans. Si tout était en bonne voie, la pièce s'acheminera sans trop de heurts jusqu'à sa conclusion ; si la première enfance s'est arrêtée sur une crise, on assistera peut-être à un drame.

On pense que les problèmes n'apparaissent qu'à l'âge adulte, c'est l'inverse qui est vrai. Les souffrances de la vie adulte ne sont que la répétition des souffrances de l'enfant. Il est exagéré de dire que tout est joué avant six ans. L'adolescent peut résoudre, avec les moyens qui sont les siens, un conflit mal engagé, mais la tâche sera plus difficile...

La question laissée en suspens tourne autour de l'Œdipe. C'est le moment où le jeune être humain, dans le retour brutal de sa sexualité, s'interroge sur son identité en tant qu'homme ou femme. « Qu'est-ce qu'être un homme ou une femme ? » pourrait être la question, pour ne pas dire l'angoisse de l'adolescent. La bonne réponse est l'identification au parent du même sexe : « être un homme, c'est être comme son père ; être une femme, c'est être comme sa mère. » Ainsi, la rivalité et la haine des premiers âges seront remplacées par l'admiration et le respect et le préadulte renoncera définitivement à ses désirs incestueux. Mais, pour cela, il faut que l'image du père ou de la mère soit forte et valorisée. Si, au contraire, elle est faible et dégradée, voire absente, le complexe d'Œdipe peut prendre des dimensions jamais atteintes.

Car il y a une différence majeure avec l'enfance : la puberté rend l'inceste réalisable. L'adolescent a perdu la principale défense qu'il avait contre l'inceste étant enfant : l'impuissance. Et, comme il n'est pas question qu'il cède à ce désir interdit, il va se réfugier dans des comportements violents, tant contre autrui que contre lui-même.

D'une manière générale, l'adolescence est une période de violence. Le préadulte sent le besoin d'une rupture, d'un risque à prendre, d'un affrontement avec la vie. C'est le moment où les tensions entre lui-même, sa famille et la société sont les plus vives. Et le problème est d'autant plus délicat que l'adolescent s'exprime volontiers par des actes, car il ne trouve pas ses mots pour dire ce qui le submerge brutalement. Ses actions violentes, qui peuvent être de nature très variée (fugues, anorexie, toxicomanie, tentative de suicide, délinquance), sont à comprendre comme des discours. Telle est la tâche difficile des parents, des éducateurs et, quelquefois, malheureusement, des juges.

Le passage à l'acte

Le passage à l'acte criminel pose un tout autre problème que les conduites que nous venons de citer (drogue, anorexie, violence ordinaire). Ce n'est plus un appel ou un message à décoder, mais une brusque poussée de violence, tellement forte qu'elle semble sans rapport avec ce qui a précédé. On entend souvent à la suite de ce genre de drame des phrases comme : « Ce n'était pas lui », « On ne comprend pas ce qui lui a pris ».

Le meurtre commis par l'adolescent est, à de rares exceptions près, une fuite hors du monde, semblable à un suicide violent et impulsif. Devant des problèmes intérieurs trop insupportables, l'adolescent tourne son agressivité vers l'extérieur. En ce sens, l'identité de la personne agressée ainsi que les conditions dans lesquelles intervient l'acte sont secondaires. La véritable motivation est interne. On n'est pas loin du crime fou, même si, une fois l'acte passé, le sujet va retrouver, à la différence de l'aliéné, sa personnalité normale.

Par l'acte criminel, l'adolescent tente de faire prendre en charge par les autres, sur le plan médical, légal, pénal, ce qui était auparavant un face-à-face avec lui-même... Dans bien des cas, ce à quoi il veut échapper est un rapport trop fort avec la mère, qu'un père absent ou défaillant n'est pas en d'état d'interdire. Dans ce sens, le meurtre est un substitut de l'inceste.

Car c'est bien la mauvaise image qu'ils ont de leurs parents qui est à l'origine de la quasi-totalité des actions meurtrières des adolescents. Les récits réunis dans ce livre (qu'il s'agisse, d'ailleurs, des adolescents ou des enfants de moins de treize ans de la partie précédente) en sont l'illustration. Ces jeunes meurtriers sont issus de familles désunies, avec des pères et des mères insuffisants, indifférents ou pervers. Il y a, certes, des exceptions, mais nous nous trouvons alors presque toujours en présence, chez ces enfants, d'une maladie mentale.

Une bonne image du père est indispensable, car celui-ci incarne la loi. Les pères de ces adolescents se montrent incapables d'assurer leur fonction paternelle. Le plus souvent, ils sont absents (morts ou vivant ailleurs). Lorsqu'ils sont au foyer, ce n'est guère mieux, ils sont délinquants, alcooliques ou déprimés, et n'assurent pas leur rôle de protecteur. Ce sont des pères avec lesquels le fils ou la fille ne parle pas, ne communique pas. Ce sont des pères auxquels les enfants n'ont pas envie de s'identifier ; au lieu de jouer le rôle de modèle, ils ont celui de repoussoir. S'agissant d'un fils, ils sont trop faibles pour faire barrage aux désirs incestueux envers la mère, ce qui place le jeune dans une situation intolérable, invivable, qui engendre souvent un drame.

Les mères de ces enfants criminels sont, elles aussi, dans pratiquement tous les cas, défaillantes. Soit, comme les pères cités plus haut, elles sont inexistantes ; elles n'ont pas pu, pour des raisons diverses (dépression, instabilité psychique, séparation précoce ou tout simplement décès), donner à leur enfant l'amour indispensable. Soit, au contraire, elles lui ont manifesté un amour excessif, elles se sont montrées envahissantes, abusives, dévoratrices. Et on peut répéter alors ce qui vient d'être dit des désirs incestueux, surtout si le père est faible ou absent.

Dans tous les cas ou presque, c'est la réunion de deux parents ne jouant pas leur rôle qui est à l'origine du comportement criminel à cet âge. L'adolescent reste dans la situation qui était la sienne des années plus tôt, au moment du conflit œdipien. Il est comme alors, avec ses désirs érotiques et meurtriers, à la différence près qu'il a maintenant les moyens physiques de les mettre en œuvre. Mais, comme l'interdit de l'inceste reste le plus fort, il va agir autrement.

Ces jeunes font souvent preuve d'un niveau intellectuel satisfaisant, mais cela n'empêche pas leur personnalité d'être très fragile. Elle n'est pas sortie de l'enfance. Elle oscille entre l'illusion de la toute-puissance caractéristique du bas âge et la sensation de n'être rien du tout. Ils ont le plus grand mal à penser, car rentrer en eux-mêmes est trop douloureux. Alors, ils s'expriment par des actes, avec tous les dangers que cela comporte.

Eduquer ou punir ?

A la différence des enfants, les adolescents ont été justiciables, à toutes les époques et dans tous les régimes, d'une punition. Et c'est bien ainsi. En cas de défaillance des parents, la société doit se substituer à eux pour fixer les limites qui n'ont pas été données. L'autorité incarnée par le père n'ayant pas joué son rôle, la loi prend le relais.

La loi rappelle à l'individu qu'il appartient à un groupe et que sa puissance est limitée. Le fondement du droit est dans cette limitation de l'individu qui fait de lui un citoyen. Chacun doit renoncer à être tout pour être quelqu'un. L'homme n'est homme que réprimé par le droit, sinon il serait un animal parmi les autres.

L'adolescent criminel a donc besoin d'un procès juste et d'une peine équitable. Si son acte restait impuni, ce qui a été dit des jeunes enfants s'appliquerait à lui : il se punirait lui-même d'une manière bien plus terrible. Ne pouvant supporter l'angoisse liée à l'impunité, il s'enfoncerait dans des conduites suicidaires...

Reste qu'on ne juge pas un adolescent comme un adulte. Devant ce genre d'acte meurtrier, les législateurs ont toujours été partagés entre l'horreur du crime et la jeunesse du coupable. Voici un rapide résumé de la législation les concernant.

En droit romain, à partir de quatorze ans, les mineurs étaient considérés comme capables de discernement et pouvaient être condamnés même à la peine capitale.

Sous l'Ancien Régime français, à partir de la puberté (douze ans pour les filles, quatorze pour les garçons), la torture par la question était autorisée. Dans la pratique, les règles étaient floues. Le plus souvent, la peine ordonnée était le fouet, ou une amende, ou encore le bannissement. En fait, tout dépendait du juge. La majorité pénale était fixée à vingt-cinq ans.

La Révolution, ainsi qu'il a déjà été dit, a curieusement fait œuvre répressive en ramenant cette majo-

rité à seize ans. Le code Napoléon a repris ces dispositions et rien n'a pratiquement changé jusqu'à la fin de la IIIe République.

Encore une fois, c'est l'ordonnance du 2 février 1945 qui a tout bouleversé et qui, après modification lors du changement de majorité civile, sert de référence aujourd'hui.

Le tribunal pour enfants juge les crimes et délits commis de treize à seize ans et les délits commis de seize à dix-huit ans. Il est composé d'un juge pour enfants et de deux assesseurs qui ne sont pas des juges, mais des spécialistes des problèmes de l'enfance. La peine ne peut dépasser la moitié de celle prononcée pour un majeur et la détention provisoire n'est possible que pour un crime. De seize à dix-huit ans, en cas de crime, la juridiction n'est plus le tribunal pour enfants, mais une cour d'assises pour enfants, composée de trois juges, dont deux pour enfants, et la peine encourue peut être, cette fois, la même que pour les majeurs. En outre, l'anonymat des mineurs est rigoureusement protégé. Les procès ne se déroulent pas à huis clos, mais avec une publicité restreinte. Le compte rendu des débats du tribunal pour enfants est interdit dans les médias. Ni le nom du mineur, même sous la forme de son initiale, ni sa photo ne peuvent être rendus publics.

Si ce système n'est pas parfait, il semble mieux adapté que d'autres, beaucoup plus répressifs, notamment dans les pays anglo-saxons. Là encore, les Etats-Unis se distinguent par leur férocité. Non seulement les mineurs peuvent y être condamnés à mort, mais exécutés. Entre 1642 et 1990, il n'y a pas eu moins de 281 exécutions de mineurs de moins de dix-huit ans. Le plus jeune avait douze ans. Les bourreaux des années trente et quarante racontent complaisamment comment on devait installer un jeune sur une chaise électrique, conçue pour la taille d'un adulte, ou comment il fallait lester le corps d'un mineur en cas de pendaison. Aujourd'hui, les Etats-Unis sont encore l'un des seuls pays, avec le Nigéria, l'Iran, l'Irak et le Bengladesh, à exécuter des mineurs. En juin 1990, la Cour suprême, saisie de la question, a confirmé le droit des Etats à exécuter les condamnés à partir de seize ans et, la même année, un jeune homme de dix-sept ans meurtrier d'un policier a subi la peine capitale en Louisiane. Lors de son procès, les psychiatres lui avaient pourtant reconnu un âge mental de treize ans. Mais l'opinion américaine ne semble pas avoir conscience de la barbarie de telles pratiques. Elle est pour la répression de manière presque unanime, bien que cette sévérité soit cruellement inefficace.

A l'inverse, les Pays-Bas représentent la voie la plus libérale. La détention des mineurs en prison y est inconnue. Parmi les jeunes qui sont arrêtés chaque année, une bonne partie ne se voit infliger qu'une simple amende. Pour les récidivistes, il existe seize « écoles pénitentiaires » de trois cents places. Ce sont des établissements essentiellement éducatifs et la durée de détention ne peut y excéder six mois. Pour les cas les plus graves enfin (meurtres, viols), l'appareil judiciaire dispose de huit établissements de « traitement exceptionnel ». Le jeune condamné y est considéré comme un malade qu'il faut guérir. Il est pris en main par une équipe de psychiatres, psychologues et assistants sociaux. Les sorties sont possibles et la peine peut être écourtée en cas d'évolution favorable du condamné... Les Pays-Bas refusent donc la prison et, à la lumière des récentes études sociologiques, on pourrait être tenté de leur donner raison.

En dessous de six mois, la prison n'est pas ressentie comme une punition par le jeune délinquant. Bien au contraire, elle le valorise, en lui donnant un prestige, une auréole, surtout s'il vit en bande. On a « fait » la Santé ou Fleury-Mérogis, comme les anciens combattants ont fait telle ou telle campagne.

Un délinquant de quinze ans, très violent, qui sortait de deux mois de détention, a déclaré à un journaliste : « Après la prison, on ne te regarde plus pareil. Les grands te parlent d'égal à égal. Ils te disent des trucs qu'ils ne te disaient pas avant. Ils te font plus confiance et ils te mettent sur des coups vraiment intéressants. »

Au-delà de six mois, la prison est vraiment contraignante, mais elle a d'autres effets négatifs. L'incarcération au moment de l'adolescence maintient, en effet, le prisonnier dans un état d'enfance. « Quand je suis entré en prison, a dit l'un d'entre eux, j'avais seize ans et j'étais un gamin, maintenant, les autres ont grandi et changé, moi pas. » Faire vivre pendant plusieurs années dans un univers carcéral homosexuel un adolescent au moment précis où il doit se développer harmonieusement en tant qu'homme ou en tant que femme, c'est lui infliger beaucoup plus qu'une privation de liberté, c'est l'empêcher pratiquement d'avoir une personnalité normale pour le restant de ses jours. En outre, la prison peut aussi, en mettant le jeune en contact prolongé avec des malfaiteurs chevronnés, le faire basculer définitivement dans la grande délinquance.

Il n'en reste pas moins qu'on ne peut laisser en liberté un jeune qui a commis un meurtre, un viol ou un multirécidiviste. Aussi imparfaite qu'elle soit, il n'y a pas, dans les cas graves, d'alternative à la prison. Education ou répression : c'est l'éternel débat qui agite les juristes et c'est à propos des adolescents qu'il est le plus vif.

La délinquance juvénile est-elle en progression ?

La question n'est pas simple et elle varie selon les pays. Comme il n'est pas question de les examiner tous, nous nous bornerons aux Etats-Unis et à la France.

Aux Etats-Unis, le phénomène est sans commune mesure avec ce que nous connaissons. Là-bas, il atteint des proportions véritablement dramatiques. En 1994, il y a eu trois mille arrestations pour meurtres commis par des mineurs de dix-huit ans. Dans ce même pays, un étudiant sur huit a porté une fois une arme à l'école et un étudiant sur vingt a déclaré en avoir porté une dans les trente jours précédents... En 1996, en Californie, le meurtre a été la première cause de mortalité chez les jeunes.

Cela dit, tout n'est pas si noir. Il semble qu'un sommet ait été atteint au milieu des années quatre-vingt-dix et que la situation s'améliore depuis.

Pour expliquer cette inversion de tendance, les médias d'outre-Atlantique mettent en avant la « théorie du carreau cassé ».

Cette dernière a été énoncée en 1982 par George Kelling, professeur de droit criminel. Elle est toute simple : lorsqu'une municipalité ou une autorité quelconque ne répare pas une petite déprédation, elle montre qu'elle ne se soucie pas de son bien et encourage à faire pire. La police ne doit pas s'occuper exclusivement de grande criminalité et négliger les délits mineurs. Au contraire, en s'attaquant à la petite délinquance, on fait baisser la grande. Cette théorie a été appliquée d'abord dans le métro de New York, avec des résultats spectaculaires, puisque, depuis 1990, la criminalité y a chuté de 80 %. Elle a été étendue ensuite à la ville de New York elle-même où elle a prouvé également son efficacité. Depuis 1993, le nombre de meurtres a diminué de 60 %. Evidemment, cette politique implique un accroissement considérable des forces de police et engendre inévitablement des bavures.

Une autre initiative municipale semble avoir donné des résultats indéniables : le couvre-feu des jeunes. Aujourd'hui, presque toutes les villes américaines de plus de 30 000 habitants interdisent aux mineurs de dix-sept ans d'être dans la rue entre 23 heures et 6 heures du matin. On y a constaté une baisse de la délinquance juvénile de 21 %, pouvant aller, comme à Orlando, en Floride, jusqu'à 50 %.

Mais cette évolution favorable est sans doute liée à des causes plus profondes que ces mesures volontaristes. L'excellente santé de l'économie américaine depuis quelques années, ainsi que la baisse rapide du chômage ont pesé au moins autant. Aujourd'hui, aux Etats-Unis, il semble qu'il y ait un avenir pour les jeunes et cela change évidemment du tout au tout leur état d'esprit.

En France, la situation est exactement inverse. Partie d'un niveau infiniment plus bas, la délinquance juvénile ne cesse d'augmenter, puisque, de 1986 à 1996, elle s'est accrue de 80 %... Elle a pris aussi un tour différent, moins crapuleux, plus gratuit qu'auparavant. En 1998, semble-t-il, le jeune a moins le désir d'agresser que de pratiquer un vandalisme pur et simple.

Ces violences des banlieues et des cités sont abondamment rapportées dans la presse et on se limitera à l'une d'elles, particulièrement exemplaire : le réveillon de Strasbourg...

Dans la nuit de la Saint-Sylvestre 1997, cinquante voitures ont été incendiées dans l'agglomération strasbourgeoise, une trentaine d'abribus et une vingtaine de cabines téléphoniques détruits, deux écoles et un gymnase endommagés. Tout cela sans les incidents ou drames qui servent habituellement de détonateurs à ce genre d'événement : mort d'un jeune dans un commissariat ou à la suite d'une poursuite en automobile, et sans le moindre mobile politique ou revendicatif non plus. Il s'agit bel et bien, dans ce cas, de violence pour la violence, de « haine », pour reprendre le titre d'un film à succès qui parle de la question. Les jets de pierres contre les autobus, qui se multiplient un peu partout en France, y compris dans des villes réputées jusque-là tranquilles, vont dans le même sens. On a pu parler à ce sujet, en dramatisant quelque peu, d'« intifada des enfants ».

Alors, faut-il céder à la panique ? Appeler, comme on l'entend ici et là, à la révision de la loi de 1945, dans un sens plus répressif ? Il faut, certes, chercher des solutions pour l'immédiat, mais garder la tête froide. En cette décennie 90 où le chômage bat des records, comment les jeunes ne percevraient-ils pas leur avenir de manière brouillée et n'exprimeraient-ils pas, pour une petite minorité d'entre eux, leur désarroi de la sorte ?

En fait, la délinquance juvénile n'est pas une nouveauté et elle revient régulièrement sur le devant de la scène, lors des périodes de mutation, de crise.

C'était particulièrement le cas à la fin du XIXe siècle et au début du XXe siècle, au plus fort de l'industrialisation, au moment où les conditions de travail étaient les plus dures pour les enfants et les adolescents. Le chroniqueur judiciaire de la revue Voltaire *écrivait en 1880 : « J'ai souvent constaté et déploré ce phénomène qui semble appartenir plus particulièrement à notre temps : la précocité dans le crime. » Le Dr Paul Moreau de Tours déclarait, de son côté, en 1882 dans son ouvrage* De l'homicide commis par les enfants *: « Depuis quelque temps, l'attention publique a été mise en émoi par le récit de faits tellement monstrueux que l'esprit étonné se refuse à croire à leur authenticité. On a vu des enfants commettre des crimes atroces et devenir des meurtriers d'autant plus redoutables que leur jeune âge écartait deux tout soupçon, toute méfiance. La presse, écho inévitable de ces nouvelles à sensation, ne peut presque jamais assigner une raison plausible à ces déterminations criminelles. » Même son de cloche chez un certain E. Laut en 1907 : « En* *aucun temps, on ne vit dans le crime une pareille précocité. En ces dernières années, la police a parfois mis la main sur des bandes entières composées uniquement de gamins de treize à dix-huit ans. Nous avons eu les "tout-petits de Belleville", dont les chefs étaient des moutards de quatorze ou quinze ans et les "bébés de Popincourt", dont les plus jeunes avaient douze ans et les plus vieux dix-huit ans. » Une autre revue de la Belle Epoque dénonçait les méfaits des « gredins imberbes ». Ainsi, les « Ouistitis de la Butte », qui détroussaient en 1910 les passants attardés du côté de Montmartre, étaient dirigés par Désiré Pissy, quatorze ans, qu'on disait déjà entretenu par une femme. A cette époque, où ce n'était pas le chômage, mais un travail impitoyable qui attendait les jeunes, leur violence semblait plutôt un rite de passage avant la vie familiale et industrielle...*

Et on pourrait trouver des citations tout aussi alarmées dans la presse des années 50, à propos de ce qu'on a appelé les « blousons noirs », ces jeunes d'une génération qui avait grandi pendant la guerre, qui en avait subi les sévices, mais qui n'avait pas pu y répliquer en combattant...

Toutes ces considérations peuvent nous inciter à un optimisme prudent : s'il y a aujourd'hui des drames de la jeunesse violente, il y en a toujours eu et il y en aura toujours.

« ON N'EST PAS SÉRIEUX, QUAND ON A QUINZE ANS... »

24 mai 1997, 11 heures du matin. Nassim est tout heureux d'être à « Rispa » en ce beau samedi de printemps... A « Rispa », c'est-à-dire à Paris, en verlan, puisque c'est ainsi qu'on s'exprime dans la cité qu'il habite, un peu plus loin au nord-est, en Seine-Saint-Denis...

Son grand ensemble s'appelle « Cité des moineaux », un nom qui fait bien rire Nassim, comme les autres résidents. Car, en fait d'oiseaux, c'est tout autre chose qu'on entend : dans la journée, les pétarades des vélomoteurs et les aboiements des pitbulls, la nuit, les rodéos de voitures et, de jour comme de nuit, le bruit des engueulades.

La Cité des moineaux a été construite au milieu des années soixante pour accueillir les harkis, au lendemain de la guerre d'Algérie. C'est une longue suite de barres toutes grises, récemment réhabilitées, c'est-à-dire repeintes en ocre ou en bleu ciel, avec de grands portraits pour décorer les façades aveugles... Sur le bloc qu'habite Nassim, il y a un visage d'adolescent à peine plus âgé que lui. Un éducateur lui a dit que c'était Rimbaud, un poète. Mais Nassim ne sait pas qui est Rimbaud, et il s'en fout !

« On n'est pas sérieux, quand on a dix-sept ans »,

a écrit ce Rimbaud dont il ignore l'existence... Nassim ne les a pas, il n'en a que quinze, mais il les paraît facilement, tant il fait plus mûr que son âge. Il ne fait pas miséreux non plus ; son habillement est neuf et sort visiblement tout droit du magasin : short blanc, casquette et blouson au nom d'une équipe de basket-ball américaine, chaussures de sport de marque. Mais, paradoxalement, cette élégance le rendrait plutôt inquiétant. D'où lui vient ce chic qui s'accorde mal avec sa situation de gamin des banlieues ?

Comme si cela ne suffisait pas, l'adolescent sort de sa poche un portable dernier modèle et compose ostensiblement un numéro, guettant les regards d'admiration des passants...

— Allô, Moussa ?...

C'est une voix féminine qui répond.

— Non. Il n'est pas là. Qui est là ?

— Nassim...

— Rappelle plus tard, Nassim. Il ne va pas tarder...

Nassim raccroche. Il est déçu. Il aurait bien aimé avoir Moussa, son frère aîné, pour lui dire qu'il est dans la capitale et ce qu'il vient y faire, et il n'a pas d'autre moyen de le joindre que le téléphone. C'est d'ailleurs toute une histoire...

Moussa a été condamné pour coups et blessures avec arme blanche. Il avait seize ans quand il s'est bagarré avec un garçon qui importunait leur grande sœur. Il a fait deux mois dans le quartier des mineurs à Fleury-Mérogis et il en est sorti il y a six mois. Mais, depuis, il n'est pas revenu à la maison. Il a simplement fait parvenir à Nassim, par un copain, un numéro où l'appeler... Nassim a compris : son frère s'est fait enrôler dans une bande de grands. C'est souvent comme ça, quand on sort de la « haps », la prison. On est respecté et les adultes vous mettent sur de vrais coups, pas des « quetrus » minables, des trucs de gamins...

Nassim a un sourire. Il vient de trouver ce qu'il cherchait : une bijouterie ! Il entre dans le magasin en affichant l'allure la plus décontractée. Il a un sourire en voyant le commerçant, un homme d'un certain âge, faire un geste en direction de quelque chose derrière son comptoir... Une sonnerie reliée au commissariat, un revolver ? Mais Nassim décide d'éviter les embrouilles et sort de sa poche une liasse, qu'il dépose devant lui.

— Il y a 20 000 francs. Qu'est-ce que je peux avoir pour ça ?

Le bijoutier s'empare des billets, sans doute pour s'assurer qu'ils sont vrais, et son attitude change, même s'il y a toujours une légère crainte dans sa voix.

— Cela dépend ? C'est pour une amie ?

— Non, pour ma mère. Demain, c'est la fête des mères. Vous savez sûrement ça...

Du coup, l'homme se détend. Il arbore un large sourire. Bien sûr, il se doute que c'est de l'argent sale, qui provient de vente de drogue ou d'un braquage, mais il ne dit rien. D'ailleurs, il n'a rien à dire. Le refus de vente est réprimé par la loi. C'est une affaire qui regarde la police, pas lui...

— Mais certainement, monsieur ! Nous avons de très belles pièces. Quels sont les goûts de madame votre mère ?...

Et, quelques minutes plus tard, Nassim quitte le magasin, avec un collier en or dans un magnifique écrin... Il reprend son portable. Il faut absolument qu'il raconte cela à Moussa... Et, cette fois, il a de la chance : c'est lui !

— Moussa, c'est Nassim. Je suis à Rispa !

— Qu'est-ce que tu fais ?

— Je sors d'une bijouterie.

La voix de son aîné se charge d'inquiétude.

— T'as pas fait de connerie ?

Mais, au contraire, Nassim est hilare et il lui raconte dans son langage ce qui vient de se passer.

— Arrête ! C'était pour maman... Quand je suis entré, le « keum » a cru que je venais le « québra », mais quand j'ai sorti mon « genar », deux barres, il m'a appelé « monsieur »... Alors, là, j'ai trop « kiffé » !

Au bout du fil, Moussa, lui aussi, « kiffe », c'est-à-dire jubile, et il adresse à son frère ce qui constitue le plus grand des compliments dans l'univers des cités :

— Toi, t'es trop de la balle atomique !...

Il y a encore des échanges de rires entre les deux frères, et puis la voix de Moussa se fait grave.

— Pour demain, je ne pourrai pas être là. Alors, si tu peux embrasser maman pour moi... Je lui ferai un cadeau plus tard.

— T'es sur un coup ?

Mais il n'y a pas de réponse. Moussa a raccroché...

« On n'est pas sérieux, quand on a dix-sept ans.

Et qu'on a des tilleuls verts sur la promenade... »

Nassim s'est remis à marcher dans Paris. Ce ne sont pas des tilleuls, mais des marronniers qui bordent l'élégant boulevard de la rive gauche sur lequel il déambule. Il est heureux d'être à « Rispa » ; il hume l'air, il regarde les gens. Ils n'ont pas cet air craintif ou au contraire agressif qu'ils ont dans la cité, où les uns sortent le minimum, juste ce qu'il faut pour l'essentiel, et où les autres paradent, jouent à tenir le haut du pavé... Ici, on est naturel, on flâne, on regarde les vitrines, on prend son temps.

Et Nassim, lui aussi, pour une fois, prend son temps. Il se laisse aller à revivre sa courte existence... Non, il n'est pas sérieux et il n'a pas attendu d'avoir dix-sept ans pour ça, loin de là ! Sa première grosse bêtise, il l'a faite à douze ans, en CM2. Il avait déjà deux classes de retard. Il faut dire que les études et lui... Il n'a pas supporté une remarque de son institutrice, alors, à la sortie du cours, il s'en est pris à sa voiture : les phares, les pneus et le pare-brise, il n'a pas fait le détail !...

A partir de là, il est entré dans le schéma classique. La police qui débarque pour les remontrances à la famille. Mais que pouvait-elle faire, la famille ? Elle se limite à la mère. Nassim est le troisième de neuf enfants. Le père, il n'y en a pas. Le premier, celui de Moussa et de la grande sœur, est mort ; les autres — car ils sont plusieurs —, personne ne les a vus, la mère de Nassim ne sait peut-être pas elle-même qui ils sont.

Alors, il a été pris en charge par différents éducateurs, qui ont fini par lui trouver un stage de mécanique à Grenoble. Ce n'était pas une mauvaise idée et cela aurait pu marcher : la mécanique, c'était quelque chose qui le branchait et la montagne, il aimait. Mais il a fallu qu'un autre élève le regarde de travers ; il s'en est suivi une bagarre générale, tout a été cassé dans l'atelier et il a été reconduit entre deux gendarmes à la Cité des moineaux...

Depuis, l'existence de Nassim s'est organisée telle qu'elle est encore actuellement. Il va à l'école de temps en temps pour ne pas se faire renvoyer, mais il sèche les cours dès qu'il peut. Car c'est lui qui fait vivre sa mère et ses frères et sœurs.

Il vend du haschich dans la cité. Les grands lui donnent les doses et il doit les écouler : un quart de l'argent pour lui, trois quarts pour eux. Evidemment, il n'est pas le seul sur le coup et les autres ne lui font pas de cadeau mais, malgré son âge, Nassim est déjà un dur. Il sait se battre et, surtout, se faire respecter. C'est cela le plus important, le respect...

C'est Moussa qui le lui a dit, avant de quitter la famille : « Retiens bien ça. Il faut que ton nom obsède les autres. » Et Nassim a fait de son mieux pour suivre son conseil. Chaque fois qu'il croise un garçon, il le regarde fixement jusqu'à ce qu'il soit obligé de baisser les yeux. Le plus beau, c'est que cela marche ! Il commence à être quelqu'un dans la cité...

Un adolescent un peu plus âgé que lui, qui arrive en face de lui, le tire de ses pensées. Il est en costard et cravate, un vrai bourgeois de Rispa... C'est le moment ou jamais de leur montrer qui il est à ces Parisiens ! Il lui envoie un regard terrible, presque meurtrier, et l'autre non seulement baisse les yeux, mais change de trottoir... Nassim a un sourire de triomphe, qui découvre toutes ses dents blanches : il existe !

Nassim revient à ses pensées. C'est ce genre de regard qu'il emploie pour racketter les jeunes de la cité. Plus que les mots, les menaces, ce sont ses yeux qui les font trembler. Et maintenant, c'est devenu sa spécialité, le racket. Ils sont bien une vingtaine, aux Moineaux, qui lui paient régulièrement leur amende...

Et voilà comment on peut avoir deux « barres » pour la fête des mères !... Au début, sa mère, justement, a refusé son argent. Quand il est arrivé avec ses premiers billets de 500 francs, elle a hurlé et elle les a refusés. Mais elle n'en pouvait plus de faire des ménages pour compléter le RMI et les allocations, et Nassim savait bien qu'elle finirait par accepter... La deuxième fois, elle a encore gueulé, mais elle a pris les billets. La troisième fois, elle s'est contentée de dire en soupirant :

— Sois prudent. J'ai peur pour toi !...

Prudent, Nassim estime l'être, et malin aussi. Il a été arrêté deux mois plus tôt, pour racket avec un flash-ball, un pistolet à balles en plastique, utilisé par la police et appelé par les jeunes un « dégommeur »... Pour la voiture de l'institutrice, il était trop jeune mais cette fois, à quinze ans, il n'y coupait pas. Inculpé d'agression avec arme, il est passé devant le juge pour enfants...

Mais, avec son argent volé, il a demandé à sa mère de lui acheter un beau costume, du genre de ceux qu'on met aux mariages, et aussi des lunettes, pour faire bon élève, et c'est comme cela qu'il s'est présenté au tribunal. Il a répondu poliment aux questions, il s'est montré doux comme un petit ange et il n'a écopé que de deux mois avec sursis...

24 mai 1997, 16 heures. Nassim est de retour aux Moineaux. Pour l'instant, il ne pense pas à la fête des mères, il a autre chose à faire avant. C'est le jour où il doit aller voir Cyrille, un jeune de onze ans du bloc B, qu'il rackette régulièrement... Il le trouve devant son immeuble en train de jouer seul au ballon. A son approche, Cyrille ne cherche pas à fuir ; il reste pétrifié. Nassim lui adresse son regard habituel.

— T'as les cinquante keuses ?

— Non.

Le jeune Cyrille a répondu sans trembler... Qu'est-ce que cela veut dire ?

La réponse, Nassim l'a immédiatement, en la personne d'un jeune homme qui sort de derrière une voiture où il s'était caché... Il le connaît, c'est Grégory, vingt-huit ans, le frère de Cyrille. Il est rarement à la cité. Il travaille en province. Il doit être venu pour la fête des mères... En tout cas, Nassim sait bien que lui, il n'a jamais réussi à l'impressionner. D'ailleurs, ce dernier le lui montre immédiatement.

— Nassim, t'es qu'une merde ! Si tu touches encore à Cyrille, je te fais la peau !

Nassim lui jette son regard le plus menaçant, mais l'autre ne baisse pas les yeux. Il n'a pas peur. Il est beaucoup plus costaud que lui, et il le sait...

— Attends, je reviens !

Grégory a un ricanement.

— Avec quoi ?... Avec ça ?

Et il sort de sa poche un flash-ball... Nassim étouffe un cri de rage. Lui aussi en a un ! Il n'y a rien à faire. Il tourne les talons et s'éloigne.

Mais il ne renonce pas, bien au contraire. Il décroche son portable.

— Allô, Moussa ? Il faut que tu m'aides. Il y a un type qui m'a insulté. Je ne peux pas passer pour un rigolo dans la cité.

— Pas question que je vienne...

— Je ne te demande pas ça. Mais il me faut quelque chose. Il a un dégommeur...

Il y a un instant de silence dans le portable, puis la voix du frère aîné de Nassim :

— D'accord. Attends sur le parking...

Une heure plus tard, une grosse voiture noire s'arrête à la hauteur de l'adolescent. Personne n'en descend, mais la vitre du conducteur s'ouvre. Un inconnu tend à Nassim un paquet. Le temps qu'il s'en saisisse, le véhicule a déjà démarré en trombe. Dans le paquet, il y a un revolver 22 long rifle...

Nassim reprend le chemin du bloc B. Grégory a un sursaut en le voyant.

— Je t'avais dit de te tailler !

Nassim ne répond pas. Il fait feu sans un mot et à cinq reprises, puis il s'enfuit à toutes jambes... Les policiers, presque immédiatement à ses trousses, retrouveront, avant de l'appréhender, le collier d'or qu'il a laissé tomber dans sa fuite et que sa mère n'aura jamais pour sa fête.

A l'heure actuelle, Nassim est en attente d'être jugé. Il risque au maximum vingt ans de prison. Quel sera le verdict ? Ce n'est pas forcément le point le plus important, tant les problèmes s'entremêlent dès que la criminalité des jeunes entre en jeu...

LEÏLA

Il est 14 h 30, ce 6 mars 1995. Au lycée Jacques-Callot, de Vandœuvre, dans la banlieue de Nancy, c'est la reprise des classes de l'après-midi. Et c'est alors qu'un enseignant constate une anomalie. Personne n'a vu Sabrina, une élève de cinquième, depuis le dernier cours de la matinée. Or, elle aurait dû aller à la cantine, puisqu'elle est demi-pensionnaire... S'agit-il d'une fugue ? D'un accident ?

Avant tout, il faut chercher dans l'établissement. Un surveillant part explorer les lieux. Pendant un bon moment, il ne trouve rien, jusqu'à ce qu'il arrive aux toilettes du troisième étage. L'une des portes des WC est fermée de l'intérieur. Il l'ouvre, car la chose est possible, comme dans la plupart des sanitaires scolaires, et il pousse un cri d'horreur... Sabrina est par terre, les lèvres bleuies, une cordelette autour du cou.

L'alerte est donnée dans la plus grande discrétion, pour ne pas traumatiser les élèves. Les pompiers sont immédiatement sur les lieux, mais ils ne peuvent réanimer la victime et l'ambulance repart sans elle. Plus tard, c'est le fourgon de l'institut médico-légal de Nancy qui emporte le corps, tandis que les services de police envahissent la cour de récréation.

Cette fois, il faut bien dire la vérité, au moins en

partie. On annonce aux élèves qu'une jeune fille est morte d'une crise d'asthme dans les toilettes...

Tandis que l'effervescence s'empare de l'établissement, les choses avancent très vite. Le procureur, arrivé sur place, fait ses constatations et elles débouchent sur une information pour meurtre.

Car il peut difficilement en être autrement. La cordelette était trop courte pour que la jeune fille se soit pendue en l'accrochant quelque part. En outre, quand le surveillant l'a trouvée, elle était allongée inanimée sur le sol. On pourrait quand même songer à un suicide, mais mettre fin à ses jours de cette manière particulièrement affreuse, en s'étranglant soi-même, nécessite un courage peu commun.

Il faut pourtant examiner cette hypothèse. Des camarades de classe de Sabrina sont interrogés discrètement. Etait-elle déprimée, capable d'un geste de désespoir ? La réponse est unanime, et c'est « non ». En revanche, les élèves livrent une information de première importance : Sabrina a eu, le matin, une violente altercation avec sa voisine de banc et amie, Leïla, quatorze ans, de nationalité turque. Les policiers font appeler Leila pour qu'elle s'explique sur cette dispute, mais elle a disparu en même temps que Sabrina : elle non plus ne s'est pas présentée à la cantine.

Dès lors, l'orientation de l'enquête est toute tracée. D'autant qu'au soir Leïla n'est toujours pas rentrée chez elle. Cette fois, ce sont plus que des soupçons qui pèsent sur elle.

Mais les enquêteurs sont confiants. Ils sont persuadés qu'elle n'est pas allée loin et qu'elle se cache au sein de la communauté turque. Il suffit d'attendre... Ils ne se trompent pas. Au matin, ils la découvrent en compagnie de ses frères aînés, près de la ZUP de Vandœuvre où elle habite. Elle rentre chez elle, elle a renoncé à se cacher ; en fait, elle est venue se livrer.

Et effectivement, quand elle est dans les locaux de la police, elle avoue très vite. Elle fait une ultime tentative pour dissimuler la vérité :

— C'est un accident...

Les enquêteurs notent en eux-mêmes qu'elle écarte ainsi la thèse du suicide mais, tout de suite après, elle s'effondre.

— C'est moi qui l'ai tuée !

Alors, elle raconte tout en détail... Le drame a commencé au début du cours de sciences naturelles de 11 heures. Leila et Sabrina étaient assises l'une à côté de l'autre, comme d'habitude, mais il y avait un froid entre elles. Elles se faisaient la tête depuis plusieurs jours... Leïla demande à sa voisine :

— Tu me prêtes ta règle ?

Sabrina fait « non » de la tête. Leïla, mécontente, hausse le ton, changeant de sujet.

— Est-ce que c'est vrai que tu m'as traitée de putain ?

— Oui, c'est vrai que tu es une putain !

— Bon, on va régler ça après le cours. On se retrouve aux toilettes.

Sabrina acquiesce et, à midi, elles montent au troisième. Une élève veut les suivre, mais Leïla l'arrête.

— C'est personnel...

Elles s'enferment au troisième étage. Il est 12 h 10. Leïla donne un violent coup de poing au visage de Sabrina.

— C'est vrai que tu as dit que je fumais du haschich et que je voulais que tu essaies ?

Sabrina, étourdie, tombe à genoux. Elle lui demande de sortir « pour aller manger ». Leïla se souvient alors qu'elle a dans sa poche une cordelette en matière synthétique, dont les enfants se servent pour effectuer des figures entre leurs doigts. Elle se précipite sur sa camarade, la lui met autour du cou et serre. Sabrina perd connaissance immédiatement...

— Elle a fermé les yeux, précise Leïla dans ses aveux. Je pensais qu'elle faisait du cinéma. Mais elle a glissé et n'a plus bougé. J'ai essayé de la relever, mais le corps était trop mou. Alors, j'ai quitté les toilettes...

Après cela, la jeune fille s'enfuit du collège et erre dans le dédale de la ZUP de Vandœuvre, ne sachant que faire. Au milieu de l'après-midi, elle appelle une cousine d'une cabine téléphonique :

— Je me suis battue...

Le soir, elle la rappelle. C'est là qu'elle apprend qu'elle a tué son amie. Elle raccroche et prend la fuite. Elle se dissimule toute la nuit dans les caves de son quartier. Au matin, elle renonce à se cacher. Elle prend le chemin de chez elle. Elle croise un de ses frères. Ils échangent quelques paroles et c'est à ce moment que les policiers, qui étaient en faction, l'arrêtent. Elle est soulagée que ce soit fini...

A Vandœuvre et dans la région, l'émotion soulevée est immense. D'autant que le lycée Jacques-Callot n'est pas un établissement difficile où règne une violence endémique. Il fait à la fois lycée et collège, avec un effectif d'environ 1 500 élèves. Certes, quatre-vingts nationalités s'y côtoient, mais Vandœuvre n'est pas une de ces banlieues déshéritées, un de ces lieux de non-droit comme il y en a ailleurs. C'est la deuxième ville du département où la vie n'est pas si désagréable que cela...

Dans toute la France aussi, ce crime suscite la surprise, l'étonnement et l'effroi. On rappelle les autres meurtres survenus dans des établissements scolaires depuis cinq ans.

Le 25 janvier 1989, un lycéen d'Elbeuf est poignardé sur le chemin de l'école, par Franck, dix-sept ans, pour une banale dispute d'argent : neuf ans de prison pour le coupable. Le 27 août 1990, Vincent, douze ans, est tué de onze coups de couteau après un match de football joué avec des copains de classe ; son meurtrier, âgé de quinze ans, sera condamné à autant d'années de prison que son âge. Le 17 novembre 1993, dans un lycée de Brest, Farid, dix-sept ans, tue d'une décharge de pistolet à grenaille son camarade de classe, David, seize ans : quatorze ans de réclusion criminelle... Cette liste est trop longue, évidemment, mais elle démontre que le meurtre à l'école est loin d'être un phénomène de société, comme aux Etats-Unis par exemple. L'affaire de Vandœuvre reste tout à fait exceptionnelle.

Alors, il faut tenter de comprendre ce qui s'est passé... Pourquoi et comment une jeune fille de quatorze ans en est-elle arrivée à tuer une camarade de son âge ? Pour cela, le mieux est d'en savoir plus sur celle qui vient d'avouer cet acte terrible.

Leïla est née en France, en 1980, de parents kurdes de nationalité turque. Elle vit dans une barre HLM, réhabilitée comme tant d'autres avec les moyens du bord, à grands coups de peinture verte et rose. Sa famille a des problèmes, tant sur le plan matériel que sur celui de l'intégration. Avec ses parents et ses sept frères et sœurs, ils s'entassent dans un F3. Le père, ancien ouvrier, est en préretraite, la mère n'a jamais travaillé. Tous deux sont musulmans pratiquants et la mère porte le voile. Ni l'un ni l'autre ne parlent français.

Leïla, elle, semble s'être bien mieux adaptée à la vie occidentale. Elle est franchement jolie fille, avec ses yeux clairs, qui forment un contraste étonnant avec ses cheveux bruns. Elle est bien faite, un peu potelée. Incontestablement, elle paraît plus que son âge

A l'inverse de ses parents, elle ne semble pas du tout préoccupée de religion. Elle est coquette, se maquille, boit, fume, s'habille avec des vêtements à la mode, sort en surprise-partie ou en boîte et elle a, prétend-elle, un petit ami français de vingt et un ans.

Tout cela n'est pas répréhensible et serait même plutôt sympathique, mais c'est quand on aborde la question de son caractère et de son comportement que les choses se gâtent... Ceux qui la connaissent en dressent un portrait pas toujours entièrement négatif, mais pour le moins haut en couleur. Leïla est quelqu'un qui a de la personnalité, c'est le moins qu'on puisse dire.

C'est dans sa cité qu'elle a la plus mauvaise réputation, puisqu'on va jusqu'à la surnommer « Pitbull », pour son agressivité, ses accès de violence et sa volonté de toujours commander... Une voisine déclare aux journalistes :

— C'est une meneuse depuis qu'elle est toute petite. Je l'ai vue grandir, mais elle n'a pas changé. Elle avait des copines qui la suivaient partout. Elles paraissaient des fillettes, alors que Leïla, malgré ses quatorze ans, avait déjà le corps et l'assurance d'une jeune fille.

Un locataire ajoute :

— Depuis un an et demi, environ, elle était devenue très agressive. On avait l'impression qu'elle nous narguait du haut de ses quatorze ans, adressant à peine un « bonjour » dédaigneux à ceux qui la croisaient.

Au collège, au contraire, les avis sont partagés. Ses camarades disent d'elle :

— Elle avait du style...

— Il y avait de la fierté en elle.

Un garçon de sa classe conclut, pour sa part :

— Elle parlait un peu fort, mais c'était une

bonne camarade. Elle était super avec ceux qu'elle aimait, mais dure avec les autres.

En fait, ce jugement résume sans doute assez bien la personnalité de Leïla. Caractère entier, dominateur, elle savait se montrer très aimable avec ceux qui la respectaient, mais pouvait être très violente dans le cas contraire...

Et les autorités dans tout cela ? Eh bien, à l'inverse de ce qu'on pourrait imaginer, les services compétents, éducatifs sociaux et judiciaires, s'étaient inquiétés de son cas et ils étaient loin d'être restés inactifs.

Leïla n'était au collège Jacques-Callot que depuis la rentrée. Elle avait fait précédemment sa scolarité dans un autre établissement, à l'autre bout de la ville. Elle avait redoublé à deux reprises, ce qui avait attiré une première fois l'attention sur elle et elle avait été renvoyée l'année précédente pour avoir agressé une enseignante.

Dès lors, son dossier la décrivait comme potentiellement dangereuse pour elle-même comme pour les autres. Son premier trimestre à Jacques-Callot n'avait rien arrangé. Il avait été catastrophique, tant par manque de travail que par absentéisme. En décembre, elle avait fait une fugue. En janvier 1995, elle avait volé des parfums dans un supermarché, en compagnie de Sabrina, qu'elle avait entraînée. Prise sur le fait par un surveillant, elle l'avait aspergé de gaz lacrymogène et pris la fuite.

Alerté, le proviseur de Jacques-Callot avait chargé une assistante sociale de l'examiner. Frappée par son mutisme, celle-ci avait rendu un avis pessimiste. Son cas avait alors été signalé à la justice, qui avait décidé de nommer pour six mois un éducateur, avec mission de la prendre en charge. Mais la nomination est arrivée sur le bureau du proviseur le 6 mars 1995, matin même du meurtre !

Incontestablement, la fatalité a joué son rôle dans le drame de Vandœuvre...

Reste à comprendre pourquoi Leïla s'en est prise à Sabrina, qui était pourtant son amie et même sa meilleure amie.

Elles ne se resemblaient pas ; on peut même dire que tout les opposait... Sabrina avait les cheveux blond cendré, le teint pâle et délicat. C'était une toute jeune fille menue et douce, qui semblait à peine sortie de l'enfance. On ne la voyait guère dans les boîtes et les surprises-parties. Elle allait, parfois, au contraire, jouer au toboggan, avec les gamines de la communale, sur les aires de jeu de la ZUP.

Cela ne signifiait pourtant pas qu'elle était d'un caractère infantile. Par bien des aspects, elle était plus mûre que Leïla ; elle était plus réfléchie, plus intelligente aussi, peut-être.

En fait, elles se complétaient. Elles s'étaient connues à la rentrée des classes et, tout de suite, s'étaient vivement attirées. Sabrina admirait l'assurance de Leïla, sa fougue. Elle se laissait entraîner par cette force de la nature, mais bien souvent, elle la tempérait et Leila appréciait cette présence stabilisante auprès d'elle...

Une amie de Sabrina raconte après le drame :

— Il y a quelques jours encore, elles sont arrivées ensemble au collège. Sabrina ne semblait absolument pas inquiète ou nerveuse. Non, vraiment, elle adorait que Leïla lui confie ses secrets. Mais quand Sabrina n'était pas d'accord avec Leïla, elle n'hésitait pas à le lui dire, une chose que peu d'entre nous osaient faire. C'est peut-être pour cela qu'elle est morte...

Peut-être... Sans doute, même. Il a suffi pour passer de l'amitié à la haine, de la routine quotidienne à la tragédie, d'un rien ; ou plutôt de ce qui nous semble un rien, à nous adultes, mais qui, à cet âge instable entre tous qu'est l'adolescence, peut prendre des proportions insoupçonnables...

C'est en substance ce que disent le procureur François Deby et le commissaire central Bernard Miteaux, le soir de l'arrestation, lors de leur conférence de presse, devant les journalistes atterrés.

— C'est une dispute entre gamines, quelque chose de terriblement futile...

En réponse à une question, le magistrat déclare que rien ne peut établir que le meurtre était prémédité. Et il conclut, avec une impuissance amère :

— La personnalité des deux jeunes filles ne présente aucune zone d'ombre particulière. On ne peut que constater que Leïla a étranglé Sabrina. Elle en avait la force physique. Que vous dire de plus ?

Que dire de plus, en effet ? L'affaire est confiée au juge d'instruction Brigitte Raux, qui met Leïla en examen pour homicide volontaire sur mineure de moins de quinze ans. Selon la loi, elle risque vingt ans de réclusion.

Leïla est incarcérée dans la maison d'arrêt Charles III de Nancy, au quartier des mineurs, dans une cellule où elle est seule, tout près du poste de la surveillante. Le juge d'instruction autorise ses parents à venir la voir. Mais malgré ces visites, l'adolescente ne parvient pas à faire face à la situation. Selon son avocat, elle n'arrête pas de pleurer, répétant sans cesse :

— Je ne voulais pas la tuer !

Et ajoutant :

— Je n'arrive pas à imaginer ce qui s'est passé. C'est allé trop vite !...

Le procès de Leïla s'ouvre à huis clos le 11 octobre 1995, devant le tribunal pour enfants de Nancy. Rappelons que cette juridiction se compose d'un juge pour enfants et de deux assesseurs, personnalités qualifiées, choisies pour leur compétence et l'intérêt qu'elles portent aux enfants. En l'occurrence, le juge Laurent Gebler est assisté d'un pédopsychiatre et d'un professeur de libertés publiques à la faculté de droit. Seuls les témoins, les parents et les experts peuvent assister aux débats.

Pendant les semaines et les jours qui ont précédé, Leïla s'est montrée très angoissée. A tel point qu'elle a été tentée de ne pas venir dans le box, mais son avocat, Me Joël Lagrange, a réussi à la persuader de se présenter. Les débats devant rester secrets, Me Lagrange ne fait pas de commentaire à leur sujet, mais il déplore le manque de structures pour accueillir une condamnée de cet âge, si elle devait l'être.

Du côté de la partie civile, on rappelle que la victime avait, elle aussi, quatorze ans et que c'est bien d'un procès criminel qu'il s'agit. Un des membres de la famille de Sabrina a cette formule :

— Tout le monde s'est interrogé sur les structures qui pourraient accueillir Leïla, mais on a oublié que la structure de Sabrina, c'est un cercueil et un cimetière !

Au bout de deux jours de débats, le procureur réclame douze ans de prison et le jugement est mis en délibéré.

Le verdict a été rendu le 25 octobre : Leïla a été condamnée à neuf ans de détention. Comme il n'y avait pas de service prévu pour son cas, elle est restée dans la cellule qu'elle occupait, où elle est seule, à l'abri des possibilités de drogue et de prostitution. Elle reçoit régulièrement la visite de ses parents, d'éducateurs et de psychologues.

Ce compromis a été critiqué à la fois par la défense et la partie civile, qui réclamaient, l'une le sursis, l'autre le maximum de la peine. Nous nous garderons bien d'émettre un avis et nous laisserons le dernier mot au tribunal, qui a tenu à justifier son verdict en ces termes : « La peine doit être suffisamment longue pour permettre à Leïla de restructurer profondément sa personnalité et de ne plus constituer un danger pour autrui, mais d'une durée telle qu'elle n'exclura pas ses chances de réinsertion dans la société. »

« J'AI AIMÉ UN PETIT CHAT... »

Tom Walker a douze ans, en cette année 1946. Il est le sixième de onze enfants, mais il ne connaît aucun de ses frères et sœurs. Il ne sait pas leur prénom et, pour certains, il aurait du mal à les reconnaître. Pourtant, il habite sous le même toit et cinq d'entre eux vont à la même école que lui, une école primaire publique des environs de Cheyenne, la capitale du Wyoming, aux Etats-Unis.

Alors, que se passe-t-il ? Tom Walker est-il débile ? Souffre-t-il d'une infirmité quelconque ? Non, il est comme tout le monde et il est même éveillé pour son âge. Mais si Tom Walker ne connaît pas ses frères et sœurs, c'est que sa mère le lui a interdit, tout simplement...

Mme Walker est une femme de stature imposante et peu gracieuse, ce qu'on appelle communément « un grand cheval ». Et elle a depuis toujours isolé Tom de ses autres enfants. Ses cinq aînés et ses cinq cadets ont droit à tout l'amour dont une mère est capable et reçoivent de sa part les soins les plus tendres. Tom, lui, dort été comme hiver dans une cabane non chauffée, attenante à la vaste ferme de ses parents. Il n'a pas le droit de jouer avec les autres enfants Walker, ni même de les voir et de leur adresser la parole. Lorsqu'il va à l'école, il lui est interdit de revenir en même temps qu'eux.

Il doit attendre leur départ avant de rentrer à la maison et aller directement à sa cabane, en évitant soigneusement les locaux d'habitation, pour s'y enfermer et ne plus en bouger.

La raison de l'extraordinaire conduite de sa mère est une énigme aussi bien pour lui que pour les autres. Pourquoi cette monstrueuse discrimination qui le frappe ? Mystère... Tom est-il un enfant adultérin ? Peut-être, quoique, dans ce cas, on ne voie pas bien pourquoi sa mère le rejetterait. Il serait tout autant le sien que les autres. C'est son père qui pourrait éprouver de l'animosité à son égard...

Au fait, que pense-t-il de tout cela, M. Walker ? Il n'est malheureusement pas possible de le savoir. Il existe pourtant bel et bien, mais c'est comme s'il n'était pas là. Il n'a jamais émis la moindre critique, jamais fait la moindre remarque sur la question. D'ailleurs, il n'a jamais rien dit sur quoi que ce soit. Pour Tom, son père est tout autant un inconnu que ses frères et sœurs.

Et le martyre de Tom Walker ne s'arrête pas là ! Quand il était jeune enfant, sa mère le nourrissait juste assez pour qu'il ne meure pas d'inanition, mais depuis qu'il va à l'école, elle ne le nourrit plus du tout. Il n'a qu'à manger là-bas ! Mais attention, Tom n'est pas inscrit à la cantine, comme ses frères et sœurs. Pas question de dépenser d'argent pour lui, et puis, s'il allait à la cantine, il pourrait parler avec les autres fils et filles Walker.

Non, pendant l'heure des repas, il faut que Tom se débrouille. Il parcourt les classes et les locaux vides à la recherche de sa pitance. Il ramasse une pelure de pomme ou un sandwich jeté dans une corbeille, il vole des bonbons ou une autre friandise dans le casier des élèves... Voilà, c'est comme cela depuis des années et personne ne s'est aperçu de rien. Si Tom ou l'un de ses frères et sœurs avait parlé, on aurait su, mais personne n'a parlé...

Inutile de dire, dans ces conditions, que Tom est un garçon malingre et maladif. Il souffre de rachitisme, d'eczéma et d'asthme. Ses camarades se moquent de son physique ingrat, de ses membres déformés, de ses plaques rouges sur la peau. De plus, il est très myope. Il ne voit pas le tableau, ce qui le gêne considérablement dans ses études, car il n'a, bien sûr, pas droit à des lunettes. Comme il a de mauvais résultats et qu'il chaparde, les professeurs le prennent pour un vaurien et ne l'aiment pas...

Nous sommes à la fin de l'année scolaire 1946 et Tom Walker a une grave contrariété : il va quitter l'école primaire pour le collège. Malgré tous ses problèmes scolaires, ses notes ont été suffisantes pour qu'il passe dans le secondaire. Or, aussi invraisemblable que cela paraisse, Tom se plaisait à l'école. Il y avait un ami : le concierge, M. Olsen.

Pendant qu'il était obligé d'attendre pour que ses frères et sœurs rentrent à la maison, Tom avait pris l'habitude de donner un coup de main au concierge et il s'était révélé incroyablement habile de ses mains. Il réparait les meubles, les serrures et tout ce qui peut se casser ou tomber en panne dans une école. Pour le remercier, M. Olsen lui donnait quelques sous, avec lesquels il courait s'acheter à manger, et aussi des gâteaux et des bonbons. M. Olsen lui avait même appris à conduire, malgré son jeune âge. C'est auprès de lui que Tom a connu les seuls moments heureux de sa vie. Il a été tenté une ou deux fois de lui confier le secret de son existence, mais il ne l'a pas fait. De son côté, le concierge ne lui a posé aucune question...

En ce dernier jour de classe, Tom Walker s'entretient tristement avec son seul ami.

— Qu'est-ce que je vais devenir au collège, monsieur Olsen ?

— Tu seras peut-être ami avec le concierge de là-bas.

— Je suis sûr que non. Il ne sera pas comme vous... J'ai peur, monsieur Olsen !

— Veux-tu ne pas dire de bêtises ! Tu as tout ce qu'il faut pour réussir dans la vie. Tu n'es peut-être pas très fort pour les études, mais tu as des doigts d'or et un sens de la mécanique comme je n'en ai jamais vu.

Tom Walker hésite... C'est peut-être enfin le moment de parler. Mais il pousse un soupir, baisse la tête et répète :

— J'ai peur, monsieur Olsen...

Malheureusement, les craintes de Tom se confirment dès son arrivée au collège. Le concierge est un petit homme désagréable qui l'envoie promener quand il veut aller vers lui... Sur le plan des études, cela ne change pas : Tom est le dernier dans toutes les matières, sauf à l'atelier où il écrase tout le monde. Ce qui change, c'est pour se nourrir. Le collège est mieux tenu que l'école ; les serrures des casiers ferment, il n'y a rien qui traîne dans les corbeilles et, bien sûr, à la différence de ses frères et sœurs, Tom n'est toujours pas inscrit à la cantine.

L'heure du repas devient vite un supplice pour lui. Les odeurs de nourriture lui sont insupportables et il prend l'habitude de se promener à l'extérieur de l'établissement pendant le déjeuner. Il rentre chez lui chaque jour, après avoir laissé ses frères et sœurs partir devant lui, le ventre désespérément vide. Tom Walker est en train de mourir de faim.

Alors, une nuit, il n'en peut plus. Il quitte la cabane qui lui sert de logis, prend des outils sur l'établi de son père et va cambrioler la cantine de l'école. Habile comme il est, il n'a aucun mal à dévisser la serrure. Il va droit vers les réfrigérateurs et commence son festin. Mais dans son impatience, tiraillé qu'il était par la faim, il a fait du bruit... Il y a une lumière dans son dos et un cri :

— Haut les mains !

C'est le concierge, avec une torche électrique et un revolver. Il a un sourire désagréable en découvrant Tom.

— Toi ! Cela ne m'étonne pas. Tu m'as tout de suite fait l'impression d'un drôle de coco...

C'est ainsi que Tom Walker est expédié à la prison de la ville et que, le lendemain, il se retrouve, en compagnie de ses parents dans le bureau du juge pour enfants. Devant le magistrat, son père garde, comme à son habitude, le silence ; on n'entendra pas le son de sa voix. Sa mère, au contraire, est volubile, intarissable.

— C'est un bon à rien, monsieur le juge ! Depuis qu'il est venu au monde, il ne nous a donné que des soucis. Gardez-le, enfermez-le et qu'on ne le voie plus ! C'est tout ce qu'on demande...

Après le départ de M. et Mme Walker, le juge interroge seul le jeune voleur.

— Tom, tu sais que c'est mal de voler...

Tom a un soupir sifflant à cause de son asthme. Il baisse la tête sur ses épaules rachitiques.

— Oui, monsieur...

— Alors pourquoi l'as-tu fait ?

— Parce que j'avais faim.

— On te donne bien à manger chez toi...

— Non, monsieur.

— Qu'est-ce que tu racontes ? Ce n'est pas bien de dire du mal de ton père et de ta mère.

— C'est la vérité, monsieur. Mon père, c'est comme s'il n'existait pas. Ma mère, je voudrais qu'elle soit morte !

Intrigué, le juge décide de perquisitionner chez les Walker. Les époux ne sont pas là quand il arrive en compagnie de deux policiers. C'est leur fille aînée qui le reçoit. Elle lui montre le réduit où Tom était obligé d'habiter et elle lui apprend, sans manifester d'émotion particulière, qu'elle et ses autres frères et sœurs ont l'interdiction de lui parler. Horrifié, le juge décide la déchéance du père et de la mère de Tom. Le jeune garçon sera placé chez ses parents les plus proches, son oncle et sa tante maternelles, Bertha et Henry Malloy.

Le mur du silence a été enfin rompu et la mère indigne a cessé de nuire. On pourrait croire que tout va s'arranger. Malheureusement pour lui, Tom Walker est né sous une mauvaise étoile...

Bertha et Henry Malloy habitent une vaste maison des faubourgs industriels de Rapid City, dans l'Etat voisin du Sud-Dakota. Au premier étage, ils disposent d'une vaste chambre, celle de leur fille Catherine, vingt ans, qui est vide depuis qu'elle a préféré habiter ailleurs. Seulement, ils ont décidé de la garder inoccupée pour qu'elle puisse y dormir quand elle vient les voir. Mais cela ne fait rien : il y a un réduit au sous-sol, près de la chaudière, ce sera parfait pour loger Tom !

Tout recommence comme avant... Tom ne se révolte pas : il a tellement l'habitude. Au contraire, il se réjouit de l'amélioration de son sort : sa chambre est chauffée et il est nourri. Et puis sa tante, si elle ressemble physiquement à sa sœur — c'est elle aussi un grand cheval —, n'a rien de comparable sur le plan moral ; elle est tout à fait effacée, insignifiante... Pourtant son soulagement va être de courte durée, et il ne va pas tarder à s'apercevoir que sa situation est bien pire. Car il y a son oncle !

Henry Malloy est une véritable brute, surtout quand il a bu. Dans ces moments-là, il est non seulement violent, mais méchant, cruel. Dès les premiers jours, la présence de Tom lui est odieuse.

Il s'en prend d'abord à sa femme, comme c'est son habitude.

— Qu'est-ce qu'il vient faire ici, celui-là ? Pourquoi est-ce que c'est nous qui héritons du fils de ta sœur ?

Les Malloy ne sont pourtant pas perdants dans l'histoire, car la justice les paie très correctement pour la pension de Tom. Mais peu importe. Henry fait de Tom son souffre-douleur. Bertha, qui était avant brutalisée par son mari, se garde bien de l'en empêcher. Avec l'arrivée de son neveu, la voilà enfin tranquille ! Tom ne la verra sourire que quand son oncle le bat.

Et l'oncle Henry bat Tom tous les jours ou presque, à coups de poings, à coups de pieds ou de ceinturon, sans la moindre raison. Tom subit... Il n'a fait que cela depuis ses débuts dans l'existence, subir. Les mois et les années passent : deux ans...

Tom Walker est maintenant dans une école catholique, car ses tortionnaires ont des principes religieux ! Il apprend ses prières avec docilité, mais il y a dans l'enseignement du catéchisme une chose qu'il n'arrive pas à admettre. Il ne le dit pas tout haut, parce que se faire remarquer n'est pas son genre, mais intérieurement, il se répète : « Non, ce n'est pas vrai. Dieu n'est pas bon. Ce n'est pas vrai... »

Or, c'est à ce moment que Tom Walker découvre, non pas que Dieu est bon, mais qu'il lui arrive d'avoir des éclairs de générosité.

En rentrant de l'école, il rencontre, boitillant dans le caniveau, un chaton à la patte cassée. Il ne peut pas le laisser ainsi, l'abandonner à son sort, et puis il est tellement mignon ! Il le ramasse, le met sous son chandail et le ramène à la maison. C'est en arrivant dans son réduit qu'il lui trouve son nom : « Chat botté ». Dès ce moment, la vie de Tom est changée. Il a un compagnon. Avec Chat botté, il fait ce qu'il n'a fait avec personne : il parle, il raconte ses souffrances, sa solitude...

Bien sûr, Tom a plus que jamais peur de son oncle. Il tremble qu'il découvre le chaton, et alors, il n'ose pas imaginer ce qui arriverait ! Il le dissimule de son mieux sous une pile de cartons. Mais il faut le nourrir. Il va la nuit voler du lait dans la cuisine du pavillon. Il faut qu'il fasse ses besoins aussi. Il le fait sortir au petit matin, alors que son oncle et sa tante dorment, son oncle surtout, qui s'enivre toutes les nuits et cuve son vin jusque tard le lendemain...

Cela dure ainsi six mois, et puis la catastrophe se produit... Il doit être six heures du matin. Tom sourit, en accompagnant Chat botté qui trottine sur trois pattes dans le jardinet quand, soudain, il y a un rugissement derrière lui :

— Qu'est-ce que c'est que ça ?

C'est Henry Malloy, les yeux injectés de sang, la démarche titubante. Il rentre seulement à la maison maintenant. Il a dû passer la nuit au cabaret ou chez l'un de ses compagnons de beuverie. Il répète en butant sur les mots :

— Qu'est-ce que c'est... que... cette saloperie ?

— C'est mon chat, oncle Henry, mais je ne le laisserai plus sortir, je te le promets ! Je l'enfermerai dans ma chambre.

— C'est ce qu'on va voir !

Tom n'a rien le temps de faire. L'oncle s'est déjà jeté sur Chat botté et lui a tordu le cou. Il a un ricanement.

— Voilà ce que j'en fais de ta saloperie !

En pleurant l'enfant part avec le petit corps. La nuit suivante, avec les outils de son oncle, il lui fait un cercueil à sa taille et une croix, puis il va l'enterrer dans le jardin.

Le matin, l'oncle Henry le surprend en train de réciter le « Notre Père » devant la terre fraîchement remuée et la croix. C'est un dimanche. Tom Walker n'a pas école. Il est aux environs de midi...

— En voilà des patenôtres ! Tu es cinglé ?

— S'il te plaît, oncle Henry, ne te fâche pas ! J'ai seulement fait une petite tombe pour mon chat. C'est tout.

Henry Malloy a le même rire mauvais que quand il a tué l'animal. Il se rue en avant, fait voler la croix d'un grand coup de pied, ouvre la terre, prend le cercueil, le brise et s'en va.

Alors, il se passe quelque chose de fulgurant dans l'esprit de Tom... Tom Walker le soumis, Tom Walker l'éternelle victime, devient fou furieux. Il a tout supporté : la haine de sa mère, la faim à l'école, les coups de son oncle et même le meurtre de son chat, mais la profanation de sa tombe, c'est trop !

Son oncle range ses fusils de chasse dans la chaudière, juste à côté de son cagibi. Il n'a jamais pris aucune précaution, il ne s'est jamais méfié de lui. Qui pourrait se méfier de Tom ?... Celui-ci choisit la carabine à répétition, s'assure qu'elle est chargée et entre dans le pavillon.

Les Malloy sont dans la cuisine. Par malchance pour elle, leur fille Catherine est venue leur rendre visite ce dimanche. Tom ne la connaît pour ainsi dire pas. C'est à peine si elle lui a dit dix mots depuis deux ans et demi qu'il est là. Aucun des trois n'a le temps d'esquisser un geste. Tom tire, tire et tire encore ! Quand il n'y a plus de balle dans l'arme et qu'ils sont étendus dans une mare de sang, il va se livrer à la police...

C'est d'une voix impersonnelle qu'il raconte son meurtre et qu'il conduit les policiers sur les lieux. C'est avec la même absence apparente d'émotion qu'il s'exprime un peu plus tard devant le juge pour enfants chargé de l'instruction. Il a décidé de ne pas parler de l'histoire du chat. A quoi bon ? Qui pourrait le comprendre ? Qu'est-ce que cela changerait ? Le magistrat ne reçoit que des réponses laconiques à ses questions :

— Pourquoi as-tu tué ton oncle ?

— Je ne l'aimais pas.

— Et ta tante ?

— Je ne l'aimais pas non plus. Elle me faisait penser à ma mère.

— Et Mlle Catherine Malloy ?

— Je ne sais pas. Elle se trouvait là...

Dans ces conditions, lors de son procès, on ne lui trouve aucune circonstance atténuante. De sang-froid, il a été chercher le fusil et, sans aucune provocation, il a tué trois personnes en train de discuter tranquillement dans leur cuisine... Selon la loi du Dakota du Sud, étant donné son âge Tom Walker n'est pas justiciable de la peine de mort, mais à l'issue des débats, il est condamné au maximum, c'est-à-dire, selon la coutume américaine, trois fois la prison à perpétuité pour chacun de ses trois meurtres.

Tom est donc enfermé, peut-être pour le restant de ses jours, mais qu'est-ce que cela change pour lui ?... Ou plutôt si, cela change quand même son existence. En mieux. En prison, au moins, il est correctement nourri et il n'est pas battu. Pour le reste, il est aussi solitaire qu'avant.

Et puis, après deux premières années tristes et monotones, il se produit un petit miracle ! Il est affecté à l'atelier de la prison où, tout de suite, son habileté fait merveille. Il découvre les postes de radio et se passionne pour cette technique qu'il ne connaissait pas. Bientôt, tous les détenus prennent l'habitude de lui donner leurs appareils à réparer. Ils le payent en cigarettes. Il ne fume pas, mais il les échange contre autre chose.

Lorsque le prisonnier responsable de l'atelier est libéré, c'est tout naturellement Tom qui prend sa place. Chacun l'apprécie dans l'établissement et lui-même devient moins renfermé. Il parle plus volontiers. Il n'y a que quand on lui demande pourquoi il a commis ce crime horrible qu'il se ferme. Quoique, maintenant, il aimerait s'entretenir à ce sujet, mais avec un psychiatre, sous le couvert du secret professionnel. Car, aussi extraordinaire que cela paraisse, il n'en a pas rencontré, à part un seul, un bref moment, juste après son arrestation, pour savoir s'il était sain d'esprit ou non. Tom fait une demande pour avoir une consultation, mais le psychiatre de l'établissement est débordé et ne lui répond pas. Il n'est là qu'à mi-temps et il a trop à faire avec sa propre clientèle.

Les années passent. Tom Walker a écrit à ses parents, mais ils n'ont pas répondu. Il n'a jamais reçu la moindre visite. Son atelier de réparation s'est spécialisé dans la radio, puis dans la télévision et est devenu le meilleur de tout le pays. Les autres pénitenciers envoient les appareils présentant des pannes difficiles pour qu'il les répare. Tom est tellement apprécié dans sa prison qu'il bénéficie du régime de sécurité minimum. Il peut se déplacer librement dans tous les locaux et sortir avec un gardien, notamment pour faire des réparations dans d'autres établissements pénitentiaires.

Au bout de dix-neuf ans, Tom présente une demande de libération conditionnelle. Il a trente-trois ans et tout plaide en sa faveur. Il est devenu un des meilleurs spécialistes radio-télé du pays, il a un avenir professionnel solide et sa conduite est irréprochable. Mais sa mauvaise étoile ne l'oublie pas. La commission est présidée à ce moment par un vieux pasteur rigide, qui a pratiquement refusé toutes les remises de peine qu'on lui a demandées... L'homme prend connaissance de son dossier relatant le triple meurtre qui l'a envoyé derrière les barreaux et esquisse une grimace.

— Depuis dix-neuf ans que vous êtes en prison,

quels efforts avez-vous faits pour vous améliorer ? Avez-vous cherché l'aide d'un conseiller ?

— Un conseiller ?

— Oui, un psychiatre ou un prêtre.

— Une fois, j'ai demandé à être entendu par un psychiatre, mais il était trop occupé.

— Et un prêtre ? Vous êtes catholique, je crois...

— Il m'est arrivé de parler avec l'un d'eux.

— Walker, avez-vous demandé à Dieu de vous pardonner votre crime ? Vous êtes-vous repenti comme un vrai chrétien ?

Tom ne s'attendait pas à cette question. Il bredouille :

— Je regrette beaucoup d'avoir fait cela...

— Si vous êtes mis en liberté conditionnelle, pouvez-vous aller vivre chez vos parents ?

— Non, monsieur, ils ne voudraient pas de moi.

— Vous seriez donc seul ?

— Mais je pourrais vivre facilement. Je suis le meilleur réparateur radio-télé du pays. Toutes les autres prisons m'envoient leur matériel pour que je le répare.

— Vous ne vous prenez pas pour rien, à ce que je vois !

— Mais c'est la vérité, monsieur.

— Très bien, Walker. Vous serez avisé en temps voulu de la décision...

Tom sort accablé de la comparution. Il est certain que le résultat est négatif et, effectivement, deux semaines après, il apprend que sa demande est rejetée.

Il a alors une grave crise d'asthme, comme il n'en avait pas eue depuis son enfance. Il est hospitalisé pour la première fois. Le médecin du pénitencier le connaît de réputation et le soigne avec humanité. Lorsqu'il est rétabli, il prend le temps de s'entretenir avec lui.

— Pour moi, votre asthme est d'origine psychologique. C'est sans doute ce que pense aussi le psychiatre.

— Je ne sais pas, docteur.

— Vous ne lui avez pas parlé de votre asthme ?

— Je n'ai pas pu. Je n'ai jamais rencontré de psychiatre.

Et Tom raconte ce qu'il a déjà dit : il a fait une demande pour en rencontrer un deux ans après son incarcération, mais ce dernier a répondu qu'il n'avait pas le temps...

— Vous avez été interné dix-neuf ans sans voir un psychiatre ?

— Oui, docteur.

— Mais c'est effarant ! Et, de toute manière, c'est illégal. La visite d'un psychiatre est obligatoire avant la comparution devant la commission des libertés conditionnelles. Le refus qui vous a été opposé sera annulé. Vous pourrez présenter une autre demande. Mais avant, vous allez passer une visite...

Et c'est ainsi qu'après dix-neuf ans de détention, Tom Walker voit enfin un psychiatre... Il est reçu par un homme à la quarantaine chaleureuse, avec qui il se sent en confiance. Il raconte sans se faire prier son enfance : sa mère, la cabane sans chauffage, l'interdiction de communiquer avec ses frères et sœurs, le vol à la cantine, le placement chez son oncle et sa tante, le meurtre... Il y a un silence et le médecin lui pose une question :

— Avez-vous vraiment aimé quelqu'un ?

— J'ai bien aimé M. Olsen, le concierge de ma première école...

— Je ne vous demande pas qui vous avez bien aimé, je vous demande si vous avez vraiment aimé quelqu'un.

— J'ai aimé un petit chat...

— Racontez-moi cela.

Alors, Tom éclate en sanglots et, pour la première

fois, il dit tout, toute l'histoire qui est la cause du crime, les tortures physiques et morales qu'il a endurées pendant des années, jusqu'à la profanation de la tombe, qui a tout fait exploser. Lorsqu'il a terminé, le psychiatre a un sourire.

— Je vais faire mon rapport et, croyez-moi, la commission vous accordera votre liberté !

C'est effectivement ce qui s'est passé et d'autant plus facilement que le pasteur avait été remplacé entre-temps par quelqu'un de beaucoup plus ouvert. Tom Walker a été libéré trois mois plus tard et s'est installé dans une petite ville du centre des Etats-Unis. Il a été d'abord réparateur radio-télé à domicile, puis, avec l'argent qu'il a réussi à mettre de côté, il a monté un petit commerce d'audiovisuel, qui est vite devenu prospère.

Tom a préféré vivre seul, car, estimait-il, avec son physique et son caractère renfermé, il n'était pas du genre à trouver l'âme sœur. Mais dès sa libération, il s'est choisi un ami qui ne l'a plus quitté. A l'un de ses gardiens, dont la chatte venait de mettre bas, il a demandé un chaton.

Tom a quitté sa prison en compagnie d'un petit chat.

LE MYSTÈRE DU CONSERVATOIRE

Une ville française de province de moyenne importance, avec ses monuments, sa cathédrale, sa mairie, une ville travailleuse, presque austère. Une ville calme et paisible comme tant d'autres... à moins qu'un drame ne vienne brusquement la réveiller.

Il est exactement 17 h 30, ce lundi 13 avril 1964. Une jeune fille de seize ans, Michèle Chausson, sort de son lycée. Les cours sont terminés et elle se rend à sa leçon de violon au conservatoire. Entre le lycée et le conservatoire, il y a juste un peu plus de cinq cents mètres. Le trajet emprunte la grand-rue de la ville. A cette heure-là, elle est particulièrement animée, il y a du monde sur les trottoirs, dans les magasins et la circulation automobile est intense.

En chemin, Michèle s'arrête chez un boulanger pour acheter un petit pain. Vers 17 h 45, elle franchit le porche du conservatoire ; elle adresse un salut à la concierge derrière la porte vitrée de sa loge.

A 18 h 50, Mme Carré, professeur de violon, commence son cours. Elle remarque alors l'absence de Michèle Chausson et demande à l'une de ses camarades de classe si elle n'est pas malade.

— Pas du tout, répond celle-ci, Michèle était au

cours comme tout le monde. D'ailleurs, elle est partie juste derrière moi.

Mme Carré est un peu surprise. Michèle est l'une de ses élèves les plus assidues et les plus douées, et elle est toujours à l'heure... Enfin, elle prendra le cours en marche, tant pis pour elle !

Mais, à 19 heures, la leçon de violon terminée, Michèle Chausson n'a toujours pas reparu. Intriguée, Mme Carré décide de téléphoner à ses parents. Ceux-ci ne comprennent pas eux non plus. Et ils attendent, d'abord dans l'inquiétude, puis, à mesure que les minutes passent, dans l'angoisse... Une heure, deux heures, toujours rien. Alors, M. et Mme Chausson appellent la police.

La police prend tout de suite la chose au sérieux. Un moment plus tard, deux inspecteurs sont là, accompagnés de plusieurs agents avec un chien policier. Ensemble, ils descendent dans la rue et refont le trajet. A la sortie du lycée, le chien prend la piste. Il s'arrête un instant devant la boulangerie, repart, franchit sans hésiter le porche du conservatoire et se met à renifler dans toutes les directions. La piste s'arrête là. Michèle semble s'être volatilisée à l'intérieur même du conservatoire.

Bien qu'il soit déjà 11 heures du soir, l'un des inspecteurs prend sur lui d'appeler son chef, le commissaire Bertier. Celui-ci comprend la situation dès les premiers mots et lance :

— J'arrive.

Le commissaire Bertier fait irruption dans la cour du conservatoire. Il est accompagné d'une vingtaine d'agents. Immédiatement, il ordonne de commencer la fouille. Dans la nuit, le conservatoire, dont toutes les pièces ont été éclairées, a un aspect insolite, irréel. Petit à petit, les différentes ailes et les étages du bâtiment résonnent du bruit que font les policiers. C'est une exploration étrange, mystérieuse. Le conservatoire est une construction du XVIIIe siècle, avec une quantité incroyable de placards, de recoins, de portes dérobées, de passages condamnés, sans parler des greniers, des caves et même des souterrains, car il en existe.

Les policiers doivent se diriger au hasard, le directeur de l'établissement étant justement en congé. On vient de le prévenir, mais il n'arrivera que le lendemain. Les hommes du commissaire Bertier pénètrent dans un monde inconnu et sinistre. Il y a là, dans des pièces où nul ne va jamais, des instruments de musique hors d'usage, des piles de partitions qu'il faut déplacer dans un nuage de poussière...

Pendant ce temps, le commissaire interroge les parents. Mais à toutes ses questions, ils ne peuvent que répondre « non ». « Non, nous ne connaissons pas d'homme dans la vie de Michèle, elle est particulièrement sérieuse pour son âge, elle n'a même pas de flirt. » « Non, nous ne nous sommes pas disputés avec elle. » « Non, nous n'avons rien remarqué de spécial dans son comportement ; elle est rentrée déjeuner à midi comme tous les jours : elle nous a paru gaie, détendue, enfin, normale... »

Le lendemain, les recherches se poursuivent dans le conservatoire avec des renforts de police et, cette fois, l'aide du directeur. Des caves aux greniers, tout est exploré méthodiquement. Le directeur, rentré de ses vacances, renseigne le commissaire Bertier sur les moyens d'accès du conservatoire. Il est formel.

— Il n'y en a que deux : l'entrée principale sous le porche, mais alors il faut passer devant la loge des concierges, et une porte sur l'arrière du bâtiment, qui est toujours fermée à clé. Cette clé, il n'y a que les concierges et moi qui la possédons. Il est absolument impossible qu'un étranger ait pénétré ici sans être vu...

Au début de l'après-midi, le commissaire Bertier doit faire cesser les recherches. Michèle est introuvable. Elle est entrée dans le conservatoire et, semble-t-il, elle n'en est pas ressortie. Mais voilà, elle n'y est plus.

Oui, c'est un mystère, il n'y a pas d'autre mot. Pourtant il faut agir. La police diffuse le signalement de Michèle Chausson, qui est publié dans tous les journaux de la région et sa photo est montrée le soir même à la télévision. Dans la ville, et sur les routes, il y a des barrages, des contrôles. Les enquêteurs interrogent tous les témoins possibles. Après tout, se dit le commissaire Bertier, si Michèle avait un rendez-vous, un rendez-vous secret, elle a pu passer ostensiblement devant la loge du conservatoire pour se donner un alibi et sortir ensuite en profitant d'un moment d'inattention de la concierge.

Mais tous les efforts de Bertier et ceux de ses hommes sont vains. Pas le moindre indice, pas le moindre témoignage intéressant, à part ceux qui confirment ce qu'on savait déjà : Michèle a quitté son lycée à 17 h 30, elle a acheté un petit pain un peu plus tard et elle est entrée au conservatoire à 17 h 45.

Et le temps passe. La semaine tout entière s'écoule sans le moindre fait nouveau. La disparition a eu lieu le lundi 13 avril, le samedi 18 avril, on en est toujours au même point.

Au conservatoire, les cours ont repris. Ce jour-là, Juliette et Nathalie, deux petites élèves de onze et douze ans, s'attardent un peu avant de rejoindre leur cours. Comme beaucoup d'enfants de leur âge, elles jouent à se faire peur.

— Eh, Nathalie, tu as vu la petite porte au fond du couloir, si on allait voir ce qu'il y a derrière ?

— Non, tu es folle, c'est dangereux !

En se provoquant mutuellement, elles arrivent devant la porte... Elles la poussent. C'est un cabinet de toilette désaffecté. Les deux petites filles ouvrent la bouche sans pouvoir parler : en dessous du lavabo, il y a... quelque chose.

En courant, elles font irruption dans la salle de classe.

— Madame, venez vite. Sous le lavabo, on dirait qu'il y a un mannequin !

Quelques instants plus tard, le commissaire Bertier est informé qu'on vient de découvrir le corps de Michèle Chausson dans les locaux du conservatoire. Tandis qu'il fonce sur les lieux, les pensées se bousculent dans son esprit. D'abord, il est ému par cette issue tragique ; il la pressentait, bien sûr, mais il voulait continuer à espérer. Ensuite, il ressent une violente colère contre lui-même et contre ses hommes : comment ont-ils pu fouiller le conservatoire sans découvrir le corps ? Mais, sur le plan de l'enquête, il a une certitude : une partie du mystère va s'éclaircir.

Pourtant, le commissaire Bertier se trompe. C'est maintenant que le mystère va réellement commencer.

Peu après, le commissaire est agenouillé devant le corps de Michèle Chausson. Elle est recroquevillée sous le lavabo, ses vêtements sont dans le plus grand désordre, son soutien-gorge et sa jupe ont disparu. Mais à mesure que le commissaire détaille la malheureuse, des questions surgissent devant lui, des questions incroyables et apparemment insolubles. D'abord Michèle ne porte aucune blessure, pas la moindre trace de coup ; comme si... oui, c'est cela, comme si elle était morte de mort naturelle. Et puis, elle tient, crispé entre les doigts de sa main droite, son cartable et, dans la main gauche, son petit pain. Mais qu'est-ce que cela veut dire ? Comment peut-on imaginer une jeune fille agressée par un sadique qui, au lieu de se défendre, de le repousser, conserve dans les mains un cartable et un petit pain ?...

A ce moment, l'un des inspecteurs s'approche de lui.

— C'est inimaginable, monsieur le commissaire, inimaginable ! C'est moi qui me suis occupé de fouiller ce secteur. Ce cabinet de toilette, je l'ai visité moi-même le jour du meurtre. Eh bien, je peux vous affirmer, je peux vous jurer que le corps n'y était pas !

Le commissaire Bertier sursaute, comme s'il avait reçu une décharge électrique.

— Qu'est-ce que vous dites ?

— La vérité, monsieur le commissaire.

Le commissaire essaye de garder son sang-froid. Voyons, voyons... Si Michèle est bien morte lundi, cela voudrait dire que le meurtrier a transporté son corps au conservatoire alors qu'il y a un policier à chaque coin de rue. Si le décès est plus récent, alors c'est Michèle qui est revenue d'elle-même au conservatoire pour y mourir... Avec son cartable et son petit pain ?... Dans un cas comme dans l'autre, cela n'a aucun sens ! Et puis, d'ailleurs, comment aurait-on pu y pénétrer puisque, selon le directeur, c'est impossible sans être vu ?

Sur ce point, pourtant, quelques instants plus tard, le directeur lui apporte une précision capitale.

— Chaque vendredi soir, entre 7 et 9 heures, le conservatoire n'est pas gardé. Les concierges font partie de la chorale et assistent à la répétition. On pouvait donc s'introduire au conservatoire hier soir mais, pour le savoir, il fallait être un habitué.

Cela ne résout pourtant pas l'essentiel. Aussi le commissaire Bertier attend-il avec une particulière impatience les résultats de l'autopsie. Quarante-huit heures plus tard, le médecin légiste vient lui faire son rapport. C'est un jeune homme à lunettes, l'air intellectuel et dynamique à la fois.

— Je n'ai jamais vu un cas pareil, commissaire ! Mes conclusions sont si étonnantes que j'ai voulu les vérifier avant de vous les livrer. Mais maintenant, je suis sûr de ce que j'avance.

Le commissaire regarde son interlocuteur et sent qu'il peut lui faire confiance.

— Je commence, si vous le voulez bien, par ce que vous attendez : la date de la mort. Elle remonte au lundi 13 avril vers 18 heures, donc immédiatement après la disparition.

Le commissaire hoche la tête et l'engage à continuer.

— Ensuite, il n'y a pas eu viol, ni même tentative. Je suis formel. Enfin, j'en viens aux causes du décès. J'ai tout examiné. Il n'y a aucune trace de blessure, même superficielle, pas de traces de coups ni de strangulation. Il n'y a pas davantage de lésions internes. La victime n'a absorbé ni respiré aucune substance toxique. J'ai même vérifié si elle portait des marques de piqûre ou de morsure : résultat négatif. De plus, le médecin de la famille m'a appris qu'elle était en parfaite santé et, en particulier, qu'elle n'était pas cardiaque.

— Mais alors, de quoi est-elle morte ?

— De peur, commissaire, c'est la seule hypothèse.

— On peut mourir de peur à seize ans, en parfaite santé ?

— C'est extrêmement rare mais c'est possible. Et, dans le cas présent, il n'y a pas d'autre explication.

Le commissaire reste silencieux quelques instants.

— Alors, à proprement parler, ce n'est pas un meurtre ?

— Non.
— Ni un viol ?
— Non plus.
— Autre chose : son cartable et son petit pain, aurait-on pu les lui glisser dans les mains après sa mort ?
— Absolument impossible. Les doigts n'auraient pas été crispés comme ils l'étaient.
— En revanche, ses vêtements ont pu lui être enlevés après le décès.
— Je dirais même que c'est le plus vraisemblable...

Après le départ du médecin légiste, le commissaire Bertier se prend la tête dans les mains. Jamais il n'a vu cela ! Au cours de sa carrière, il lui est déjà arrivé de se trouver en face de crimes maquillés en accidents, mais ici, c'est exactement le contraire, c'est un accident maquillé en crime.

Et dans quelles conditions ! Le coupable, qui était seulement le témoin ou l'auteur involontaire du drame, a pris le risque incroyable, insensé, d'aller rechercher le corps de Michèle Chausson quatre jours après, pour l'amener au conservatoire, dans l'endroit le plus surveillé d'une ville quadrillée par la police.

Tout cela pour faire croire à un crime alors qu'il n'y en avait pas, pour se faire passer pour un meurtrier alors qu'il ne l'était pas.

Le commissaire s'entend dire à haute voix, seul dans son bureau :
— Mais c'est absurde, complètement absurde !

Devant ce problème sans précédent, le commissaire Bertier décide de continuer à appliquer les méthodes policières traditionnelles. Bien sûr, il ne comprend rien aux mobiles et au comportement de l'auteur de cette incroyable mise en scène. C'est un fou, certainement, un fou comme il n'en a jamais rencontré jusque-là. Pourtant, dans toute cette aberration, il y a au moins une certitude : cette personne existe, elle est en ce moment même quelque part et elle a été liée, ne serait-ce que quelques minutes, à la vie de Michèle Chausson. Donc, on doit pouvoir la retrouver. Pour cela, il n'y a qu'un seul moyen : reprendre l'enquête à zéro, réexaminer tous les témoignages, toutes les pistes.

Et une semaine après le drame, ce ne sont pas les pistes et les témoignages qui manquent, au contraire. Le fait divers a mis toute la ville en émoi ; le bureau du commissaire Bertier est surchargé de lettres, anonymes ou non. Il y a là tout le cortège des accusations sans preuve, des dénonciations malveillantes ; comme toujours en pareil cas, les corbeaux s'en donnent à cœur joie.

Dans la ville, d'ailleurs, les bruits les plus divers et les plus contradictoires circulent. Tantôt on accuse « un individu de type nord-africain », tantôt, au contraire, on met en cause « un notable très en vue » en ajoutant, avec un air important et une mine pleine de sous-entendus : « Vous voyez de qui je veux parler... »

Pourtant, la vérité est toute proche et elle va se manifester d'elle-même. Le coupable va de lui-même passer aux aveux, se débarrasser de son secret trop lourd à porter. Et la vérité est encore plus inimaginable que le mystère lui-même...

Il faut préciser que ce qui va suivre a été couvert par le secret très rigoureux qui s'applique lorsqu'il s'agit de mineurs. Mais, d'après les déclarations à la presse du commissaire Bertier lui-même, et plus tard du juge pour enfants, on peut reconstituer l'incroyable entretien qui a eu lieu le 1er mai 1964, dans les bureaux de la police d'une ville de province.

Le commissaire Bertier, qui a décidé de

reprendre à zéro son enquête, interroge pour la seconde fois la meilleure amie de Michèle Chausson, sa camarade de classe, celle qui partage le même banc au lycée. Nous l'appellerons Jocelyne, bien que ce ne soit pas son prénom.

Le commissaire sait déjà pas mal de choses sur Jocelyne : elle est bonne élève, très sérieuse, un peu trop pour son âge peut-être, mais elle ne manque ni de sensibilité ni d'imagination. Elle lui a avoué, la première fois, qu'elles avaient écrit ensemble, Michèle et elle, un roman policier. Le commissaire a voulu connaître l'intrigue : c'était une histoire à la fois romanesque et naïve, comme peuvent en écrire deux jeunes filles dont la vie manque trop d'imprévu.

Mais quand il la retrouve dans son bureau, le commissaire Bertier a l'impression que quelque chose a changé chez Jocelyne. Il essaie de la mettre à l'aise.

— Alors mon petit, il y a quelque chose qui ne va pas ? Si vous avez une idée, des soupçons, il ne faut pas hésiter à me le dire.

La jeune fille le regarde, baisse les yeux, le regarde de nouveau et dit dans un souffle :

— C'est moi...

Le commissaire Bertier reste un long moment sans parler. Il considère cette adolescente de seize ans, cette jeune fille sage. Elle le fixe avec des yeux implorants. Le commissaire sent qu'il doit l'aider, il s'exprime d'une voix très douce.

— Il faut tout me dire, mon petit.

Alors Jocelyne parle...

— Michèle est morte sous mes yeux. Je suis arrivée juste après elle au conservatoire. Je l'ai rejointe près de l'escalier. Au cours d'anglais l'après-midi, elle ne s'était pas placée à côté de moi comme d'habitude. Elle s'était mise au fond de la classe avec une autre fille qui lui racontait des histoires.

J'étais furieuse. Je lui ai dit qu'elle ne serait plus jamais mon amie, je lui ai dit des choses très dures. Tout à coup elle est devenue toute pâle et elle est tombée. J'ai immédiatement compris qu'elle était morte. Alors je l'ai cachée. Sous l'escalier il y a une petite cave. La porte est presque invisible. Je savais que là on ne la découvrirait pas.

Le commissaire intervient aussi calmement que possible.

— Mais pourquoi ne pas avoir appelé ? Vous n'aviez rien fait de mal et on aurait peut-être pu la sauver.

Jocelyne est blême.

— Non, elle était morte, et c'était moi qui l'avais tuée... Et puis il y a eu l'enquête, les policiers partout dans la ville. On parlait d'un crime, d'un sadique. Alors j'ai eu peur. J'ai pensé que si on retrouvait Michèle comme cela, on comprendrait ce qui s'était passé. Je suis retournée au conservatoire le vendredi quand les concierges étaient à la chorale. J'ai sorti Michèle de la cave et je l'ai transportée jusqu'au cabinet de toilette. Là, au moins, on la découvrirait. Et puis pour qu'on croie à un crime, j'ai...

Jocelyne ne peut pas continuer...

Le mystère policier est résolu. Mais à sa place vient de surgir un autre mystère plus profond, un mystère psychologique. Le commissaire Bertier se sent brusquement plongé dans un monde qui lui échappe, le monde trouble, passionné et imprévisible de l'adolescence féminine.

Pour lui, la tâche est terminée. Il inculpe Jocelyne pour non-assistance à personne en danger. Il a résolu le problème qu'il devait élucider. Mais il sait que les psychologues, les éducateurs et les juges pour enfants vont maintenant avoir à répondre à une question bien plus compliquée :

qu'est-ce qui peut se passer dans l'esprit d'une adolescente de seize ans ? Les uns vont avoir à comprendre et les autres à juger. Et le commissaire Bertier n'aimerait pas être à leur place.

L'ENVOÛTEMENT

1938, Corbello, un village perdu au milieu des monts Lupini, dans l'Italie centrale. Rome n'est qu'à cinquante kilomètres au nord, mais cela ne veut rien dire. Rome est à des heures de voyage. La route s'arrête au pied des montagnes ; le reste du parcours, il faut le faire à pied ou à dos de mulet et ce n'est pas toujours commode. Et Rome est plus loin que cela encore : Rome est à des siècles. Tandis qu'en cette année 1938 la capitale italienne retentit des défilés militaires et des discours tonitruants de Mussolini, Corbello continue à vivre au Moyen Age. Le Moyen Age des sorciers et des sorcières, des sorts et des envoûtements, le Moyen Age, avec tout ce que cela comporte de sauvagerie et parfois d'horreur...

La ferme d'Umberto Signorelli, un des cultivateurs les plus aisés du village, ressemble un peu à un château fort. Des murs épais, des fenêtres étroites, afin de se protéger du soleil pendant les mois de canicule et du froid glacial qui règne tout l'hiver.

Le maître des lieux a la quarantaine. Il est respecté au village. A Corbello, les positions sociales sont établies depuis toujours. Elles concernent les familles et non les individus. Chacun naît avec sa place bien précise, dans cette petite société figée. A Corbello, on vit au ralenti au rythme des saisons et des tâches agricoles. Il ne se passe rien, ou presque. Et le moindre événement prend des allures sensationnelles.

Et justement, le 24 avril 1938, un événement se produit. Umberto Signorelli vient de perdre sa femme Rosana. Une mort brutale, inexplicable. Rosana, si forte et si vaillante, qui travaillait aux champs la veille, a été emportée en une seule journée. A midi, elle s'est plainte d'une forte fièvre. Son mari a fait venir le médecin du bourg voisin. Quand il est arrivé, en fin d'après-midi, elle était morte. Il a diagnostiqué une pneumonie foudroyante.

Mais que veut dire l'avis d'un médecin à Corbello ? D'ailleurs il n'y a que les gens aisés comme les Signorelli pour faire appel au médecin. Les autres se contentent du vétérinaire ou, plus souvent, du sorcier...

Dès la mort de Mme Signorelli les conversations vont bon train à Corbello.

— La pauvre ! C'est la mauvaise mort, elle a été envoûtée.

— Vous savez ce qu'on m'a dit ? Il paraît que le jour du drame, on a retrouvé trois crapauds morts devant sa porte.

Et les paysans de conclure :

— On ne va pas tarder à connaître celle qui a fait ça. On va la voir arriver pour prendre sa place.

Oui : « celle qui a fait ça ». Car pour les villageois de Corbello, l'auteur de l'envoûtement mortel ne peut être qu'une femme... Pourquoi ? C'est impossible à expliquer. Ce sont des certitudes qui remontent aussi loin que la mémoire collective. Umberto Signorelli aurait fort bien pu empoisonner sa femme. Mais pas un instant, ses compatriotes ne le soupçonnent. Dans la mentalité immuable qui règne à Corbello, Umberto ne figure pas au nombre des personnes dangereuses. Ce n'est pas un sorcier, il n'a pas le mauvais œil. D'ailleurs, la mort de sa femme a eu lieu un jour de pleine lune, ça c'est une preuve ! C'est bien une autre femme qui est coupable...

Le veuf, accompagné de ses deux fils : Amedeo, quinze ans, et Fulvio, neuf ans, suit le cercueil de sa femme à l'église et au cimetière. Tout le village est là. Et pendant la cérémonie, ce sont les mêmes chuchotements :

— Bientôt l'envoûteuse va venir, la sorcière...

Trois ans passent. Nous sommes en 1941. L'Italie est en guerre. Les communications sont encore plus difficiles avec le reste du pays. Le village de Corbello se ramasse un peu plus sur lui-même. Son Moyen Age se fait plus profond. Corbello, dans le pays désorganisé, est totalement livré à lui-même et abandonné à ses instincts les plus primitifs...

C'est au mois de décembre 1941 qu'Umberto Signorelli arrive sur la place du village tenant les rênes de sa carriole. A ses côtés, une jeune femme qu'il présente d'un ton joyeux à ceux qui sont là :

— Voici Pia, ma future femme. Nous allons nous marier.

Les villageois de Corbello dévisagent l'arrivante et échangent entre eux des regards significatifs. Pas de doute, c'est bien elle, c'est la sorcière. Il va enfin se passer quelque chose à Corbello !

Car Pia a tout d'une sorcière. Les habitants de Corbello qui se trouvent autour d'elle ne peuvent s'y tromper. Son aspect physique d'abord. Elle est jeune, elle doit avoir aux environs de vingt-cinq ans. Elle est belle, mais de la beauté du diable. Brune, assez forte, le teint éclatant, elle est pulpeuse, provocante.

Et puis d'autres informations arrivent à son sujet. Elle vient de Biaggio, un village à dix kilomètres de là. Dix kilomètres c'est beaucoup dans la montagne :

la nouvelle venue est une étrangère. Et, comble de l'horreur, elle n'est pas seule à gagner la ferme Signorelli. Un enfant l'accompagne, une petite fille. La rumeur va vite. On apprend bientôt que Pia n'a jamais été mariée, que le père de son enfant est inconnu !

Une étrangère, une fille-mère, une femme aux allures impudiques qui étale sans complexe les charmes que la nature lui a donnés, ah oui, c'est bien une sorcière, c'est bien elle qui a lancé le sort dont est morte Rosana ! Maintenant qu'elle va régner sur le domaine, on plaint la pauvre famille Signorelli. Le malheur est proche...

S'ils en voulaient une confirmation, les habitants de Corbello l'ont dès le mariage. Pia est resplendissante. Elle a l'air de s'amuser des manifestations de désapprobation qu'elle suscite autour d'elle. Et soudain, alors qu'au bras de son futur époux elle monte les marches de l'église, on voit arriver Amedeo, le fils aîné, un couteau à la main. Il se campe devant elle, brandit son arme et lui crie :

— Enlève ton collier, c'est celui de ma mère, tu n'as pas le droit de le porter. Tu es une mauvaise femme, tu es une sorcière !

Pia, un peu surprise, détache son collier et le lui tend.

L'adolescent s'en empare et s'enfuit en courant... Tous ceux qui ont assisté à la scène ont remarqué aussi que son frère cadet Fulvio, âgé de douze ans, est resté, lui, aux côtés de sa future belle-mère et, pendant toute la cérémonie, n'a cessé de la regarder d'un air étrange.

Le temps a de nouveau passé. La guerre se termine. Nous sommes en 1945 et, malgré l'hostilité qui n'a cessé de l'entourer, Pia Signorelli a su déjouer les prédictions sinistres qui l'entouraient. Elle a eu deux filles d'Umberto. Amedeo, le fils aîné, est parti. Il s'est fixé en Italie du Nord. Fulvio, lui, est toujours là. Pia a maintenant trente-deux ans. Malgré son début d'embonpoint, elle est sans doute à l'apogée de sa beauté. Une beauté qui a quelque chose d'animal et, en tout cas, de fortement charnel...

C'est à ce moment qu'elle se plaint des premiers symptômes d'un mal mystérieux... La nuit, elle ne dort plus. Elle sent que son corps est tantôt brûlant, tantôt glacé. Elle se plaint à son mari.

— Umberto, j'ai peur d'être ensorcelée.

Mais Umberto Signorelli ne l'écoute pas. Les histoires de sorcellerie, il est un des seuls du village à ne pas y croire. Il lui répond :

— Si tu es malade, nous irons voir le médecin.

Mais Pia n'est pas malade, ou alors c'est d'une autre maladie qu'il s'agit. Les jours passent, les semaines, les mois, et son état ne fait que s'aggraver. Enfin, elle n'y tient plus, elle déclare à son mari :

— C'est décidé, demain, nous irons voir le sorcier. Je suis envoûtée !

Umberto Signorelli a toujours fait ce que lui disait sa femme. Le lendemain, toute la famille prend le chemin de la montagne. Dans la carriole, il y a Pia, Umberto, Fulvio, la fille de Pia et les deux filles du couple. C'est la tradition. Les envoûtements sont des affaires de famille et tous, y compris les enfants, doivent participer à l'exorcisme.

Le sorcier, moitié ermite, moitié berger, écoute attentivement Pia. Après quelques minutes de réflexion silencieuse, il lui déclare :

— Je connais ton mal et son auteur. C'est une femme. Elle est de ta famille... Je connais aussi le remède. Tu n'auras qu'à prendre cette potion tous les soirs.

Et les Signorelli s'en vont rassurés...

Pourtant, si le sorcier était sûr de son diagnostic, son remède se révèle inefficace. La potion qu'absorbe Pia tous les soirs n'a pour effet que de la rendre assoupie toute la journée. Elle continue à se plaindre de ses malaises inexplicables. Le mauvais sort n'a pas disparu, il est toujours là.

Umberto est inquiet, mais sans plus. Il tente de calmer sa femme par de bonnes paroles.

— Ce n'est pas grave, ma colombe, tu es un peu nerveuse, voilà tout. Cela va s'arranger.

Umberto Signorelli n'est pas psychologue et encore moins observateur. Sinon il aurait fait attention au comportement de Fulvio, son fils. Depuis qu'ils sont revenus de chez le sorcier, il n'est plus le même, il a l'air absent. En fait, il ne cesse de penser aux paroles qu'a prononcées le magicien : « C'est une femme. Elle est de ta famille... »

« Une femme de la famille » : cela ne peut être que sa tante Quintilia. Peu à peu, il se persuade qu'il doit faire quelque chose puisque personne n'a l'air de vouloir réagir. Dans l'esprit de ce garçon de seize ans, les choses sont simples. Pourquoi attache-t-il une telle importance à l'état de santé de sa belle-mère ? Eh bien parce que c'est sa belle-mère, voilà tout. Parce que, à la différence de son frère aîné, il l'a acceptée dès le premier jour...

Oui, pour que Pia retrouve la paix, pour qu'elle soit gaie et qu'elle rie comme avant, il est prêt à tout !

Le 6 décembre 1945, il quitte la maison sans rien dire à personne. Il a à la main un gros bâton qui pourrait passer pour une canne de marche, mais qui est un gourdin, capable de tuer...

C'est le jour où Quintilia va vendre ses poules au marché. Il se poste sur le sentier qui vient de chez elle et il attend. Quand il la voit arriver, juchée sur son âne, il lui barre la route et lui crie, en brandissant son arme :

— Il faut que je te tue pour délivrer Pia du péché !

Le gourdin s'abat par deux fois et la malheureuse tombe sur le sol, le crâne fracassé. Ensuite, calmement, Fulvio prend le chemin de la gendarmerie...

L'officier des carabiniers Mazzola a du mal à croire ce que l'adolescent lui annonce avec une parfaite assurance :

— J'ai tué ma tante à coups de gourdin. Elle est sur le chemin de chez elle.

Il répond d'un ton mal assuré.

— Mais... pourquoi aurais-tu fait une chose pareille ?

— Parce qu'elle avait jeté un sort à Pia. C'est le sorcier qui nous l'a dit...

En se rendant sur le lieu du crime, accompagné du jeune homme et de deux carabiniers, l'officier Mazzola remue des pensées amères. Toutes ces histoires de sorcellerie, il n'y a jamais cru, mais il savait bien qu'un jour un drame se produirait. Il le redoutait même par-dessous tout. Car comment va-t-il pouvoir faire son enquête ? Comment mener une enquête sur des faits où l'irrationnel a la plus large part ? Comment distinguer la vérité, dans un crime sorti du Moyen Age ?...

Le chef des carabiniers fait la grimace en découvrant la forme gisant sur le chemin. Fulvio n'avait pas menti. La malheureuse a la moitié du crâne emportée. Un assassinat à l'image du pays : primaire et sauvage...

Et l'officier Mazzola n'avait pas tort quand il pressentait les pires difficultés pour son enquête. Car à peine la nouvelle est-elle connue, que les habitants de Corbello se précipitent à la gendarmerie. Tous disent à peu près la même chose :

— Ce n'est pas Fulvio qu'il fallait arrêter, lui, il n'est pas responsable, c'est Pia.

— Vous voulez dire qu'elle était sa complice ?

— Non, pas sa complice. Elle l'a envoûté comme les autres. Et, en plus, entre eux, il y a autre chose...

Et c'est ainsi pendant toute la journée. Les habitants de Corbello défilent dans son bureau pour accuser Pia Signorelli d'envoûtement et d'inceste. Et certains ajoutent même :

— Arrêtez-la, la sorcière, ou on va s'en occuper nous-mêmes.

C'est cette dernière menace qui décide le policier à arrêter la belle-mère du meurtrier. Elle ne sera en sécurité qu'à l'intérieur de la gendarmerie. Sinon, nul ne sait ce qui pourrait se passer.

Quand il arrive à la ferme, elle est là qui l'attend. Elle est bouleversée, bien sûr, mais elle semble curieusement soulagée.

— Fulvio est un brave garçon. C'était bien Quin tilia. Maintenant le sort a disparu, je le sens.

L'officier Mazzola essaie de revenir sur un terrain plus logique.

— Les gens disent que c'est vous qui l'avez incité au crime...

— Ce n'est pas vrai. Il a fait ça pour moi, mais je ne lui avais rien demandé.

— Les gens vous accusent aussi d'inceste.

Pia Signorelli n'a jamais entendu ce mot-là.

— Qu'est-ce que cela veut dire ?

— Cela veut dire que vous couchez avec Fulvio...

Alors là, Pia Signorelli éclate en sanglots. Elle jure que c'est une infamie. Les gens l'ont toujours détestée. Ce sont des menteurs ignobles !

Le policier l'emmène. Ensemble, ils traversent la foule des habitants de Corbello qui se sont attroupés devant la ferme pour assister à l'événement. Entre deux sanglots, Pia leur lance des injures et même des malédictions. Elle semble vouloir les transpercer de ses yeux noirs... Il faut reconnaître que, si elle n'est pas sorcière, en ce moment, elle en a tout l'air !

L'officier Mazzola n'en apprendra guère plus au cours de son enquête. Fulvio a bien tué sa tante pour la raison qu'il a dite : parce qu'il pensait qu'elle avait envoûté sa belle-mère. Celle-ci l'a-t-elle incité à commettre le meurtre ? C'est possible, mais ce n'est pas certain. Y a-t-il eu quelque chose entre eux ? Ça s'est déjà vu dans ces campagnes. Tous deux jurent que non, mais une chose est sûre, c'est que Fulvio subit fortement l'influence de Pia...

C'est cette affaire hors du commun que les juges et les jurés de Rome vont avoir à trancher, le 17 mai 1946. La salle est envahie par des gens dont le moins qu'on puisse dire est qu'ils n'ont pas l'allure d'habitants de la capitale. Ce sont les villageois de Corbello qui ont presque tous tenu à témoigner. Ils ont mis pour la circonstance leurs vêtements de cérémonie. Les costumes et les robes sentent la naphtaline et contrastent avec les mains calleuses et les visages burinés.

Dans le box, les deux accusés, eux non plus, ne ressemblent pas à ceux qu'on voit habituellement. Fidèle à son tempérament, Pia Signorelli semble prête à bondir. En tout cas, on sent bien qu'elle se défendra farouchement. Quant à Fulvio, au contraire, il est étrangement calme. De temps en temps, il a même un léger sourire. On sent que depuis son acte, il a retrouvé la paix.

Et commencent alors les débats, qui figurent parmi les plus surprenants des annales judiciaires italiennes. Dans la région de Corbello, un dicton affirme qu'on n'est tenu de dire la vérité que si l'on a les deux pieds sur terre. Et les villageois qui sont venus pour accabler la sorcière vont le mettre en pratique.

— C'est Pia qui a tué la première Mme Signorelli. Elle m'a dit un jour : « Ça n'a pas traîné avec le sort que je lui ai lancé. »

Rugissement de Pia :

— Tu viens de lever le pied ! Pose ton pied par terre !

— J'ai vu Pia qui embrassait Fulvio dans le champ après les moissons.

Nouvelle intervention de l'accusée :

— Tu as levé le pied !

A la fin, le président, qui a renoncé à faire comprendre aux villageois la gravité d'un faux témoignage, est obligé de faire constater par le greffier que les témoins gardent bien leurs deux pieds sur le sol pendant leur déposition...

Et, à l'issue des débats, Fulvio Signorelli est condamné à vingt ans de prison. Pia, quant à elle, est acquittée.

Fulvio a accueilli le verdict avec le même calme qu'il avait manifesté jusqu'alors et il a lancé à sa belle-mère un regard où on lisait une sorte de vénération.

Dans le fond, c'étaient les paysans de Corbello qui avaient vu juste, avec leur intuition primaire. Pia Signorelli, la « sorcière », était bien responsable du geste meurtrier, en tournant la tête du malheureux Fulvio. Elle avait agi sans le vouloir et peut-être sans s'en rendre compte, avec une magie bien plus redoutable que les crapauds et les sorts jetés les nuits de pleine lune : son charme de femme.

LES ÉLÉPHANTS

Paul Courtois, seize ans, avance en rampant au milieu des fourrés. Il paraît plus que son âge, avec son 1,80 mètre et sa petite moustache brune. Pour l'instant, il fixe devant lui un point précis et semble aux aguets. Derrière lui, un chuchotement :

— Tu es sûr qu'on est bien contre le vent ?

Paul Courtois se retourne. René Guillot, son compagnon, a juste quinze ans. C'est un blondinet aux joues pleines. Il se tient un peu en retrait, l'air inquiet. Paul Courtois suce son index droit et l'élève au-dessus de sa tête. Il attend quelques secondes et répond :

— Bien sûr qu'on est contre le vent...

Il marque un temps et continue :

— Moi, je vais rester ici. Toi, tu vas faire un mouvement tournant. Mais attention, hein, ne va pas casser des brindilles en rampant !

Retenant son souffle, les mâchoires crispées, René Guillot s'exécute. Il a parcouru une vingtaine de mètres lorsqu'une voix retentit à travers le bois :

— Paul ! René ! Où êtes-vous ?

La voix fait bondir les deux adolescents. Ils se précipitent à travers les fourrés et débouchent au sommet d'une butte surplombant une prairie.

— On est là, monsieur Legrand...

Tandis que les jeunes gens dégringolent la pente

en courant, M. Legrand continue à les apostropher :

— Qu'est-ce que vous faisiez dans le bois, petits vauriens ?

Paul Courtois s'approche, l'air penaud, de son patron.

— On avait vu un lapin. On courait derrière. On s'était dit que si on le ramenait à la ferme, cela vous ferait plaisir.

M. Legrand hausse les épaules :

— Je vous paie pour garder les vaches, pas pour chasser les lapins...

Paul et René regagnent leur poste, la tête basse, au milieu des vaches qui ont observé la scène d'un air indifférent. Le fermier s'en va en maugréant... Une fois qu'il a disparu, René lance à son compagnon :

— Je t'avais dit qu'on allait avoir des histoires.

Paul réplique d'un ton autoritaire :

— Pour chasser l'éléphant, faut s'entraîner.

Chasser l'éléphant... Oui, c'est cela qui occupe l'esprit de Paul Courtois et René Guillot. Et pourtant, nous sommes à Dun-le-Comte, en pleine campagne française, en ce mois d'avril 1909. Pour les habitants du village, c'est aller à Nantes, à trente kilomètres de là, qui représente une expédition. Chasser l'éléphant, il n'y a que des adolescents pour avoir une telle idée dans un environnement pareil !

Malheureusement, les idées folles débouchent quelquefois sur la folie tout court...

Le soir tombe. Paul et René rentrent à la ferme Legrand en poussant leur vingtaine de vaches devant eux.

— Une fois arrivé à Brazzaville, il faut remonter vers le nord.

— D'accord, Paul. Mais comment on va trouver un guide et avec quoi on va le payer ?

— Des guides, il n'y a que ça, là-bas. Et on n'aura pas besoin de le payer. On n'aura qu'à lui donner une partie de ce qu'on chassera.

— T'as vu ça dans tes livres ?

— Oui...

Tandis que René Guillot se met à crier après la Noiraude, qui s'écarte du chemin, Paul Courtois retourne à sa perpétuelle rêverie... Heureusement qu'il sait rêver. La vie n'a pas été tendre avec lui : enfant de l'Assistance, il s'est très tôt passionné pour la lecture. Depuis qu'il en a eu l'âge, il n'a cessé de dévorer des livres d'aventures, principalement ceux parlant des pays africains. A quatorze ans, il est parti sur les routes pour se louer comme valet de ferme. Il a fini par échouer chez les Legrand, à Dun-le-Comte. René Guillot est arrivé quelque temps après et Paul a réussi à lui faire partager son projet : aller au Congo pour chasser les éléphants. Depuis un an et demi, les deux garçons, qui se privent de tout, mettent de côté leur paie du mois : vingt francs. Paul s'arrête au bord du chemin :

— Faut qu'on aille voir si l'argent est toujours là...

Suivi de René, Paul se dirige vers le gros chêne et passe le bras dans un creux du tronc. Il en retire une boîte de biscuits en fer-blanc. Il l'ouvre et compte les billets avec avidité.

— 720 francs... Dans un an, on aura assez.

René se penche vers lui.

— Tu es vraiment sûr que ce sera suffisant ?

— Oui. J'ai vu cela dans un livre. C'est le prix pour les carabines, les munitions et le reste... On ira à Nantes et on se fera engager comme mousses sur le premier cargo pour le Congo.

Les deux adolescents remettent leur trésor dans l'arbre creux et reprennent le chemin de la ferme. Ils vont retrouver la soupe au lard, le feu de la cheminée, la salle commune, la paillasse de la grange : un univers triste et banal qu'ils vont bientôt quitter. Bientôt ils dormiront dans des hamacs à la belle étoile, ils mangeront de la viande d'antilope et des fruits équatoriaux, servis par des boys noirs, et quand ils rentreront en France, les poches pleines d'argent, ils s'achèteront la plus belle ferme de la région et ce sont eux qui donneront des ordres aux petits vachers...

16 avril 1909. C'est un dimanche. René Guillot et Paul Courtois sont seuls à la ferme. M. et Mme Legrand sont allés à Nantes voir les parents de Mme Legrand, comme cela leur arrive de temps en temps. Marie-Augustine, la bonne, a pris sa demi-journée pour aller danser au village voisin. Paul et René ont donc tout l'après-midi devant eux et ils vont en profiter pour un sérieux entraînement.

Après avoir conduit les vaches au pré, ils gagnent le bois qui le surplombe. Seulement, cette fois, Paul a en main le fusil du fermier et René s'est armé d'une hachette à couper le bois. Paul s'adresse à son compagnon :

— Tu vas passer devant moi et m'ouvrir le chemin avec la hachette. Choisis l'endroit où c'est le plus épais. Là-bas, c'est des lianes qu'il faudra couper et c'est encore plus dur...

René Guillot se dirige vers un gros buisson de ronces et se met à le taillader, se griffant les bras et le visage. Paul suit, marchant sur la pointe des pieds, à demi courbé, le fusil en main.

Après une demi-heure de cet exercice, Paul propose une nouvelle manœuvre.

— On va retourner au pré. On va faire comme si c'était la clairière des éléphants. On va s'approcher des vaches en rampant, en restant toujours face au vent...

Silencieusement, les deux garçons vachers

rejoignent leur troupeau, aplatis dans l'herbe, se contorsionnant sur les coudes. Paul tient le fusil et René la hachette. Et c'est alors que survient l'accident : Paul bute sur une pierre, il fait un faux mouvement du bras, appuie involontairement sur la détente et le coup part... Un meuglement déchirant... Paul et René se dressent en même temps et découvrent la catastrophe : touchée en pleine tête par la décharge de chevrotines, la Noiraude est en train d'agoniser, couchée sur le flanc.

Les deux jeunes gens s'agenouillent auprès d'elle, atterrés.

— Bon sang ! Elle va crever !

René considère avec un sentiment de panique les derniers soubresauts du bovin.

— Qu'est-ce qu'on va devenir ? Quand M. Legrand va rentrer, il va appeler les gendarmes...

Paul s'est relevé. Il parle d'un ton volontairement froid pour calmer son compagnon :

— Non. Il ne préviendra pas les gendarmes. Tuer une vache, ce n'est pas un crime et M. Legrand ne nous renverra même pas. Il nous gardera. Il nous prendra notre argent et nous fera travailler gratis jusqu'à ce qu'on ait remboursé la Noiraude.

René Guillot est toujours tremblant comme une feuille.

— C'est normal. On a mal fait. Il faut qu'on soit punis.

Paul Courtois le secoue violemment.

— Et le Congo ? Quand est-ce qu'on ira au Congo si on n'a plus d'argent et qu'on travaille pour rien ?

Le Congo !... René Guillot l'avait complètement oublié. Une idée le traverse :

— Prenons l'argent et allons-nous-en. On s'embarquera à Nantes.

Paul fait « non » de la tête.

— C'est idiot. On n'a pas la moitié de ce qu'il faut. Une fois au Congo, on ne pourra rien faire.

René lui adresse un regard perdu.

— Mais alors ?...

Paul regarde son fusil. Il répond d'une voix dure que son compagnon ne lui connaissait pas :

— Puisqu'on a commencé, il faut continuer.

René a un frisson. Il a peur de comprendre.

— Qu'est-ce que tu veux dire ?

— Quand le patron et la patronne rentreront, on les tuera et on leur prendra leur argent. Ils emportent toujours tout sur eux quand ils quittent la ferme... Faudra aussi tuer Marie-Augustine quand elle reviendra du bal. A ce moment-là, on pourra aller à Nantes.

René est devenu pâle.

— T'es fou ! On va se faire prendre. On nous coupera la tête.

Paul a un ricanement.

— Les gendarmes vont croire que c'est des brigands. Et même s'ils pensent à nous, ils ne nous rattraperont jamais. En partant cette nuit, demain matin on sera à Nantes. Et, si on a la chance de trouver un bateau, on sera déjà loin... Au Congo, dans la jungle, tu crois qu'ils nous retrouveront là-bas ?

René Guillot s'éloigne de son compagnon comme s'il se trouvait devant un fantôme :

— Non. Je ne veux pas. Je ne suis pas un assassin !

Paul Courtois pointe le fusil dans sa direction.

— T'as pas le choix, René. Allez, prends ta hachette sinon c'est par toi que je commence...

Quelques heures plus tard, les deux jeunes gens reviennent à la ferme avec leurs vaches, laissant sur le pré le cadavre de la Noiraude, et ils attendent...

Dun-le-Comte, paisible village de la région nantaise, va-t-il vivre un drame aussi cruel que ceux de la jungle ?

Il fait déjà nuit. Muets dans la cour de la ferme, Paul et René entendent le grincement de la carriole. Paul serre son fusil contre lui. René, trempé de sueur, s'agrippe à sa hachette.

La carriole des Legrand arrive sur le pavé de la cour. On reconnaît la voix du fermier.

— Rien n'est allumé : qu'est-ce que ça veut dire ? Paul ! René ! Où êtes-vous donc ?...

La réponse est un coup de feu qui retentit sèchement dans la nuit. Il y a un gémissement et les cris de la fermière.

— Au secours ! A l'aide !

Puis c'est la voix de Paul Courtois.

— Vas-y... La hachette ! Qu'est-ce que t'attends ?

Réponse de René, toujours au milieu des cris d'effroi de Mme Legrand :

— Je ne peux pas ! Je ne peux pas !

Enfin, il y a un second coup de feu et, cette fois, c'est le silence... Paul examine les deux corps à la lueur de la lanterne de la carriole : M. et Mme Legrand ont été tués tous les deux d'une décharge de chevrotines en pleine tête.

Tandis qu'il fouille le fermier pour lui prendre son portefeuille, Paul lance d'un ton mauvais à son compagnon :

— Pourquoi t'as pas fait ce qu'on avait dit ? C'est toi qui devais tuer la patronne avec ta hachette. Si je n'avais pas rechargé aussi vite, elle aurait pu s'enfuir.

René essaie de répondre quelque chose, mais n'émet qu'un bredouillement. Paul conclut :

— Tu te rends compte si cela t'arrivait devant un lion !...

Et, après avoir empoché le portefeuille de la victime, il éteint la lanterne et reprend sa faction.

L'attente crispée dans le noir à côté des deux cadavres commence. Soudain René pousse un cri :

— Allons-nous-en !

Paul réplique d'un ton bref :

— Tais-toi ! On reste.

Mais cette fois René Guillot n'est pas décidé à se laisser faire.

— Non, moi je m'en vais. Je ne veux pas qu'on tue Marie-Augustine. C'est une gentille fille. Et puis on a déjà l'argent. Allons-nous-en !

Et il se met à courir dans la nuit... Paul Courtois est tenté de décharger son fusil dans sa direction, mais il y renonce. Il se met à sa poursuite :

— René, attends ! Je viens avec toi.

Une demi-heure plus tard, les Dupin, qui habitent la ferme voisine de celle des Legrand, sont réveillés par des cris perçants en provenance de leur cour.

— Au secours ! Venez vite ! Ils sont morts !

Les Dupin reconnaissent la voix de Marie-Augustine. Ils se précipitent. La bonne, terrorisée, leur raconte le terrible spectacle qu'elle a découvert en rentrant du bal...

L'un des fils Dupin va prévenir les gendarmes. Le père et les deux autres fils décident de ne pas les attendre. Les deux garçons vachers ont disparu : ce sont vraisemblablement eux qui ont fait le coup. Avec un peu de chance, ils peuvent les rattraper. Ils sautent dans leur carriole et prennent la route de Nantes. La passion de Paul et René pour le Congo est connue de tout le monde à Dun-le-Comte. S'ils sont en fuite, ils vont certainement chercher à s'embarquer à Nantes.

Un quart d'heure plus tard, les Dupin aperçoivent deux silhouettes marchant d'un bon pas au bord de la route... Au bruit de la carriole, elles se retournent et obliquent dans les bois. Arrivés devant l'endroit où les deux jeunes gens ont disparu, les Dupin mettent pied à terre et s'avancent fusil pointé... Paul et René, qui avaient espéré chasser le fauve dans la forêt vierge, sont devenus eux-mêmes des fauves à qui l'on donne la chasse.

Le père Dupin crie :

— Paul et René, rendez-vous ! Sans quoi on va tirer...

A quelques centaines de mètres devant eux, dans le noir, il y a des cris, un bruit de lutte, un coup de feu et, enfin, la voix de René.

— Ne tirez pas ! Nous nous rendons... C'est moi qui ai le fusil !

Aux assises de Nantes, un an plus tard, en mai 1910, s'est ouvert le procès de Paul Courtois et René Guillot. Un malaise évident régnait dans le public, tandis qu'il regardait ces gamins à l'air gentil coupables d'un crime atroce. Et le malaise s'est encore accentué lorsqu'ils se sont exprimés : il n'était question que de lions, d'éléphants, de tribus farouches, tout l'arsenal des romans d'aventures... Oui, vraiment un crime atroce et absurde. René regrettait et s'est plusieurs fois effondré en sanglots, mais Paul, lui, n'avait pas l'air de se rendre compte.

Paul Courtois ayant l'âge pénal légal, le procureur a requis contre lui la peine de mort. Pour René Guillot, il a demandé vingt ans de réclusion. Et le jury a suivi le procureur. C'est peut-être en entendant la sentence que les deux anciens vachers ont compris où les avait menés la folie de leur rêve...

Sans doute en raison de son jeune âge, Paul Courtois a été gracié ; sa peine a été commuée en bagne à perpétuité. Un jour de 1911, un bateau l'a emmené vers un autre voyage que celui qu'il espérait, vers un autre pays lointain sous le soleil, vers une autre jungle.

JUNIOR

Richard Barber et sa femme ont la chance d'habiter une banlieue chic de New York. C'est un quartier qui représente le rêve de chaque Américain moyen : de vastes maisons toutes semblables, entourées de pelouses sans clôture, avec deux ou trois voitures par garage ; des rues droites et larges bordées d'arbres, pas de magasins, un endroit purement résidentiel.

En cet été 1969, cela fait seize ans que Richard et sa femme May se sont installés dans leur coquette villa, juste après leur mariage, en 1953. Un mariage tout à fait dans la tradition. May était la voisine de Richard et leur union était espérée depuis toujours par leurs parents respectifs.

May, qui pouvait faire remonter son arbre généalogique au XVIe siècle — ce qui est tout à fait exceptionnel aux Etats-Unis —, avait le privilège de faire partie de la société ultra-fermée des « Filles de la révolution », le club le plus aristocratique du pays. Quant à Richard, c'était un bon citoyen aussi, fier de sa patrie : ne s'était-il pas fait tatouer pendant son service militaire un drapeau américain sur l'avant-bras droit ?

Quand ils ont eu un fils, en 1954, ils l'ont appelé, selon la coutume américaine, Richard, comme son père. Mais, cela s'étant avéré peu pratique à l'usage, ils ont pris l'habitude de l'appeler Junior.

Bref, ils sont l'exemple du couple sans histoire, typiquement, presque caricaturalement américain, qui ne demande qu'à élever son enfant dans les valeurs bien établies auxquelles il croit. Richard, représentant pour une fabrique de produits alimentaires, gagne largement sa vie, ce qui permet à May de ne pas travailler. Ils mènent une existence bien réglée, avec les réunions au sein des associations charitables dont ils font partie, le cinéma le samedi et l'office religieux le dimanche...

C'est dans cette ambiance tranquille, peut-être un peu confinée, que grandit le petit Richard, dit Junior. C'est un gros garçon à la chevelure rousse, pas très éveillé, plutôt amorphe. Il n'aime pas jouer avec ses petits voisins. Il reste seul à la maison. En fait, il n'a qu'une seule passion : les animaux. Il les adore d'une manière presque excessive. Il a tapissé de leurs photos les murs de sa chambre ; il fait des colères épouvantables quand on écrase une mouche ou un moustique.

Mais enfin, tout cela n'est pas bien grave. Chaque petit garçon pose des problèmes. Dans le cas de Junior, c'est plutôt l'inverse de ce qui arrive d'habitude : il n'est pas assez remuant, il faut le contraindre à s'intéresser à ce qui l'entoure.

C'est ainsi qu'à la mi-1969, Junior Barber atteint ses quinze ans. C'est un garçon joufflu et timide, aux allures poupines, que ses camarades surnomment sans indulgence « Gros plein de soupe ». Mais ses parents n'en sont guère contrariés. « Gros plein de soupe » : après tout, pourquoi pas ?... Et c'est alors que la soupe va prendre soudain un drôle de goût.

Août 1969. Junior est en colonie de vacances. Richard et May sont restés chez eux. Ils ne s'inquiètent pas pour leur fils. Ils viennent juste de recevoir une carte postale au texte un peu enfantin, comme d'habitude :

« Chers papa et maman, je m'amuse bien. Mes camarades sont très gentils. Nous faisons de belles balades. A bientôt. Je vous embrasse. Junior. »

Aussi Richard a-t-il l'impression d'un coup de tonnerre quand il reçoit un coup de téléphone du directeur de la colonie.

— Monsieur Barber ? Je vous appelle au sujet de votre fils. Je suis obligé de vous demander de venir le rechercher immédiatement. Un moniteur l'a surpris en train de fumer de la marijuana. Richard s'est battu avec lui. Et ce n'est pas tout. Nous avons découvert qu'il avait entraîné à fumer avec lui plusieurs de ses camarades.

Richard Barber père reste un long moment sans comprendre, après avoir raccroché. May et lui se regardent en silence.

— Junior ? Ce n'est pas possible ! Enfin, il n'est presque jamais sorti de chez nous. Il ne s'intéresse qu'aux animaux...

Mais si, c'est possible. Richard s'en rend compte quand il va rechercher son fils à la colonie de vacances. Tout le long du trajet dans la voiture, Junior reste buté. Il répond à peine à ses questions. Il a l'air particulièrement irrité du ton doux, patient, que prend son père pour l'interroger.

— Alors, mon grand, qu'est-ce qui s'est passé ?

— M'appelle pas « mon grand », je suis un gros plein de soupe, tu le sais bien.

— Si tu veux, Junior. Mais, dis-moi, pourquoi as-tu fait ça ?

— Et alors ? Tout le monde fait pareil. Oh, et puis de toute façon, tu peux pas comprendre. Tu n'as jamais rien compris...

Richard Barber lâche son volant pour donner

une gifle à son fils et toute la suite du trajet se poursuit en silence.

A partir de ce moment, c'est une atmosphère totalement différente qui règne chez les Barber. Le père et le fils s'évitent. May essaie de comprendre Junior, de parler avec lui, mais elle aussi est dépassée par les événements.

En rentrant dans sa chambre, Junior a tout bouleversé. Il a déchiré et jeté au panier les photos d'animaux et il les a remplacées par des posters qui font le désespoir de ses parents : des chanteurs de rock-and-roll à la chevelure hirsute, des posters de monstres tirés du cinéma d'épouvante.

Quelques mois passent... Junior a promis de ne plus jamais fumer de marijuana. Bien sûr, il a changé, mais c'est normal à son âge. Ses parents ont fini par se rassurer. Et puis, un jour, ils se décident à fouiller son placard pendant son absence ; et ils découvrent, soigneusement cachés derrière les livres de zoologie dont il s'est débarrassé, de petits sachets remplis d'une matière brune : il n'y a pas de doute, c'est bien de la marijuana. Junior continue, malgré sa promesse. L'affaire de la colonie de vacances n'était pas un simple incident. May et Richard doivent bien se rendre à l'évidence : leur fils est un drogué.

Mais pourquoi ?... Pourquoi ?... Il y a dans le placard, aussi bien caché que les petits sachets brunâtres, un élément qui fournit un début de réponse. C'est un livre dont les pages cornées, abîmées, prouvent que Junior l'a lu et relu. Son titre à lui seul résume tout l'ouvrage : *Comment parler aux filles*.

Richard et May restent un moment pensifs avec le livre entre les mains. C'est donc cela, le secret de Junior. C'est pour se donner un courage qu'il n'a pas qu'il s'est laissé entraîner à la drogue. Bien sûr, ils ne comprennent pas. Tout cela est contraire à leurs principes. Mais ils décident de faire un effort. Leur enfant a un problème. Il est mal à l'aise. C'est normal, après tout, pour un adolescent. Alors, il ne faut pas le brusquer. Quand il rentre, ils essayent de le raisonner sans violence.

Richard montre les sachets de marijuana.

— Junior, pourquoi ne pas nous en avoir parlé ? Pourquoi ne pas nous avoir fait confiance ? Nous ne demandons qu'à t'aider... Tu sais, je pense que ce qui ne va pas, c'est que tu es trop souvent tout seul. Tiens, demain, j'ai envie d'inviter à dîner ta petite camarade Peggy. Qu'est-ce que tu en penses ?...

Mais Junior ne répond pas. Il serre les poings et répond avec des larmes de rage dans la voix :

— Vous avez fouillé dans ma chambre ! Vous n'aviez pas le droit ! Et puis, je ne suis pas tout seul. J'ai des copains, des tas de copains.

En courant, il va s'enfermer dans sa chambre pour mettre un disque au maximum du volume.

Septembre 1970. Junior a seize ans. Ses parents constatent avec inquiétude une nouvelle modification dans son comportement. Il ne travaille plus du tout ; les notes qu'il ramène sont exécrables. Au contraire, il semble se préoccuper exclusivement de son physique.

Junior a toujours eu les cheveux roux très bouclés. Maintenant, il passe des heures devant la glace pour essayer de les défriser. Il s'est laissé pousser la barbe, les moustaches et les favoris. Et, un jour, il rentre à la maison avec un air de défi. Il s'est fait faire un défrisage chez le coiffeur Richard et May ne peuvent retenir un cri de surprise : sa tête est surmontée d'un paquet de cheveux gonflés et raides comme les piquants d'un hérisson. Avec sa barbe et sa moustache qui lui mangent le visage, c'est hideux !

Cette fois, malgré les résolutions qu'il a prises, Richard Barber ne peut garder son sang-froid. Ce n'est pas possible. Ce n'est pas son fils, il ne peut pas être devenu « ça ». Enfin, il l'a élevé de son mieux, dans les principes auxquels ils ont toujours cru, sa femme et lui. Ce n'est tout de même pas de sa faute si Junior ne s'intéressait à rien quand il était gosse, s'il ne voulait jouer avec personne. Il a même fait tout ce qu'il a pu pour l'éveiller. Chaque semaine, il lui ramenait un livre différent sur les animaux.

Alors, Richard explose avec toute la violence d'une rage trop longtemps contenue.

— Qu'est-ce que tu espères nous prouver et te prouver à toi-même, petit crétin ? Que tu es un homme ? Un minable, un voyou, voilà de quoi tu as l'air. Tiens, je souhaite une chose, c'est qu'on t'envoie le plus vite possible au Vietnam !

Pour toute réponse, Junior file s'enfermer dans sa chambre. Richard et May Barber restent seuls. Ils ont brusquement la sensation qu'ils hébergent un étranger sous leur toit, mais ce qui est terrible, c'est qu'il s'agit de leur propre fils.

C'est une semaine après que se produit un cambriolage chez les voisins des Barber. Richard décide aussitôt d'avoir un revolver à la maison. C'est pour se protéger des voleurs, bien sûr. Il n'a pas eu une autre pensée en achetant son arme... Du moins pas consciemment.

27 février 1971. Il est aux environs de midi. Richard Barber est à son travail, Junior est au lycée, May est seule à la maison. On sonne à la porte de la jolie villa de ce quartier calme et résidentiel de New York. Un homme en pardessus et

chapeau mou se tient sur le perron. Il se découvre et tend une carte de police.

— C'est le FBI, madame Barber. Pouvez-vous m'accorder quelques minutes d'entretien ? Il s'agit de votre fils...

May manque de défaillir. Mais dans le fond, elle savait que cela devait arriver... Le policier lui dit effectivement ce qu'elle redoutait et même pire encore.

— Voilà, madame. Nous surveillons depuis quelques mois une bande qui fabrique et écoule du LSD. Nous avons la certitude que votre fils fait partie des dealers. Nous aurions largement de quoi l'arrêter tout de suite, mais nous avons préféré venir vous trouver avant.

Mme Barber porte les deux mains à ses joues et pousse un cri.

— Mon Dieu !

— Ce n'est pas tout. Il y a eu un meurtre, hier, un petit voyou d'une bande rivale, tué d'un coup de couteau dans le dos...

— Ne me dites pas...

— Je ne vous dis rien, parce que nous ne savons rien. Et, pour être tout à fait franc, madame Barber, je crains que nous ne sachions jamais quoi que ce soit. Cela peut ne pas être votre fils, comme ce peut être lui.

— Mais Junior n'a que seize ans !

— Et alors ? La drogue, cela rend précoce, madame Barber. Croyez-en mon expérience.

May Barber est totalement anéantie. Elle ne peut que répéter :

— Mon Dieu !

L'agent du FBI reprend la parole posément.

— Nous vous faisons une proposition : vous parvenez à le convaincre de nous donner les noms de ses complices et, de notre côté, nous nous montrons indulgents.

— Le convaincre ? Mais comment ?

— Vous êtes sa mère, non ? Et votre mari a quand même un reste d'autorité sur lui, j'imagine. Après tout, si votre fils en est arrivé là, c'est un peu à cause de l'éducation que vous lui avez donnée. Alors, faites votre devoir...

Le soir, après le dîner, silencieux comme d'habitude, Richard prend la parole. Ils se sont concertés, sa femme et lui. Ils sont décidés cette fois à vider l'abcès, à aller jusqu'au bout, quitte à employer la manière forte. Richard commence sur le ton de la persuasion :

— Junior, ta mère et moi nous avons des choses très graves à te dire.

Mais tout de suite, Junior se lève de table.

— Et moi, je n'ai rien à vous dire. Salut.

Son père lui barre le passage. Junior est devant lui, hirsute avec sa barbe, ses favoris roux et sa tignasse raide. Il a les yeux rouges un peu vagues. Il a dû se droguer.

— Ça suffit comme ça ! Tu vas m'écouter, maintenant... La police est venue cet après-midi. Tu vends de la drogue, ils le savent. Et il y a des choses plus graves encore, un assassinat. La seule manière de t'en sortir, c'est de tout nous dire.

Junior parle d'une voix traînante et vulgaire que ses parents ne lui connaissent pas.

— Je ne te dirai rien du tout. Laisse-moi passer. Taille-toi !

Alors, pris d'une rage folle, Richard lève le poing et frappe de toutes ses forces à la mâchoire... Junior tibube, passe la main sur ses lèvres, la retire toute sanglante et l'essuie posément sur le papier à fleurs du living-room.

Il y a un instant de flottement. Le père, la mère et le fils regardent silencieux la tache au milieu du mur... Tout à coup, Junior se rue dans sa chambre au premier étage. Il hurle :

— Ah, c'est comme ça, c'est comme ça !

May se blottit contre son mari. Elle murmure :

— J'ai peur...

Richard, qui masse son poing endolori, se dispose à lui dire quelque chose de rassurant et puis il se reprend :

— Tu as raison. Moi aussi, j'ai peur.

Et il se dirige vers leur chambre à coucher. Quand il revient quelques instants plus tard, il tient à la main son revolver.

Les époux Barber restent ensemble, ne sachant trop que faire. Appeler la police, ce serait livrer leur fils. Ils ne peuvent s'y résoudre... En haut, dans la chambre de Junior, un disque de rock marche à pleine puissance. Et puis, il y a des pas dans le couloir. Ils l'entendent descendre l'escalier, se diriger vers la cuisine. Il se produit un bruit épouvantable de vaisselle. Junior est en train d'ouvrir tous les tiroirs et les projeter par terre. M. Barber se précipite. Il a juste le temps de voir une forme remonter précipitamment l'escalier...

Maintenant Junior se tient en haut des marches. Richard, son père, ne voit d'abord qu'une chose. Son regard fou, halluciné. Il a dû reprendre du LSD. Il a l'impression que ce n'est pas un être humain qu'il a en face de lui, mais une sorte de monstre qui a perdu le contrôle de lui-même... C'est seulement ensuite que M. Barber aperçoit le couteau à découper dans la main droite de Junior. Celui-ci a un ricanement presque satanique.

— Tu avais raison : pour hier soir, c'était moi. Les gars de ma bande ont voulu que je fasse mes preuves... Une sorte d'examen de passage, quoi !... Alors, qu'est-ce que tu en dis, il ne s'est pas trop mal débrouillé, le gros plein de soupe !

Junior descend une marche, le couteau en avant. Richard Barber sort son revolver de sa poche. En l'apercevant, Junior se met à éclater de rire. Il descend une seconde marche. Il lui lance :

— Tire, mais tire donc, nom de Dieu, avec ton putain de revolver ! Allez, un peu de courage !

Il descend encore une marche et brandit son couteau.

— Alors, qu'est-ce que tu attends, tu te dégonfles ?

Pendant une fraction de seconde, les yeux de Junior, aux pupilles dilatées par les stupéfiants, s'écarquillent. Il vient de voir que son père ne brandit plus son revolver comme avant, mais qu'il est en train de viser.

Richard Barber tire, deux fois. Junior s'écroule dans l'escalier, glisse sur le dos et s'immobilise.

Richard se précipite pour appeler la police et, ensuite seulement, il se penche sur le corps de son fils, car il sait déjà qu'il est mort. Il a toujours été excellent tireur.

A l'autopsie, on constatera effectivement que Richard Barber junior est mort de deux balles en plein cœur. Le médecin légiste découvrira aussi, avec effarement, qu'il avait ingurgité une dose de LSD supérieure à celle considérée comme mortelle.

Devant le jury des mises en accusation, qui doit décider s'il va être poursuivi ou non, Richard Barber plaide bien entendu la légitime défense. Quand le procureur lui pose la question :

— Vous êtes bon tireur ? Vous auriez pu viser les jambes. Mais vous avez tiré au cœur et deux fois. Pourquoi ?

Richard Barber choisit de ne rien dissimuler. Il aurait pu invoquer l'émotion, un coup malheureux, le hasard. Mais, en accord avec son avocat, il a décidé de dire toute la vérité.

— J'ai pensé que si je le blessais, un jour ou l'autre il nous tuerait, May et moi. C'était un drogué et il venait de nous avouer qu'il était un assassin. Nous vivions sous le même toit : le danger était trop grand. Je n'avais pas le choix.

La voix de Richard Barber se brise :

— Alors... j'ai visé au cœur.

A l'issue d'une courte délibération, Richard Barber a bénéficié d'un non-lieu.

Trois jours plus tard, selon la coutume américaine, la famille et les amis du défunt étaient admis à défiler devant son corps embaumé dans un salon funéraire. Son père lui avait fait couper la barbe, la moustache et les favoris ; ses cheveux roux étaient soigneusement coupés également et bouclés comme quand il avait quinze ans. Même par-delà la mort, Richard avait voulu effacer ce qu'était devenu son fils, comme si Junior était toujours resté le garçon sage et respectueux qu'il avait rêvé.

UN AMOUR INTERDIT

Il a belle allure, au début des années soixante, le domaine Bianchi, un peu à l'écart de San Giulio, un gros bourg du Piémont, en Italie du Nord. C'est une vaste exploitation de quatre-vingts hectares de blé et de mais, la plus importante de la commune. Elle est un peu austère, peut-être, avec ses hauts murs de clôture et sa ferme principale aux fenêtres rares et étroites, qui lui donnent l'air d'un château fort.

Mais Aurelio et Erminia Bianchi ne sont pas peu fiers de leur domaine. Contrairement à ce qu'on pourrait penser, il ne s'agit pas d'un bien familial. Ils sont de modeste origine ; l'un et l'autre sont issus de petits paysans. A force de travail, pour ne pas dire d'acharnement, et en empruntant à la limite du raisonnable, ils ont pu acheter en 1957 cette exploitation où, depuis, ils travaillent plus encore pour rembourser leurs dettes.

Le travail, c'est tout l'univers des Bianchi, le travail et leurs enfants. Ils sont deux, un garçon et une fille. Graziella, l'aînée, a vu le jour en 1956 et Ercole, le cadet, l'a suivie quatre ans après, en 1960... Un jour, Ercole reprendra la propriété et Graziella, avec la dot qu'elle sera en mesure d'avoir, pourra épouser un riche fermier des environs. Tel est l'avenir qu'ont tracé pour eux leurs parents...

C'est dans cette atmosphère sérieuse, austère que les années succèdent aux années. Il n'y a guère de distractions dans le domaine Bianchi. Les sorties au village sont rares, en dehors du mercredi, jour du marché, et celles à Milan, la grande ville pourtant pas si lointaine, font figure d'expéditions. Chez les Bianchi, on vit pratiquement en circuit fermé et personne ne semble s'en plaindre, à commencer par Graziella et Ercole. Ils vont à l'école, parce qu'il le faut bien, mais ils ne s'attarderont pas à de longues études.

Oui, Aurelio et Erminia Bianchi sont fiers d'eux-mêmes... Ils sont, à leurs yeux, l'image de la réussite et d'une bonne éducation. La production de blé et de maïs augmente régulièrement ; ils embauchent du personnel. Leurs enfants sont obéissants et sans problème. Si on leur disait que le drame est tout proche et qu'il est en partie de leur faute, ils ne comprendraient pas. « Quel drame ? » demanderaient-ils sans doute.

Quel drame ?... Le plus ancien et le plus terrible de tous, aussi barbare que les temps sauvages, aussi implacable que la fatalité et qui, pourtant, n'est fait que d'amour.

En cette année 1973, le calme et l'harmonie règnent en apparence au domaine Bianchi. En apparence seulement, car il y a bien des choses qui demeurent cachées. L'état d'esprit du jeune Ercole, par exemple. Jamais il n'aurait osé le dire à ses parents, mais il n'aime ni la campagne ni le travail des champs et l'idée de reprendre un jour la ferme ne suscite chez lui aucun enthousiasme.

Contrairement à ce que pensent également ses parents, il ne se déplaît pas à l'école. Il s'est découvert un penchant pour la lecture et la musique. Il adore les romans d'aventures, la poésie, il est doué en solfège, il a une jolie voix. Mais quelle musique peut-on écouter à la ferme où il n'y a en tout et pour tout qu'un vieux poste de radio crachotant ? Quant à la lecture, en fait de bibliothèque, on ne peut trouver que l'annuaire des postes.

Ercole, enfant rêveur et sensible, se sent dans l'exploitation agricole comme dans une prison et il aurait depuis longtemps trouvé la situation insupportable s'il n'y avait Graziella... Sa sœur aînée est tout pour lui : sa confidente, son univers. Ils ont toujours été très proches l'un de l'autre. Ils aiment faire de grandes promenades dans les environs, dans la forêt ou au bord de la rivière, leurs seules escapades hors du domaine familial. Ils parlent de mille choses ou alors ne disent rien, parce qu'être ensemble leur suffit.

Leurs parents, tout à leur travail et à leurs projets d'avenir, ne pressentent rien. Ils ne s'étonnent pas, en particulier, qu'à dix-sept ans Graziella n'ait toujours pas eu la moindre amourette. Au contraire, ils sont fiers et ravis de la sagesse de leur fille...

Pendant longtemps, Ercole Bianchi a vécu la situation avec sa sœur sans se poser de question, comme la chose la plus naturelle du monde. Or, voici qu'à treize ans, avec l'adolescence, ses sentiments prennent insensiblement une autre tournure. Ercole n'a rien de l'être un peu primaire que pourrait faire supposer son enfance solitaire à la campagne ; il est intelligent et intuitif et, un jour, il doit se faire cet aveu terrible : il est amoureux de sa sœur.

Il garde pour lui ce secret, mais il devient renfermé et sombre. Il évite Graziella, il est quelquefois agressif avec elle. Or, ils se ressemblent. Elle est tout aussi sensible que lui et elle comprend très vite la raison du comportement de son frère... C'est maintenant que le destin va entrer en scène. Si les sentiments d'Ercole n'étaient pas réciproques, tout s'arrêterait là et l'adolescent en serait quitte pour un violent chagrin. Seulement, son amour est partagé... Une chaude soirée de juillet 1973, après la moisson, Graziella prend la main d'Ercole et lui dit d'un ton grave :

— Viens, je vais te dire mon secret.

— Quel secret ?

— Pourquoi je n'ai voulu d'aucun garçon.

Elle l'entraîne dans un sous-bois. Ils ne rentrent qu'à la nuit. Leurs parents, tout au travail des moissons, ne se sont rendu compte de rien. C'est le début d'un grand amour, mais c'est un amour interdit, dont il faudra, un jour ou l'autre, payer le prix...

Janvier 1974. C'est toujours le calme plat, la même apparente tranquillité qui règne à la ferme Bianchi. Seul Ercole est devenu un peu bizarre. Il a maintenant de longues rêveries, il est absent, ailleurs. Ses parents se disent que c'est l'âge... Cette nuit-là, contrairement à son habitude, Aurelio Bianchi n'arrive pas à trouver le sommeil. Comme il le fait dans ces cas-là, il décide de faire un tour dans la cour de la ferme pour se détendre les nerfs.

C'est en passant devant la grange à outils qu'il entend du bruit. Il s'approche et distingue des petits cris, des soupirs... Pas de doute, c'est un couple qui est là et ce ne peut être qu'un de ses employés avec Monica, la bonne. Mais pourquoi diable font-ils cela dans la grange à outils et pas dans les communs où ils sont logés ?

C'est alors que M. Bianchi se fige... La voix du garçon, celle de la fille... Non, ce n'est pas possible ! Il se précipite, ouvre la porte avec violence. A sa vue, Graziella et Ercole poussent un cri et tentent de se dissimuler dans la paille. Il se saisit de Graziella, la gifle et la gifle encore. Elle a le visage en sang.

— Salope ! Putain !

Ercole tente d'intervenir, un coup de poing l'envoie rouler à terre. Aurelio s'acharne à présent sur lui, puis il se retourne de nouveau contre sa fille. Quand ils sont couverts de sang et de bleus et que lui-même est épuisé à force d'avoir frappé, il s'adresse à eux, d'une voix remplie d'horreur et de dégoût.

— Allez dans votre chambre ! Je vais décider de votre sort avec votre mère...

C'est une discussion dramatique qui a lieu peu après, dans la grand-salle de la ferme, entre Aurelio et Erminia Bianchi. Elle est loin, la bonne conscience qui était la leur ! Le monde vient de s'écrouler. Ils ont compris — trop tard ! — le danger qu'il y avait à laisser deux adolescents sans distractions, sans contact avec l'extérieur, confinés dans un monde clos... Mais c'est moins contre eux-mêmes que contre Graziella qu'ils tournent leur colère. Elle a dix-sept ans et Ercole treize : c'est forcément elle qui a dévoyé son frère... M. Bianchi écume de rage.

— C'est une traînée, une moins que rien, une chienne ! Elle a le diable dans la peau !

Mme Bianchi est de cet avis, même si elle n'ose pas employer ces mots-là, et elle a trouvé sa solution.

— Nous en ferons une religieuse.

— Pas question !

— Pourquoi ? C'est le meilleur moyen pour empêcher cette horreur.

— Non. Puisqu'elle veut un homme, elle va épouser le fils Andretti. J'ai remarqué comment il la regardait à l'église. Il est fils unique et l'exploitation de ses parents est presque aussi importante que la nôtre...

— Quand même... Si elle était religieuse, elle serait coupée du monde. Ce serait plus sûr.

— Si elle était religieuse, les terres Andretti

seraient pour quelqu'un d'autre. Elle épousera le fils Andretti et Ercole sera pensionnaire à Milan jusqu'à sa majorité. C'est décidé !

Ercole quitte donc sa famille. Il devient pensionnaire dans une institution privée de Milan. Il ne sort pas de la ville. Il n'a pas le droit de rentrer à la maison le week-end. Pour les vacances, il est prévu qu'il aille à l'étranger, à Londres, pour perfectionner son anglais.

Ercole ne proteste pas contre ces mesures. Il sait trop bien la faute qui est la sienne. Au contraire, il ne souhaite qu'une chose : oublier Graziella. Il s'abrutit dans l'étude et il obtient, d'ailleurs, d'excellents résultats. Il décide de devenir professeur de lettres. Jamais il n'exploitera la ferme de ses parents, jamais même il ne retournera à San Giulio...

Et pourtant si, Ercole revient à San Giulio. Il y revient, six mois après son placement en pension, pour le mariage de sa sœur avec le fils Andretti. Ses parents ne s'y sont pas résolus de gaieté de cœur, mais ils ne pouvaient pas faire autrement. Son départ précipité avait déjà fait jaser et confirmé les soupçons que beaucoup avaient, contrairement aux époux Bianchi, quant à ses relations avec Graziella. Son absence au mariage aurait été un aveu.

Ercole retrouve donc Graziella, éblouissante dans sa robe blanche. Elle-même le voit arriver en tenue de cérémonie et, pour l'un comme pour l'autre, c'est la terrible révélation : rien n'a changé, ils s'aiment toujours ! Pendant toute la réception, ils se cherchent du regard. Aurelio et Erminia Bianchi s'en aperçoivent, mais n'osent rien dire, par crainte du scandale. D'autres convives le remarquent également et, malgré une gaîté apparente, il règne sur la noce une atmosphère lourde, presque étouffante... Le lendemain matin, Ercole reprend le chemin de Milan et Graziella s'installe dans la ferme Andretti, mais chacun sent bien que le mauvais sort n'est pas conjuré.

Trois ans ont passé... Ercole Bianchi a seize ans et il est déjà en terminale. Il est plus que bon dans ses études, il est brillant. Ses qualités littéraires font l'admiration de ses professeurs. Pour eux, il n'y a aucun doute : il a toutes les qualités pour enseigner, même en université. Tout irait donc pour le mieux, s'il n'y avait... le reste.

Plus que jamais, il a voulu oublier Graziella. Et il a été aidé en cela par l'attitude de sa sœur. Pas une seule fois, elle ne lui a donné de ses nouvelles, si ce n'est pour lui annoncer, il y a deux ans, la naissance de sa fille Josefa. Elle ajoutait, en des termes assez froids, que ce n'était pas la peine de venir pour le baptême.

Graziella ne l'aimait donc plus, mais cela n'a rien changé, il a continué à l'aimer sans espoir... Jusqu'en ce jour de décembre 1976 où un de ses camarades de classe qui est passé par San Giulio pour se rendre à Milan lui donne pour la première fois des nouvelles de là-bas.

— Tu sais que ta sœur a divorcé ?

Ercole en reste sans voix. Son camarade continue :

— Cela fait un drôle de scandale, là-bas ! Tes parents sont furieux, son ancienne belle-famille aussi...

Ercole Bianchi se sent tomber dans un gouffre ! Effectivement, il faut pas mal de caractère pour divorcer en 1976. Il n'y a pas si longtemps que le divorce existe en Italie, la chose n'est pas entièrement entrée dans les mœurs. Si Graziella a osé affronter ses parents et l'opinion publique, c'est qu'elle ne pouvait pas faire autrement, c'est qu'elle ne pouvait plus supporter son mariage, c'est... qu'elle l'aime encore !

Alors, c'est plus fort que lui, Ercole décide de revenir à San Giulio. Il passera Noël à la maison. Il ne peut arriver à l'improviste. Il écrit à son père le 21 décembre pour annoncer son arrivée et, au matin du 23, sans attendre la réponse, il débarque à la gare, les bras chargés de cadeaux...

Aurelio Bianchi est là qui l'attend, dans sa voiture. Il ne lui dit pas bonjour et n'ouvre pas la bouche pendant tout le trajet jusqu'à la ferme. Ercole a un pincement au cœur quand la voiture s'arrête. Ils sont dans l'ancienne grange à outils, qui a été, depuis, transformée en garage... Pour la première fois, M. Bianchi prend la parole.

— Ne te fais pas d'idées. Il faut que ça cesse, vos histoires !

Ercole ne répond pas. La grange... Il y a trop de souvenirs... Son père hausse le ton :

— Tu m'as entendu ? Il faut que cela cesse, vos saloperies !

Le père et le fils se regardent dans les yeux, se défient... Depuis qu'il est en pension, Ercole a beaucoup grandi. C'est devenu un solide gaillard, presque un athlète. Bien que la grange ait été transformée en garage, il reste des outils sur des rayonnages. Le jeune homme se saisit d'une grosse masse et c'est l'horreur...

Une horreur qui échappe à sa conscience. Il ne reprend vraiment ses esprits que dans le train qui le ramène à Milan. Il s'aperçoit qu'il y a des traces de sang sur son manteau. Il se rend aux toilettes pour le laver...

Au même moment, Monica, la bonne, découvre le carnage... Dans la grange gît le corps désarticulé d'Aurelio Bianchi, plus loin, celui ensanglanté d'Erminia Bianchi. Graziella a été assassinée dans sa chambre et la petite Josefa dans la sienne, au pied de son lit. Les gendarmes pensent un moment à un rôdeur, mais Monica leur apprend qu'Ercole devait venir pour Noël. Dans ces conditions, il n'est pas difficile de deviner la vérité. Des moyens policiers considérables sont déployés pour mettre la main sur le jeune homme...

Les policiers n'auront pas besoin de faire de longues recherches. Le lendemain, Ercole se présente dans un commissariat de Milan.

— Je suis Ercole Bianchi. J'ai des révélations à faire sur le meurtre de ma famille. J'ai tout vu.

Etant donné son âge, c'est un juge pour enfants qui recueille ses déclarations. Elles sont étranges et, il faut le dire, bien peu convaincantes.

— Quand je suis arrivé à la ferme, j'ai surpris un homme en noir portant une cagoule. Je l'ai vu tuer mon père à coups de masse. Après, il est entré dans la maison...

— Et vous arriviez de Milan par le train ?

— Oui.

— Votre père n'avait pas été vous chercher à la gare ?

— Non. Je suis venu à pied.

— Vous l'aviez pourtant prévenu de votre arrivée. Nous avons retrouvé votre lettre.

— C'est peut-être l'homme en noir qui l'a empêché de venir me chercher...

Le juge aura beau faire, il n'obtiendra rien d'autre que cette rocambolesque histoire d'homme cagoulé. Mais personne ne peut y croire, d'autant qu'on a retrouvé du sang sur les vêtements d'Ercole. Quant au mobile, il est clair, lui aussi. Les employés du domaine n'ignoraient pas les relations entre Ercole et Graziella, raison de l'éloignement du jeune homme et du mariage précipité de la jeune fille. Tous les témoignages concordent : Ercole a dû avoir avec son père une discussion qui a mal tourné. Il l'a tué et, ensuite, dans un accès de folie meurtrière, il a massacré le reste de sa famille, y compris celle qu'il aimait, y compris Josefa, la petite innocente.

« Un accès de folie meurtrière » : en fait, tout le problème est là... Ercole Bianchi est inculpé pour parricides et homicides volontaires et placé dans un asile psychiatrique pour meurtriers en attendant son jugement. Il a bien tué son père, sa mère, sa sœur et sa nièce, personne ne peut en douter un instant. Mais était-il responsable au moment des faits ? La réponse est d'autant plus incertaine que les deux psychiatres qui l'ont examiné ont rendu des conclusions diamétralement opposées. C'est le procès qui tranchera.

C'est le 27 mai 1977 que s'ouvre aux assises de Milan le procès d'Ercole Bianchi. Quand il prend place dans le box, chacun découvre sur son visage les traces du drame qu'il a vécu. Ses traits sont creusés, ses yeux sont fiévreux, son expression est défaite, tragique. A ses côtés, son défenseur, un jeune avocat, Me Cordaro, lui adresse un sourire d'encouragement, mais il ne le regarde même pas. Pas plus qu'il ne regarde les juges, le ministère public et la partie civile, représentée par Carlo Andretti, le père de la petite Josefa, divorcé de Graziella.

L'audience s'ouvre par la lecture de l'acte d'accusation, qui est loin d'accabler le jeune accusé et qui tente, au contraire, d'expliquer le pourquoi de cet horrible meurtre : « Vivant en autarcie dans un monde où les mots échappés avec parcimonie ne l'étaient que dans la perspective d'efficacité, laissant à l'écart toute parole d'amour ou de tendresse, le frère et la sœur ont noué des relations privilégiées, secrètes, exclusives, allant jusqu'à l'inceste. »

Le grand mot est prononcé. Car, même si Ercole a nié, comme le reste, ses relations amoureuses avec Graziella, ce sont bien elles qui sont au cœur du drame... Mais le président Bozzi se garde bien de commencer son interrogatoire par ce point. Ce serait heurter de front l'accusé et risquer qu'il se ferme pour le reste du procès. Il préfère le questionner sur ses intentions professionnelles.

— Vous ne vouliez pas reprendre la ferme ?

— Non. Je n'aimais pas la terre. Je ne voulais pas revenir à San Giulio.

Il y est pourtant retourné une fois de trop et c'est là tout le drame. Le président Bozzi lui demande avec gravité :

— Ercole Bianchi, reconnaissez-vous avoir tué votre père, votre mère, votre sœur et votre nièce, au matin du 23 décembre 1976 ?

La réponse est prononcée d'une voix sourde, mais nettement perceptible :

— Ce n'est pas moi. C'est un homme masqué...

Toujours avec beaucoup de douceur, le président l'interroge sur les sentiments qu'il avait pour cette famille qu'il a massacrée. Ercole Bianchi parle d'une voix sourde.

— J'avais des parents très gentils et avec eux des relations aussi normales que possible à la campagne dans une ferme isolée.

— Et avec votre sœur ?

Immédiatement, les mains de l'accusé s'agitent.

— Elle, il n'y avait rien à en dire. Rien de spécial... Je ne sais pas...

— On la décrivait comme une jeune fille aimable et équilibrée.

— C'est cela : parfaitement équilibrée, aimable et douce.

— Elle a joué un grand rôle dans votre enfance ?

— C'était parce que nous vivions en autarcie. On était un peu plus renfermés que les autres. Ma sœur et moi, on avait du mal à se...

Il s'arrête. On sent que chacun des mots qu'il prononce lui est terriblement pénible.

— On avait à peu près le même caractère. On s'entendait très bien, c'est vrai...

— Et quelles étaient vos relations avec elle ?

— Il y avait un très profond attachement entre ma sœur et moi. On s'aimait, mais cela n'a pas été jusqu'à l'inceste...

L'interrogatoire de l'accusé est terminé. On passe aux témoignages de ceux qui l'ont connu et la tension qui régnait dans le tribunal baisse enfin... Un de ses camarades de lycée le décrit comme « calme, intelligent et équilibré ». Il ajoute :

— Il parlait très rarement de sa sœur, mais on sentait qu'il aimait par-dessus tout Graziella.

On en restera là pour la première journée. La seconde s'annonce capitale, puisqu'elle est réservée aux psychiatres.

Le Dr Maldino est le premier à avoir examiné Ercole Bianchi, quarante-huit heures après son crime.

— J'ai vu un jeune homme prostré. Etant donné qu'il venait de subir un choc d'une violence extrême, il n'y avait rien d'étonnant qu'il ait une telle attitude. Je n'ai constaté aucune anomalie dans son comportement, aucune bizarrerie dans ses gestes ou sur son visage. Il ne présentait, en particulier, aucun des symptômes de la schizophrénie.

Le président insiste :

— Cette histoire d'homme en noir, n'est-ce pas un signe de dérèglement mental ?

— Non. Son crime est tellement insupportable pour lui, qu'il le rejette de cette manière. C'est un mécanisme de défense, pas une preuve de folie.

— Donc il est sain d'esprit...

— Sans aucun doute. Il ne s'agit pas d'un meurtre pour des motifs psychiatriques mais pour des motifs passionnels.

Parlant juste après, le Dr Balbiano, qui a vu

l'accusé plus tard, dans sa prison, prend l'exact contrepied de son confrère.

— Il était lointain, impénétrable, regardant au plafond ou fixant un objet. Ses réponses passant du coq à l'âne étaient incohérentes ou ironiques. Des grimaces tout à fait pathologiques tordaient ponctuellement son visage.

Et sa conclusion est diamétralement opposée à celle de son confrère :

— Nous sommes en présence d'un symptôme progressif lentement envahissant.

Mais on entend alors, à la demande de l'accusation, un compagnon de détention de l'accusé dont le témoignage est en relation directe avec cette seconde expertise.

— Ercole Bianchi m'a dit un jour qu'il s'entraînait pour jouer les fous.

— De quelle manière ? Est-ce qu'il avait des connaissances en psychiatrie ?

— Il lisait des livres à la bibliothèque de la prison. C'est une tête, Bianchi...

Effectivement, tout cela n'est pas invraisemblable. Vu son niveau intellectuel, Ercole Bianchi pouvait fort bien acquérir les connaissances suffisantes pour tromper un spécialiste et cela expliquerait la discordance entre les deux expertises... Quoi qu'il en soit, pendant cette déposition comme pendant l'interrogatoire des psychiatres, l'accusé a gardé obstinément le silence...

29 mai. Troisième et dernière audience du procès d'Ercole Bianchi. Tout a été dit : il ne reste plus à entendre que les plaidoiries. L'avocat de la partie civile évoque la mort de Josefa :

— Ce petit être innocent, qu'on retrouvera allongé sur le dos, les bras en croix, les poings serrés, vous ne l'oublierez pas !

C'est au tour de l'avocat général de s'exprimer. Il

prononce un réquisitoire très mesuré et empreint d'une grande humanité. Il évoque le repli sur soi de la famille, qui a été une des conditions déterminantes de l'amour incestueux entre le frère et la sœur, le retour d'Ercole et les « reproches vulgaires et salissants du père ». Car c'est bien le reproche de l'inceste qu'Ercole n'a pas supporté, un inceste incontestablement réel, malgré ses dénégations, et qui est à la base de ce crime passionnel.

— J'ai souvent regardé Ercole Bianchi pendant ce procès, dit l'avocat général. J'ai vu ses yeux, j'ai vu la souffrance qui s'en dégageait, j'ai vu aussi de la dignité et une immense pudeur, une pudeur qui lui aurait ôté tout courage pour avouer la vraie nature de son amour avec Graziella...

A ce moment du discours, chacun peut constater qu'Ercole Bianchi retient avec difficulté ses larmes.

— C'est un acte de fou, mais pas l'acte d'un fou !

Enchaîne le représentant du ministère public. Et il conclut en reconnaissant à l'accusé les circonstances atténuantes.

Parlant le dernier, Me Cordaro plaide l'irresponsabilité pour son client en se fondant sur les conclusions du second psychiatre. Mais tout n'est-il pas déjà dit ? Ne sommes-nous pas effectivement en présence, non d'un acte de dément, mais d'un crime passionnel, un crime affreux, conséquence de l'amour interdit qui l'a inspiré ?

C'est sans nul doute le sentiment des jurés, puisqu'ils suivent exactement les réquisitions du procureur. Ils déclarent Ercole Bianchi responsable avec circonstances atténuantes et le condamnent à quinze ans de prison.

Qu'a été sa vie par la suite ? Nous ne le savons pas. Est-ce que ses brillantes dispositions pour les études lui ont permis de devenir professeur ? C'est possible. Mais depuis ce matin tragique de décembre 1976, il a dû vivre avec les ombres de ses parents, de sa sœur-amante et de sa nièce. Et quatre fantômes dans une vie, c'est beaucoup.

TEL PÈRE, TELLE FILLE

Une Rolls Royce s'arrête devant la grille de l'orphelinat San Genaro, à Naples, ce 28 février 1948. Le chauffeur va ouvrir la portière à un homme d'une cinquantaine d'années, plutôt petit, replet, habillé d'une redingote, d'un gilet, d'un pantalon rayé et coiffé d'un chapeau melon.

La supérieure de l'institution se précipite à sa rencontre.

— Monsieur Matthews, quel honneur pour nous et quel réconfort de voir qu'il existe toujours des gens généreux !

M. Matthews esquisse un rapide salut et la religieuse le précède à travers la cour de l'orphelinat :

— Choisir la plus malheureuse n'était pas facile... Ce n'est pas la misère qui manque ici. Mais c'est sans doute Sandra Viviano qui est la plus à plaindre. Sa mère a été tuée dans un bombardement et son père a été déchu de ses droits paternels...

La supérieure baisse la voix :

— Il est en prison. C'est Giorgio Viviano, un assassin dont on a beaucoup parlé. On l'a appelé le « tueur de vieilles dames ».

Tous deux sont arrivés dans le parloir de l'institution San Genaro, une pièce immense et glaciale. Assise sur une chaise, une petite fille de six ans aux beaux cheveux bruns se recroqueville pour se protéger du froid. Elle est vêtue de la grossière blouse grise de l'orphelinat. La religieuse vient la prendre par la main :

— Sandra, M. Matthews est décidé à t'adopter. Il va t'emmener avec lui en Angleterre. M. Matthews est très riche. Tu vas avoir une vie merveilleuse...

La petite fille prend la main de l'homme et le suit sans un mot, apparemment indifférente à la transaction dont elle vient d'être l'objet.

Car c'est bien d'une transaction qu'il s'agit. Brian Matthews, quarante-huit ans, milliardaire londonien, a pris une grande décision : ne voulant pas se marier mais désirant une fille, il a choisi d'en adopter une. Bien sûr, il aurait pu adopter un nourrisson en Angleterre, mais il lui a pris la fantaisie d'aller chercher son enfant en Italie. Et il ne le regrette pas. Qui pouvait mieux convenir que la malheureuse fille d'un odieux criminel ?

10 mars 1958. Dix ans ont passé. Sandra Viviano est à présent Sandy Matthews, une jolie demoiselle de seize ans. Elle est resplendissante, dans ses robes des meilleurs couturiers londoniens auxquelles elle sait apporter, grâce à son goût italien, un petit chic supplémentaire. Son maquillage discret met parfaitement en valeur ses yeux noisette, son sourire et ses admirables cheveux noirs bouclés.

Mais les qualités de Sandy Matthews ne sont pas seulement physiques. Elle possède tous les charmes qui sont ceux des jeunes filles de la bonne société anglaise. Son père adoptif a payé pour elle les précepteurs les plus chers, les cours les plus cotés...

Brian Matthews est ravi. Sandy s'est toujours montrée une élève docile et attentive, vraiment c'est la cire vierge dont il rêvait lorsqu'il est allé faire son choix à l'orphelinat San Genaro.

Ce jour-là, Brian Matthews franchit le perron de son hôtel particulier de Queen's Gate, le quartier chic de Londres, avec un air particulièrement réjoui. Prudence Norton, sa vieille servante, vient lui prendre son manteau, sa canne et son chapeau.

— Où est mademoiselle ?

Prudence Norton fait une légère grimace comme chaque fois qu'il est question de Sandy. Avant l'arrivée de la jeune étrangère, c'était elle qui régnait sur la maison de Queen's Gate. Maintenant, elle n'est plus qu'une domestique et, d'ailleurs, Sandy, qui ne l'aime pas, la traite avec le plus souverain mépris.

— Elle est au salon, monsieur. Elle lit...

Brian Matthews traverse le hall et entre dans le salon. C'est une pièce immense aux boiseries sombres, au dallage de marbre recouvert de tapis précieux. Au fond, le feu crépite dans une vaste cheminée... Sandy est allongée dans un canapé de cuir. En entendant du bruit, elle redresse la tête de son livre.

— Ah, c'est vous ! Bonjour, père...

Elle se lève et va déposer un rapide baiser sur ses deux joues. Brian Matthews a une moue fugitive. Depuis quelque temps, Sandy est très froide avec lui, froide, renfermée et quelquefois irritable. C'est sans doute l'âge qui veut cela, l'âge ingrat. Mais Brian Matthews a justement préparé ce qu'il fallait pour lui rendre sa bonne humeur.

— Sandy, j'ai une surprise pour toi. Elle s'appelle Princesse. C'est une jument de deux ans. Elle t'attend dans notre cottage de Bedford.

Que se passe-t-il ?... Brian Matthews n'entend pas de cri joyeux. Il ne voit pas Sandy se jeter dans ses bras. Au contraire, elle reste immobile et une vilaine petite ride apparaît sur son front.

— Eh bien, Sandy, tu n'as pas entendu ?

— Si.
— Et c'est tout ce que cela te fait ?
Sandy Matthews prononce alors cette phrase ahurissante :
— Je n'aime pas les chevaux.
C'est tellement inattendu qu'après un instant de saisissement, Brian Matthews court fermer le loquet du salon et revient vers sa fille adoptive :
— Mais tu es excellente cavalière...
Sandy regarde son père adoptif avec insolence :
— Cela ne prouve rien. Je trouve que les chevaux sont bêtes, si vous voulez le savoir. Mais moins bêtes, pourtant, que mes compagnons de manège...
Brian Matthews est devenu cramoisi. Il déboutonne le col de sa chemise. Il va se verser un verre de whisky dans le bar, près de la cheminée. Lorsqu'il revient vers Sandy, ses yeux lancent des éclairs.
— Qu'est-ce que cela signifie ?
— Cela signifie que j'en ai assez. Je ne suis pas un animal qu'on dresse. Je ne suis pas un jouet qu'on achète. Je m'ennuie, ici. Je m'ennuie à mourir. Je veux retourner dans mon pays !
Brian Matthews suffoque :
— Ton pays, c'est ici !
Mais Sandy est déchaînée. Elle s'est tue trop longtemps. Dix ans de soumission et de silence font brusquement place à un ouragan :
— Non. Vous n'êtes pas mon vrai père !
— Tu sais qui est ton père ?
— Oui, un assassin, et il vaut mieux que vous !
Brian Matthews se met à hurler :
— Je te maudis ! Je te déshérite !
Et Sandy, la douce Sandy, la jeune fille qui faisait l'admiration des salons britanniques, lui rétorque :
— Votre pognon, je n'en ai rien à foutre !
Hors de lui, le milliardaire se met à sa pour-

suite... Et c'est alors que le drame se produit. Il glisse sur le tapis posé à même le dallage, tombe à la renverse et sa nuque heurte l'angle arrondi d'une table basse. Il y a un bruit affreux. Brian Matthews reste les yeux et la bouche ouverts. Il est mort...

Des coups violents retentissent à la porte du salon. La voix de Prudence Norton, la vieille servante, s'élève :

— Ouvrez ! Ouvrez !

Mais la jeune fille reste hébétée auprès du cadavre de son père adoptif. Ce n'est que de longues minutes plus tard, lorsqu'elle perçoit des coups d'épaule contre la porte, qu'elle se décide à aller ouvrir...

16 janvier 1959. La chambre criminelle de Londres est pleine à craquer. On juge, ce jour-là, Sandy Matthews pour le meurtre de son père adoptif et il faut bien reconnaître que les charges les plus lourdes pèsent contre l'accusée... Ces charges, les différents témoins viennent les énoncer tour à tour. Voici le lieutenant Wright, le premier policier à avoir examiné le corps :

— Pour moi, il n'y a pas de doute. L'arme du crime est le tisonnier qui se trouvait dans les flammes quand je suis arrivé. Miss Matthews a été très habile. Après avoir frappé son père, elle a remis le tisonnier à sa place habituelle et le feu a effacé les traces. Ensuite, elle a maculé avec du sang le coin d'une table basse pour faire croire que Sir Matthews l'avait heurté accidentellement en tombant... Evidemment, tout cela peut sembler bien machiavélique pour une adolescente, mais il ne faut pas oublier qu'elle est la fille de Giorgio Viviano, le « tueur de vieilles dames », comme on l'a appelé en Italie.

Le témoin suivant n'est autre que Prudence Norton, la gouvernante du milliardaire défunt. A la barre, elle trouve des accents pathétiques.

— Dès que Sandy est arrivée, j'ai senti que le malheur était entré dans la maison.

Et Prudence parle... Car lorsque le loquet a été poussé, elle a collé son oreille à la porte. Elle raconte la terrible dispute entre le père et la fille adoptive. Son maître a été tellement affecté qu'il est allé se servir un verre au bar. Ensuite, les cris ont redoublé, puis il y a eu un bruit de chute, puis le silence. Elle a tambouriné longtemps sans que Miss Sandy lui ouvre...

Tout cela est accablant. L'avocat de la défense, Mike Noble, tente de remonter le courant. C'est un jeune homme plein de fougue et de talent. Mais ses efforts ne rencontrent qu'un succès d'estime. Ce que retiennent le public et les jurés, au contraire, c'est le terrible réquisitoire du procureur. Celui-ci insiste longuement sur l'odieuse ingratitude de l'accusée, qui a accablé de reproches celui auquel elle devait tout et qui n'a pas hésité à le tuer. Et il conclut par ces mots :

— Tel père, telle fille !

A l'issue des débats, Sandy Matthews est reconnue coupable, mais, vu son jeune âge, elle échappe à la peine de mort. Elle est condamnée à la prison à perpétuité. Elle accueille la sentence sans réaction. C'est un être brisé.

18 février 1959... Un mois a passé. Me Noble, l'avocat de Sandy, a réussi à obtenir une entrevue avec Prudence Norton.

Pourquoi elle ? Parce que, à force de relire les minutes du procès, Mike Noble a acquis la certitude que le témoignage de l'ancienne gouvernante était suspect. Tout cela à cause d'un petit détail qui lui a malheureusement échappé à l'audience...

— Miss Norton, je suis sûr que vous êtes une personne droite, attachée avant tout à la vérité.

— Et alors ? J'ai dit la vérité !

— Je n'en suis pas absolument certain... Une chose m'a frappé en relisant votre déposition. Vous avez dit : « Mon maître était si bouleversé que lui qui ne buvait jamais est allé au bar se servir un verre. » Vous avez toujours prétendu que vous aviez entendu la scène, l'oreille collée contre la porte. Mais cela, vous ne pouviez pas l'entendre, vous l'avez vu.

— J'ai entendu le bruit du liquide qui coulait dans le verre.

— Non. Vous ne pouviez pas l'entendre. Le salon est très vaste et le bar est à l'autre bout de la pièce. Vous l'avez vu, Miss Norton. De même que vous avez vu toute la scène, car vous n'écoutiez pas, vous aviez l'œil au trou de la serrure... Dites-moi ce que vous avez vu.

Prudence Norton se dresse en direction de l'avocat.

— Je n'ai rien vu ! J'ai dit tout ce que je savais.

— Une jeune femme est en prison pour la vie par votre faute. Vous devez dire la vérité. Vous savez tout !

— Je ne sais rien. Allez-vous-en ou j'appelle la police !

Me Noble regarde ce visage flétri défiguré par la haine. Il tente un ultime argument.

— Vous ne craignez pas Dieu, Miss Norton ?

La gouvernante a un instant de trouble mais elle répète d'une voix sourde :

— Allez-vous-en !

La jeune Sandy n'a pas pu supporter tant de bouleversements successifs dans sa courte existence : la misère des premières années, la vie dorée d'héritière richissime et l'univers carcéral, avec ses bassesses, sa promiscuité et sa violence. Prise en haine par ses codétenues, qui ne lui pardonnaient pas son ancienne position sociale, l'appelaient « la duchesse » et en avaient fait leur souffre-douleur, elle a sombré dans une dépression profonde. Malgré les soins, elle n'a pas retrouvé goût à la vie. Elle s'est suicidée dans l'infirmerie de la prison en s'ouvrant les veines à l'aide d'une paire de ciseaux...

C'est un peu plus de deux ans plus tard, en octobre 1961, qu'est survenu le point final de cette affaire. Prudence Norton, sentant sa dernière heure arrivée, s'est confessée. Mais elle a tenu à répéter sa confession devant les membres de sa famille.

— L'avocat avait raison. Je n'écoutais pas à la porte lorsque mon maître est mort. Je regardais par le trou de la serrure et j'ai tout vu... C'était un accident. Miss Sandy n'a pas tué Sir Matthews. Il est tombé tout seul en la poursuivant. J'ai déposé au procès sous l'emprise de la haine. J'en demande pardon à Dieu et à cette malheureuse...

Mais, dans les derniers moments de sa maladie, la raison de Prudence Norton avait progressivement chancelé. Si bien que ses paroles, répétées par ses proches, n'ont pas soulevé d'émotion particulière. Il n'y a jamais eu de révision du procès de Sandy Matthews, ni de réhabilitation. Pour la justice et pour la plupart de ceux qui ont suivi cette affaire, Sandy Matthews, née d'un criminel, a été elle-même criminelle à seize ans. Pour eux, la vérité, dans cette affaire, se résume à une formule toute simple : « Tel père, telle fille ! »

JEU DE RÔLES

— Messieurs, le maître du jeu !...

Dans la pièce sombre, une voix jeune et emphatique vient de résonner. On n'y voit pas à deux mètres, tant à cause de la fumée épaisse que d'un éclairage tamisé de couleur rouge qui donne aux lieux une ambiance étrange. On hésite entre la boîte de nuit bon marché et le décor pour film d'épouvante.

Et c'est cette dernière hypothèse qui semble la bonne, car l'arrivant est vêtu d'une cape noire à col blanc relevé en pointe, qui lui donne des allures de Dracula. Comme le comte de Transylvanie, il a des cheveux très bruns plaqués et brillants... A peine a-t-il prononcé sa phrase qu'un disque, placé sur une puissante chaîne stéréo, fait entendre une musique guerrière chantée en allemand : l'hymne de la Waffen SS...

Ils sont six, entre seize et dix-huit ans, à l'écouter, dans un silence religieux, autour du personnage costumé en vampire. La sono lance à plein régime ses incantations nazies. Bien qu'il soit plus de minuit, aucun des jeunes gens ne s'inquiète des réactions des voisins. Il n'y a pas de voisins dans le quartier résidentiel de Chamartin, le plus chic de Madrid. Ou, plus exactement, ils sont si loin, par-delà les jardins qui entourent les luxueuses villas, qu'on peut tout se permettre.

Il n'y a pas de parents à craindre non plus. Ceux de Javier Rosado, dix-huit ans, l'habitant des lieux et celui-là même qui est déguisé en Dracula, sont à l'étranger pour leurs affaires. Alors, en attendant, on en profite. Le champagne et le whisky coulent à flots, dans les odeurs de tabac et de cannabis.

Nous sommes le 5 avril 1994... Il y a longtemps que la petite bande se réunit régulièrement dans cette villa de Chamartin. Ils sont jeunes, ils sont riches, ils s'ennuient, alors ne doit-on pas les comprendre ? Les chants nazis, les vampires d'opérette, l'alcool, la drogue douce, tout cela forme un cocktail inquiétant, mais n'est sans doute pas bien méchant dans le fond...

« Dans le fond » : qu'est-ce que cela veut dire au juste ? Qu'à cet âge tout peut se comprendre ? Mais être jeune, désœuvré, n'avoir reçu de ses parents aucune éducation morale, pouvoir satisfaire ses moindres désirs grâce à l'argent, est-ce une excuse pour devenir inhumain, est-ce même une explication ? C'est la question que pose cette histoire.

Javier Rosado, le « maître du jeu », est élève de terminale à l'école Saint-Jean de Castille, une des plus huppées et des plus chères de la capitale espagnole. Contrairement à ce qu'on pourrait croire, la situation sociale de ses parents ne l'empêche pas d'être bon élève. Il est même le premier de sa classe. Il n'est guère travailleur, mais il est doué d'une intelligence très vive qui lui permet d'obtenir sans rien faire ou presque les plus brillants résultats. Il est d'ailleurs le seul de la bande à être dans ce cas, les autres étant médiocres ou franchement mauvais, ce qui lui donne sur ses condisciples un ascendant incontestable.

Hautain, cynique, méprisant, Javier Rosado est

le maître à penser des six autres. Il joue au théoricien politique ; il se croit génial, alors qu'il ne fait que reprendre l'idéologie nazie la plus éculée. Mais qu'importe : il développe sa pensée dans des termes volontairement choquants, avec des formules à l'emporte-pièce et cela fascine ses camarades. L'un d'eux surtout : Felipe Martinez.

Felipe Martinez, seize ans, élève de seconde, est un beau gaillard athlétique, pratiquant avec aisance plusieurs sports. Mais malgré sa prestance physique, malgré aussi la fortune de ses parents — il est le plus riche de ces jeunes gens fortunés —, il est dévoré de timidité. Il est emprunté, maladroit dans ses gestes, il ne sait pas s'exprimer et il est affligé, en outre, d'un léger bégaiement. C'est dire le contraste qu'il forme avec Javier Rosado, qui a été tout de suite son idole, son dieu.

Depuis qu'il a connu Javier, Felipe le suit comme son ombre. Il fréquente la même jeunesse dorée, il a adopté les mêmes idées d'extrême droite, il fait son régal de bandes dessinées ultraviolentes, regarde à longueur de journée des films de vampires, ou des films de guerre sur le second conflit mondial. Il a chez lui tout un attirail à ce sujet : drapeaux à croix gammée, uniforme SS, poignards, photos du Führer, etc. Mais surtout, Felipe Martinez a fait sienne la passion de Javier Rosado pour les jeux de rôles.

Depuis des mois, ils y consacrent tout leur temps ou presque. C'est devenu pour eux une véritable drogue, bien plus que les joints qu'ils ne fument que pour faire comme les autres. C'est bien entendu Javier Rosado, le maître du jeu, qui en impose le thème et, tout aussi évidemment, il y développe ses théories, héritées du IIIe Reich.

Son jeu préféré est intitulé « Races ». Il met en scène des hommes « supérieurs », c'est-à-dire Rosado et ses camarades, qui doivent éliminer les

« parasites », c'est-à-dire les malades, les mendiants, les drogués, les homosexuels, les prostituées et une dernière catégorie plus surprenante, les « petits gros ». Jusqu'à présent, tout s'est passé de manière symbolique, mais la veille, Javier Rosado a annoncé à ses camarades une surprise pour le 5 avril...

Il est un peu plus de minuit. Nous sommes entrés dans la matinée du 5 avril 1994... Comme les autres, Javier Rosado a écouté le chant SS au garde-à-vous. Après la dernière note, il y a un silence pesant et il reprend la parole de la même voix emphatique.

— Messieurs, nous allons passer à l'action !

Un murmure prolongé se fait dans la pièce. Puis l'un des six jeunes qui entourent Javier, comme les élèves entourent leur maître, demande d'un ton mal assuré :

— Qu'est-ce que tu veux dire par « passer à l'action » ?

Le jeune nazi se rengorge.

— Je veux dire que nous allons éliminer un parasite !

— Eliminer... physiquement ?

— Physiquement. Quand tu vois un cafard, est-ce que tu hésites à l'écraser ?

— Ce n'est pas pareil... Là, je ne te suis plus.

— Moi non plus !

— Vous êtes fous ou quoi ? Vous avez oublié qu'on est les seigneurs, qu'on a le devoir de débarrasser le monde de ses sous-hommes ?...

Mais Javier Rosado a beau faire, réciter en long et en large son catéchisme nazi, prendre des poses dans son costume de vampire, les choses sont devenues trop graves, le charme n'opère plus. Les uns après les autres, ses camarades se lèvent et quittent la pièce. Pourtant, quand le dernier a disparu,

Javier Rosado peut voir, à travers la fumée, dans la lumière rouge, qu'il en reste un... Il a un sourire.

— Je savais que tu ne te dégonflerais pas, Felipe.

Felipe Martinez se lève et claque des talons en faisant le salut hitlérien.

— Pour la race et le Führer, Javier !

— Tu es prêt à aller jusqu'au bout ?

— Jusqu'au bout, Javier.

— C'est bien. Tu vas tirer une carte.

Javier Rosado dépose sur une table basse six cartes à jouer de grande taille décorées au dos d'une tête de mort blanche sur fond noir.

— Il y a le nom de six parasites à éliminer. Tu jures d'accomplir la décision du sort quelle qu'elle soit ?

— Je le jure !

Avec toute la gravité qui convient au jeu, Felipe Martinez choisit une carte, la retourne et lit :

— Le petit gros.

— Bien... Maintenant l'arme.

Javier Rosado pose sur la table six nouvelles cartes exactement semblables. Le même manège que précédemment a lieu et Felipe Martinez annonce :

— La corde.

Javier Rosado a un sifflement.

— Ça, c'est sportif !... Tu penses être à la hauteur ?

— Pas de problème.

— Alors, tiens...

Rosado sort de la poche de son habit noir une cordelette terminée par un nœud coulant et la tend à son camarade.

— Maintenant, on prend la bagnole du paternel. On va aller faire un tour en banlieue, du côté de chez les cafards. Et c'est bien le diable si on ne le trouve pas, ton petit gros !

5 avril 1994, 2 heures du matin... Carlos Moreno, ouvrier dans l'entreprise de nettoyage industriel « L'Impeccable », rentre chez lui après ses huit heures de travail de nuit. Il a rangé son aspirateur et a troqué sa combinaison vert pomme contre un vieux costume gris.

Carlos Moreno a cinquante-deux ans, il est divorcé et il vit seul. Tout cela est sans importance, anecdotique. Il est chauve, ce qui est tout aussi indifférent. Il est bedonnant et de petite taille et cela, hélas, va être terriblement lourd de conséquences...

Comme il en a l'habitude, Carlos Moreno remonte à pied la calle Aldapa pour prendre le bus de nuit 29, qui va le déposer dans son HLM de l'autre côté de Madrid. Il n'a pas les moyens de se payer une voiture, avec la pension qu'il doit verser à son ex-femme... Le voilà arrivé sous l'arrêt d'autobus. Maintenant, il n'y a plus qu'à attendre, ce qui peut prendre du temps, parfois plus d'un quart d'heure...

Une luxueuse limousine noire vient d'apparaître. Elle freine... Au volant, Javier Rosado a un cri :

— Le voilà !

Carlos Moreno n'a pas de réaction particulière, quand il voit s'arrêter devant lui cette voiture conduite par un homme en cape noire. C'est l'heure des fêtards et, de toute manière, après sa nuit de travail, il est dans un état de complète hébétude.

— Tu vas mourir !

Felipe Martinez a sauté de la voiture et, en même temps qu'il prononçait ces paroles, a sorti une cordelette de son veston. Le malheureux employé n'a pas le temps d'esquisser le moindre geste. Il a déjà la corde autour du cou. Mais son agresseur ne serre pas pour le faire mourir d'un coup, comme le lui permettrait son physique athlétique. Au contraire, malgré les supplications étouffées de sa victime, il l'étrangle lentement, faisant durer le supplice autant qu'il peut. Enfin, il le laisse mort sur le pavé.

La police n'a eu aucun mal à mener son enquête. Le commissaire Barrientos, chargé de ce crime étrange — car le portefeuille contenant quelques billets n'avait pas été touché —, s'attendait à un travail long et délicat. Il n'en a rien été. Dès le lendemain de la parution du fait divers dans la presse, il a reçu un coup de téléphone d'un parent d'élève.

— Mon fils est au collège Saint-Jean de Castille. Ce sont deux de ses camarades qui sont coupables pour le balayeur de la calle Aldapa : Javier Rosado et Felipe Martinez...

Le jour même, la police a fait irruption dans le pavillon de Javier Rosado, alors que les deux jeunes gens étaient en classe. Là, elle a découvert les cartes à tête de mort, les règles du jeu « Races », ainsi que la relation du crime par Javier Rosado, qu'il avait commencé à écrire et qu'il avait laissé traîner dans sa chambre.

Arrêtés, Javier Rosado et Felipe Martinez n'ont pas cherché à nier. Ils ont adopté, au contraire, l'attitude la plus provocante. Javier Rosado a déclaré aux policiers :

— On s'en fout ! Nos paternels vont nous sortir de là.

Et Felipe Martinez, s'efforçant de calquer son comportement sur celui de son modèle, a lancé :

— On est des êtres supérieurs. Vous ne pouvez pas comprendre !

Pourtant, les « êtres supérieurs » ont eu à rendre des comptes devant la justice des hommes, les assises pour Javier Rosado, le tribunal des mineurs pour Felipe Martinez et la position sociale de leurs parents n'a pas pu leur empêcher une lourde condamnation : vingt ans pour Javier, quinze ans pour Felipe.

Le jeu était fini. Désormais et pour longtemps, il allait se résumer pour eux à un seul rôle : prisonnier.

TERREUR À KOBE

Nous sommes au soir du samedi 24 mai 1997, à Suma, un faubourg de Kobe, au Japon. Jun Hase, onze ans, quitte le domicile de ses parents pour se rendre chez son grand-père. Jun Hase est de petite taille pour son âge, il est aussi un peu attardé mentalement. C'est pourquoi, bien que la maison du grand-père ne soit distante que de sept cents mètres, sa mère lui fait des recommandations avant qu'il s'en aille.

— Fais attention en chemin. En traversant, surtout. Attends bien que le feu soit au rouge pour descendre sur la chaussée.

Jun approuve en souriant. Il a toujours été très doux, très facile. Sa mère voit par la fenêtre sa silhouette menue s'éloigner dans la rue : elle ne le reverra jamais...

A 21 heures, M. et Mme Hase signalent sa disparition à la police. Celle-ci prend tout de suite l'affaire au sérieux. Des appels à témoins sont lancés à la radio et à la télévision. Et les témoignages sont nombreux. Trop, même. Le petit Jun est signalé un peu partout à Kobe... Ce qu'il y a de rassurant, en tout cas, c'est que tout le monde l'a vu seul. Pas de trace d'un ravisseur éventuel, à pied ou en automobile. Il aurait donc fait une fugue. Ses parents n'arrivent pas à y croire. Cela ne correspond pas du tout à la mentalité de leur fils qui, en raison de son handicap, est très timoré...

Ces témoignages sont faux. La réalité est tout autre. Elle va éclater le mardi 27 mai de la manière la plus brutale et la plus atroce.

Ce jour-là, à 6 heures du matin, le concierge de l'école Tomogaoka, de Suma, celle que fréquente Jun Hase, va ouvrir, ainsi qu'il le fait chaque jour, les grilles de l'établissement. Soudain, il se fige et manque de se trouver mal. Le spectacle qu'il a sous les yeux est, en effet, insoutenable. La tête décapitée d'un enfant a été déposée devant la grille... Comme tout le monde, le concierge est au courant de l'enlèvement par la télévision et il reconnaît immédiatement la tête de Jun Hase.

Ce n'est pas tout ! Un papier a été glissé dans la bouche de la victime. Le concierge le déplie en tremblant. Il porte l'inscription : « Le début du jeu » et la signature en anglais « *School Killer* », c'est-à-dire : « Le tueur de l'école ».

Aussitôt, c'est la mobilisation générale des forces de police. Le quartier de Suma et ses environs sont ratissés par pas moins de cinq cents hommes... Le résultat ne tarde pas. La pièce manquante du sinistre puzzle n'est pas loin. On retrouve un peu plus tard le corps sans tête de Jun Hase dans la colline environnante, au pied d'un pylône de télévision.

La nouvelle soulève une émotion immense dans tout le Japon. Personne n'a oublié, dans l'archipel, le terrible tremblement de terre qui avait endeuillé Kobe deux ans plus tôt. Avec cet abominable fait divers, le sort semble s'acharner sur la ville.

A Kobe, en tout cas, la population est terrorisée. Quel est ce tueur, qui, au lieu de cacher le corps de sa victime, l'expose de cette affreuse manière ? La réponse est malheureusement claire : c'est un psychopathe, un tueur en série, qui, comme tous ses semblables, va recommencer. D'ailleurs, il l'a annoncé lui-même en écrivant que ce n'était que « le début du jeu »... En plus de la police, la population se mobilise. Elle organise des rondes de surveillance de jour comme de nuit. A Suma et dans les environs, les parents se relaient pour accompagner les enfants à l'école.

D'autant que les premiers éléments de l'enquête ne font que renforcer les craintes. Ils prouvent qu'un dangereux déséquilibré rôde dans les parages. Depuis plusieurs mois, des cadavres d'animaux sans tête, chats et pigeons surtout, avaient été retrouvés dans les rues proches de l'école Tomogaoka, avec sur les murs, la signature « ONI », qui est le nom d'un esprit maléfique japonais. En outre, deux fillettes de quatre et cinq ans ont été agressées sauvagement non loin du domicile de Jun Hase, à quelques centaines de mètres de distance seulement l'une de l'autre. La plus jeune n'a pas survécu à ses blessures. C'est la plus grave affaire criminelle au Japon depuis l'attentat au gaz sarin dans le métro de Tokyo, dû à la secte Aun...

Mais c'est une semaine après la macabre découverte, le mardi 3 juin, que l'angoisse atteint son comble. Ce jour-là, le grand journal local *Kobe Shimbun* publie le courrier que lui a adressé le tueur. Cette fois, nul doute qu'on se trouve en présence d'un de ces monstres comme il y en a très peu dans l'histoire criminelle ; on n'hésite pas à prononcer le nom de Jack l'Eventreur.

Le correspondant a donné comme authentification le double du message qui a été glissé dans la bouche de Jun Hase : c'est effectivement la même écriture... Le texte, long de trois pages, est caractéristique du langage psychopathe. Il commence par : « Maintenant, le jeu démarre. Je veux voir mourir les gens. Le meurtre est pour moi un délice. » Comme le font ses semblables, le criminel adopte un ton particulièrement provocant. Il lance un défi à la police, en lui demandant un peu plus de sérieux dans ses recherches et dit mettre sa vie en jeu dans cette affaire, dont il connaît la fin : sa propre mort par pendaison.

Il dévoile aussi son mobile ou, du moins, ce qui en tient lieu, car, vu son déséquilibre, on ne peut pas ajouter beaucoup de crédit à ses propos. Il déclare : « J'ai fait ce crime pour protester contre la scolarité obligatoire. »

Déséquilibré, il l'est manifestement. Il dit être invisible et sans nationalité, n'avoir jamais été appelé par son nom et être heureux d'exister grâce à ce crime dans l'imagination des gens. « Par la souffrance des autres, ma souffrance diminue », dit le meurtrier de Jun Hase, qui, entre autres phrases étranges, affirme être capable de tuer la même personne deux fois. Mais il termine par une menace qui, elle, est parfaitement claire : « Je m'attaquerai non seulement à des enfants, mais à des adultes. »

Dans les heures suivantes, tous les médias japonais reprennent la lettre du *Kobe Shimbun*. Les psychiatres et criminologues qui se sont penchés sur ce texte s'accordent à voir dans son auteur le type même du psychopathe. C'est un adulte immature, totalement dénué de sens moral et terriblement dangereux.

Les journaux font aussi des hypothèses sur l'identité du criminel, mais ils reprennent bien souvent des préjugés raciaux et sociaux. S'appuyant sur les études de graphologues, certains voient en lui un Chinois, à cause de la façon dont il trace les idéogrammes japonais. D'autres affirment que c'est un *barakumin,* un membre de la sous-caste des équarrisseurs et tanneurs, qui occupait autrefois le niveau le plus bas de l'échelle sociale. La sous-caste a été supprimée au XIXe siècle, mais elle existe toujours. C'est devenu un repaire de bandits, une sorte de secte. On reparle à ce sujet de la secte Aun, dont le souvenir hante encore les Japonais.

La police, pendant ce temps, n'est pas inactive, même si elle est discrète. C'est que la piste vers laquelle elle s'oriente est toute différente et qu'elle est tellement extraordinaire qu'elle préfère avoir une certitude avant de s'exprimer... La police pense, en effet, à un camarade de classe de Jun Hase, à un élève de l'école Tomogaoka. Autrement dit, elle croit que le criminel est un autre enfant ou, du moins, un adolescent !

Ce sont les meurtres d'animaux qui ont mis en alerte les enquêteurs. Ce genre d'acte est presque exclusivement commis par des enfants ou alors par des débiles mentaux, mais ne correspond pas avec la mentalité du psychopathe. Ils ont donc posé des questions dans l'école Tomogaoka. Un élève de troisième a parlé le premier :

— Je pense bien à un de mes camarades... Il s'est vanté devant moi d'avoir étranglé un chat et d'avoir brûlé son corps.

Et il cite son nom... Interrogé à leur tour à son sujet, les autres élèves de sa classe vont dans le même sens :

— C'est vrai qu'il est violent avec les animaux. Et puis, il n'y a pas que cela : il est différent, étrange. Il a l'air beaucoup plus vieux que nous. On ne sait pas vraiment ce qu'il pense.

Son professeur principal ajoute un élément important : la veille du meurtre de Jun Hase, il l'avait violemment réprimandé pour ses résultats scolaires. Il lui avait même dit :

— Si vous continuez à travailler comme cela, ce n'est pas la peine de revenir à l'école !

Alors, est-ce que ces remontrances ont été suffisantes pour provoquer le meurtre, un meurtre qui a pour mobile, selon son auteur, de « protester contre la scolarité obligatoire » ? Les policiers le pensent et, le samedi 28 juin 1997, ils arrêtent un garçon de quatorze ans, élève de troisième à l'école Tomogaoka.

On n'en saura pas plus sur lui, car, selon la loi japonaise, il est interdit de révéler quoi que ce soit sur l'identité des mineurs, non seulement leur nom, mais le moindre détail qui pourrait les faire reconnaître... Quelques heures après l'annonce de l'arrestation, la police de Kobe apprend que l'adolescent a passé des aveux complets devant le commissaire principal Sieshi Yamashita. Il a en outre reconnu être l'auteur des deux agressions, dont l'une mortelle, contre les petites filles de quatre et cinq ans...

Dans l'opinion publique japonaise, c'est à la fois le soulagement et l'effarement. Le soulagement, car Kobe peut respirer. Après le tremblement de terre, la ville ne connaîtra pas le cauchemar d'un nouveau Jack l'Eventreur. Mais aussi l'effarement, car personne ne pensait un enfant de quatorze ans capable de commettre de sang-froid un acte aussi abominable. Les spécialistes, en particulier, sont confondus devant une telle maturité dans le crime. Les expressions utilisées dans la lettre au *Kobe Shimbun,* ils le redisent, sont tout à fait celles d'un psychopathe. Comment une telle chose est possible ? Qui est ce monstre ?

Qui il est, on ne le sait pas et on ne le saura jamais. En revanche, le commissaire principal Sieshi Yamashita rend publique une partie de son interrogatoire. Le meurtrier a attiré Jun Hase devant le pylône de télévision, l'a étranglé et l'a décapité à l'aide d'un couteau qu'il avait emporté. Il a gardé la tête trois jours dans le grenier de la maison familiale et a décidé de l'apporter devant son école... A la question :

— Aviez-vous une raison de vous en prendre à lui ?

Il a répondu :

— Je l'ai choisi parce que je savais qu'il était débile. Sans quoi, il n'aurait jamais accepté de me suivre et il m'aurait été plus difficile de le tuer. Lui, ne s'est pas défendu ; j'ai même pu le tuer d'une seule main.

Il a ajouté que Jun était faible à cause de son handicap et qu'il avait toujours aimé s'attaquer aux plus faibles que lui... Le commissaire Sieshi Yamashita lui a alors posé la question que tout le monde se pose.

— Comment avez-vous pu écrire cette lettre au journal, employer toutes ces expressions ?

L'adolescent a fait une réponse toute simple, mais à laquelle personne n'avait pensé : les mangas... Les mangas sont des bandes dessinées ultraviolentes, dont tous les jeunes Japonais raffolent. Il s'est contenté de reproduire ce qu'il avait lu dans l'une d'elles, racontant l'histoire d'un serial killer... Quant à son mobile, il a déclaré que c'était bien celui qu'il avait dit dans sa lettre : il voulait se venger de l'école.

A la suite de ces révélations, l'école japonaise a été mise en cause par les médias. Il est vrai qu'il existe, depuis un moment déjà, un débat dans le pays à ce sujet. Après avoir été le principal moteur de l'expansion, l'école commence à apparaître comme terriblement contraignante. Tout le système social tourne autour d'elle. Elle instaure une sélection aussi impitoyable que la loi de la jungle chez les animaux. Les programmes sont à base de par cœur, le port de l'uniforme est obligatoire, tout comme les activités de groupe. Elle s'apparente plus à une caserne qu'à un lieu d'enseignement...

Sans doute, mais cela explique-t-il des crimes aussi atroces ? Le jeune criminel n'est-il pas tout simplement fou ? C'est possible, mais nous ne le saurons jamais. Après les révélations du commissaire principal sur l'interrogatoire, le silence s'est refermé définitivement sur le meurtrier. Selon la loi japonaise, comme tout mineur de seize ans, il ne sera pas jugé et il risque au plus une détention de deux ans dans un centre d'éducation spécialisé.

On peut en être scandalisé, comme on peut estimer qu'à cet âge on doit toujours laisser une chance de réinsertion. Une chose, en tout cas, est certaine : si le système éducatif du Japon est passablement autoritaire, sa justice pour enfants est l'une des plus libérales qui soient.

COMA MORTEL

— Andrea, n'oublie pas ton casque !

— Oui, maman...

Andrea Rossi, seize ans, quitte le logis familial, une maisonnette des faubourgs de La Spezia, grand port au nord de Rome, pour se rendre à son travail. Andrea Rossi est apprenti mécanicien dans un garage du centre-ville... Un bon garçon, Andrea ; il est la gentillesse même, toujours d'humeur égale et douce. Un peu trop, peut-être, puisque, à son âge, il n'a pas encore eu la moindre liaison et que l'idée de quitter un jour ses parents ne semble pas l'avoir effleuré.

Mais ce n'est pas Anna Rossi, sa mère, qui s'en plaindrait. Elle ne souhaite qu'une chose : garder son petit le plus longtemps possible, d'autant que c'est son enfant unique. Et, jusqu'à présent, il ne lui a donné que des satisfactions. Toutes les mères du quartier lui envient son Andrea : poli, obéissant et tout... Il n'y a que pour mettre son casque à vélomoteur qu'il ne fait pas toujours ce qu'elle lui dit. Et c'est ennuyeux, car, avec toute cette circulation, le trajet est dangereux entre la maison et le garage...

Dehors, il y a une pétarade de moteur qui démarre. Anna Rossi jette un regard machinal au portemanteau dans l'entrée et découvre une tache brillante de couleur noire : le casque ! Andrea est encore parti sans son casque. Elle pousse un soupir contrarié et cesse d'y penser... La suite va s'enchaîner avec la rigueur inexorable du destin.

Il a plu, en ce jour d'avril, et les rues de La Spezia sont grasses et glissantes, mais Andrea Rossi s'en moque bien. Comme tous les jeunes gens italiens, il se faufile en virtuose au milieu des voitures. Pourtant, s'il fait attention aux véhicules, il est surpris par une apparition qui surgit devant ses roues. C'est un chat. Il fait une embardée et part en vol plané. Sa tête heurte un platane, il reste inanimé...

Deux mois ont passé. Andrea Rossi, souffrant d'une fracture du crâne, a subi une délicate opération et il est toujours dans le coma à l'hôpital. Les médecins refusent de se prononcer. Ils ne peuvent dire dans quel état il sera en reprenant connaissance, ni même s'il reprendra connaissance...

Depuis ce jour tragique, ses parents vivent dans l'angoisse qu'on imagine. Si son père Alessandro ne peut pas venir tous les jours à son chevet à cause de son travail, Anna Rossi passe ses journées auprès de lui, après avoir été déposer un cierge à la Madone, dans l'église de son quartier.

Elle retient ses larmes devant la forme immobile sur le lit métallique, avec les appareils d'assistance branchés un peu partout. Elle est d'autant plus désespérée qu'elle se sent coupable de ce qui est arrivé. Elle aurait dû insister pour qu'Andrea prenne son casque, elle n'aurait jamais dû le laisser partir ! Elle se jure qu'elle ne lui permettra pas de recommencer à l'avenir. Si... si, toutefois, il y a un avenir...

Elle est en train de se faire ces douloureuses réflexions, lorsque elle pousse un cri ! Là, sous le drap, la main d'Andrea a bougé. A présent, il ouvre les yeux... Il est sauvé ! La Sainte Vierge l'a exaucée !... Elle quitte la chambre en courant et se met à pleurer de joie dans les couloirs :

— Venez ! Venez vite ! Il est sorti du coma...

Elle ne se trompe pas : Andrea Rossi a effectivement repris connaissance. Les jours qui suivent, il se rétablit rapidement et il subit examen sur examen pour tester le rétablissement de ses fonctions mentales. Et ils sont tous excellents. Les réflexes, la mémoire, l'intelligence, tout est normal. Il n'a même pas, chose rare après un coma, d'amnésie concernant l'accident. Il se souvient de tout. Il précise, quand on l'interroge :

— C'était un chat gris. Je le revois parfaitement. Il a traversé sous mes roues. J'ai freiné... Le sol était glissant...

Mais, s'agissant d'un traumatisme crânien, il faut toujours être prudent. Ce que dit le médecin à M. et Mme Rossi en leur remettant leur fils une semaine plus tard.

— Il faudra faire très attention à lui.

Anna Rossi a un sourire.

— Ne vous inquiétez pas. Je vais le dorloter. Il sera aux petits soins.

— Il n'y a pas que cela. Soyez attentifs. Il se peut que des séquelles se déclarent tardivement.

Alessandro Rossi, le père, lève un sourcil inquiet.

— Qu'est-ce que vous appelez « des séquelles » ?

— Il est difficile d'être précis. Mais en cas de maux de tête, en particulier, vous devez nous contacter immédiatement.

Alessandro Rossi hoche la tête.

— Bien sûr, docteur...

— Et, même si tout va bien, il faudra que votre fils vienne régulièrement à l'hôpital passer des examens.

— Bien sûr, docteur...

« Bien sûr, docteur » : les Rossi ont dit cela machinalement, mais ils ne pensent qu'à leur bonheur. Leur Andrea est sauvé, leur Andrea est à eux ! C'est le bon Dieu qui a fait un miracle ou, plutôt la Madone, puisque c'est à elle qu'Anna a fait brûler un cierge chaque jour. Ils vont le dorloter pendant le temps qu'ils vont l'avoir, jusqu'à ce qu'il puisse reprendre son travail... Dans la voiture qui les raccompagne à la maison, les Rossi pressent leur fils de questions :

— Cela va, mon grand ? Tu te sens bien ? Tu es heureux ?

Andrea répond à chaque fois des « Mais oui ! » un peu excédés. Alessandro et Anna ne s'en inquiètent pas. C'est normal, après ce qui lui est arrivé. Ils vont se charger de lui faire oublier son drame...

Mais, dès le lendemain matin, il se produit un premier incident. Anna Rossi a décidé d'apporter à Andrea son petit déjeuner au lit. Elle entre dans sa chambre à 9 heures, ouvre les rideaux. Il fait beau : le soleil inonde la pièce.

— Bonjour, mon grand. Tu as bien dormi ?

Andrea Rossi ne répond rien, mais à peine sa mère a-t-elle posé le plateau devant lui, qu'il l'envoie promener avec violence, renversant pêle-mêle café, beurre et confiture.

— Qu'est-ce qu'il te prend de me réveiller ? Fous le camp !

— Mais, Andrea...

— Fous le camp, je te dis !

Mme Rossi s'en va, sans même oser ramasser les débris éparpillés. Quant à Andrea, il ne sort de sa chambre qu'à 3 heures de l'après-midi, s'en va sans un mot et ne rentre pas à la maison avant le soir...

Ses parents l'attendaient pour dîner. Il se met à table sans un mot. Anna lui a fait des spaghetti à la carbonara, son plat préféré. Alessandro, après un long silence, prend la parole d'un ton enjoué :

— Ils sont vraiment fameux, ces spaghetti !

— Tais-toi !

C'est son fils qui vient de lancer, presque d'aboyer, ces mots, avec un regard comme il n'en a jamais eu, un regard mauvais, lui, le doux, le paisible Andrea... Alessandro est tellement saisi qu'il reste la bouche entrouverte et que quelques pâtes retombent dans son assiette. Andrea Rossi hausse encore le ton.

— Tais-toi ! Quand je mange, je veux qu'on se taise !

Toute la suite du repas se poursuit dans un silence de plomb. Malgré tout, M. et Mme Rossi se font une raison. Ils se disent que c'est la suite de son accident, que cela va passer. Il faut être plus gentil avec lui, voilà tout...

Le lendemain, cela ne passe pas, bien au contraire. Comme la veille, Andrea Rossi quitte la maison sans un mot et, lorsqu'il revient, il a toute une pile de cassettes vidéo. Toujours sans dire un mot, il visionne la première... Mme Rossi est effarée : c'est un film d'horreur, particulièrement sanglant, à la limite du supportable. Qu'est-ce qu'il lui prend ? Jamais, avant, il ne regardait des choses pareilles...

Dès lors, Andrea Rossi regarde des films d'épouvante à longueur de journée. Il n'adresse plus la parole à ses parents, qui n'osent pas lui parler non plus, car, sinon, il se met dans des colères épouvantables... Anna et Alessandro se taisent et font le dos rond. Il faut attendre. Il va bien y avoir du nouveau...

Il y en a, effectivement, mais ce n'est pas celui qu'ils attendaient. L'horreur, qui était jusque-là cantonnée à l'écran de télévision, fait irruption dans la réalité. Un matin, la mère d'Andrea le voit dans le jardin, avec un paquet de tissu sous le bras. Intriguée, elle le suit. Il entre dans le garage et défait les linges. Anna Rossi pousse un cri : c'est Pipo, le chat de la maison ! Il est mort, il a la tête ensanglantée. Mais ce qui suit est plus abominable encore... Andrea s'empare de la tronçonneuse, lui coupe la tête et les pattes, remet le tout dans le paquet et va le jeter à la poubelle.

Au repas de midi, alors que leur fils est dehors sans avoir donné d'explications, comme à son habitude, les Rossi s'interrogent pour la première fois sur la conduite à tenir. Anna, qui est encore sous le choc, hasarde une opinion.

— Il faudrait peut-être prévenir l'hôpital. Il n'y est pas allé depuis son accident...

Mais M. Rossi n'est pas de cet avis.

— Pour quoi faire ?

— Quand même... Le médecin a dit qu'il pouvait avoir des séquelles, surtout s'il a mal à la tête.

— C'est vrai : il a parlé de mal de tête. Nous lui poserons la question quand il rentrera...

Andrea Rossi arrive peu après. Sa mère lui demande timidement :

— Est-ce que tu n'aurais pas mal à la tête, mon grand ?

Andrea Rossi répond d'un ton rogue :

— Non. Pourquoi ?

Et il va s'enfermer dans sa chambre... Alessandro se force à sourire.

— Tu vois. Il ne faut pas nous inquiéter.

Anna sourit elle aussi.

— Tu as raison. Nous allons l'aimer plus encore et il va redevenir comme avant. Tout n'est qu'une question d'amour...

Non, ce n'est pas une question d'amour, c'est une question médicale. Un traumatisme cérébral peut provoquer à retardement une modification plus ou moins importante du comportement. Le malheureux Andrea n'était plus lui-même et il fallait tout l'aveuglement des Rossi pour ne pas l'avoir compris. Ils vont le payer de leur vie...

Une semaine plus tard, Anna a la surprise de trouver son fils dans la cuisine en train de prendre son petit déjeuner. C'est la première fois depuis son retour de l'hôpital... Elle a un cri joyeux :

— Mon grand, je...

Ses mots s'arrêtent dans sa gorge. Son fils s'est levé, les yeux hallucinés, les mains en avant, sans lâcher le petit pain qu'il était en train de tremper dans son café. Toujours sans le lâcher — on en retrouvera les marques à l'autopsie —, il lui enserre le cou jusqu'à ce qu'il ne bouge plus. Puis, il attend le retour de son père, qui rentre tous les jours pour déjeuner...

Alessandro Rossi n'a pas le temps de se rendre compte de quoi que ce soit. A peine a-t-il franchi la porte, qu'il reçoit un cendrier sur le front. Il tombe inconscient et Andrea va l'achever en le noyant dans la baignoire. Puis, il allonge ses parents dans leur chambre et les pare de leurs plus beaux habits : le costume bleu marine pour son père, la robe blanche pour sa mère. Ensuite, il téléphone à une voisine. Il lui dit seulement :

— Mes parents ne vont pas bien.

Il raccroche... Quand les policiers, prévenus par la voisine, font irruption dans le pavillon, ils le trouvent dans un fauteuil, face à la télévision, en train de regarder une cassette d'épouvante...

Ramené à l'hôpital, Andrea a été opéré aussitôt de la lésion cérébrale responsable de son acte et, cette fois, a été définitivement guéri. Il est redevenu le garçon gentil, d'humeur égale et douce, qu'il était avant.

La Madone a fini par exaucer Anna Rossi. Trop tard, malheureusement.

LE FANTÔME DU PREMIER ÉTAGE

— Tu vois, le monsieur qui attend là, c'est ton père...

Nous sommes en 1987, dans un supermarché d'Aix-en-Provence. Une femme encore très jeune, vingt-cinq ans tout au plus, désigne du doigt à une fillette un homme, jeune lui aussi, en train de faire la queue devant une des caisses. L'enfant le dévisage attentivement.

— Alors, il habite près de chez nous ?

— Oui...

— Et il n'est jamais venu me voir ?

— Non. Il ne t'a même pas reconnue à ta naissance.

La fillette termine son examen et conclut :

— C'est mon père, mais ce n'est pas mon papa. Allons-nous-en, maman...

C'est ainsi qu'à l'âge de sept ans, Isabelle a vu, pour la première et dernière fois, son père biologique. Mais ainsi qu'elle l'a dit, pour elle, ce n'est pas son père véritable. Celui qui occupe cette place, c'est son beau-père, Germain, que sa mère Hélène a épousé en 1981, alors qu'elle avait un an. Elle savait bien qu'elle n'était pas née de lui, Hélène le lui a dit très tôt, mais elle n'y a pas attaché d'importance... Maintenant, c'est fait, elle a vu l'auteur de ses jours et cela ne lui a causé aucune impression.

La vie peut poursuivre son cours, un cours qu'Isabelle imagine simple et tranquille... Le destin en a malheureusement décidé autrement.

C'est vrai qu'avec son beau-père son entente est parfaite. Il est cuisinier, il travaille dans un restaurant et il s'est spécialisé dans les gâteaux. Avoir un père qui fait la cuisine, et des gâteaux par-dessus le marché, c'est une chose dont Isabelle est très fière et qui rend jaloux tous ses petits camarades.

Pour le reste, Germain est un grand gaillard au cœur tendre qui cajole l'enfant. Elle l'a toujours appelé « papa » et ce n'est pas la rencontre du supermarché qui va y changer quelque chose... Avec sa mère Hélène, c'est la même entente. Cette dernière est une femme simple, qui travaille comme serveuse dans l'établissement de Germain. C'est là, d'ailleurs, qu'ils se sont rencontrés. Tous les trois habitent en location un mas assez élégant, dans un village à une dizaine de kilomètres d'Aix-en-Provence.

Les années s'écoulent et l'apparition de son père n'est plus pour Isabelle qu'un souvenir oublié. A l'école, elle est une élève moyenne. C'est que les études ne sont pas ce qui compte le plus pour elle. Elle adore faire du cheval et voudrait devenir professeur d'équitation. En vacances, elle fait des randonnées ; tous les week-ends, elle va dans un manège pour parfaire sa technique...

1992 : Isabelle a douze ans et cette année s'annonce sous les meilleurs auspices. La situation matérielle du foyer est en passe de s'améliorer notablement. Hélène s'est acheté une voiture et une licence de taxi ; quant à Germain, avec un peu d'argent qu'il a mis de côté et en empruntant le reste, il va ouvrir un restaurant. Isabelle est tout heureuse d'apprendre ces deux nouvelles, mais il y a quand même quelque chose qu'elle trouve curieux. Elle s'en ouvre à sa mère.

— Si papa ouvre un restaurant, pourquoi est-ce que tu quittes ton travail de serveuse ? Pourquoi est-ce que tu ne t'occupes pas du restaurant avec lui ?

Hélène a l'air à la fois gênée et soulagée de la question...

— Tu fais bien de me dire cela. Il y a longtemps que je voulais t'en parler...

Isabelle est devenue toute pâle.

— Parler de quoi, maman ?

— Je ne vais pas m'occuper du restaurant avec Germain, parce que nous allons... nous séparer.

— Vous séparer !

— Divorcer... C'est d'ailleurs pour cela que j'ai pris un taxi. Comme cela, nous allons pouvoir gagner notre vie tous les deux, lui de son côté, moi du mien.

— Mais maman, vous vous entendez bien ! Vous êtes très heureux...

Hélène passe les bras autour du cou de sa fille.

— Nous n'avons rien montré devant toi, parce que tu es petite. Mais il y a longtemps que cela ne va plus entre nous. Nous en avons parlé et nous sommes d'accord : c'est la meilleure solution...

Isabelle est abasourdie, anéantie.

— Et moi, avec qui je vais habiter ? Avec toi ou avec papa ?

— Avec moi, bien sûr. Nous allons rester ici, papa va aller habiter dans son restaurant...

Un peu plus tard, Isabelle a la même conversation avec son père. Il lui tient le même discours que sa mère, mais elle sent tout de suite que son ton n'est pas le même. Autant Hélène lui avait parue déterminée et sûre d'elle, autant Germain lui semble mal à l'aise. Que s'est-il passé entre eux, pendant qu'elle croyait leur bonheur sans nuages ?

L'adolescente apprend soudain l'existence d'un monde qu'elle ignorait ; un monde d'adultes qu'on lui a caché pour la protéger. Mais était-ce une bonne chose ? Si elle avait su, elle aurait pu se préparer, tandis qu'ainsi, c'est si brutal !... Elle lance à son père un regard douloureux.

— Maman a dit que j'allais rester ici avec elle. Alors, je ne pourrai plus te voir ?

— Mais si ! Il y a un petit appartement au-dessus du restaurant. Tu viendras tous les mercredis et je te ferai des gâteaux...

— Papa, tu es vraiment d'accord pour quitter maman ?

Germain pousse un soupir.

— Elle a dû te le dire... Nous en avons discuté et nous avons pris la décision ensemble.

— Alors, tu es heureux comme cela ?

Germain ne répond pas...

Non, son beau-père, son père, puisque c'est ce qu'il est réellement pour elle, n'est pas heureux : Isabelle peut s'en rendre compte les semaines et les mois qui suivent, lors de ses visites du mercredi au restaurant. Il est sombre, nerveux, préoccupé. Il s'intéresse beaucoup moins à elle qu'avant. Il lui a cuisiné des gâteaux les premières fois et puis, il a cessé... Désormais, il ne fait que lui poser des questions sur sa mère.

— Comment est-elle ? Est-ce qu'elle te parle de moi ?

Isabelle répond toujours par l'affirmative :

— Oui. Elle n'arrête pas. Elle est triste. Avant que je vienne ici, elle m'a dit : « Tu embrasseras bien papa pour moi. »

Mais Isabelle ment... Jamais sa mère ne prononce le nom de Germain, sauf pour des questions matérielles. Et elle n'est pas triste du tout, bien au contraire. Depuis la séparation, elle s'est épanouie.

D'ailleurs, elle ne dit rien, mais elle doit avoir quelqu'un dans sa vie : très souvent, elle rentre tard le soir et, plusieurs fois, elle n'est pas rentrée du tout.

1993 : Isabelle a treize ans. Sa vie a basculé depuis la séparation de ses parents. Sa mère s'éloigne d'elle chaque jour davantage. Elle est distraite, elle pense à autre chose, sans aucun doute à cet homme avec lequel elle est en train de refaire son existence et qu'elle amènera tôt ou tard à la maison, quand ils auront décidé de régulariser leur situation.

Son père aussi s'éloigne d'elle, mais pas de la même manière. Lui, il ne va pas rejoindre quelqu'un par la pensée. Il se désintéresse d'elle comme il se désintéresse de tout, même de son restaurant qui, elle s'en rend bien compte, ne marche pas bien, et même — elle s'en est fait la réflexion avec angoisse — même de la vie !... Germain est bizarre, absent. Il doit prendre des médicaments ; en tout cas, il boit : il sent l'alcool... Isabelle essaie désespérément de le retenir au bord de ce gouffre où elle le sent plonger. Elle se rend compte qu'elle n'y arrive pas et, chaque fois qu'elle quitte le restaurant, elle s'en va en pleurant.

10 avril 1993, Isabelle rentre de l'école. Sa mère n'est pas là. Elle travaille dans son taxi. L'adolescente monte au premier étage pour aller faire ses devoirs dans sa chambre et elle pousse un hurlement... Là, cette forme qui se balance, c'est un pendu ! C'est... Germain. C'est son père !...

C'est à cet instant qu'un fossé s'ouvre entre sa mère et elle. Hélène, justement parce que son ex-mari s'est suicidé chez elle pour qu'elle se sente responsable de sa mort, réagit avec violence. A l'enterrement, elle affiche une froideur qui surprend tout le monde. Elle déclare à qui veut l'entendre :

— Je me sens sereine. Je ne suis pour rien dans ce suicide.

Ce n'est pas l'avis d'Isabelle, qui est scandalisée par cette attitude. Avec toute la fougue et l'excès dont on est capable à cet âge, elle déclare intérieurement à sa mère une guerre sans merci, sans pitié ! D'ailleurs, Hélène n'est plus sa mère, elle n'est que la meurtrière de son père ! Isabelle fouille dans ses affaires, ce qu'elle n'avait jamais fait, et découvre une pile de lettres. Avant même de les lire, elle sait de quoi il s'agit : sa correspondance avec l'homme qu'elle voit en cachette... Elle lit en tremblant : c'est bien cela, mais leur courrier date de longtemps. Il date du temps de son mariage ! Hélène a trompé son père et c'est pour cela qu'ils ont divorcé...

Dans un état second, Isabelle court chez sa meilleure amie, qui habite un mas comme le sien, dans le même lotissement. Elle tombe sur la mère de celle-ci, qui s'emploie de son mieux à dédramatiser la situation.

— Bien sûr, ce n'est pas bien de tromper son mari, mais ce sont des choses qui arrivent, tu sais. On aime les gens et quelquefois on cesse de les aimer. Cela t'arrivera peut-être quand tu seras plus grande. Tu ne peux pas condamner ta mère.

— C'est un monstre ! C'est un assassin !

— Il ne faut pas dire cela. Elle a sûrement été très éprouvée par la mort de ton père. Mais elle le cache à tout le monde et même à toi...

— Elle n'a rien éprouvé du tout... Si, de la joie !

— Isabelle...

Mais Isabelle est partie... Elle est seule, maintenant, puisque personne ne veut la comprendre. Seule ?... Non, pas tout à fait. Maintenant, ses camarades qui viennent lui rendre visite chez elle la voient s'en aller au milieu d'une émission de télévision, d'un jeu ou d'une conversation. Elle leur dit :

— Je vais avec papa.

Et elle reste de longues minutes en silence, dans l'entrée du premier étage, là où il s'est pendu...

C'est au milieu du mois de juin que sa mère lui annonce, à la fin du repas :

— Nous allons déménager.

Isabelle croit ne pas avoir entendu.

— Qu'est-ce que tu dis ?

— C'est le mieux pour toi et pour moi. Ici, nous avons trop de souvenirs douloureux. Nous irons vivre à Aix. J'ai repéré plusieurs appartements très bien.

Isabelle se mord les lèvres... Elle ne doit pas parler de son père. Sa mère ne comprendrait pas. Au contraire, c'est pour le fuir qu'elle quitte la maison et le village. Peut-être, même, a-t-elle prévu que son amant ira les rejoindre à Aix... Il lui faut trouver un autre argument. Elle demande :

— Et tous les amis que j'avais ici ?

Hélène a un ton un peu agacé.

— Tu iras dans une autre école où tu te feras d'autres amis... Allons, tu es une grande, à présent !

1er septembre 1993. Isabelle va bientôt tout quitter : le déménagement aura lieu dans quelques heures... Elle va suivre ailleurs sa nouvelle année scolaire, dans une école d'Aix-en-Provence qu'elle ne connaît pas. Elle va quitter son village, sa meilleure amie et ses camarades, pour se retrouver seule avec sa mère, confinée entre les murs d'un appartement, avec, elle en est sûre maintenant, la compagnie de son amant...

C'est la nuit, mais Isabelle ne dort pas. Dans les pièces vides du mas, les meubles sont déjà partis.

Le reste est empilé dans des cartons... Isabelle se trouve comme à son habitude dans l'entrée du premier étage, là où son père s'est pendu. Contrairement à sa mère, elle ne veut nullement fuir ce souvenir. Il est son seul réconfort, sa seule compagnie, sa raison d'être sur terre. Si on le lui prend, que lui restera-t-il ?

Non, elle ne peut se résoudre à abandonner le fantôme de son père, le livrer aux nouveaux locataires, à leur indifférence ou à leur curiosité malsaine. Ce serait le trahir, le tuer une seconde fois, ce serait, comme sa mère, se sentir parfaitement sereine, parfaitement indifférente. Mais elle n'est pas sereine du tout ! Elle ne peut se résoudre à cette infamie, elle doit faire quelque chose !

Isabelle fume plusieurs cigarettes... C'est sans se rendre compte de ce qui lui arrive qu'elle descend à la cuisine et déballe le carton qui contient les ustensiles. Elle prend un couteau effilé et monte dans la chambre de sa mère. Celle-ci dort. Elle la frappe une seule fois à la poitrine. Il y a un cri et puis plus rien...

C'est sans s'en rendre compte aussi qu'elle se met à courir dans la nuit. Elle se retrouve devant le pavillon de sa meilleure amie. Elle tambourine à la porte.

— Ouvrez vite, j'ai fait du mal à maman !

Au bout d'un moment, la mère de son amie vient lui ouvrir.

— Qu'est-ce qu'il se passe, Isabelle ?

— Il faut appeler les pompiers. Je crois que c'est grave...

La mère laisse Isabelle dans le pavillon avec sa fille et va sur place alerter les secours. Mais quand les pompiers arrivent, il est trop tard : Hélène est morte. Au matin, les gendarmes viennent chercher Isabelle. Elle répète devant le juge pour enfants :

— Je ne voulais pas déménager...

C'est la seule explication qu'elle est parvenue à donner à son acte criminel. Y avait-il une explication, d'ailleurs ? Ne vaudrait-il pas mieux parler de fatalité ? Dans cette histoire, tout aurait pu s'arranger, mais tout a mal tourné. Des facteurs en apparence insignifiants se sont ajoutés à des drames véritables et, à eux tous, ils ont eu raison de cet âge si fragile, si imprévisible qu'est l'adolescence.

PARFUM DE FEMME

La peur du psychiatre est une constante dans nos mentalités occidentales (en Europe, du moins, car aux Etats-Unis, elle n'existe pas). La peur et la honte... Les gens n'arrivent pas à le considérer comme un spécialiste comme les autres. Il faut sans doute y voir une conception religieuse remontant au Moyen Age. La maladie mentale, la folie, comme on disait alors, était considérée comme un châtiment divin ou, pire encore, comme la marque du diable.

Inconsciemment, nous sommes encore presque tous marqués par cette pensée à la fois archaïque et magique. D'où, une grande réticence à aller consulter un psychiatre et à suivre ses avis. Et pourtant, il s'agit de santé ou de maladie et même, comme le montre cette histoire, de vie ou de mort.

— Madame Ludke...

Nous sommes à l'hôpital psychiatrique de Kiel, le grand port allemand sur la Baltique. Magda Ludke se lève du siège qu'elle occupait, dans la salle d'attente, aux côtés de son fils Bruno. Le médecin en blouse blanche, qui vient d'ouvrir la porte, ne peut s'empêcher d'avoir un mouvement de surprise en apercevant ce dernier.

Bruno Ludke est souriant et ce sourire donne un

charme supplémentaire à ses lèvres parfaitement dessinées. Car Bruno est incontestablement beau. Il est bâti en athlète, mais sans rien d'exagéré, de lourd. Tout en lui est proportionné, harmonieux.

Et pourtant, quand on le regarde mieux, il y a quelque chose qui gêne : c'est sa froideur. On dirait une statue antique. Il en a la plastique parfaite, mais il en a aussi la rigueur glacée. Son regard, sa physionomie sont comme figés, aucun sentiment, aucun signe de vie intérieure ne semblent les traverser.

Non, Bruno Ludke n'est pas un garçon comme les autres. On n'est pas comme les autres quand on mesure 1,76 mètre pour soixante-dix kilos et qu'on n'a que douze ans ! C'est d'ailleurs l'une des raisons de sa présence ici, en compagnie de sa mère...

Une fois dans son bureau, le psychiatre se tourne d'un air paternel vers ce garçon de douze ans qui le domine d'une demi-tête.

— Dis-moi, Bruno, est-ce que tu sais écrire ?

Bruno ne se départit pas de son sourire.

— Pour quoi faire ? Si j'avais été muet, cela aurait pu être utile. Mais je parle.

— Bien, bien... Est-ce que tu sais lire l'heure ?

— Je n'ai pas besoin d'horloge. Le jour, c'est quand je n'ai plus sommeil, midi, c'est quand j'ai faim et le soir, c'est quand je recommence à avoir faim.

— Réponds-moi franchement, Bruno : est-ce que tu te plais à l'école ?

— Oui, je m'y plais. Cela sent bon la craie.

— Et, dis-moi, qu'est-ce que tu penses des filles ?

— Je n'aime plus ma sœur depuis qu'elle se parfume.

— C'est tout ?

— Ben oui, c'est tout...

— Merci. Laisse-nous, maintenant. Une infirmière va te raccompagner.

Hors de la présence de Bruno, qui est retourné dans la salle d'attente, le médecin s'entretient avec Magda Ludke.

— Voyez-vous, madame, votre fils est remarquablement constitué physiquement, mais son développement mental s'est bloqué. Vous l'élevez seule ?

— Oui. Son père est mort quand il avait six ans.

— Que lui avez-vous dit, alors ?

— Qu'il était parti en voyage.

— Et quelle a été sa réaction ?

— Aucune. Il n'a rien dit et n'en a jamais reparlé. Enfin, pas tout de suite.

— Quand en a-t-il reparlé ?

— Quand il a fait sa première fugue... Il avait onze ans. Il a quitté ma blanchisserie (j'ai une blanchisserie dans la banlieue de Kiel), en disant : « Je vais faire comme papa, je vais partir en vacances. » Il est rentré deux jours plus tard. Je lui ai demandé où il était allé, il m'a répondu : « Dans le bois de bouleaux. Ça sent bon, les bouleaux... »

Le visage de sa mère s'assombrit brusquement.

— Docteur, il faut que je vous avoue tout. Je sais pourquoi il est comme ça. C'est moi la coupable !

— Racontez-moi cela...

Mme Ludke pousse un profond soupir. Elle revit visiblement le moment le plus douloureux de sa vie.

— Bruno avait dix-huit mois. Je me suis absentée de la cuisine en le laissant seul. J'ai entendu un cri. Le temps de me précipiter, il était trop tard. Il s'était brûlé avec le réchaud à gaz. Toute sa main gauche n'était plus qu'une horrible plaie !

— Et c'est cela qui, d'après vous, a provoqué son retard mental ?

— Oui. Le docteur a pu le guérir, mais il m'a dit : « J'ai peur que la véritable cicatrice ne reste à l'intérieur. Il est possible que Bruno garde toute sa vie une peur maladive du feu. »

Mme Ludke a du mal à retenir ses larmes.

— A partir de ce moment, il a fait des cauchemars. Il se réveillait en hurlant : « Le feu, le feu ! »

Il y a un silence... Le praticien hoche la tête.

— Voyez-vous, je ne pense pas que vous soyez coupable de l'état de votre fils. Sa brûlure a peut-être eu un effet aggravant, mais les causes sont plus profondes. D'autre part, ce n'est pas le seul symptôme. Il y a cette horreur du parfum...

— Alors, pourquoi mon petit est-il comme cela ?

— Pour des raisons physiologiques, génétiques. Il faudrait des examens.

— Des examens ?

— Nous sommes équipés pour cela. Ensuite, il faudra sans doute placer votre fils dans un établissement spécialisé.

— Cela voudrait dire... qu'il me quitte ?

— Vous devez comprendre. Bruno n'est pas fait pour vivre dans notre monde à nous. Pour l'instant, il ne s'intéresse pas encore aux filles, mais cela ne va pas tarder. Quand l'instinct sexuel s'éveillera en lui, dans ce domaine-là aussi, il se comportera comme un animal...

Magda Ludke murmure quelques mots d'assentiment, mais elle n'a pas vraiment fait attention à ce que vient d'expliquer le médecin. Elle en est toujours à ce qu'il lui a dit avant : il faudrait que Bruno la quitte. Et, intérieurement, elle a pris sa décision. Non, elle ne se séparera pas de son petit ! Elle l'aime plus que ses autres enfants. Et puis, le docteur se trompe, avec ses mots savants. C'est elle la coupable de ce qui lui est arrivé. Des examens, elle sait très bien que cela ne sert à rien. Si Bruno est comme il est, c'est parce qu'il s'est brûlé bébé !

Quelques minutes plus tard, elle quitte la clinique psychiatrique en sa compagnie, fermement résolue à ne jamais y retourner. Elle vient de décider du destin de son fils et, malheureusement, pas seulement du destin de son fils.

Deux ans ont passé. Bruno a encore grandi et il a embelli, s'il est possible. Mais c'est dans son comportement qu'il a le plus changé. Il n'a plus l'attitude égale, impassible qu'il avait avant. Il a tendance à devenir nerveux, irritable. Son regard bleu, naguère limpide, a maintenant quelque chose de trouble...

Magda Ludke s'est décidée à retirer Bruno de l'école, où il ne faisait plus rien. Désormais, il l'aide à la blanchisserie.

C'est lui qui va porter leur linge aux clientes et les colis les plus lourds ne lui font pas peur.

De temps en temps, bien sûr, il continue à « partir en vacances ». Sa mère ne s'inquiète plus. Elle sait qu'il sera de retour trois ou quatre jours plus tard. Bruno va toujours dans le bois de bouleaux. Il rôde aussi autour des stations-service car, s'il déteste l'odeur du parfum, il adore celle de l'essence.

C'est au mois de janvier 1970 que se produit le premier incident. Car Bruno a plus que jamais des allures d'Apollon. Les clientes ne peuvent s'empêcher de l'admirer, surtout Mme Schmidt. Mme Schmidt, la veuve de l'épicier, est encore jolie. Elle n'a pas une excellente réputation dans le quartier. On l'accuse d'être une femme légère ; certains affirment carrément qu'elle est nymphomane.

Chaque fois que Bruno vient livrer chez elle son linge, elle lui adresse des sourires engageants. Mais il ne semble rien comprendre... Alors, un jour de janvier 1970, quand Bruno sonne chez elle comme d'habitude, il est surpris d'entendre une voix lointaine lui répondre à travers la porte :

— C'est ouvert, Bruno. Entre, je suis dans le salon.

Un peu étonné, Bruno pose son linge dans l'entrée. Il aime bien chez Mme Schmidt. Il n'y a pas d'odeur de cuisine, comme dans d'autres maisons et le papier à grosses fleurs rouges est joli.

Bruno entre dans le salon. Mme Schmidt est assise sur le canapé dans une robe de chambre bleue, une robe de chambre qui est mal fermée. Sur la table, devant elle, il y a une carafe, deux verres et des gâteaux secs.

— Tu prendras bien un doigt de porto, Bruno ?

Bruno est brusquement ému. Il s'approche de cette femme qui l'invite à prendre place à côté d'elle. Mais il ne sait comment s'y prendre. Il fait plusieurs pas, les mains en avant, ses mains puissantes, dont l'une porte la marque de sa brûlure d'enfance.

Mme Schmidt, après un moment de surprise, se lève et se met à reculer vers le fond de la pièce. Bruno continue d'approcher. Il est tout près. Ses mains vont se refermer... Mais, soudain, il pousse un cri terrible et s'enfuit en courant.

Le soir, il raconte tout à sa mère :

— Tu comprends, maman, elle avait mis du parfum. Alors, je suis parti. Sans cela, je ne sais pas ce qui se serait passé.

Ce jour-là, Mme Ludke prend une décision : Bruno n'ira plus livrer le linge. Mais elle ne veut toujours pas l'envoyer dans un établissement spécialisé, comme le lui avait recommandé le psychiatre. Elle ne veut pas retenir les paroles, pourtant prophétiques, qu'il avait prononcées sur les dangers de l'éveil sexuel chez lui... Etre privée de son Bruno, jamais ! Elle l'aime, son Bruno, elle essaie de compenser par son amour le handicap dont il est victime. Et puis, elle veut se racheter, car tout cela est de sa faute.

A partir de ce moment, Bruno reste dans la maison maternelle. Il s'occupe du jardin, il fait le ménage et les commissions. Et puis, de temps en temps, il « part en vacances ».

Il se rend moins souvent dans le bois. Désormais, il est de plus en plus attiré par les humains. Il va dans le port de Kiel. Il reste des heures à contempler le reflet du soleil dans l'eau sombre, au milieu des arcs-en-ciel de pétrole.

Un soir de juillet 1970, alors qu'il est en train d'admirer le soleil couchant dans le port, une voix l'interpelle dans son dos :

— Bonjour, beau blond !

Bruno se retourne. C'est une jeune fille en robe verte, d'un vert sombre, comme les arbres juste avant la nuit. Il s'approche d'elle. Elle n'est pas parfumée. Il lui touche le bras. La fille se dégage avec un petit rire.

— Pas si vite, beau blond ! Est-ce que tu as de l'argent ? C'est vingt marks.

Bruno fouille dans ses poches. Non, il n'a pas vingt marks. Il n'en a que dix. Il les tend à la fille, avec un sourire timide. Mais elle le repousse.

— Rien à faire, c'est vingt marks !

Bruno ne comprend pas, il n'a jamais compris à quoi sert l'argent. Tout ce qu'il comprend, c'est ce qu'il ressent, ce qu'il veut. Et il veut cette fille !

Il s'approche... Non seulement elle n'est pas parfumée, mais elle sent bon. Le tissu de sa robe est soyeux, ses bras sont doux... La jeune fille hurle. Bruno n'aime pas ce cri. Il ne faut pas qu'elle crie. Il ne faut pas !

L'instant d'après, elle est toute molle dans ses bras. Bruno la regarde, incrédule. Il n'a rien fait de mal. Il l'a juste serrée un peu pour qu'elle ne crie pas...

Quand il rentre chez sa mère, il fait déjà nuit. Mme Ludke comprend tout de suite, malgré les explications hachées de son fils, qu'il est devenu un assassin. Maintenant, il est trop tard. Il faut que Bruno reste chez elle pour échapper à la police.

Magda Ludke fait promettre à Bruno de ne plus « partir en vacances ». En tout cas, pas avant qu'elle ne lui en donne l'autorisation.

A Kiel, l'enquête sur le meurtre de la prostituée est menée plutôt mollement. Des témoins ont bien remarqué plusieurs fois ce grand jeune homme aux yeux bleus qui passait des heures immobile à regarder l'eau sale. Quelques-uns lui ont même adressé la parole. A ces réponses simplettes, ils ont compris qu'il s'agissait d'un innocent.

C'est aussi ce que pense la police : un innocent dans tous les sens du terme, qui n'a rien à voir ni de près ni de loin avec le meurtre... L'enquête suit donc d'autres pistes : trafic de drogue, sadique. Aucune n'aboutit et, au bout de six mois, l'affaire est enterrée, en attendant d'être classée.

Pendant tout ce temps, Magda Ludke vit dans l'angoisse. En quittant tous les soirs la blanchisserie, elle n'a qu'une hâte : rentrer chez elle et s'assurer que Bruno est bien à la maison, qu'il n'est pas reparti pour une de ses fugues dont elle sait à présent qu'elles peuvent être meurtrières. Mais chaque soir, Bruno est là, abîmé dans la contemplation des derniers rayons du soleil et elle finit par se dire qu'il s'est définitivement assagi.

Alors, un soir de janvier 1971, Mme Ludke dit à Bruno après le dîner :

— Mon grand, tu vas pouvoir, si tu veux, partir en vacances. Mais attention, pas loin, hein ! Et pas dans le port, surtout pas dans le port ! Ne sors pas du quartier. Tu peux aller jusqu'au bois de bouleaux, mais c'est tout...

Dans le quartier qu'il habite avec sa mère, il y a surtout des petits pavillons entourés de jardinets. Bruno marche sans se presser. Il sourit. Il est rayonnant. Jamais, peut-être, il n'a été aussi beau.

Mais, soudain, sa physionomie change. D'elles-mêmes, ses narines se contractent. Il tourne la tête à droite et à gauche. Il y a quelque chose subitement dans l'air, quelque chose qu'il n'aime pas. Et puis, il voit derrière une maison un voile noir : de la fumée. C'est le feu !

Bruno se dirige vers l'endroit d'où part la fumée. Il faut arrêter le feu ! Le feu, ça fait mal, il ne faut pas qu'il continue...

Il arrive devant une petite maison semblable à celle qu'il habite avec sa mère. Dans le jardin, une femme est en train de faire brûler des feuilles mortes et des détritus. Bruno enjambe la barrière. Comme il se précipite pour éteindre le foyer, la femme s'interpose. Un instant, il recule. Est-ce qu'elle serait parfumée, comme sa sœur, comme la dame chez qui il était allé porter le linge ? Mais non, elle ne sent rien. Alors, il étend les mains et il serre, il serre !

Il se met ensuite en devoir d'éteindre les flammes... Quand les policiers arrivent, un peu plus tard, il n'a pas bougé. Il leur dit simplement :

— Elle faisait du feu, mais elle n'avait pas de parfum.

Bruno a été interné dans la clinique psychiatrique où il aurait dû entrer bien plus tôt. Sa mère, inculpée de non-dénonciation de meurtre et complicité, a été jugée et condamnée à cinq ans de prison avec sursis. Dans toute cette affaire, elle a été aussi coupable que victime : victime de son amour maternel et des souffrances qu'il entraîne, victime de la persistance d'une mentalité d'un autre âge face à la maladie mentale.

L'AFFAIRE MAILLART

Il fait un temps épouvantable, en cette fin d'automne 1967. Nous ne sommes que le 4 décembre, mais on se croirait en plein cœur de l'hiver. Il neige partout, même en plaine, la France tout entière grelotte et la région parisienne, surprise par cette météo inhabituelle, est quasi paralysée. Les transports circulent au ralenti, les automobilistes froissent de la tôle, les piétons emmitouflés avancent prudemment sur le sol verglacé...

Il est 12 h 45, et la mère d'Emmanuel Maillart, sept ans, attend toujours que son fils rentre de son école, le collège Saint-Jean-de-Béthune, dans les quartiers nord de Versailles... Ce n'est pas normal. Emmanuel est très ponctuel et il est toujours à la maison vers midi.

Accompagnée de son fils aîné, Mme Maillart prend donc le chemin de l'école. Elle est très inquiète, mais elle ne pense qu'à un accident. Avec le verglas, il aura fait une chute, à moins que ce ne soit plus grave encore, qu'une voiture, ayant perdu le contrôle l'ait fauché sur le trottoir.

A l'école, elle est aussitôt reçue par le directeur qui lui confirme que le petit Emmanuel a quitté l'établissement à l'heure, comme tous les autres élèves. Lui aussi pense à un accident dû aux intempéries. Ensemble, ils refont le trajet du retour, interrogeant les commerçants. Mais non, personne n'a été témoin d'un quelconque accident survenu à un enfant...

Qu'est-ce que cela veut dire ? De quoi qu'il s'agisse, c'est terriblement inquiétant. Rentrée chez elle, Mme Maillart prévient la police, puis elle appelle son mari pour qu'il vienne la rejoindre... C'est à ce moment, alors que les policiers ne sont pas encore arrivés, que son fils aîné, qui était sorti dans le jardin pour guetter son frère, revient en criant :

— Maman ! Maman ! J'ai trouvé cela dans la boîte aux lettres !...

« Cela », c'est une enveloppe non timbrée, rédigée avec des caractères découpés dans le journal. Mme Maillart l'ouvre en tremblant. Le texte, écrit sans faute d'orthographe, est adressé au père. Il l'informe que « son petit bonhomme a été enlevé » et réclame 20 000 francs en billets de 100 francs, à déposer dans les cinq jours à 4 h 30 du matin, au pied de la statue du général Hoche, place Hoche, à Versailles...

La police arrive sur ces entrefaites. Il s'agit d'un enlèvement : il n'y a pas de temps à perdre. Il y aurait beaucoup de commentaires à faire sur la demande de rançon, mais le plus urgent est d'aller sur place à la recherche d'une piste éventuelle. Un chien est conduit sur le chemin de l'école. Il va jusqu'à un distributeur de friandises situé devant une boulangerie cent mètres plus loin et s'arrête là. Cela semblerait indiquer que le petit Emmanuel Maillart est monté à cet endroit dans une voiture...

Peut-être, mais s'agit-il bien d'un enlèvement ordinaire ? Les enquêteurs, même s'ils essaient de le cacher aux parents et s'emploient à les rassurer, sont loin d'en être persuadés... C'est là qu'il faut revenir à la demande de rançon et force est d'avouer que tous ses éléments sont franchement inquiétants.

Rien ne colle dans ce texte. D'abord, le montant beaucoup trop modique de la rançon (environ 120 000 francs actuels), ensuite le lieu de versement. La place Hoche est un endroit très dégagé et il est impossible d'y retirer l'argent sans se faire prendre. Ce serait se jeter dans la gueule du loup !

Il y a pire... A aucun moment dans le texte n'est mentionné le nom de « Maillart » ou le prénom « Emmanuel ». La demande est adressée au père, sans plus de précision, et il n'y a pas d'adresse sur l'enveloppe. Il y a tout lieu de croire que l'enfant a été enlevé au hasard, que la lettre avait été écrite avant et que le ravisseur n'a connu le nom et le domicile d'Emmanuel Maillart qu'en le lui demandant. Tout cela ne ressemble pas à un enlèvement crapuleux monté par des professionnels, mais au geste d'un déséquilibré, d'un sadique, et c'est évidemment bien plus angoissant !

A moins... A moins que la réalité ne soit encore différente... Les Maillart ne sont pas des gens assez riches pour payer une importante rançon, mais M. Maillart n'est pas n'importe qui. Il est administrateur civil au ministère des Armées. C'est un poste comme on dit « sensible ». Il est certainement au courant de beaucoup de choses.

C'est, en tout cas, ce que disent les journaux. Or, en cette année 1967, l'espionnage fait rage entre l'Est et l'Ouest. C'est la guerre froide ; les films de James Bond sont en pleine actualité... Et si les demandes fantaisistes de la lettre en cachaient d'autres ? Et si ce n'était pas son argent qu'on attendait de M. Maillart, mais ses secrets ? L'affaire pourrait bien être une affaire politique, voire une affaire d'Etat.

En tout cas, dans leur belle maison à l'orée du bois de Fausse-Repose, les Maillart vivent dans l'angoisse... Mme Maillart, qui est d'origine scandinave, a laissé, ainsi qu'on le fait dans son pays, la lanterne du perron allumée nuit et jour, pour guider les pas de l'absent. Les nombreux journalistes qui battent la semelle sur le trottoir glacé la voient trembler à travers la végétation du parc. C'est la lumière de l'espoir, car tout le monde veut encore garder espoir...

6 décembre 1967... Quarante-huit heures se sont écoulées depuis la disparition d'Emmanuel Maillart et il n'y a toujours, officiellement du moins, pas la moindre piste. La famille multiplie les initiatives pour préserver la vie de l'enfant. Les Maillart publient un communiqué demandant aux ravisseurs de se mettre en contact avec n'importe quel prêtre, qui se mettra lui-même en contact avec le père Alexandre, un capucin de leurs amis, dont ils donnent le numéro de téléphone. Un peu plus tard, ils leur proposent une seconde possibilité. Les ravisseurs peuvent aller trouver n'importe quel avocat, qui se mettra en rapport avec le bâtonnier du barreau de Paris.

Dans les journaux, d'ailleurs, on affirme que les parents auraient reçu une nouvelle demande de rançon, dont le montant aurait été majoré, par l'intermédiaire, précisément, du moine capucin. La police ne confirme ni ne dément. Elle se contente de faire état du nombre considérable de fausses informations qu'elle reçoit. Certains prétendent que l'enfant serait monté dans une DS 19 grise avec un homme âgé, d'autres, dans une 404, entre deux femmes. Les détraqués de tout genre qui s'accusent de l'enlèvement ne se comptent plus.

Pour le reste, sur les véritables renseignements dont ils disposent et sur les pistes qu'ils suivent, les enquêteurs observent une discrétion étonnante. Et cette attitude encourage évidemment toutes les rumeurs concernant une éventuelle affaire d'espionnage.

Car on parle beaucoup de l'enlèvement du petit Emmanuel Maillart, aussi bien dans la presse écrite que parlée et audiovisuelle. L'émotion suscitée dans la France entière par l'affaire est énorme et le mutisme de la police très mal perçu. Est-ce de l'immobilisme, de l'incompétence, ou alors y a-t-il des ordres venus d'en haut ? Que se passe-t-il ? On veut savoir !

Le 7 décembre 1967, 23 h 45... C'est sans doute pour répondre à ces questions et pour montrer que l'affaire est bien policière et non politique, que le ministre de l'Intérieur Christian Fouchet prend une initiative tout à fait exceptionnelle. Il s'adresse directement et publiquement au ravisseur et, qui plus est, pour lui proposer un marché. Il choisit pour cela le journal de la nuit de la chaîne, alors unique, de télévision... Le ton solennel et dramatique qu'il emploie montre bien les dimensions qu'a prises l'affaire dans l'opinion : « Ministre de l'Intérieur, responsable de l'ordre public, mon rôle consisterait à vous faire prendre et à vous livrer à la justice. Mais la vie d'un enfant est une valeur suprême. Alors, je vous dis ceci : Je vous donne jusqu'au vendredi 8 décembre à minuit pour rendre l'enfant sain et sauf. Jusque-là, je donne l'ordre à la police de ne plus vous chercher. Réfléchissez, vous êtes un homme traqué. Si vous rendez l'enfant sain et sauf, vous pouvez espérer dans la justice des hommes. Sinon, nous vous poursuivrons, nous vous arrêterons et nous vous punirons. »

Mais les douze coups de minuit du vendredi 8 décembre sonnent, sans qu'il se soit passé quoi que ce soit. La famille reste muette et la police n'est pas plus bavarde... Il y a maintenant des dizaines de journalistes stationnant en permanence devant le domicile des Maillart : des photographes, des voitures radio, des cars de télévision. L'angoisse grandit d'heure en heure. L'angoisse et aussi la colère, car le public est sûr qu'on lui cache quelque chose.

Il ne se trompe pas, mais ce n'est pas ce qu'il imagine... Contrairement à ce que tout le monde supposait, la police a fait preuve d'une grande compétence, de beaucoup de sang-froid et de discernement. Dès les premières heures, elle avait pratiquement deviné la vérité, et si elle n'a pas fait part de ses soupçons, c'est qu'ils étaient trop monstrueux pour qu'elle les dévoile sans avoir une totale certitude.

Le dimanche 10 décembre au matin, les journalistes présents devant la villa des Maillart ont une vision dramatique : là-bas, sur le perron, la petite lumière allumée nuit et jour par la mère d'Emmanuel, selon la coutume scandinave, la lueur de l'espoir, s'éteint. Est-ce simplement que l'ampoule est grillée ? Ils veulent tous y croire. Mais, dans les instants qui suivent, ils comprennent que c'est fini.

Le commissaire divisionnaire Camard, qui a dirigé l'enquête, vient pour la première fois vers eux et il leur dit tout : Emmanuel Maillart est mort, le coupable a avoué et il est sous les verrous... En même temps, des CRS prennent position dans le quartier pour éviter tout mouvement de foule.

Les journalistes interviennent en direct sur leurs antennes et, chose exceptionnelle s'agissant de professionnels qui ont été confrontés à toutes sortes de drames, ils ne peuvent pas cacher leur douleur, tandis qu'ils s'expriment... Ce n'est pas seulement à cause de la mort de la petite victime ; cela, même si c'est affreux, on pouvait s'y attendre. Non, c'est à cause de la personnalité du meurtrier.

Celui qui a enlevé et tué Emmanuel Maillart

s'appelle François et il est âgé de quatorze ans ! Ce n'est pas un loubard échappé d'une banlieue à problèmes des environs. Il habite le même quartier résidentiel, à cinq cents mètres des Maillart. Il a été interrogé toute la nuit devant sa mère effondrée et il vient d'avouer... Le corps a été retrouvé, d'après ses indications, sous un lit de feuilles mortes, dans le bois de Fausse-Repose.

Dès le début de l'enquête, les policiers, qui s'étaient bien gardés de le révéler, étaient certains que le ravisseur était un adolescent. Outre la modicité de la rançon, qui faisait penser à un gamin de cet âge, les caractères d'imprimerie ayant servi pour la lettre étaient extraits d'un journal de bandes dessinées. De là, tout s'enchaînait. Il suffisait d'interroger autour du collège...

Et les camarades de classe d'Emmanuel Maillart ont fourni immédiatement des éléments décisifs. Ils avaient vu un garçon un peu plus âgé qu'eux rôdant à la sortie de la classe, avec une sorte de poussette. Comme il faisait très froid, ils ne se sont pas attardés. Aucun d'eux ne connaissait l'adolescent ; il n'appartenait pas au collège.

Mais les indications étaient suffisamment précises et les moyens dont disposait la police étaient tels que le suspect a été presque immédiatement appréhendé. Seulement, François, malgré ses quatorze ans, a su faire preuve d'un incroyable aplomb, niant tout avec assurance, et les policiers l'ont relâché. Peut-être y avait-il de leur part une sorte de soulagement. Une telle chose n'était pas croyable. Il fallait chercher ailleurs, ne serait-ce que momentanément.

Pourtant, il n'y avait pas d'autre piste. Celle, en particulier d'espions internationaux voulant extorquer des renseignements à M. Maillart, n'a pas été prise en considération un seul instant par les enquêteurs. Au contraire, tous les témoignages ramenaient à François, qui a été arrêté une seconde fois.

Et, ce coup-ci, on a fouillé entièrement le pavillon qu'il habitait et on a trouvé, dans une cabane au fond du jardin, le journal pour enfants dans lequel avait été découpée la lettre de la rançon. Malgré cet indice accablant, l'adolescent s'est défendu pied à pied, comme un délinquant chevronné. Enfin, dans la soirée du samedi 11 décembre, il a fini par avouer et indiquer l'endroit où il avait enterré le corps du malheureux Emmanuel...

Voici ses aveux, tels qu'il les a passés devant le commissaire divisionnaire Camard.

Tout était prémédité dans son esprit : il voulait enlever un enfant pour le tuer. Il a rôdé le 4 décembre, à la sortie de l'école Saint-Jean-de-Béthune, avec un curieux engin fait d'une caisse ficelée sur une vieille poussette. A midi, il a abordé Emmanuel. Il lui a dit :

— Tu montes ? On va jouer !

Le bambin a accepté sans méfiance. Une fois qu'il a été dans son véhicule, loin de se dissimuler, François a crié dans les rues de Versailles, convoyant son petit passager :

— Chiffons, ferraille à vendre !

Les rares témoins — car, rappelons-le, à cause du temps détestable, les gens ne s'attardaient pas — ont cru à un jeu... François a parcouru ainsi les quinze cents mètres qui le séparaient de son domicile. Il a enfermé son petit otage dans sa cave et, après lui avoir demandé son nom et son adresse, a été déposer chez lui la lettre de demande de rançon qu'il avait préparée. Un quart d'heure seulement s'était écoulé depuis l'enlèvement...

Après, il est revenu chez lui et il a tué froidement Emmanuel Maillart à coups de gourdin. Puis, il a été enterrer son corps dans le bois de Fausse-

Repose, non sans avoir pris ses chaussures et ses bretelles en prévision de négociations.

Voilà, c'est tout, ou plutôt ce n'est pas tout. Car, dans les jours qui suivent, le comportement de François a été proprement stupéfiant... Ainsi qu'il a été dit, il a été interrogé comme suspect dès le début de l'enquête, mais a manifesté tant d'assurance qu'on l'a laissé aller.

Et, bien loin de se tenir tranquille, il s'est lancé alors dans un jeu pervers, avec une audace confondante. Apprenant par les médias que la rançon n'était pas assez élevée, il a fait parvenir au père Alexandre, le capucin, une nouvelle lettre portant ses exigences à 60 000 francs. Il y joignait les chaussures et les bretelles de sa victime et réclamait que l'argent soit placé devant la chapelle de Glatigny, proche du domicile des Maillart. Cette manifestation de sa part a entretenu un instant l'espoir de la famille Maillart, mais la conviction de la police était faite et c'est alors qu'il a été arrêté pour la seconde et dernière fois...

L'arrestation du jeune François pose deux questions. La première est purement matérielle. Comment a-t-il pu emmener sa victime chez lui, l'enfermer dans la cave, l'assassiner et jouer à cache-cache avec la police une semaine entière, sans que personne s'en rende compte chez lui ? Est-ce qu'à quatorze ans il vit seul ?

Non, mais presque... Ses parents sont divorcés et il habite avec sa mère un grand pavillon. Seulement, cette dernière, visiteuse médicale, s'absente souvent pendant plusieurs jours d'affilée pour les besoins de son travail. Pendant ces moments-là, il est seul avec ses grands-parents impotents, sourds et mal-voyants...

La seconde question, beaucoup plus délicate, est celle de ses motivations. Et il est d'autant plus difficile d'y répondre que, pour préserver ses possibilités de réinsertion future, la justice n'a livré ses informations qu'au compte-gouttes. Tout ce qu'on sait, c'est qu'au moment de son arrestation, il a quatorze ans, mais qu'il en paraît dix-huit et qu'il est d'une maturité stupéfiante. Il est très fermé, paraissant insensible, réfugié le plus souvent dans la lecture. C'est un garçon fantasque, connu dans le quartier pour son caractère étrange et ses sautes d'humeur.

Rien ne semble devoir expliquer son geste. Il appartient à un milieu très aisé. Bien sûr, ses parents ont divorcé, mais ce n'est pas un événement aussi courant qui peut servir d'explication. Alors, son état mental ? Il y a sans doute quelque chose à chercher de ce côté. Selon lui, son crime aurait eu un but suicidaire. Il aurait expliqué au juge qu'il venait de voir à la télévision une émission de la série « En votre âme et conscience » relatant une affaire criminelle, et il avait acquis la certitude qu'en tuant un enfant il ne pouvait échapper lui-même à la mort.

— A mon âge, aurait-il dit, je ne pouvais m'attaquer à un adulte. J'ai donc choisi un enfant. Je l'ai tué et je savais que ma lettre de rançon rendrait mon acte encore plus odieux.

Et il est exact qu'en prison il a tenté plusieurs fois, par la suite, de se suicider... Mais son cas devait être particulièrement difficile à trancher, car l'instruction n'a pas duré moins de trois ans.

Agé de moins de seize ans au moment des faits, François n'était passible que du tribunal pour enfants et non de la cour d'assises pour mineurs et la peine maximale qu'il encourait était de vingt ans. Il a été reconnu sain d'esprit puisqu'il a été condamné le 26 juin 1970 à quinze ans de détention.

Aujourd'hui, s'il vit encore, il a quarante-cinq ans et il est sorti de prison depuis longtemps. On ne peut rien dire d'autre à son sujet, et c'est bien ainsi.

« LA LUMIÈRE »

La musique assourdissante du manège d'autos-tamponneuses Carlini vient de s'arrêter. Les petits véhicules restent immobiles sur la piste, tandis que se fait le va-et-vient entre les conducteurs qui quittent leur siège et les clients qui attendent leur tour. Trois jeunes gens se faufilent avec dextérité entre les autos pour réclamer les billets. Après un coup de klaxon, le manège repart en même temps que la musique.

Les trois jeunes employés sautent sur le trottoir de bois. L'un d'eux se met à éclater de rire en désignant un grand blond de vingt ans environ. Il est bien bâti, athlétique même, mais son attitude ne concorde pas avec sa prestance. Il se tient gauchement à côté d'une machine hors d'usage en bordure de piste.

— Eh, regardez « la Lumière » !

Deux éclats de rire sonores lui répondent et l'interpellé se retourne :

— Ben quoi ? Qu'est-ce qu'il y a ?

— Ton blue-jean : t'as une grosse tache de cambouis ! T'as intérêt à aller te changer. Si M. Carlini te voit comme ça, il va te mettre à la porte.

Le malheureux garçon a l'air vivement contrarié :

— C'est qu'à part mon jean, je n'ai que mon pantalon du dimanche... Enfin, merci, les copains. Je vais me changer à la roulotte.

Celui qu'on appelle « la Lumière » s'appelle en réalité Ricardo Fontana. Il est employé, comme ses trois camarades Umberto, Andrea et Gianni, au manège d'autos-tamponneuses Carlini. Umberto, Andrea et Gianni ont tous les trois seize ans. Ils viennent justement de sortir de l'école et c'est leur premier emploi. Ils ont été engagés pour une tournée d'un an sur les routes de l'Italie du Nord et du Midi de la France. Pour l'instant, ce 26 mai 1971, ils sont à Turin.

Ricardo sourit en regagnant la roulotte... Vraiment quels chics types, ses trois copains ! Ils sont bien un peu taquins de temps en temps, mais c'est parce qu'ils l'aiment bien. Il faut dire que Ricardo Fontana, spirituellement surnommé « la Lumière », est un simple d'esprit. A vingt ans, il a l'âge mental d'un enfant de douze.

Ricardo pousse un juron en pénétrant dans la roulotte. Flûte ! Plus d'électricité... A tâtons, il cherche son pantalon et finit par le trouver, puis il se dépêche de regagner son poste au manège.

Son arrivée est saluée par un énorme éclat de rire. Non seulement Umberto, Andrea et Gianni s'esclaffent, mais l'hilarité s'empare des clients, au volant de leurs autos. Ricardo aimerait bien participer à cette gaieté, mais il ne comprend pas...

C'est alors qu'il se sent empoigné par l'épaule. C'est M. Carlini, rouge de colère :

— Tu n'as pas honte, petit voyou ? Va changer de pantalon tout de suite !

Ricardo passe sa main derrière et sent à la place du fond, un énorme trou. C'était une plaisanterie de ses trois copains... Ceux-là alors !...

Oui, Ricardo Fontana est le souffre-douleur de ses jeunes collègues. Il leur fait leur lit, leurs chaussures, leurs commissions. Il ne reçoit en retour que des quolibets et des plaisanteries de mauvais goût, du genre de celle du pantalon.

Ce n'est pas qu'Umberto, Andrea et Gianni soient des êtres foncièrement méchants, mais c'est si tentant de profiter de la faiblesse d'autrui. Et puis, c'est rassurant de se sentir supérieur à quelqu'un, plus âgé de surcroît. Cela ne leur est pas arrivé si souvent à tous les trois...

Quant à Ricardo, il est difficile de savoir ce qu'il pense. Penser n'est d'ailleurs pas un mot qui convient tout à fait à son univers mental. Tout ce qu'on peut dire, c'est qu'il est toujours d'excellente humeur. Il est le premier à s'amuser des méchancetés qu'on lui fait et il manifeste à Umberto, Andrea et Gianni la plus vive affection.

C'est que sans doute, dans un sens, ils l'aident à vivre. Un être démuni et vulnérable comme Ricardo Fontana a besoin avant tout qu'on s'occupe de lui d'une manière ou d'une autre. Auprès de ses trois camarades, il a trouvé un rôle et une fonction sociale même si c'est la plus humble et la plus ridicule. Le pire pour lui serait d'être livré à lui-même. Son moi trop faible n'arriverait pas à trouver sa cohésion...

Pour la seconde fois de la journée, Ricardo est allé changer de pantalon. Mais quand il retourne vers le manège, les choses ne se passent pas comme la première fois. Ricardo ressent une impression curieuse qu'il n'avait jamais ressentie jusque-là : il est attiré par quelqu'un. D'habitude, dès qu'il n'est plus avec Umberto, Andrea et Gianni, les gens lui font peur. Il se sent menacé. Mais là, ce n'est pas le cas. Il s'approche du stand de tir, voisin des autos-tamponneuses. Il est tenu par une ravissante brune d'une vingtaine d'années, vêtue de manière assez voyante d'un pullover rouge et d'une minijupe en cuir noir. Ricardo a un sourire timide.

— Bonjour... Moi, je suis Ricardo, du manège à côté. Vous vous appelez comment ?

La jeune fille regarde ce grand garçon bien bâti à l'air gentil :

— Je m'appelle Claudia. Je suis la fille du patron.

Ricardo se sent terriblement gêné. Il ne sait quoi dire.

— Euh... Je voudrais cinq balles s'il vous plaît...

Mais Ricardo est si troublé en faisant son carton qu'il ne met pas un seul projectile dans la cible. Claudia a un sourire amusé :

— Cela ne fait rien, ce sera pour la prochaine fois...

— Parce que je pourrai revenir ?

Claudia est tellement surprise par la question qu'elle éclate de rire :

— Mais bien sûr !

Ricardo n'a plus maintenant qu'une idée : fuir... Il met la main à sa poche.

— Cela fait combien ?

Claudia repousse les pièces :

— Entre forains, on ne va pas se faire payer. Vous m'offrirez un tour sur les autos-tamponneuses...

Ricardo s'en va dans un état second. Il tremble de tous ses membres en allant reprendre son poste sur le manège. Ses camarades s'en rendent compte. Gianni lui demande :

— Qu'est-ce qui t'arrive, « la Lumière » ?

Ricardo ne peut que répondre :

— C'est merveilleux !

Et, quelques heures plus tard, Umberto, Andrea et Gianni ont la surprise de leur vie : la petite brune du tir d'à-côté, qu'ils avaient déjà repérée, vient au manège. Elle se dirige droit vers « la Lumière ». Ils se parlent. Ils ont l'air de se connaître. Et voilà qu'elle lui prend le bras et qu'ils montent ensemble dans une auto-tamponneuse...

Le trio ne perd pas une seconde de ce spectacle ahurissant. Au volant, Ricardo, les yeux écarquillés, comme hypnotisé, va tout droit devant lui en multipliant les collisions. A ses côtés, Claudia, ballottée dans tous les sens, rit aux éclats. Tous trois prononcent méchamment :

— Il nous paiera cela !

Car, sans en être tout à fait conscients, ils sont doublement jaloux. Jaloux, d'abord, bien sûr, que ce pauvre type de « la Lumière » ait réussi à mettre le grappin sur une aussi jolie fille. Mais jaloux aussi de voir quelqu'un s'emparer de celui qui a été jusqu'ici leur chose.

Et le soir même, ils mettent leur menace à exécution : cinq litres d'eau dans le lit de Ricardo. Ils s'arrangent pour être couchés avant lui. Le malheureux se glisse sans méfiance dans les draps. Il pousse un cri d'effroi.

— C'est tout mouillé !

Un triple rire lui répond.

— « La Lumière », tu n'as pas honte ? A ton âge !

— Surtout quand on sort avec les filles !

— Dis donc ! Si la petite du tir savait cela...

Alors il se passe quelque chose d'extraordinaire : Ricardo ne se met pas à rire du bon tour qu'on lui a joué. Il s'approche d'eux, l'air menaçant. Il est de loin le plus costaud des quatre, et le trio commence à avoir peur. Umberto se dresse vivement :

— T'affole pas, « la Lumière » ! Dis donc, tu sais qu'elle en pince drôlement pour toi, la petite du tir... Si, si, elle me l'a dit. Même qu'elle t'a donné rendez-vous tout à l'heure, à une heure du matin, derrière son stand.

Du coup, Ricardo reste les bras ballants.

— Allez, blague pas...

Umberto prend un air sévère :

— On blague jamais avec ces choses-là. Les sentiments, c'est sacré. Dépêche-toi donc de te faire beau...

Tout en regrettant son pantalon du dimanche, Ricardo va mettre son blue-jean et sa plus belle chemise en répétant avec un sourire épanoui :

— Ben, ça alors !...

Dès qu'il est sorti de la roulotte, ses deux compères félicitent Umberto :

— Chapeau ! Tu as eu le bon réflexe. C'est qu'il devenait mauvais...

Umberto a un rire satisfait :

— Il est une heure moins le quart et il va au moins poireauter jusqu'à deux heures. On a tout notre temps...

— Le temps de quoi ?

— Vous allez voir, les gars...

Umberto va chercher une barre de fer, la place entre les draps de Ricardo et enroule autour un fil métallique qu'il raccorde au groupe électrique de la roulotte. Il a un ricanement :

— On va lui chatouiller les guibolles. Il s'en souviendra !

Les deux autres font quand même des objections :

— Ecoute, cela peut être dangereux...

Mais Umberto les envoie promener :

— Pas du tout. Et puis il a bien mérité une leçon...

Deux heures et demie du matin. Ricardo rentre d'un pas lourd dans la roulotte. Il prononce d'une voix piteuse :

— Elle n'était pas là...

Il va vers son lit dans l'obscurité. Ses trois camarades retiennent leur souffle. Ils entendent :

— Bonne nuit les gars !

Et l'instant d'après, il y a un cri atroce, puis le silence.

— C'est toi qui cries comme ça, « la Lumière » ?

— T'as fait un cauchemar ?

— T'as pas honte de nous réveiller !

Mais le silence dure... Andrea va allumer la lumière et court arracher le fil métallique avec un bâton : Ricardo est inanimé dans son lit, la bouche affreusement crispée, les yeux révulsés. Andrea se penche sur sa poitrine et se relève, tout pâle :

— Il est mort.

Umberto se sent soudain mis en accusation.

— Enfin, ça nous est déjà arrivé de prendre du jus avec le groupe électrique...

Andrea l'interrompt d'une voix sourde :

— Pas dans un lit trempé, imbécile !

Le trio baisse la tête. A la fin, Umberto demande :

— Qu'est-ce qu'on fait ?

Le trio reste longtemps atterré devant le cadavre du malheureux. C'est Umberto qui réagit le premier :

— Si on allait le jeter dans le fleuve ?

Ses camarades ne répondent même pas. Umberto continue :

— Ecoutez... Lorsqu'on aura retrouvé le corps de « la Lumière », on racontera tout aux flics, sauf l'électrocution : l'eau dans son lit, le mensonge à propos de la petite du tir. Et c'est parce qu'il ne l'a pas trouvée au rendez-vous qu'il se sera jeté à l'eau. On passera pour des salauds. On sera moralement responsables de sa mort, mais ça ne sera pas un crime.

Les deux autres acquiescent mollement. Visiblement, ils sont complètement dépassés par le drame. Et, quelque temps plus tard, soutenant Ricardo qu'ils ont habillé, ils prennent la direction des quais du Pô. Leur groupe n'attire pas l'attention : ils ont l'air de fêtards dont l'un aurait encore plus bu que les trois autres.

Au prix de mille efforts, ils parviennent enfin sur

le quai. Un rapide coup d'épaule et le malheureux Ricardo bascule dans l'eau noire.

Et c'est alors qu'on entre dans l'horreur. Comme il arrive parfois dans les électrocutions, Ricardo n'était qu'en état de mort apparente. Il serait revenu à lui de lui-même au bout de quelque temps. Le contact de l'eau le ranime. Il se met à crier :

— Au secours ! Je me noie !

Les trois complices se regardent, au comble de l'effroi : pas plus que « la Lumière », ils ne savent nager. Ricardo, qui vient de piquer de la tête, refait surface. Il les aperçoit. Il agite un bras :

— C'est une bonne blague, les copains ! Maintenant, je voudrais remonter...

Le courant l'éloigne du bord, il est hors de portée. Il disparaît sous l'eau, reparaît, lance un dernier « au secours » et coule définitivement.

C'est peu après le lever du jour que le corps de Ricardo Fontana est découvert par un marinier. Dès le lendemain, les trois camarades de la victime sont interrogés par le commissaire Bianchi, chargé de l'enquête.

Sans se démonter, Umberto raconte l'histoire qu'ils ont mise au point. Le commissaire Bianchi l'écoute en silence et prend la parole sans élever la voix.

— C'est vous qui l'avez jeté à l'eau ! Et les tortures qu'il a subies avant, c'était vous aussi ?

Umberto devient tout pâle.

— Quelles tortures ? On ne l'a pas torturé. Et puisqu'on vous dit que c'est lui qui s'est suicidé...

Le commissaire Bianchi le regarde dans les yeux.

— La victime portait de profondes brûlures aux jambes, comme celles qu'on observe dans les tortures à l'électricité. Et elle aurait bien été incapable de se jeter à l'eau ; elle était hors d'état de marcher...

Les trois adolescents se regardent, effondrés, et Umberto reprend, dans un souffle :

— On va tout vous dire, monsieur le commissaire...

Inculpés de meurtre, Umberto, Andrea et Gianni ont été condamnés par la cour d'assises à cinq ans de prison. Ils ont réussi à faire la preuve qu'ils n'avaient pas l'intention de tuer. Ils voulaient simplement être méchants. Malheureusement, ils avaient aussi été bêtes et cela, c'était encore plus grave.

LA BANDE À HITLER

Munich, 1943. Depuis quelque temps, les bombardements alliés se succèdent et rendent dans la ville toute vie normale impossible. Aussi les autorités scolaires prennent-elles la décision d'éloigner les élèves des écoles. Dans des camions militaires bâchés, les gamins de six à quinze ans prennent la direction des campagnes avoisinantes. Là au moins, ils seront en sécurité. C'est la seule réaction qu'inspire cette mesure, que tout le monde juge salutaire. Que les enfants se trouvent désormais livrés à eux-mêmes, coupés de leurs parents, ne préoccupe personne. C'est la guerre et il y a bien d'autres sujets d'inquiétude.

Les enfants, eux, s'en plaignent moins que personne. Pour eux, cet éloignement subit de leur cadre de vie ressemble à des vacances...

Hugo Werner, pourtant, n'est pas de cet avis. Il a treize ans, mais il paraît plus que son âge. Il fait déjà 1,70 mètre et une légère moustache brune ombre sa lèvre supérieure. Sa mère, comme beaucoup d'autres femmes, travaille dans une fabrique d'armement, son père, comme tous les autres hommes ou presque, est militaire.

Oui, Hugo s'ennuie dans son école improvisée au milieu de la campagne bavaroise. La rue lui manque, avec ses bandes de garçons de son âge et ses bagarres. Se battre c'est ce qu'il attend, en cette année 1943, se battre comme son père, comme les pères et les grands frères de ses camarades.

Mais, pour l'instant, il faut bien une distraction, une manière de tuer le temps à défaut d'autre chose. Et il trouve une idée : fonder une association, une société secrète...

Pendant les récréations, il en parle à plusieurs de ses camarades.

— Qu'est-ce que vous en pensez, les gars ? On appellerait ça la « bande des panthères »...

Bientôt, ils sont cinq. Ils ont entre onze et treize ans. Une nuit, dans les toilettes du dortoir, ils prêtent serment en mêlant leur sang, après s'être coupé le doigt avec un couteau de scout.

Voilà : la bande des panthères est constituée. Ce n'est, pour ces jeunes garçons, qu'un moyen facile d'éprouver un petit sentiment d'héroïsme alors que des adolescents qui ont seulement quelques années de plus qu'eux se font tuer à Stalingrad, en Afrique ou ailleurs... Dans leur école perdue dans la campagne, ils s'inventent des missions secrètes dangereuses et exaltantes : voler la nuit quelques pommes au réfectoire, ou bien un encrier dans le bureau du directeur...

Mai 1945. La guerre est terminée. Les enfants retournent à Munich. Hugo Werner et sa bande, à bord d'un camion militaire américain, retrouvent leur ville, deux ans après l'avoir quittée. Les cinq gamins se serrent les uns contre les autres. Ils appartiennent à la bande des panthères, donc ils sont des durs, ils ne doivent pas manifester leur émotion. Et pourtant, comme ils en auraient envie ! De Munich, ils ne reconnaissent rien ou presque. Les bombardements se sont multipliés pendant leur absence. Partout, des ruines, des maisons éventrées, des rues barrées qui obligent à des détours interminables.

Et puis, c'est le retour dans leur foyer... Quand Hugo Werner rentre chez lui, sa mère est là qui l'attend sur le palier. A son regard, il comprend tout de suite. Il n'est pas surpris quand elle lui annonce que son père a été tué sur le front russe...

Quand les cinq membres de la bande des panthères se retrouvent trois jours plus tard, il semble qu'ils aient tous vieilli de quelques années. Trois d'entre eux, dont Hugo, ont perdu leur père. Celui du quatrième est prisonnier, le cinquième est blessé. Fini l'insouciance, l'exaltation facile. Ils sont graves et décidés à faire quelque chose de grave.

Les gamins errent longtemps dans les rues en ruine de la capitale bavaroise avec un sentiment mêlé de désarroi et de liberté...

En ce milieu de l'année 1945, c'est un peu la jungle à Munich. Les habitants sont à la recherche de leur subsistance. C'est le moment où les plus forts, les mieux organisés, les plus décidés peuvent tout se permettre, tout obtenir.

Sans s'en rendre compte, sans doute, la bande des panthères a changé de nature. Ce ne sont plus des écoliers jouant un jeu plus ou moins héroïque, mais de jeunes loups s'enfonçant dans la forêt sauvage pour sortir vainqueurs... Hugo Werner et ses camarades sont partis pour la guerre, leur guerre à eux, avec quelques mois de retard sur leurs aînés. Les ruines de Munich seront leur champ de bataille et la bande des panthères ne va pas tarder à faire parler d'elle.

Une villa délabrée du centre de Munich, un pavillon autrefois luxueux, ouvert à tous les vents au milieu d'un jardin à l'abandon : c'est là que la bande des panthères a élu son quartier général. Elle a pris l'habitude de se réunir la nuit, dans la pièce principale, immense et vide. Les meubles ont sans doute été déménagés par les anciens propriétaires, à moins qu'ils n'aient été emmenés par des pillards...

Cette nuit de décembre 1945, la bande est au complet. Hugo Werner a maintenant quinze ans et il a presque l'air d'un homme ; il est costaud, athlétique, son visage a perdu ce qu'il lui restait d'enfantin. Autour de lui, ses quatre camarades. Erich Reutner, quinze ans lui aussi, son second. Il a l'air plus réfléchi que les autres. Lui, c'est l'intellectuel de la bande, le seul qui ait des résultats en classe. Puis les deux frères Braun, quinze et treize ans, des gamins à l'air effronté, purs produits de la rue avec ce qu'elle a de bon et de mauvais. Enfin Alois Lenhardt, le plus jeune, un blondinet plutôt frêle qui semble moins assuré que les autres... Tous cinq serrent frileusement sur eux leurs manteaux trop longs ou trop courts. Dehors la neige et le vent s'engouffrent à travers les fenêtres sans carreaux.

Hugo Werner prend la parole d'une voix décidée, en martelant les syllabes :

— Le moment est venu d'adopter les statuts.

Il déplie une feuille de papier, l'approche d'une bougie et commence à lire. Sa voix résonne dans la pièce vide.

— Article 1. La bande des panthères a pour but de procurer à ses membres un train de vie élevé par tous les moyens légaux et illégaux...

Hugo Werner a enflé la voix en prononçant : « et illégaux ». Un murmure d'excitation mêlé de crainte a parcouru le petit groupe.

— Article 2. Une caisse commune sera créée pour recueillir les produits de toutes les entreprises. Article 3. Tous les membres de la bande doivent avoir un travail fixe afin de pouvoir justifier de leurs gains...

L'adolescent se tait et regarde ses camarades. La

lumière des bougies, qui éclaire son visage, lui donne un aspect inquiétant et quelque peu diabolique. Il continue :

— Article 4. La peine de mort sera appliquée à tous ceux qui trahiront la bande des panthères...

Chez les autres, il y a un frisson. Un frisson de peur, bien sûr, mais aussi de plaisir. Maintenant, c'est vraiment sérieux. Ils risquent vraiment leur vie. Avec l'article 4, la mort vient d'entrer à leurs côtés ! Ils sont des adultes, comme tous ceux qui ont dû faire la guerre pendant des années. Ils sont, à leur manière, des héros...

Pourtant, lorsque Hugo Werner et ses camarades veulent passer à l'action, ils se rendent compte que ce n'est pas si facile que cela. Les trafics, le marché noir, les bonnes affaires, ce n'est pas pour eux. Ils se trouvent vite en concurrence avec des délinquants chevronnés qui les envoient promener en riant quand ils leur proposent une association.

C'est alors que Hugo Werner a une idée... Hans Sticht. C'est un grand, il a vingt ans. Il habite la même rue que lui. Avant de partir pour la guerre, il était en maison de correction. Il a déjà un palmarès éloquent de mauvais garçon derrière lui... Hugo Werner arrive à le rencontrer dans un café de sa banlieue.

Hans Sticht envoie tout d'abord promener ce gamin. Mais Hugo insiste et Sticht finit par l'écouter. C'est vrai que, malgré ses quinze ans, il a l'air terriblement décidé.

— Bon, bon, je t'écoute... Alors qu'est-ce que tu veux ?

Hugo Werner répond tout d'une traite :

— Des armes...

Le grand a un sifflement.

— Des armes ! Comme tu y vas ! Et qu'est-ce que tu me donnes en échange ? Tu as de l'argent ?

— Non, mais j'ai ma bande. On est cinq. Tu nous

indiques un coup et on ira. On n'a pas peur. Et on te donne une partie du butin.

Hans Sticht réfléchit. Malgré lui, la fermeté d'Hugo Werner l'impressionne.

— Bon je peux te procurer cinq revolvers, les armes c'est pas dur à trouver. Il y en a partout en ce moment. Pour le coup, c'est pas difficile non plus : j'en ai un tout prêt. Mais ce sera 50 % pour moi... D'accord ?

Le chef de la bande des panthères accepte. Et, quelques nuits plus tard, Hans Sticht vient apporter ses armes dans la villa en ruine. Les Mauser passent de main en main comme des objets de culte. Les garçons sont tellement impressionnés qu'ils ne prononcent pas un mot. C'est Sticht qui rompt le silence.

— Il y a une station-service dans le centre de la ville. C'est une des rares à être ouverte. C'est vous dire si elle fait du pognon. Et pourtant elle n'est pas gardée. Même les pompistes ne sont pas armés... Mais on est bien d'accord : vous y allez sans moi et on partage.

Hugo Werner répond sobrement :

— C'est d'accord.

La suite se passe à mettre au point les détails de l'attaque, à la lueur des bougies...

Le lendemain, ils sont dans la rue tous les cinq, serrant sous leur manteau leurs gros revolvers. Cette fois, c'est sérieux. Ils risquent leur vie. Ils sont enfin devenus des hommes, mieux : des panthères, qui ont juré de vaincre ou de mourir !

Dans la station-service, il y a effectivement du monde : une longue file de voitures attend devant la pompe et, apparemment, pas de policier ni de militaire en vue... Hugo poste ses hommes de chaque côté de la rue. Lui-même s'approche de l'employé, sort son revolver et dit d'une voix terrible :

— La caisse, et vite !

Surpris et terrorisé, l'homme se laisse conduire vers le bureau. Tout a l'air de se passer comme prévu. Mais à l'extérieur, les autres panthères n'ont pas le même sang-froid que leur chef. Ils ont sorti leurs revolvers et les passants, les badauds les regardent... Ils n'en mènent pas large. Est-ce que l'un d'eux ne va pas tenter quelque chose ? Est-ce qu'il n'y a pas parmi eux un policier ou un militaire en civil ?

Aloïs Lenhardt, le blondinet, le plus jeune, est le moins assuré. Il fait tous ses efforts pour qu'on ne le voie pas trembler. Il regrette à présent. Il aimerait être chez lui. La peur, le danger, il vient de les découvrir. C'est quelque chose qui vous noue la gorge, qui vous fait flageoler les jambes.

Aloïs Lenhardt sue à grosses gouttes. La menace peut venir de partout... Peut-être dans son dos... Il se retourne et, sans réfléchir, se met à tirer. Il y a des cris, une bousculade... Du coup, ses camarades se mettent à tirer eux aussi.

Hugo Werner, qui était avec le pompiste dans le bureau, en sort précipitamment et donne l'ordre de fuir. Les gamins s'en vont à toutes jambes, sauf Aloïs Lenhardt, qui, complètement paniqué, jette son arme. Il est rapidement maîtrisé par un passant.

Voilà... La bande des panthères a raté piteusement son premier coup. Ce sera une bonne leçon et tout va rentrer dans l'ordre. C'est sans doute ce qui aurait pu se produire. Pourtant, c'est maintenant que l'aventure de Hugo Werner et ses camarades va basculer dans l'horreur.

Après cet échec, les quatre gamins restants se retrouvent dans leur repaire, une maison en ruine de Munich. Et là, Hugo Werner éclate d'une colère terrible.

— C'est Sticht, j'en suis sûr ! Il avait prévenu les flics. Ils ont tendu une embuscade.

Aucun des membres de la bande n'ose répliquer que ce n'est pas vrai. Il n'y avait pas d'embuscade. C'est leur affolement qui a fait tout rater. Lui, Hugo, était dans le bureau de la station-service et n'a rien vu. Les autres savent, mais ils ont peur, ils ont honte devant cet aveu humiliant. Ils se taisent.

Hugo Werner continue :

— Nous allons liquider Sticht ! Il nous a trahis et vous connaissez nos statuts...

Le soir même, Hans Sticht se rend sans méfiance dans la villa en ruine. Hugo Werner lui montre un plan de Munich. Sticht se penche pour l'examiner à la lumière des bougies... Werner explique qu'il s'agit d'un coup formidable qui compensera celui qui vient d'échouer.

Derrière lui, Erich Reutner, son second, se tient prêt, le revolver dans la poche. Il attend... Calmement, Hugo Werner prend une cigarette et la porte à ses lèvres. C'est le signal... Dans son dos, Erich Reutner fait feu à deux reprises. Le garçon de vingt ans a un soubresaut et s'écroule d'un bloc : la bande des panthères vient de commettre son premier meurtre ! La victime est déshabillée et enterrée. Ses vêtements et ses chaussures seront revendus au marché noir...

Une fois l'opération terminée, Hugo reprend la parole, toujours très maître de lui. Maintenant, c'est vraiment un chef de bande.

— Cet imbécile de Lenhardt va sûrement parler. Il faut nous séparer et ne plus revenir ici. Mais nous nous retrouverons bientôt, je vous le jure...

Devant les policiers, Aloïs Lenhardt parle, bien entendu. Mais ce gamin craintif a le sens de l'honneur, ou alors il a peur de ses complices. En tout cas, il ne dit que le minimum : c'est-à-dire les noms.

Il ne parle ni de la bande des panthères ni du lieu de réunion, la villa en ruine.

Hugo Werner et les autres sont donc arrêtés à leur tour, mais la police n'a aucun soupçon quant à l'existence d'une bande organisée.

Devant le tribunal des mineurs, Werner et ses quatre acolytes se voient condamnés chacun à deux ans de prison avec sursis. Une peine relativement indulgente, qui va leur permettre de tout recommencer...

C'est six mois plus tard, après être sûrs qu'ils ne sont plus surveillés qu'ils se retrouvent dans leur repaire. Werner les accueille les uns après les autres avec de grands sourires. La bande des panthères reprend vie...

Aloïs Lenhardt s'est demandé longtemps s'il devait aller à cette réunion. Dans le fond, il n'avait aucune envie de renouer avec cette existence pour laquelle il n'était pas fait. Mais il avait peur d'Hugo Werner et la peur l'a emporté sur les autres considérations.

Dans la maison en ruine, à la lueur des bougies, Hugo l'accueille avec la même chaleur que les autres. Il lui tend la main :

— Salut, Aloïs...

Et, de sa main gauche, il fait feu deux fois... Aloïs Lenhardt s'écroule, touché à mort. Il avait quatorze ans... Werner prononce, pour toute oraison funèbre :

— Tu avais oublié l'article 4 des statuts.

C'est le second meurtre de la bande des panthères. Le corps de l'adolescent va rejoindre celui de Hans Sticht, tué six mois plus tôt. Ses vêtements et ses chaussures seront aussi vendus au marché noir.

Hugo Werner s'assied calmement sur le plancher

de l'immense pièce vide et invite les autres à en faire autant.

— Et maintenant, il nous faut un coup fumant. Quelqu'un a-t-il une idée ?

C'est Erich Reutner, son second, qui prend la parole.

— Ecoute, il y a mon oncle, Matthias Augustin. C'est un retraité. Je sais qu'il a un joli magot. Trois mille marks au moins. Ce sera facile, il vit seul. Seulement, ce que je te demande, c'est de ne pas lui faire de mal. C'est que je l'aime bien malgré tout.

Le projet recueille l'accord de toute la bande. Hugo Werner, qui est impatient d'agir, décide d'y aller seul le lendemain même. Il va leur donner une leçon. Il va leur montrer comment on fait quand on est une vraie panthère !

Hugo Werner sonne à la porte d'un petit pavillon de banlieue. Dans sa poche, il serre un revolver de gros calibre.

La porte s'ouvre. Une tête méfiante, aux cheveux blancs, apparaît.

— Qu'est-ce que c'est ?

— C'est Erich, votre neveu, qui m'envoie...

L'homme regarde d'un air soupçonneux. Et brusquement il ferme la porte... Mais d'un même mouvement, Hugo Werner l'a bloquée avec son pied. Il s'ensuit une courte lutte, chacun poussant de son côté.

A la fin, Hugo Werner s'énerve. Il sort son revolver et fait feu à travers la porte. A l'intérieur, il y a un choc. Matthias Augustin gît sur le sol, tué d'une balle en pleine tête... C'est la troisième victime de la bande des panthères !

Cette fois encore, le coup est raté. La détonation a ameuté le quartier, Hugo Werner n'a que le temps de s'enfuir...

C'est en venant rôder, quelques heures plus tard,

près de la maison de son oncle, qu'Erich Reutner apprend la nouvelle. Il reste immobile dans la rue, en face du pavillon. Il murmure :

— Il a osé... Il a osé !

Sa première impulsion est de courir à la recherche d'Hugo Werner et de le tuer avec le revolver qu'il a sur lui, mais il change d'idée. Non, ce n'est pas Hugo le vrai responsable, c'est lui ! Il n'aurait pas dû lui proposer le coup. Il connaissait trop bien Hugo pour savoir que cela ne pourrait pas se terminer autrement.

Dans un état second, Erich Reutner entre dans le premier établissement qu'il rencontre... C'est un cinéma. Il ne prête aucune attention au film. Il pénètre dans les toilettes... L'instant d'après, les spectateurs sont surpris par une violente détonation. Erich vient de se tirer une balle dans la tête...

Transporté d'urgence à l'hôpital, le garçon, contre toute attente, survit et, dès qu'il est en état de parler, il appelle le policier qui se trouve à son chevet.

— Je veux tout dire... La bande des panthères... Tout...

Il raconte effectivement tout : les statuts, dont le fameux article 4, la maison en ruine, les meurtres de Hans Sticht et d'Alois Lenhardt, enfin l'assassinat de son oncle, dont il est indirectement responsable.

Cette fois, la bande des panthères a vécu. Hugo Werner, arrêté le jour même, se montre d'un détachement étonnant. C'est un dur, un vrai dur. Et pourtant il n'a pas seize ans !

Quelques jours plus tard, lors de l'exhumation de ses victimes, il dira même, très maître de lui, en contemplant les cadavres :

— C'étaient des voyous. Vous devriez me remercier. J'ai rendu service à la société en les tuant...

Le procès de la bande des panthères s'est ouvert en janvier 1950. A cette époque, en Allemagne, on avait hâte de se débarrasser de ces délinquants qui avaient poussé comme des champignons sur les décombres de la guerre. La jeunesse pourrie, comme l'appelait la presse, n'avait plus de place dans la société...

Les psychiatres ayant confirmé que les jeunes gens étaient parfaitement responsables, Hugo Werner a été condamné aux travaux forcés à perpétuité, Erich Reutner, qui avait dénoncé la bande, à cinq ans de prison et les deux autres, à vingt-cinq ans.

Les jurés ont sans doute eu raison. Former un mouvement armé ayant pour but la violence, le vol et le meurtre ne pouvait être que le fruit de l'esprit pervers de Hugo Werner et de ses complices. Car on se demande où, dans le IIIe Reich et l'Allemagne de 1943, la « bande à Hitler », comme l'a appelée l'avocat d'un des accusés, aurait bien pu trouver des exemples.

LA DIXIÈME VOITURE

George Whitman rentre chez lui, au volant de sa puissante limousine grise. Trente-cinq ans, de grosses lunettes, l'air à la fois de l'intellectuel et du bosseur qu'il est, George Whitman travaille en qualité de comptable dans une compagnie d'assurances de la City de Londres. Malgré son âge, il occupe déjà un poste élevé, ce qui le contraint parfois, comme ce 14 février 1994, à faire des heures supplémentaires jusque fort tard. Il est onze heures du soir et il lui tarde de retrouver sa femme et ses enfants, qui habitent de l'autre côté de Londres, dans une banlieue résidentielle. Aussi s'est-il décidé, pour aller plus vite, à traverser le quartier malfamé de King Cross, qu'il évite d'habitude...

14 février 1994, onze heures du soir. Deux jeunes gens tout de noir vêtus se tiennent immobiles sur le trottoir devant un feu rouge d'une rue de King Cross. L'un d'eux dissimule un poignard à lame immense, du genre commando ou para. Son camarade s'adresse à lui :

— On a dit « la dixième voiture qui s'arrête au feu ». C'est d'accord ? Tu ne flancheras pas ?

— Je ne flancherai pas.

— Il s'en est déjà arrêté neuf. Le prochain tu le tues, qui que ce soit !

— T'inquiète pas...

Le signal passe au rouge... Une petite Mini noire arrive, avec une femme au volant, mais, au lieu de ralentir, elle se met à accélérer. La conductrice a brûlé le feu, sans se douter que son infraction vient de lui sauver la vie. Derrière, se présente une puissante limousine grise, qui s'immobilise sagement. C'est la dixième... Les deux jeunes gens se précipitent.

Cette épouvantable et absurde histoire a commencé quatre mois plus tôt.

Septembre 1993 : c'est la rentrée scolaire. Ils sont deux à franchir la porte d'une école privée d'Oxford. Dans cet établissement hors de prix où on garantit le rattrapage moyennant finances, les cancres sont légion, mais Richard Deeps et James Harding sont parmi les plus mauvais. Et dans cet environnement qui ne comprend que des fils à papa, ce sont eux qui ont les pères les plus riches.

Celui de Richard Deeps est à la tête d'une des compagnies d'électricité du pays — car, en Grande-Bretagne, l'électricité est privée —, ce qui donne une idée de sa fortune ; quant au père de James Harding, il est propriétaire d'une chaîne de supermarchés. Leur avenir étant assuré quoi qu'il arrive, Richard et James ne se soucient pas le moins du monde de leurs résultats. Richard Deeps, dix-huit ans, roule en Porsche, James Harding, seize ans, trop jeune pour avoir une voiture, se contente d'une Harley Davidson du modèle le plus sophistiqué. Depuis un an qu'ils se connaissent, ils sont inséparables. Ils ont passé toute leur année scolaire précédente en sorties dans les boîtes à la mode et les surprises-parties ultra-snobs...

En cette rentrée 1993, la perspective de reprendre leurs études ne leur dit rien et on les comprend : l'un va tripler sa première, l'autre sa troisième. Mais ils en ont assez également de leur existence de blousons dorés. Malgré leur jeune âge, ils sont déjà blasés. Or Richard Deeps, l'aîné et celui des deux qui a toujours eu le plus d'autorité, a une idée :

— Toi, tu feras ce que tu voudras, mais moi, fini de rire. Je m'entraîne pour devenir militaire.

— Militaire ?

— Pas troufion, bien sûr ! Dans les services secrets, section commandos. Je peux avoir un engagement avec un type que connaît mon père... Alors, qu'est-ce que tu en dis ?

James Harding est subjugué, ébloui.

— Je m'entraîne avec toi, cette question !

Les voilà donc qui abandonnent les boîtes de nuit pour les magasins de surplus militaire. Ils achètent des rangers, des treillis, des tenues camouflées et ils vont faire du jogging ou marcher au pas, dans le grand parc proche du collège. Cela fait sourire leurs camarades et leurs professeurs. Deeps et Harding se prennent maintenant pour Rambo : ce n'est pas bien original et pas bien méchant non plus. La dernière chose à faire serait de les prendre au sérieux... Ils ont tort...

Mi-décembre 1993, les élèves de l'école privée d'Oxford se disent aurevoir pour les vacances de Noël. Richard Deeps prend son camarade à part et lui parle à voix basse, avec un léger sourire.

— Toi, tu pars en vacances, mais pas moi... Ça y est !

— Quoi ? Qu'est-ce qui y est ?

— Le copain de mon paternel dont je t'avais parlé. Il m'a engagé. Je vais une semaine en Irak... Mission spéciale !

— Non ? Pour quoi faire ?

— Normalement, je ne devrais pas le dire, mais à toi, je peux : préparer l'assassinat de Saddam Hussein...

Richard Deeps laisse son camarade totalement ébahi et, au retour de vacances, ce dernier le questionne avidement :

— Alors, comment cela s'est passé ?

Evidemment, Richard Deeps ne répond rien, et ses airs mystérieux excitent plus encore l'impatience de James que tous les discours.

— Je veux faire partie des services secrets. Il y a bien un moyen... Dis-moi lequel !

— Il n'y en a qu'un : réussir les épreuves.

— Je suis prêt. Qu'est-ce que je dois faire ?

— Pas si vite... Il faut d'abord que j'en réfère à mes chefs. S'ils sont d'accord, on verra...

Bien entendu, les « chefs » sont d'accord et, fin janvier 1994, Richard Deeps annonce à James sa première épreuve : il s'agit de monter sur la grue d'un chantier et de taguer sur la cabine l'inscription « 007 ». La chose a lieu la nuit et James Harding s'en sort sans difficulté...

Jusque-là, on est resté dans le domaine des puérilités, maintenant, on va entrer dans celui du crime... James Harding redescend, tout fier de lui.

— Je m'en suis bien tiré, hein ?

— Ouais, pas mal. Tu veux continuer ?

— Et comment !

— D'accord. Alors, maintenant c'est l'épreuve suprême : tuer un homme...

— Tuer un homme ?

— Cela te fait peur ?

— Non. De quelle manière ?

— Tiens !...

Richard Deeps sort alors de sa poche un poignard. Mais pas n'importe quel poignard : une arme de guerre effrayante à la lame de 25 cm de long. En même temps, il remet à son camarade *Pour la reine et le royaume,* un best-seller d'un ancien des services secrets britanniques, où on enseigne entre autres les mille et une façons de tuer son ennemi.

— Toutes les méthodes sont là-dedans : apprends-les par cœur et, quand tu seras prêt, fais-moi signe...

James Harding est prêt le 14 février et, le jour même, ils partent pour Londres. Ils ne passent pas spécialement inaperçus dans l'habillement qu'ils ont choisi : tout en noir, avec des jeans noirs, des pull-overs et K-Way noirs, un bonnet noir et même des lunettes noires, malgré le brouillard et la pluie. James Harding a son poignard collé avec du sparadrap sous son pantalon.

Richard Deeps lui a désigné l'objectif à éliminer : ce doit être un personnage malfaisant pour la société et, de préférence, un souteneur. C'est pour cela qu'ils se dirigent en autobus — car ils ont pour la circonstance délaissé leurs trop voyantes Porsche et Harley Davidson — vers un quartier chaud de Londres : King Cross.

Et là, ils donnent tout de suite la mesure de leur inconscience. Ils entrent au Scottman, un bar louche. Leur accoutrement fait se retourner les consommateurs, mais ils n'ont pas l'air de s'en apercevoir. Ils vont d'un pas décidé vers le comptoir et demandent de but en blanc au barman :

— Est-ce qu'il n'y aurait pas un proxénète ici ?

L'homme ouvre de grands yeux, avant d'éclater de rire.

— Je ne sais pas ! Ce n'est pas écrit sur leur figure...

Affreusement vexés, les deux garçons sortent la mine basse et s'en vont au hasard dans les rues. C'est à ce moment que Richard Deeps se place devant un feu rouge et dit à James Harding :

— Tu vas tuer le conducteur de la dixième voiture qui s'arrêtera.

Au volant de sa puissante limousine grise, le malheureux George Whitman vient de s'arrêter au feu rouge. Il ouvre des yeux terrorisés derrière ses grosses lunettes : deux fantômes noirs font irruption dans son véhicule...

— Qu'est-ce que vous voulez ?

James Harding lui colle le poignard sur le cou.

— Démarre et avance doucement...

Quelques centaines de mètres plus loin, il y a une petite rue sombre.

— Tourne là.

Sous la menace de l'arme, le comptable doit descendre. Richard Deeps lui maintient les bras, tandis que James Harding se tient devant lui avec le poignard.

— Quelle méthode tu as choisie ?

— La C bis.

— Ah ! Pas mal...

La suite est digne du Grand Guignol. James frappe au cou. Un flot de sang jaillit. Puis, il frappe au cœur, retire la lame et frappe encore et encore ! Enfin, ils abandonnent leur victime après lui avoir pris ses lunettes et les clés de sa voiture...

Lorsque, le lendemain matin, on retrouve le corps, la police est perplexe. A priori, il devrait s'agir d'un toxicomane en état de manque ou d'un crime crapuleux. Mais le portefeuille de la victime n'a pas été touché et il contenait pas mal d'argent. Alors une rixe ? C'est tout à fait invraisemblable compte tenu de la personnalité de ce bourgeois irréprochable et inoffensif.

Faute de mieux, les enquêteurs interrogent les mauvais garçons du quartier, mais sans résultat. Il ne leur viendrait évidemment pas à l'idée d'orienter leurs recherches du côté d'Oxford... Les semaines passent et ce crime gratuit et odieux serait peut-être resté impuni si, démontrant encore une fois leur inconscience, les deux garçons ne s'étaient perdus eux-mêmes.

Au déjeuner, dans le réfectoire de l'établissement, Harding met soudain les lunettes de la victime, qu'il gardait dans sa poche comme un trophée, et asperge sa chemise de sauce ketchup. Il s'adresse en rigolant à Deeps :

— Hé, cela ne te rappelle rien ?

L'autre s'étouffe de rire, incapable de prononcer une parole.

Leurs camarades veulent comprendre et pressent Harding de questions. Celui-ci finit par avouer avec suffisance :

— Ben quoi, j'ai tué un mec !...

Les propos sont rapportés au directeur de l'établissement qui, lui-même, prévient la police. Celle-ci finit par faire le rapprochement avec le meurtre inexpliqué de King Cross... Quand, peu après, ils sont entendus par les enquêteurs, Richard Deeps et James Harding ne font aucune difficulté pour avouer. Au contraire, ils racontent toute l'histoire avec une sorte de fierté monstrueuse.

C'est la même attitude qu'ils ont adoptée à leur procès, qui s'est ouvert devant la cour d'assises de Londres en avril 1995, car, malgré ses seize ans, James Harding était passible, selon la loi anglaise, de la même juridiction que son camarade âgé de dix-huit.

D'ailleurs, il s'est comporté en criminel endurci. Devant les jurés horrifiés et son avocat consterné, il a décrit son acte d'un ton parfaitement indifférent, comme s'il faisait le compte rendu d'un banal accrochage entre deux voitures.

— J'ai visé d'abord la gorge. Le sang a jailli de la carotide tranchée. Ensuite, j'ai retiré mon couteau et je l'ai enfoncé au milieu de la poitrine, avec une trajectoire de bas en haut, quinze fois de suite exactement.

C'est avec la même tranquillité que Richard Deeps a raconté ses affabulations à propos des services secrets et les épreuves qu'il a imaginées pour son camarade.

— Il fallait bien passer le temps et trouver quelque chose d'excitant à faire. On s'ennuyait tellement dans la boîte...

Le jury n'a pas fait de différence entre l'exécuteur du crime et son instigateur : tous deux ont été condamnés au maximum, la réclusion à perpétuité. C'était une peine très lourde à leur âge, mais il faut reconnaître qu'ils avaient tout fait pour la mériter.

LE JUGE POUR ENFANTS

Mario Danielli, quinze ans, rentre chez lui, dans une jolie villa d'une rue élégante de la banlieue de Milan. Le jeune homme sort du lycée. D'habitude, c'est un trajet qu'il accomplit en quelques minutes, mais cela fait près d'une demi-heure qu'il hésite, qu'il fait demi-tour aux abords de la villa et revient de nouveau sur ses pas...

Mario Danielli est frêle pour son âge. C'est un blondinet aux yeux bleus. Il n'y a pas besoin de l'observer longtemps pour se rendre compte qu'il s'agit d'un être timide et dominé.

Enfin, il se décide... Tête baissée, les yeux rivés sur le sol, il pousse la grille du jardin et sonne à la porte. Il serre contre lui son cartable, qui contient la raison de sa peur, de sa panique : sa composition de mathématiques.

C'est sa mère qui lui ouvre. Elle l'embrasse sans dire un mot. Mario n'en est ni étonné, ni rassuré : sa mère ne dit jamais rien. Mais déjà, dans la salle à manger, une voix impatiente retentit.

— C'est à cette heure-là que tu rentres ? Viens un peu par ici !

Mario Danielli obéit comme un automate. Il sait qu'il n'y a rien à faire. Il aimerait de toutes ses forces être ailleurs, mais c'est trop tard...

Devant la table, où il terminait son déjeuner, Giuseppe Danielli, son père, le considère fixement. C'est un homme massif, très brun, qui paraît plus que ses quarante ans.

— Alors ? D'où viens-tu ? Tu as encore été traîner dans les rues, c'est ça ?

Mario Danielli bafouille :

— Oui... Enfin non.

Et puis, il se lance à l'eau :

— J'ai le résultat de ma composition de maths...

D'une main tremblante, il sort la copie annotée de rouge. Son père la lui arrache et pousse un rugissement :

— Deux sur vingt... Avant-dernier ! Mais tu es le pire des bons à rien, tu es pire que tout !

Angela Danielli tente timidement d'intervenir :

— Ne te mets pas dans des états pareils, Giuseppe. Le petit se rattrapera la prochaine fois...

Mais son mari ne l'entend pas.

— Tu ne passeras même pas ton bac ! Tu seras renvoyé du lycée avant. Et ne compte pas sur moi pour te mettre dans un collège privé. Tu iras au travail tout de suite, en usine ou ailleurs... En attendant, monte dans ta chambre. Tu resteras à la maison tout le week-end, tu réviseras tes maths...

La tête basse, Mario gagne sa chambre. Il estime s'en être tiré à bon compte. Au moins son père ne l'a pas battu.

Quant à Giuseppe Danielli, une fois sa colère passée, il médite sur la difficulté d'être père et l'ingratitude des enfants en général. Ce n'est pourtant pas faute de crier. Il n'y a que cela que Mario comprenne... Enfin, lui, au moins, malgré tous ses défauts, il n'est pas comme les autres. Avec les principes qu'il a reçus, il sera un homme sain. Ce ne sera pas un de ces petits voyous à cheveux longs qui courent les rues, en cette année 1968...

Et Giuseppe Danielli sait de quoi il parle. Il est juge pour enfants au tribunal de Milan. Un magistrat d'ailleurs connu pour sa sévérité et ses principes. Giuseppe Danielli est très confiant dans ses principes. Il n'imagine rien d'autre en dehors d'eux. L'imagination n'a jamais été son fort.

Que sait-il vraiment, dans le fond, de son fils, Giuseppe Danielli ? Sa fonction ne requiert aucune aptitude spéciale en psychologie. Pour être juge pour enfants, en Italie, il suffit de se présenter au concours administratif et de répondre à des questions de droit. C'est tout.

Giuseppe Danielli n'a jamais été choqué de voir Mario rentrer couvert de bleus quand il était plus jeune. A sa femme qui s'en inquiétait, il répondait :

— C'est normal. Un garçon est fait pour se battre.

En fait, Mario Danielli a longtemps été le souffre-douleur de ses camarades. Sa vie quotidienne en classe n'est pas loin d'être un cauchemar... S'il avait un brin de psychologie, M. Danielli aurait également compris qu'il est en grande partie la cause des mauvais résultats scolaires de son fils. Son exigence, sa dureté ont produit l'effet contraire à celui qu'il escomptait... Par crainte d'avoir une mauvaise note, une mauvaise place, Mario panique devant sa feuille. Et, plus il a peur de rater, plus le résultat est catastrophique.

A quinze ans, Mario Danielli est devenu un garçon secret, délaissé par ses camarades comme par ses professeurs, qui vit dans la crainte, dans la hantise de son père, de son juge !

Pourtant, ce qui n'était pour lui qu'une situation difficile va prendre brusquement un tour aigu... Nous sommes en mars 1968. En Italie, comme un peu partout en Europe et en Amérique, on assiste à un commencement d'effervescence dans la jeunesse. Pour l'instant ce ne sont que des mouvements spontanés, des chahuts, le début de ce qu'on appellera plus tard la contestation.

Et, en ce mois de mars, un incident se produit dans les rues de Milan. Une bande de lycéens se heurte à quelques policiers, des coups sont échangés. Un jeune homme de seize ans, Carlo Tedesco, est arrêté. Il a lancé une pierre contre un monument public.

Le jeune homme passe sans tarder en jugement et, comme il est mineur, il se retrouve devant le tribunal pour enfants. C'est Giuseppe Danielli qui est désigné pour présider les débats.

Dehors, en face du palais de justice, une centaine de jeunes gens, les camarades du prévenu, se sont rassemblés. Mario Danielli n'en fait pas partie, bien entendu. Pourtant, Carlo Tedesco est élève de son lycée. En classe de première...

A l'intérieur du palais, l'ambiance est détendue. Les représentants de la presse et le public sont sûrs que le verdict sera indulgent. Le délit n'est pas très grave. Il faut sévir, bien entendu, mais juste pour le principe.

Pourtant, quand le président Giuseppe Danielli fait son apparition, l'atmosphère change. Le juge a on ne sait quoi de dur, d'impitoyable dans le regard. Il procède brutalement à l'interrogatoire.

— Nom, prénom...

L'accusé répond d'une voix mal assurée.

— Tedesco, Carlo...

— Occupation.

— Je suis étudiant, en première.

— Quel lycée ?

— Victor-Emmanuel...

En entendant citer l'établissement de son fils, le juge ne peut s'empêcher d'avoir un commentaire :

— J'espère que vous vous rendez compte de l'exemple que vous donnez à vos camarades, surtout à ceux qui sont plus jeunes que vous et qui sont sains.

Et les débats se poursuivent sur ce ton... Giuseppe Danielli les mène tambour battant, interrompant la défense, agrémentant chaque déposition de remarques acides.

Le procureur prononce enfin son réquisitoire. D'une voix qu'il s'efforce de rendre bourrue, il demande une peine symbolique, « car la société ne peut admettre de tels actes », tout en reconnaissant que la jeunesse de l'accusé est une raison d'indulgence. En conclusion, il réclame quatre jours de prison avec sursis.

La défense demande l'acquittement pur et simple et Giuseppe Danielli rend son verdict : six mois de prison ferme !

Dans la salle, c'est un silence stupéfait qui dure une bonne minute... Six mois de prison ferme alors que le procureur avait demandé quatre jours avec sursis : cela ne s'était jamais vu ! Est-ce que le juge a perdu la raison ? En tout cas, une chose est certaine, s'il voulait jeter de l'huile sur le feu, il ne pouvait pas mieux faire.

Effectivement, la nouvelle, aussitôt connue, déclenche à l'extérieur un mouvement de colère. La police doit disperser les manifestants. Mais les lycéens ne s'en tiennent pas là. Le lendemain, ils viennent en délégation dans la banlieue chic de Milan conspuer le juge devant sa villa. Encore une fois, la police est obligée d'intervenir...

Et Mario, dans tout cela ? Est-ce que son père ne s'est pas rendu compte qu'il venait de lui rendre la vie impossible ?

Pendant la manifestation, il est là, dans sa chambre, dissimulé derrière les rideaux. Des minutes entières, il entend le nom de son père conspué par ses camarades... Il a honte. Mais, par-dessus tout, il a peur. Maintenant il a encore plus peur de ses camarades que de son père...

Le lendemain, Mario tente une démarche auprès de lui. Pour une fois, il ose l'affronter. C'est qu'il n'a pas le choix.

— Papa, j'aimerais ne pas aller au lycée aujourd'hui. J'ai peur qu'il m'arrive quelque chose. Tu ne crois pas que je devrais attendre quelques jours, que les choses se soient un peu calmées ?

En entendant cette proposition d'une incroyable audace, Giuseppe Danielli se met à rugir :

— Qu'est-ce que tu dis ? Tu voudrais me déshonorer ? Bien sûr, que tu vas y aller, et tout de suite encore, la tête haute ! Tu vas leur montrer, à ces voyous, que tu es un garçon sain.

Et Mario Danielli part pour son lycée. Il fait beau, mais il ne voit rien. Il ne sent que cette boule intolérable qui lui étrangle la gorge, que cette faiblesse qui lui coupe les jambes. Et il se prend à murmurer, en pensant à son camarade :

— Six mois de prison : il a de la chance !

Mario est arrivé devant la grille de son lycée. Instinctivement, comme lorsqu'il rapporte une mauvaise note à la maison, il serre son cartable contre lui et il s'avance, tête baissée, droit devant.

Voilà, il est dans la cour de récréation... Il s'attendait à des cris, à des coups. Mais non, il ne se passe rien. Il lève les yeux craintivement et constate qu'un grand vide s'est fait autour de lui. De loin, les élèves l'observent avec un mépris affiché... Il respire. Ce n'est pas trop grave. Ils le mettent en quarantaine, c'est tout. Dans le fond, qu'est-ce que ça change ? Il en a l'habitude depuis longtemps. Ce n'est qu'une différence de degré.

Les mois ont passé... Carlo Tedesco, bénéficiant d'une mesure de grâce, est sorti de prison depuis longtemps, mais pour Mario Danielli, la situation ne s'est pas arrangée. Personne n'a oublié, personne ne lui pardonne le verdict de son père, dont pourtant il n'est pas responsable. Personne, ni les élèves ni les professeurs.

Ses résultats scolaires sont de plus en plus mauvais. Bien sûr Mario Danielli n'a jamais été un bon élève. La peur de mal faire l'a toujours paralysé. Mais depuis le procès — il en est certain —, ses professeurs sont injustes avec lui. Il rapporte à la maison des notes de plus en plus médiocres, qui sont suivies de colères de plus en plus violentes de son père.

L'année 1969 arrive... Celui qui ferait attention à Mario Danielli, s'apercevrait qu'il dépérit de jour en jour : il a les yeux cernés, le teint pâle. Mais personne ne fait attention à lui, ni au lycée, ni à la maison.

Et brusquement, Mario n'y tient plus. Tout arrive d'un seul coup, le 4 janvier, jour de la rentrée. Ce jour-là, son professeur lui a remis son devoir de mathématiques : note « O » accompagné du commentaire : « Elève nul ».

Comme à l'accoutumée, l'adolescent traîne en rentrant déjeuner chez lui. Mais, cette fois, il ne se décide pas à franchir la porte. Cette fois, il craque. Il va droit devant lui. Il ne sait pas ce qu'il fait. Il ne veut pas rentrer. Il ne rentrera plus, c'est sa seule certitude...

C'est vers deux heures de l'après-midi qu'il reprend ses esprits. Et avec la conscience, survient la panique. Il n'a pas été déjeuner chez lui, il devrait déjà être en classe... Il est allé trop loin. Il ne peut plus retourner ni à la maison, ni au lycée. Il n'a qu'un moyen de s'en sortir : fuir !

Mario Danielli est entré dans le jardin public. Il s'assied sur un banc... Fuir ? Mais avec quoi ? Pour cela, il lui faudrait de l'argent. Or, il n'a jamais eu une lire. Son père lui a dit qu'il n'aurait pas d'argent de poche tant que ses notes ne seraient pas satisfaisantes...

Et c'est alors qu'un souvenir s'impose à lui, une phrase de sa mère concernant une de leurs voisines, Mme Fiora.

— Je ne comprends pas Mme Fiora. Elle laisse une partie de son argent du mois dans le compteur électrique. Je lui ai dit que c'était imprudent, mais elle ne veut rien entendre.

Dans l'esprit bouleversé du jeune homme, l'idée vient de naître : l'argent, c'est chez Mme Fiora qu'il se trouve, et c'est chez elle qu'il ira le chercher.

En prenant mille précautions, Mario Danielli arrive en face du domicile de ses parents. Il sonne à la porte d'une jolie villa semblable à la sienne. C'est Mme Fiora qui lui ouvre. Bien entendu, elle est seule. Il est trois heures de l'après-midi et son mari est au travail. En le voyant, elle ne manifeste aucune inquiétude, seulement de la surprise.

— Mario, mais qu'est-ce que tu fais là ? Tu n'es donc pas en classe ?

Avec un aplomb qui le surprend lui-même, le jeune homme répond :

— Non, c'est maman qui m'envoie. Elle a quelque chose à vous demander. Je peux entrer ?

La voisine lui ouvre la porte... Alors, comme un fou, il se précipite vers le compteur électrique enfermé dans son coffrage ; il l'ouvre, agrippe les billets. Mais déjà, avec un hurlement, Mme Fiora s'est jetée sur lui. L'adolescent se dégage, poursuivi par la voisine et s'engouffre dans la cuisine. Il prend la première chose qui lui tombe sous la main : un couteau, et il frappe plusieurs fois.

4 janvier 1969, six heures du soir... Le juge Giuseppe Danielli préside une séance du tribunal pour enfants. Il a prononcé le huis clos. Après avoir

rendu sa sentence, il quitte la salle. Derrière la porte, deux policiers sont là qui l'attendent.

— Monsieur le juge. Il est arrivé un malheur. Votre fils... vient de commettre un meurtre.

Giuseppe Danielli n'a qu'une seule réaction : l'incrédulité.

— Ce n'est pas vrai !

— Si, monsieur le juge. Et il dit que c'est de votre faute.

Le procès de Mario Danielli, seize ans, s'est ouvert à la fin de la même année 1969. Dans la salle, tout le monde avait les yeux tournés vers un homme tassé sur lui-même, comme accablé par un poids trop lourd. C'était Giuseppe Danielli qui avait, entre-temps, donné sa démission de la magistrature. Plus jamais il ne jugerait d'enfants, ni personne d'autre...

Et les remords affichés par le père du meurtrier ont semblé de plus en plus justifiés à mesure que se déroulaient les débats. Car tous les témoins qui se sont succédé à la barre ont mis en lumière sa responsabilité vis-à-vis de son fils.

Après un réquisitoire modéré et une plaidoirie émouvante, le président s'est rangé au point de vue de la défense : dix ans de prison avec sursis et deux ans dans un établissement d'éducation surveillée.

Mario Danielli se voyait accorder le droit de se racheter, d'avoir dans l'avenir une vie normale.

Heureusement pour lui, ce jour-là, le juge pour enfants ne s'appelait pas Giuseppe Danielli.

« ET CE FUT ROSE... »

« On attendait Sydney, et ce fut Rose... » Toute l'histoire qui va suivre pourrait se résumer à cette simple phrase. Rose Klein n'aurait pas dû naître, mais elle vint au monde, avec toutes les conséquences qui allaient en découler, pour elle comme pour les autres.

Nous sommes à Minneapolis, la grande ville du Minnesota, aux Etats-Unis, dans le début des années cinquante. Robert et Esther Klein habitent un petit pavillon d'un quartier de la classe moyenne. Ce n'est pas la misère, mais la vie n'est pas facile quand même. Robert Klein possède une boutique de chaussures où il travaille douze heures par jour. Mais le magasin est modeste et les résultats ne sont pas à la mesure de ses efforts...

Les problèmes financiers ne sont pourtant pas la principale préoccupation de M. et Mme Klein. Ils ont trente-cinq ans, ils vont fêter leurs dix ans de mariage et pendant dix ans ils ont attendu un enfant... Par bonheur, Esther Klein est enceinte et son mari souhaite de toutes ses forces que ce soit un garçon. « Dans une famille digne de ce nom, a-t-il coutume de dire, l'aîné est un garçon. » C'est ainsi : M. Klein a des principes bien à lui, des idées arrêtées et il ne fait pas bon s'y opposer. Il a beau être du genre plutôt malingre et d'apparence inoffensive, il se montre volontiers agressif et parfois violent.

Aussi, lorsque le moment fatidique est arrivé, Esther Klein, qui, à l'inverse de son époux, est aussi effacée que craintive, se répète, dans l'ambulance qui l'emmène à la clinique :

— Pourvu que ce soit Sydney !

Tel est, en effet, le prénom masculin qu'ils ont choisi. Pour une fille, parce qu'il fallait tout de même prévoir l'éventualité, ils ont opté pour Rose... Et, quelques heures plus tard, l'infirmière présente à la maman consternée une petite fille très jolie de visage, quoique un peu fragile. M. Klein, qui attendait dans le couloir, a poussé un juron en apprenant la nouvelle, a remis son chapeau sur sa tête et est rentré chez lui sans aller voir ni le nouveau-né ni sa femme.

Dans les jours et les mois qui suivent, l'attitude de Robert Klein ne change pas : sa fille, il ne veut pas la voir, il l'ignore, elle n'existe pas ! Esther s'occupe d'elle toute seule et encore, le moins possible, juste le minimum indispensable, afin de ne pas déplaire à son mari... Esther Klein, qui se retrouve enceinte et qui, un an après Rose, donne naissance à un second enfant.

Bien entendu, Robert et elle espèrent encore que ce sera un petit Sydney... Mais non, c'est une fille, qu'ils prénomment Rachel. Et là, il se passe un phénomène étonnant : alors qu'il continue à ignorer totalement Rose, Robert Klein se comporte avec sa seconde fille de manière tout à fait normale : il va la voir dans son berceau, il lui fait des sourires, il s'inquiète de sa santé, bref, il est avec Rachel comme tous les papas du monde. C'est que, dans son esprit, seule Rose est coupable, parce qu'elle a pris la place de l'aîné. Que la cadette soit une fille n'est pas grave ; que Sydney vienne en deuxième ou en troisième position ne change rien, c'est de toute manière raté par la faute de Rose...

Telles sont les premières années de Rose Klein, avec en plus, de graves problèmes de santé. Elle était déjà de constitution délicate et une maladie infectieuse, à l'âge de deux ans, la laisse à jamais cardiaque.

Mais sur le plan du caractère, c'est tout différent. Elle est loin d'être une petite chose fragile ; elle ne tient visiblement pas de sa mère, mais de son père. Face à l'hostilité de ce dernier, elle réagit en contre-attaquant. Elle s'en prend à Rachel, objet de toutes les préférences. Elle est odieuse avec elle, elle la griffe, la pince, la bat... A tel point que les Klein finissent par demander l'avis d'un médecin, qui rend son verdict :

— Si elle est comme cela, c'est à cause de sa maladie de cœur. Le mieux serait de la placer dans une maison de repos...

La solution arrange tout le monde et Rose Klein se retrouve dans une institution spécialisée pour enfants cardiaques. C'est là, alors qu'elle vient d'avoir quatre ans, qu'elle apprend la nouvelle : elle a un petit frère, M. et Mme Klein ont enfin leur Sydney.

Son séjour se poursuit et ne se passe pas bien... Rose a décidément hérité des instincts violents de son père. Bien qu'elle soit toujours aussi chétive, elle est querelleuse, bagarreuse. Elle est à la fois détestée et redoutée des autres enfants. C'est la raison pour laquelle elle quitte l'établissement, alors qu'elle est âgée de huit ans. Sans la renvoyer formellement, la direction a fait comprendre aux Klein qu'on ne voulait plus d'elle... Voici donc Rose qui rentre chez ses parents et qui va faire la connaissance de son frère Sydney, qu'elle n'a encore jamais vu. C'est maintenant que le drame va se nouer...

En arrivant au foyer familial, Rose découvre l'enfer. Son père, quand il la voit arriver, ne lui dit même pas un mot de bienvenue, mais cela, elle s'y attendait. Sa mère se borne à un « Bonjour » furtif pour ne pas déplaire à son mari et puis arrive Sydney... C'est un gamin de quatre ans, aux cheveux blonds bouclés, qui serait plutôt mignon s'il n'avait l'air aussi effronté. Il se plante devant elle et la dévisage, les deux poings sur les hanches.

— Alors, comme cela, c'est toi ma sœur ?

— Tu vois...

Sydney poursuit son examen et laisse tomber :

— Eh ben, t'es un rien moche !

Rose lève la main dans sa direction, mais n'a pas le temps de terminer son geste : un éclair, suivi d'une multitude de petites lumières, a jailli devant ses yeux. Robert Klein vient de la frapper d'une gifle formidable, à toute volée. Il lui adresse pour la première fois la parole d'un ton sec, alors qu'elle titube encore, tentant de reprendre ses esprits.

— Je t'interdis de toucher Sydney ! Tu as compris ?

Sydney a un gloussement. Il la regarde bien dans les yeux.

— Tu as compris... mocheté ?

Rose serre les dents... Son père est là qui la fixe, prêt à intervenir de nouveau. Elle parvient à se dominer et quitte la pièce pour aller dans sa chambre. Oui, elle a compris ! Elle a compris que son calvaire venait de commencer...

Elle en a la confirmation quelques instants plus tard, lorsque sa sœur Rachel vient la rejoindre. Elle n'avait pas fait attention à elle en arrivant, mais Rachel a beaucoup changé. C'est une jolie petite fille aux longs cheveux coiffés en nattes, à l'air intelligent et doux. En un instant, Rose en a oublié l'ancienne animosité qu'elle éprouvait à son égard... Rachel pousse un gros soupir.

— Sydney, c'est terrible, tu sais !

— Qu'est-ce qu'il fait ?

— Les pires méchancetés... Il me casse mes poupées, mes jouets, ou il va les mettre à la poubelle. Et moi, je n'ai rien le droit de dire. Ici, Sydney, c'est le roi. Papa et maman sont en adoration devant lui.

— Il faut faire quelque chose !

— On ne peut rien, tu verras...

Et, effectivement, Rose voit... Rachel n'a rien fait pour cela, mais la venue de sa sœur est pour cette dernière une bénédiction. Car dès cet instant, c'est Rose qui devient le souffre-douleur du gamin. Dire qu'il est odieux est au-dessous de la vérité. C'est un véritable monstre. Avec Rose, il ne casse pas ses jouets, il a trouvé autre chose.

Le lendemain, elle surprend Sydney, le pantalon baissé dans le placard de sa chambre.

— Qu'est-ce que tu fais ?

Son frère répond placidement, sans cesser son manège.

— Je fais pipi sur ta robe.

Rose pousse un cri, le bouscule et se saisit du vêtement tout dégoulinant. Elle court trouver sa mère.

— Maman, Sydney a fait pipi sur ma robe !

Esther Klein a un sourire.

— Donne. Je vais la laver.

— C'est tout ? Et Sydney, tu ne lui dis rien ?

— Ce n'est pas bien méchant...

— Tu trouves que ce n'est pas méchant ?

— Mais non, Sydney est comme cela, c'est tout. Il faut t'y habituer...

S'y habituer : c'est ce que doit faire Rose... De temps à autre, elle retrouve une de ses robes, une de ses peluches ou son tapis trempé ; une écœurante odeur d'urine règne en permanence dans sa chambre, mais pas question de toucher à son frère. Alors, Rose passe sa colère autrement. Elle a d'épouvantables crises de rage. Elle frappe les murs, brise des objets. Elle est punie, mais, elle le sait, beaucoup moins que si elle avait levé la main sur Sydney.

Ce dernier, d'ailleurs, ne s'en prend pas qu'à sa sœur. C'est un garnement, dont les méfaits sont connus dans tout le quartier. Un jour, il jette des pierres sur le chien des voisins d'en face, un autre, il crève les pneus de la voiture du voisin d'à côté. Les voisins viennent se plaindre. M. et Mme Klein leur répondent qu'ils vont sévir et, bien entendu, ne font rien...

Les crises de colère de Rose finissent quand même par inquiéter ses parents. Ce n'est pas qu'ils se soucient vraiment de sa santé, mais c'est, encore une fois, à cause des voisins. Les cris de la petite fille sont entendus dans tous les environs. A plusieurs reprises, elle va, en larmes, se réfugier chez les uns ou les autres. Craignant d'avoir à la longue des ennuis, les Klein décident d'emmener Rose chez un psychiatre.

Ce dernier, le Dr Miller, l'examine longuement et décide de la garder à l'hôpital. Il ne la trouve pas malade à proprement parler, bien que son extrême nervosité soit un peu inquiétante, mais il estime qu'après avoir été rejetée si complètement par ses parents, elle a besoin d'un soutien psychologique et il entreprend un traitement.

Pour Rose, ce sont des moments inespérés de repos et de réconfort. Loin de l'horrible Sydney, de son père et de sa mère, elle retrouve peu à peu ses forces, sa confiance en elle et en la vie. Elle est moins agitée, moins agressive... Cela dure six ans. Est-ce que la malédiction va être brisée ? Est-ce qu'elle va pouvoir mener une vie normale ? C'est ce qui serait sans doute arrivé, sans l'intervention de Rebecca Klein...

Rebecca Klein est la grand-mère paternelle de Rose. Robert, son fils, lui voue une dévotion sans borne. Lui, le tyran domestique, l'emporté, le violent, est doux comme un agneau avec elle, il écoute religieusement tout ce qu'elle dit. Or, Rebecca Klein a une préoccupation : la présence de Rose à l'hôpital psychiatrique. Pour elle, c'est le pire des déshonneurs. Elle a tenté plusieurs fois d'en convaincre son fils :

— Ma petite-fille est chez les fous, quelle misère ! Retire-la de cet horrible endroit ou je vais mourir de honte !

Pendant longtemps, fait exceptionnel, Robert Klein a tenu tête à sa mère. L'hospitalisation de Rose l'arrangeait à tous points de vue. Sans elle, il était tranquille avec Sydney, le seul de ses enfants qui comptait. Mais il finit quand même par céder à Rebecca. Il va trouver le Dr Miller pour retirer Rose et là, il se heurte à un obstacle inattendu : le médecin refuse.

— Je regrette, monsieur. Je suis responsable de la santé de mes malades. Votre fille a encore besoin de soins.

— Mais vous n'avez pas le droit de la garder contre la volonté de son père !

— Si. Au besoin, j'obtiendrai son internement par voie de justice...

Les cris, les menaces de M. Klein n'y font rien : le Dr Miller ne cède pas. Mais de son côté, Rebecca ne cède pas non plus, elle multiplie les scènes à son fils, lui rendant la vie impossible. Alors, à la fin, M. Klein trouve un stratagème. Il retourne voir le psychiatre.

— Docteur, nous allons déménager. J'ai trouvé une boutique à acheter en Californie. Nous allons nous installer à San Francisco. Alors, je ne voudrais pas que Rose soit aussi loin de nous.

Cette fois, le Dr Miller ne peut rien faire.

— Si c'est le cas, je vous rends votre fille. Je vais vous donner les coordonnées d'un confrère à San Francisco...

Rose Klein a quatorze ans. Elle va retrouver Sydney et ses parents. Le deuxième acte du drame va se jouer.

A la maison, Rose rencontre la totale indifférence de son père, qui, comme la fois précédente, ne lui adresse pas la parole. Sa grand-mère Rebecca, à qui elle doit son retour, est absente et ne se manifeste d'aucune manière. Elle partage les sentiments de son fils à son égard ; si elle a voulu qu'elle revienne, c'est par souci de respectabilité, pas par affection...

Un qui s'est chargé de lui souhaiter la bienvenue, au contraire, c'est Sydney ! Quand elle arrive dans sa chambre, Rose découvre une flaque devant son lit, tandis qu'une odeur écœurante la prend à la gorge. Elle ne dit rien. Elle s'y était préparée. Mais elle ne s'était pas préparée à ce qui va arriver le lendemain.

Lors de son séjour à l'hôpital et, sous l'influence du Dr Miller, Rose s'est prise de passion pour la lecture, des romans surtout, qui l'aident à oublier ses sombres débuts dans l'existence et elle a ramené ses livres avec elle. Le lendemain matin, elle les cherche dans sa valise : ils n'y sont plus.

Elle ne met pas longtemps à les découvrir. Elle aperçoit de la fumée à travers la fenêtre. Elle se précipite dans le jardinet. C'est trop tard : ses livres, dont Sydney a fait un bûcher, ne sont plus qu'un tas de cendres... Elle bondit ! Sydney a un cri :

— Ne me touche pas ! Sans quoi je le dirai à papa et il te tuera !...

Faisant un formidable effort sur elle-même, Rose parvient à se maîtriser. Mais ses livres, c'est trop, il ne fallait pas... Cela ne peut pas continuer ainsi. Elle doit aller trouver son père, avoir une explication avec lui...

A grandes enjambées, Rose Klein se rend au magasin de chaussures, dans un autre quartier de la ville... Robert Klein est seul dans la boutique : il n'a pas les moyens de se payer un employé. Au tintement de la sonnette fixée sur la porte, il se précipite avec un sourire commercial. Mais lorsqu'il découvre Rose, il se fige, puis tourne le dos.

— Papa, il faut que je te parle...

Toujours le dos tourné, M. Klein entreprend de classer des cartons de chaussures... Rose lui raconte ce que vient de faire Sydney, sans provoquer chez lui la moindre réaction. Alors, elle éclate en sanglots.

— Papa, ce n'est pas ma faute si je suis une fille ! Tu voulais un garçon, mais maintenant, tu l'as. Alors, s'il te plaît, sois gentil avec moi, faisons la paix.

M. Klein ne répond pas.

— Parle-moi, papa, je t'en supplie ! Parlons-nous tous les deux. Si tu ne me parles pas maintenant, je te détesterai !

M. Klein ne répond pas.

— Papa !...

La porte s'ouvre à ce moment. C'est une cliente. M. Klein va au-devant de l'arrivante, en faisant une courbette.

— Chère madame, que puis-je pour vous ?...

Rose est devenue pâle comme une morte. Elle s'est mise à trembler. Elle sort du magasin et reprend en sens inverse les rues de Minneapolis. Elle avance comme un automate. Elle a encore dans la tête le bruit qu'a fait la sonnette quand elle a refermé la porte. C'était un tintement lugubre, funèbre, comme pour un enterrement...

Rose n'a toujours pas retrouvé ses esprits quand elle arrive chez elle. C'est vrai qu'elle déteste son père. Elle le hait ! Elle le hait tout simplement parce qu'il la hait lui-même... Elle bouillonne, elle bout, elle aurait envie de tout casser, mais elle ne peut rien faire, elle le sait bien...

Dans le petit pavillon, Esther Klein est là, qui l'attend.

— Ah, te voilà. Où étais-tu donc passée ?

Rose n'a pas le temps de répondre qu'Esther enfile son manteau.

— Je vais chercher ton père à la boutique. Nous allons au cinéma. Rachel est chez ses grands-parents. Occupe-toi de Sydney. Il y a ce qu'il faut dans le réfrigérateur. Surtout, n'oublie pas de lui donner son bain et de lui laver les cheveux,

Esther Klein est partie. Rose reste interdite... Seule avec Sydney ! Il lui est déjà arrivé de le garder en compagnie de Rachel, sans avoir, bien sûr, le moindre droit de le réprimander pour quoi que ce soit, mais jamais toute seule. C'est la première fois... Rose ne peut s'empêcher de frissonner. Ce ne peut pas être un hasard ! Elle doit en profiter... Oui, elle va le faire. Sa décision est prise et elle ira jusqu'au bout.

La voix insolente retentit dans son dos.

— Tu as intérêt à filer doux avec moi. Sans quoi je raconte tout à papa et je ne te dis pas ce que tu vas prendre !

Rose se retourne. Elle sourit et prend sa voix la plus douce.

— Mais bien sûr, Sydney ! Viens, je vais te préparer à manger...

Le gamin avale son repas en silence. Quand il a fini, il affiche un air boudeur.

— Je n'ai pas envie de prendre un bain et de me laver les cheveux !

— Eh bien, déshabille-toi et va au lit. A la place, tu liras des illustrés. Je viendrai te dire bonsoir à 9 heures...

Sydney émet un petit sifflement de surprise.

— Ben, dis donc, qu'est-ce qu'il t'arrive ? T'es drôlement gentille !

Rose ne répond pas... Elle fait la vaisselle et puis attend qu'il soit 9 heures du soir. Elle est parfaitement calme. A 9 heures, elle entre dans la chambre de Sydney. De la main gauche, elle éteint la lampe de chevet, dans la droite, elle tient une statuette de bronze. Elle frappe de toutes ses forces à la tête. Il y a un grognement et un gargouillis. Elle s'acharne pendant de longues minutes, jusqu'à ce qu'elle soit sûre qu'il soit mort. Ensuite, elle quitte la maison et prend le chemin du commissariat...

Au poste de police, l'officier de service a l'impression que le ciel lui tombe sur la tête, quand il entend cette jeune fille de quatorze ans, si fragile qu'elle en paraît à peine douze, lui déclarer calmement :

— J'ai tué mon frère. Il n'a pas souffert.

Il balbutie quelque chose comme :

— Tu es malade... Tu es folle...

— Vous ne me croyez pas ? Venez avec moi. C'est tout près.

— Mais pourquoi ?... Pourquoi aurais-tu fait cela ?

Et Rose Klein explique le mobile de son acte. Elle le fait d'une voix imperturbable, sans trace apparente d'émotion.

— Je regrette pour mon frère. Je ne lui voulais pas de mal. Il était méchant, mais ce n'était pas de sa faute. C'était celle de mes parents.

— Mais alors pourquoi ?...

— Pour tuer mon père... Tout à l'heure, il a

refusé de me parler et j'ai voulu qu'il meure. Mais il était trop fort. Je ne pouvais rien faire... Quand je me suis retrouvée seule avec mon frère, j'ai compris que je devais saisir cette chance. En tuant Sydney, c'est mon père que j'ai tué. Il ne s'en remettra jamais. Il en mourra, vous verrez : j'en suis certaine !

C'était parfaitement vrai... M. et Mme Klein sont hospitalisés à la suite du choc qu'ils ont éprouvé et, si Mme Klein rentre rapidement, son mari fait une crise cardiaque qui l'immobilise à l'hôpital. C'est là qu'il apprend la mort de sa mère, qui, elle aussi, a fait un infarctus après le drame. Sa douleur est telle qu'on croit qu'il va y rester. Mais, par malheur pour lui, il se rétablit. Par malheur, car il va ainsi endurer la pire des épreuves : le procès de Rose...

Rose est jugée six mois après les faits, mais c'est de son père qu'on parle le plus lors des débats. Recroquevillé sur son banc au premier rang de l'assistance, emmitouflé dans une couverture, Robert Klein n'est que l'ombre de lui-même. Et il doit entendre jusqu'au bout, de la bouche des témoins, le portrait de l'homme qu'il était.

Ses voisins se montrent accablants :

— C'est M. Klein qui devrait se trouver dans le box des accusés, pas sa fille ! C'est un monstre et elle une enfant martyre. Combien de fois nous l'avons entendue crier ou pleurer ! Elle s'est même, à plusieurs reprises, réfugiée chez nous... Nous aussi, nous sommes coupables. Nous aurions dû prévenir la police, et ce drame n'aurait pas eu lieu.

La déposition du Dr Miller est tout aussi sévère.

— L'attitude de M. Klein envers Rose s'apparente à une véritable torture mentale. M. Klein, qui a été directement responsable du geste de sa fille en interrompant son traitement à l'aide d'une déclaration mensongère. Son retour dans son foyer tel qu'il était ne pouvait que déboucher sur une catastrophe...

Le Dr Miller précise, en outre, après avoir examiné Rose, que son état mental s'est considérablement aggravé et qu'elle doit être tenue pour irresponsable.

Le tribunal suit cet avis et décide que Rose Klein sera placée dans un asile psychiatrique. Il décide aussi un supplément d'enquête sur l'attitude de M. Klein, qui débouche sur son inculpation pour mauvais traitements à enfant.

Mais Robert Klein n'a jamais été jugé. Il a eu une nouvelle attaque en apprenant la nouvelle et est mort peu après dans d'atroces souffrances physiques et morales. Rose avait réussi son terrible crime en deux temps !

Elle ne l'a jamais su. Malgré tous les efforts du Dr Miller, elle n'a pas retrouvé le goût de vivre à l'hôpital, bien au contraire. Elle a sombré dans un accablement profond et a perdu peu à peu tout contact avec la réalité. On a diagnostiqué une schizophrénie et elle a fini sa vie avec les autres malades incurables.

Elle est morte peu avant d'avoir atteint ses vingt ans. Son court passage sur terre n'aura été qu'une tragédie. Tout cela parce que, un triste jour, au lieu du Sydney qu'on attendait, ce fut une petite Rose qui vint au monde.

UN POÈTE ASSASSIN

Nous sommes le 17 juin 1881, à Tours. C'est le soir. Une des plus belles journées de l'année se termine. Il fait doux et encore clair. Aussi les promeneurs sont-ils nombreux dans les rues ; ils s'attardent, ils flânent. Et, parmi eux, qui remarquerait un tout jeune homme qui, lui aussi, marche tranquillement ?

Car, en apparence, ce jeune homme n'a rien de spécial. Il est correctement vêtu, il fait un peu plus que ses seize ans, il est plutôt joli garçon, malgré son air timide et renfermé. Et pourtant, dans quelques minutes, il va devenir un assassin. Il le sait, il l'a décidé et rien ne pourra l'en empêcher... Il presse la main sur la crosse du revolver qu'il a dans sa poche. Il est toujours aussi calme.

Si le crime qui va se produire a frappé les contemporains par son aspect insolite, hors du commun, il est plus remarquable encore par ses motivations. Des motivations complexes, profondes, troubles. Pour les comprendre il va falloir pénétrer dans l'intimité d'un adolescent du siècle dernier, celui des romantiques...

Lucien Morisset est né en 1864, dans une famille de la petite bourgeoisie du Loir-et-Cher. L'enfant n'a pas connu sa mère, qui est morte en lui donnant naissance. C'est donc le père qui s'est chargé de l'élever et qui lui a fait donner une bonne éducation. Une bonne éducation primaire s'entend, car à l'époque, dans ce milieu, on ne pouvait songer à autre chose.

Au cours de ses études, le jeune Lucien se montre brillant. Son instituteur fait tout pour le pousser. C'est son meilleur élève. Il est d'une intelligence très au-dessus de la moyenne, sa mémoire est exceptionnelle et son imagination très vive. Si on ajoute à cela qu'il est très travailleur, qu'il a une véritable passion pour l'étude et plus particulièrement une soif de lecture incroyable, l'hésitation n'est plus permise : il faut que Lucien aille plus loin, qu'il entre au lycée, qu'il fasse des études littéraires sérieuses.

Mais, malgré l'insistance de l'instituteur, le père ne veut rien entendre. L'instruction primaire, c'est bien suffisant pour devenir clerc de notaire. Car Lucien Morisset sera clerc de notaire ! Et, à treize ans, après son certificat, il est placé à Tours, dans l'étude de maître Morin, pour faire des écritures.

Lucien, qu'on vient d'arracher à ses chères études, ne se révolte pas. Ce n'est pas son caractère. Il se soumet : il sera bon clerc de notaire comme il a été bon élève... Il se montre même un employé modèle : toujours ponctuel, poli et travailleur. Mais en lui-même, et sans que personne s'en doute, il s'est fixé un grandiose programme d'avenir qu'il va commencer dès cet instant à mettre en application dans le plus grand secret. Il lui faut d'abord continuer à s'instruire. Il ne sera jamais bachelier, bien sûr, mais, du moins, il veut aller plus loin.

Et il se met à dévorer tous les livres qui lui tombent sous la main : de la poésie, des romans, de la philosophie. Il lit le soir en rentrant du travail et tôt le matin avant de s'y rendre. Personne ne remarque rien, car Lucien est toujours à l'heure.

Non, personne ne peut se douter que cet enfant de quatorze ans a entrepris une tâche presque impossible : continuer ses études jusqu'à la limite de ses forces, tout seul, sans maître, sans orientation, sans guide...

Deux ans ont passé. Lucien Morisset vient juste d'avoir seize ans. Et il décide alors de passer à la seconde partie de son programme. Après avoir étudié, il va pouvoir créer, il va devenir poète. Il va égaler et même dépasser tous ceux qu'il a admirés au cours de ses innombrables lectures. Et chaque nuit, dans sa chambre, à la lumière d'une bougie, Lucien fait des vers. Il en fait des milliers et des milliers. Il a découvert sa vocation.

Cela dure six mois de fièvre enthousiaste, pendant lesquels il a la sensation de faire l'œuvre de sa vie. Et, au bout de ces six mois, Lucien se relit. Il se juge sans complaisance, car l'esprit critique est aussi une de ses qualités intellectuelles... Non, franchement, il n'est pas Victor Hugo, Musset ou Lamartine. Il n'est même pas poète du tout ! Et Lucien jette ses vers au feu.

Alors, tout d'un coup, il se sent terriblement seul. Et il n'a pas tort... C'est vrai qu'il est seul depuis le début ! C'est seul qu'il a entrepris de continuer ses études. C'est seul encore qu'il a voulu devenir poète, alors que personne ne lui demandait rien. Et c'est seul qu'il a échoué...

Lucien reprend sans goût, sans joie, le chemin de l'étude. Et c'est alors qu'il se souvient d'une de ses lectures. Ce n'était qu'un petit livre parmi tous les autres, mais ce livre l'a tellement marqué qu'il ne parvient pas à l'oublier. Il s'intitulait les *Mémoires de Lacenaire.*

Pierre François Lacenaire est une figure bien étrange. Né en 1800, il a été guillotiné en 1836 pour le meurtre sordide d'un homosexuel et de sa mère. Dans sa courte existence, il a fait tous les métiers :

avoué chez un notaire, écrivain public, joueur professionnel, journaliste, chansonnier. Mais il s'est senti rejeté par la société, et, un jour, il a décidé de se faire connaître, de s'imposer par le crime. Peu lui importait la victime. Il a tué presque au hasard, tué pour tuer, tué uniquement pour devenir un assassin. Entre sa condamnation à mort et son exécution, Lacenaire a eu le temps d'écrire ses mémoires. Il y dit par exemple : « Croyez-vous que c'est l'appât de l'or qui m'avait poussé au crime ? Oh, non ! C'était une sanglante justification de ma vie, une sanglante protestation contre cette société qui m'avait repoussé. » Parmi ses contemporains et même dans la génération qui a suivi, les mémoires de Lacenaire ont eu un grand retentissement et ils ont exercé sur beaucoup une incontestable fascination.

Comment ne pas comprendre alors que Lucien Morisset, dont l'intelligence a grandi trop vite et d'une manière désordonnée, ne soit pas lui aussi fasciné par Lacenaire ? Bien sûr, si quelqu'un était là pour le conseiller, le mettre en garde, tout pourrait encore être évité. Mais Lucien est seul. Et, malgré les connaissances qu'il a accumulées, entassées, son jugement est encore celui d'un enfant.

Comme son idole Lacenaire, Lucien se met, lui aussi, à écrire ses idées sur le crime. Voici ce qu'on lit à cette époque dans son journal : « Je suis dégoûté de cette ignoble et rampante société. On peut verser son sang à flots : il est trop pâle pour tacher les maisons... Il n'y a pas de Dieu, il y a la force universelle... Je crois que le bien est la conséquence du mal, que l'homme n'est pas responsable de ses actions et que les conséquences du crime sont avantageuses à la société. »

C'est ainsi que, dans l'esprit de Lucien Morisset, une idée finit par s'imposer : non, il ne sera pas poète ni prosateur. Il sera... assassin !

A partir de ce moment, Lucien se met à voler. Ce sont d'abord de petites sommes qu'il prélève dans l'étude de maître Morin. Puis, comme tout se passe bien, il s'enhardit. Il ouvre les tiroirs à l'heure du déjeuner. Il dérobe ainsi, en toute impunité, jusqu'à 5 000 francs.

Mais il ne faut pas croire que Lucien vole pour voler. Tout cet argent, il ne sait qu'en faire. Il se hâte de le dépenser n'importe comment, au cours de folles nuits dans les cabarets de Tours. Tout cela ne lui plaît pas, ne l'amuse même pas. Il en revient chaque fois avec un sentiment de vide et de dégoût.

En fait, Lucien vole pour se faire découvrir, pour se faire prendre par son patron, maître Morin. Et, ce jour-là, il le tuera. Il a d'ailleurs acheté un revolver qui ne le quitte plus. Il attend donc l'explication avec maître Morin, le moment où il pourra sortir son revolver et le tuer.

Mais Lucien s'est fait une telle réputation d'honnêteté que trois mois se passent sans qu'on songe à l'inquiéter. Qui pourrait raisonnablement soupçonner ce garçon si tranquille, si timide, si travailleur ?

A la fin, pourtant, on commence à se poser des questions. Et, au début de juin 1881, on congédie Lucien, sans toutefois l'accuser formellement. On invoque un prétexte : on lui laisse le bénéfice du doute.

Sans un mot, Lucien s'en va. Dès cet instant, sa décision est prise. Il ne cherchera pas d'autre place. Il va dépenser tout ce qui lui reste de ses vols et quand il n'aura plus rien, il ira tuer maître Morin.

Le 17 juin 1881, n'ayant plus que 70,35 francs en poche, Lucien Morisset prend le chemin de l'étude de maître Morin... C'est le soir. Il se dirige sans hâte vers la maison de son ancien patron. Il est calme. Il est même tranquille. Il n'a pas encore dix-sept ans et il va tuer !

Tel est le passé de ce jeune homme qui parcourt les rues de Tours, telles sont les pensées qui l'habitent, en cette belle soirée de juin... Mais, en chemin, il se passe quelque chose d'imprévu...

Lucien croise une bande de jeunes gens. Ils ont déjà bien commencé la soirée, ils sont d'excellente humeur et ils chantent une chanson en vogue : « Le beau Nicolas », dont le refrain est « Ah, ah, le voilà ! » Lucien, qui n'est calme qu'en apparence, se sent tout à coup pris de panique. Comment ont-ils découvert que c'était lui ? Ils savent tout et, en plus, ils se moquent de lui !

Alors Lucien sort son revolver. Et il tire, il tire encore. Deux jeunes gens sont blessés : Raphaël Monsnier, menuisier, d'une balle dans la cuisse gauche, son frère Hervé, sabotier, d'une balle au mollet.

Lucien s'enfuit et parvient à s'échapper. Mais, maintenant, tout a changé. Il a bien vu qu'il n'avait que blessé. Il n'est donc pas encore un assassin. Et on lui court après, le temps presse. Il faut donc tuer tout de suite, avant qu'on ne l'arrête. Tuer n'importe qui, la première personne qu'il rencontrera. Tant pis pour maître Morin ! Maître Morin qui ignore en ce moment que le hasard vient de lui sauver la vie.

La première personne que Lucien rencontre est un comptable aux chemins de fer de trente et un ans, M. Dormier. Lucien tire deux fois. Les deux balles sont mortelles. L'homme est tué sur le coup... Cette fois, c'est fait. Lucien Morisset est devenu un assassin. Un agent de police l'arrête...

Dès son premier interrogatoire, Lucien avoue tout : son plan, ses idées sur le crime, la façon minutieuse avec laquelle il a tout prémédité. Devant les policiers, il parle encore de Lacenaire. Il s'enthousiasme, il s'enflamme.

— C'était un homme splendide, une puissante individualité ! Son œuvre conduit à des déductions énormes. J'ai, comme lui, de grands élans de sensibilité et je ne vois jamais sans émotion un veau conduit à l'abattoir ou un chien lancé dans la Loire. Mais, comme Lacenaire, je déteste la société.

Et Lucien prend des poses. Il joue un rôle, il fait du théâtre. Il semble dire à tout le monde : « Regardez-moi bien, je ne suis plus Lucien Morisset, le petit clerc de notaire, le poète raté, je suis Lucien Morisset, le grand assassin ! »

Dans sa prison, Lucien écrit beaucoup. Pas des lettres, bien entendu. A qui écrirait-il ? Il écrit pour lui-même, comme il l'a toujours fait. Et, là encore, il pose. Il évoque avec complaisance son destin tragique. Voici ce qu'il consigne dans son journal : « Finirai-je comme Lacenaire ? Quand j'interroge fortement ma conscience. Elle me répond : c'est possible. Poète, voleur, assassin : la gradation est singulière ! Et je me dis tout bas, bien bas : j'ai déjà fait la moitié du chemin. »

Il va sans dire que, dans ces conditions, l'instruction ne dure pas longtemps. Il n'y a même pratiquement pas d'enquête. Un coupable qui est pris sur le fait et qui passe des aveux complets : que demander de plus ?

Un seul point cependant reste à éclaircir, et c'est le point capital : l'état mental de Lucien Morisset. L'expertise est confiée à l'illustre psychiatre de la Salpêtrière, le professeur Legrand du Saule. Le rapport qu'il dépose quelques semaines plus tard entre les mains du juge d'instruction mérite qu'on s'y attarde : « Lucien Morisset n'est pas fou, commence le professeur. Il n'est pas prédisposé héréditairement à la folie. Il a toujours été sobre : il n'est ni épileptique, ni halluciné, ni délirant, ni impulsif Aucun médecin en France ne le conserverait dans un asile d'aliénés. Il est donc conscient et responsable. »

« Toutefois, ajoute-t-il, Morisset a manqué d'éducation morale. Il n'a jamais connu sa mère. Il a été livré trop tôt à lui-même et s'est mal orienté dans la vie. En voulant acquérir un degré d'instruction auquel il n'était pas préparé, il s'est surmené intellectuellement. Il est intelligent, mais ambitieux et orgueilleux. Il a vécu d'illusions et n'a pas supporté de les voir s'écrouler. De plus, sous l'influence de lectures détestables, il s'est forgé une morale à son propre usage. Il est devenu un pervers. »

Et Legrand du Saule conclut :

« En considération de la fatigue cérébrale que Morisset s'est imposée, des exagérations passionnelles auxquelles il s'est laissé conduire et des circonstances insolites des actes commis, il se peut réellement que la responsabilité de l'accusé ait été atténuée. »

Aujourd'hui, il n'est pas du tout certain que les spécialistes ne concluraient pas à l'irresponsabilité. Cette coupure progressive avec la réalité, qui se manifeste chez le jeune criminel, laisse soupçonner une évolution vers la schizophrénie. En outre, la réaction au « Ah, ah, le voilà ! » de la chanson « Le beau Nicolas » semble indiquer un délire de persécution... Il n'en reste pas moins que le rapport du professeur Legrand du Saule est empreint d'une grande humanité.

Le procès de Lucien Morisset s'ouvre au début du mois de septembre 1881.

Dès la première séance, le public, les juges, les jurés sont frappés par l'attitude de l'accusé. Il est hautain, arrogant, cynique même. On dirait qu'il fait tout pour se rendre antipathique, odieux. En fait, il continue à jouer le rôle qu'il s'est imposé. Comme Lacenaire, il est devenu un assassin ; maintenant, comme Lacenaire, il doit être condamné à mort et exécuté.

Lucien contemple avec une froideur voulue le défilé de ses victimes. Il n'a pas un mot de regret ni un regard de pitié pour les deux jeunes gens blessés, ceux qui chantaient la chanson du « Beau Nicolas ». Il manifeste la même indifférence envers la famille de M. Dormier, qui a eu le malheur de se trouver en face de lui un soir de juin.

Mais quand le professeur Legrand du Saule est appelé à la barre, Lucien s'anime. Il sait que le professeur veut le sauver. Alors, dans un sursaut de désespoir, il repousse cette main qui se tend vers lui, la première, peut-être, et la dernière, peut-être aussi.

— Monsieur le président, je réclame la parole !

Le président la lui donne.

— Je déclare que je ne cherche ni atténuation ni excuse. Ce que j'ai fait, je l'ai parfaitement voulu. J'ai trop conscience de mes actes pour revendiquer la folie. Morisset juge condamnerait Morisset assassin. J'ai tué M. Dormier ; la loi a prévu le cas. Il n'y a pas d'hésitation à avoir !

Malgré tout, le professeur Legrand du Saule fait sa déposition. Le président s'accroche avec lui. Il ne comprend pas ce que signifie la notion de « responsabilité atténuée ». Un dialogue très serré s'engage entre les deux hommes.

Dans la salle, tout le monde se tait. Chacun a la sensation que c'est dans cet échange de répliques que se joue la tête de l'accusé.

Legrand du Saule ne modifie en rien sa déposition et il conclut avec fermeté :

— Je persiste à voir dans les travaux intellectuels exagérés de l'accusé, dans les anomalies de son jugement, dans les tentatives d'assassinat sur des inconnus et dans le meurtre même de M. Dormier, également inconnu de lui, des motifs de responsabilité atténuée.

Au cours des plaidoiries le procureur demande la mort, et l'avocat plaide la folie.

Le jury délibère pendant une heure et demie avant de revenir avec son verdict : l'accusé est coupable sans circonstances atténuantes. Il est condamné à mort... Pour la première fois, Lucien sourit. Il s'incline et salue les juges.

Lucien Morisset a été gracié par le président de la République et sa peine commuée en travaux forcés à perpétuité, soit en raison de son jeune âge, soit en raison des doutes qui subsistaient sur son état mental. Il n'aura pas eu le destin de Lacenaire...

On ne sait pas ce qu'il est devenu et c'est dans l'anonymat le plus complet que s'achève son histoire. Une histoire tragique, qui n'était, au fond, que celle d'une solitude.

MEURTRE EN DIRECT

— Elle est chouette, hein ?...

Nous sommes dans la banlieue de Toms Rivers, une ville moyenne du New Jersey, aux Etats-Unis. Michael Lassalle, seize ans, est en train de montrer à une demi-douzaine de camarades de son âge la photograhie d'une voiture sur un dépliant publicitaire en papier glacé.

— Qu'est-ce que vous en pensez, les gars ? La Toyota dernier modèle... J'ai décidé de me l'offrir pour mon anniversaire et je l'aurai !

Autour de lui, les réactions sont loin d'être enthousiastes.

— Ouais... Mais t'as pas l'âge de conduire et nous non plus.

— Le permis, ce n'est pas important.

— Et le fric ? C'est pas important, le fric ?

— J'ai fait des économies : 1 500 dollars...

— 1 500 dollars : sans blague ?... De toute façon, elle en vaut au moins vingt fois plus, ta Toyota !

Michael Lassalle hausse les épaules et saute sur sa moto fatiguée. Il disparaît dans une pétarade et un nuage de fumée, tandis que le dépliant, qu'il a jeté d'un geste rageur, tombe dans la boue...

Les autres reprennent une conversation languissante. Il ne s'agit pas d'une bande, d'un gang. Le quartier de Toms Rivers n'a rien de comparable avec les ghettos noirs ou hispano-américains de New York, de Chicago ou de Los Angeles. Pourtant, la vie n'y est pas facile et la violence y est bien présente. A cause de certains éléments, comme Michael Lassalle, justement. Il a déjà été condamné plusieurs fois pour vol et coups et blessures. C'est qu'il y a en lui quelque chose de dur, de mauvais et même d'impitoyable. Ses camarades le sentent bien, Michael Lassalle est capable de tout.

Katheleen Wenstein, quarante-deux ans, enseignante dans un centre de redressement pour adolescents, manœuvre pour se garer sur le parking d'un supermarché de Tom Rivers. Récemment divorcée, vivant seule avec un petit garçon de six ans, Katheleen Wenstein est restée coquette. Elle est coiffée et maquillée avec soin. Elle porte un manteau épais — car il fait froid, en ce mois de février 1990 —, mais de la meilleure coupe.

Non, Katheleen Wenstein n'a pas renoncé à plaire. A quarante-deux ans, ce serait baisser les bras bien vite ! Et c'est dans le même esprit qu'elle s'est récemment acheté une voiture neuve. Bien sûr, elle était un peu chère pour son budget, mais après son divorce, elle avait envie de faire une folie. Et puis, elle est si jolie, elle lui plaît tant, sa Toyota dernier modèle !

Katheleen Wenstein a terminé sa manœuvre. Elle coupe le contact... Elle n'a pas entendu le bruit qu'a fait la portière arrière. Une voix éclate dans son dos, une voix jeune.

— Redémarre ! On repart...

Elle fait un bond. La voix reprend d'un ton plus dur.

— Ne te retourne pas ! Remets le contact... Vite, je suis armé !

Katheleen Wenstein essaie de garder son sang-froid tout en obéissant aux ordres.

— Quitte le parking lentement... Tu vas sortir de Tom Rivers et prendre la nationale. Pas de blagues, hein ? La nationale, pas l'autoroute !...

Katheleen s'interroge. Quel âge peut-il avoir ?... Seize ans, pas plus. Exactement, celui des enfants difficiles dont elle s'occupe. Elle va arriver à le convaincre. Elle fait cela tous les jours et elle a toujours réussi. Allons, rien n'est perdu ! Il faut parler, c'est tout...

En ce jour de février 1990, le hasard vient de mettre en présence une enseignante spécialisée dans les adolescents à problèmes et un jeune délinquant. Maintenant, le dialogue va commencer entre eux, un dialogue dramatique, avec au bout la vie ou la mort.

La Toyota a quitté le parking ; elle roule à faible allure dans les faubourgs de Toms Rivers. Katheleen Wenstein a retrouvé la maîtrise d'elle-même. Elle se dispose à ouvrir la bouche, mais elle se ravise. Elle fait auparavant un geste, un geste que ne surprend pas l'adolescent et qui va avoir des conséquences que ni elle ni son interlocuteur ne peuvent imaginer... Voilà, c'est fait. Maintenant, elle peut parler...

— Tu veux bien qu'on bavarde un peu, tous les deux ?

— Regarde devant toi et t'arrête pas !

— Comment tu t'appelles ? Seulement ton prénom...

Pas de réponse...

— Alors, je vais t'appeler Jimmy. Ça te va ?

— Non. Je n'aime pas Jimmy. Je m'appelle Michael.

O.K. C'est ma voiture que tu veux, Michael ?

— Evidemment, cette blague !

Intérieurement, Katheleen Wenstein pousse un soupir de soulagement. S'il n'en a qu'après sa voiture, tout ira bien... Elle poursuit d'une voix plus assurée :

— Alors, je vais m'arrêter sur le bas-côté. Je vais rentrer à pied et toi, tu vas prendre le volant.

— Continue ! T'arrête pas !

— Mais puisque ce que tu veux, c'est la voiture...

— T'occupe ! Continue ! Et puis, d'abord, tais-toi !

— Mais, Michael...

— Tais-toi ou je te descends !...

Katheleen redevient tendue. Il y a quelque chose de méchant dans la voix qu'elle entend. Celui qui est derrière elle n'est pas un simple loubard de banlieue, un rouleur de mécaniques, qui veut une voiture pour épater sa petite amie. Non, il est réellement dangereux. Elle a trop d'expérience pour se tromper : sa vie est en jeu...

— Ecoute, tu n'as encore rien fait de grave. Ce serait bête de te mettre dans le pétrin.

— Je t'ai dit de te taire. Avance, et ne te retourne pas !

Katheleen Wenstein réfléchit aussi précisément qu'elle le peut... Elle est à peu près certaine que son agresseur n'est pas armé. Sinon, il ne lui aurait pas dit à deux reprises de ne pas se retourner. Au contraire, il lui aurait montré son arme ou il la lui aurait collée sur la nuque. Quand il est armé, un jeune en est fier ; il veut que cela se sache. Alors, elle pourrait tenter une manœuvre : freiner brutalement, faire une embardée, rentrer dans une autre voiture. Elle serait peut-être blessée, mais lui aussi...

Ce serait certainement la meilleure chose à faire mais, au dernier moment, elle y renonce. Elle ne se sent pas assez bonne conductrice et puis, il y a autre chose. Elle ne veut pas devoir la vie à ce procédé grossier. Si elle doit s'en sortir, c'est par la parole, par sa force de conviction...

Elle l'a dit tant de fois : on doit arriver à dialoguer avec tous les jeunes, c'est une question de pédagogie. Elle s'est même accrochée à ce sujet avec son directeur, qui lui reprochait son idéalisme, son excès de générosité. Mais elle va lui prouver le contraire... Elle doit reprendre le dialogue et la meilleure manière est d'interroger l'adolescent sur ses motivations.

— C'est pour une petite amie que tu veux la voiture ?

Pas de réponse.

— Non ? Tu n'as pas de petite amie ? Alors c'est simplement pour faire un tour ?

Pas de réponse.

— Je suis sûre que c'est cela. Tu habites la banlieue. Là-bas, tu t'ennuies et tu as envie d'aller ailleurs. Peut-être à la mer...

Sur la banquette arrière, c'est toujours le silence... Katheleen Wenstein sue à grosses gouttes. Si elle parvenait à établir le contact, elle est certaine qu'il ne lui ferait pas de mal, ou qu'au moins, il ne la tuerait pas. Mais voilà, elle n'y arrive pas... Enfin, ce n'est pas possible ! Elle a toujours réussi, même avec les plus durs.

— Tourne là !

« Là », c'est un chemin de terre au milieu de la forêt très dense qui a succédé aux faubourgs de Toms Rivers. Katheleen Wenstein sait qu'elle ne doit pas obéir. Une fois qu'elle aura tourné, elle sera à sa merci. Elle doit faire quelque chose, n'importe quoi : jeter la voiture dans le talus, la mettre en travers de la route, la lancer contre un arbre.

Mais elle s'exécute. Peut-être parce qu'elle garde malgré tout espoir dans sa force de conviction, peut-être parce qu'elle est subjuguée, comme les proies devant leur prédateur...

— Michael, je suis sûre que tu n'es pas mauvais !

Personne n'est mauvais. Il y a un avenir pour chacun d'entre nous. Ne brise pas le tien !

— Ralentis...

— Je veux que tu t'en sortes, Michael ! C'est ma vie de faire que les jeunes s'en sortent. Je ne t'ai pas dit mon métier. Je suis...

— Arrête-toi. Coupe le contact.

Il se passe alors quelque chose. La voix de Katheleen Wenstein change brusquement. Elle n'exprime plus que la panique. Elle n'essaie pas de convaincre son interlocuteur de quoi que ce soit, elle implore.

— J'ai un petit garçon de six ans. Il m'attend. Laisse-moi partir !

— Ne bouge pas. Ne te retourne pas...

— Prends ma voiture, mais ne me tue pas ! La voiture contre ma vie ! Michael...

Sans un mot, Michael Lassalle se jette sur le cou de la conductrice. Elle pousse un cri affreux, aussitôt étouffé. Il continue à serrer froidement et, lorsqu'elle ne bouge plus, il va la traîner dans un fourré.

C'est deux jours plus tard que des promeneurs retrouvent le corps de Katheleen Wenstein. Le shérif du lieu, aussitôt prévenu, arrive avec son adjoint. Il fouille dans le manteau de la victime pour chercher ses papiers, qui s'y trouvent effectivement, mais il fait une bien plus surprenante découverte.

— Bon sang, mais qu'est-ce que c'est que cela ?

Son adjoint est tout aussi étonné que lui.

— C'est un magnétophone de poche, il n'y a pas de doute...

— Elle n'a tout de même pas...

Si !... Le temps d'aller chercher des piles de rechange — car celles de l'appareil, branché depuis deux jours, sont mortes —, le shérif appuie sur le bouton et il entend tout le dialogue, depuis le début, d'une manière assourdie, mais distincte :

— Tu veux bien qu'on bavarde un peu, tous les deux ?

— Regarde devant toi et t'arrête pas !...

Tel était le geste qu'avait fait Katheleen Wenstein : brancher son magnétophone de poche. Quelles étaient alors ses motivations ? On ne le saura jamais... Peut-être laisser un indice en cas de malheur. Peut-être, plus vraisemblablement, car elle était persuadée, à ce moment, de s'en sortir, conserver pour elle-même un souvenir de ce moment dramatique.

Quoi qu'il en soit, grâce à elle, son cas est entré dans les annales criminelles. La police a pu assister à son meurtre comme si elle était présente dans la voiture.

Malgré cela, Michael Lassalle n'a été arrêté que deux semaines plus tard. Bénéficiant d'une chance insolente, le jeune homme, qui roulait sans permis, a pu traverser la totalité des Etats-Unis dans sa Toyota volée. Il ne s'est fait arrêter qu'en tentant de franchir la frontière mexicaine...

L'enregistrement a été diffusé intégralement à son procès, devant la cour d'assises des mineurs du New Jersey. Bouleversés, les juges, les jurés et les journalistes ont pu assister, pour ainsi dire en direct, aux efforts désespérés de Katheleen Wenstein pour essayer de sauver sa vie et à la totale impassibilité de son meurtrier, qui n'avait rien voulu entendre et qui avait accompli froidement son geste.

C'est sans nul doute cette pièce à conviction qui a fait condamner Michael Lassalle au maximum pour son âge, selon la loi du New Jersey. Il s'est vu infliger trente ans de prison, une peine qui lui interdisait pratiquement toute réinsertion future. C'était exactement l'inverse de ce qu'aurait souhaité sa victime.

Par-delà la mort, Katheleen Wenstein, l'éducatrice au grand cœur, avait perdu sa dernière bataille.

BINETTE

Il n'est vraiment pas beau, le malheureux Binette ! On peut même dire que la laideur est ce qui le caractérise le mieux. Il a seize ans pourtant, l'âge où l'on devrait commencer à plaire, mais pour lui, rien à faire. A tous les habitants du village de Saint-Pierre-l'Eglise, dans le Maine-et-Loire, il ne peut inspirer que le mépris, la dérision ou le dégoût. Pour le décrire, il n'y a pas de meilleure comparaison que ces images qu'on trouve parfois dans les rébus pour exprimer la syllabe « laid ». Oui, c'est cela Binette. Son visage est étroit et dévié, avec, au milieu, le nez qui penche d'un côté ; ses épaules sont inégales, la gauche s'abaisse fortement. Il est tout maigre, il a un pied bot et il boite. Sous son front bas, son regard rusé et fuyant semble contourner les objets et fuir les gens. En plus, il a des boutons ; mais cela du moins, on peut penser que c'est l'âge et que cela passera dans quelques années. Tandis que le reste...

Mais au fait, pourquoi s'appelle-t-il Binette ? Ce n'est pas un nom, Binette !

Ce n'est pas son nom, effectivement, il s'appelle Pierre Laborde. Son surnom lui vient de l'école. Le premier jour, à la rentrée, ses petits camarades ont bien rigolé en le voyant. Avec la cruauté des enfants, ils n'ont pas mis plus de quelques minutes pour lui trouver son surnom :

— T'as vu la binette qu'il a celui-là ?

— Binette, pourquoi t'as pas une tête comme tout le monde ?

Le petit garçon ne s'est pas fâché, il s'est même mis à rire plus fort que les autres :

— Oui, c'est vrai, je m'appelle Binette. C'est rigolo, hein ?

Depuis, le surnom lui est resté. Et Binette est le premier à en rire, car Binette aime beaucoup rigoler.

Dernier de sa classe, Binette est considéré par tout le monde comme un cancre, un paresseux, un mauvais sujet ; c'est à peine s'il arrive à lire et à écrire. Il faut dire que ce n'est pas si facile, quand on est débile et qu'on a, par-dessus le marché, des difficultés psychologiques. Mais à l'époque, dans les années quarante, ce ne sont pas des choses auxquelles on fait attention. Binette s'épuise à suivre les cours destinés à ses petits camarades normaux. Il y a longtemps que ses maîtres ont cessé de faire attention à lui et qu'ils le laissent tranquille, au fond de la classe, près du poêle.

Mais après tout, Binette s'en fiche ! Ce qui compte pour lui, c'est de bien rigoler. C'est cela sa conception, sa philosophie de la vie, si l'on peut dire : rigoler.

Et Binette rigole à sa manière, une manière comme on dit bête et méchante. Un de ses passetemps favoris est de prendre un grand bâton, d'y attacher au bout une aiguille et, les jours de marché, de piquer dans le dos les vieilles femmes. Son coup fait, il s'enfuit à toutes jambes en riant. Le rire de Binette, on le connaît dans le village, un rire méchant, déplaisant, avec, si l'on fait un peu attention — mais personne ne fait attention —, un arrière-fond de désespoir...

Voici un autre exemple, un autre bon tour de Binette : celui-là, il en a rigolé après pendant des mois et des mois. Il avait emprunté une brique à une voisine ; il la lui a rendue en la tenant par un bout, entourée d'une serviette. La voisine l'a prise par l'autre bout sans méfiance et a poussé un cri de douleur : la brique était brûlante, Binette l'avait passée au four !

Et la fois où il a enfermé sa grand-mère dans le clapier, avec les lapins : cela aussi c'était un bon coup, cela aussi, c'était rigolo !

Bien entendu, les victimes réagissent, elles vont se plaindre aux parents ; même les gendarmes viennent leur dire de tenir un peu leur garnement.

Mais qu'y peuvent-ils les parents ? Le père, dégénéré et alcoolique, ne fait plus rien depuis longtemps à la ferme. Il maltraite sa vieille belle-mère avec un sadisme évident. En fait, il ne s'intéresse qu'à une chose : son petit atelier de photo qu'il a installé dans une pièce où personne n'a le droit d'entrer. Et, pour le père Laborde, la photographie est un art bien particulier. Il adore faire des montages. Tantôt ce sont des clichés carrément pornographiques, tantôt des compositions macabres qui laissent rêveur. Ce qu'il adore par-dessus tout, c'est se représenter en guillotiné, descendant de l'échafaud, en tenant sa tête à la main. Comme on le voit, question rigolade, Binette a de qui tenir. Et, bien sûr, il ne faut pas demander à un père qui se livre à d'aussi passionnantes activités de s'occuper de son enfant.

Et la mère ? Elle, c'est autre chose : une espèce d'ogresse qui dirige tout dans la maison, vulgaire, brutale, grossière, bornée. Pour faire bonne mesure et ne pas être en reste avec son mari, elle maltraite aussi sa belle-mère. Elle n'est guère plus tendre avec son aîné Jean, un beau gaillard pourtant, le seul peut-être qui soit équilibré dans la famille et qui fait à lui seul marcher le domaine. Pourtant cette mégère a une faiblesse cachée, c'est justement le petit dernier, son petit Binette. A lui, elle passe tout. Elle envoie promener les gens du village, les voisines et même les gendarmes qui viennent se plaindre :

— Ce n'est pas méchant. Et puis quoi, il a bien le droit de s'amuser cet enfant !

On n'insiste pas. Les gens n'osent pas trop se frotter à la mère Laborde.

Début juillet 1952... Binette est plus laid et plus seul que jamais. A part sa mère, personne ne fait attention à lui, si ce n'est pour le menacer, lui dire de ficher le camp. En fait Binette n'a qu'un ami : un chien, un petit corniaud qu'il a recueilli un jour blessé sur la route, un sale chien, tout moche, que les autres n'aiment pas parce qu'il a une oreille arrachée, parce qu'il est estropié et qu'il est ridicule sur ses trois pattes. Binette aime bien son chien sans comprendre pourquoi. Il n'est pas assez intelligent pour cela. Il ne sait pas analyser, Binette, il ressent les choses, c'est tout.

Cet été 1952 est particulièrement chaud. Et il va s'en passer des choses... Dans un journal, Binette apprend par hasard que deux kilos d'arsenic peuvent empoisonner tout un village. Ça, c'est une nouvelle ! Il réfléchit, la bouche grande ouverte :

— Oh ben alors, c'est rigolo ! Il y en a plein de ce truc-là chez nous, pour la vigne et pour les patates. Et puis, un peu plus que deux kilos !

Effectivement, il y a dans la ferme des Laborde dix kilos d'arsenic sous une forme particulièrement dangereuse : liquide et concentré.

Binette va dans la remise, il prend un bidon du produit, et le transvase dans une fiole qu'il garde avec lui et qu'il cache soigneusement. A quoi pense-t-il ? A faire une bonne blague ? A rigoler un bon coup ? Pas encore, peut-être. Pour l'instant, il lui suffit de savoir qu'il a en sa possession, sous la main, une puissance terrible, de quoi détruire tout le village ! C'est sa revanche. S'il le voulait, il pourrait les tuer tous. Lui si petit, si laid, que personne n'aime, il est bien plus fort qu'eux !

Mais voilà, Binette est trop simple, trop primaire pour se satisfaire d'une vengeance symbolique. Qu'est-ce que cela veut dire pouvoir ? C'est simplement une idée, c'est suffisant pour l'amuser pendant quelques jours, mais maintenant, ce n'est plus drôle. Et puis, après tout, il faut voir si ça marche, ce truc-là, il faut voir si c'est vrai.

Binette va récupérer sa fiole là où il l'avait cachée, sous le tas de fumier. Maintenant, on va vraiment rigoler !... Le soir même, Binette va trouver son frère :

— Hé, on boit un coup ?

— Ouais, c'est pas de refus.

Une bonne rasade du produit, quand le frère a le dos tourné. Binette n'attend pas longtemps. Comme c'est rigolo de le voir gémir, se tordre, lui, son frère, le costaud, l'athlète, le beau garçon ! Comme c'est rigolo de l'entendre dire qu'il sent la paralysie qui lui monte peu à peu dans les jambes. Il ne peut plus marcher et il est là par terre à gémir.

Le médecin conclut à une maladie infectieuse qui laissera Jean Laborde paralysé pour toujours.

Et cela continue. Binette n'attend pas. Pourquoi attendre ? Qu'est-ce que cela veut dire, attendre ? Le lendemain, c'est son père qui a droit à l'arsenic dans son vin. Cette fois, c'est définitif. Le père meurt aussitôt. Malgré la coïncidence, le médecin n'a pas de soupçon. Cet alcoolique dégénéré pouvait mourir d'un instant à l'autre, et c'est peut-être la brusque maladie de son fils, survenue la veille, qui a causé le choc fatal.

Au mois d'août, c'est au tour de la grand-mère

maternelle. Toujours pas d'objection de la part du médecin. Elle avait son âge, un grand âge.

Mais quand, le 26 octobre 1952, c'est la grand-mère paternelle qui meurt, cette fois, même les esprits les moins soupçonneux ont brusquement des doutes. Trois décès en quatre mois, plus une maladie brusque et inexplicable, c'est quand même un peu trop. Le médecin refuse le permis d'inhumer. On demande une autopsie en même temps qu'une analyse des cheveux du frère aîné.

Les résultats sont ahurissants. Dans le foie de la grand-mère, on découvre vingt-neuf milligrammes d'arsenic par kilo. C'est une quantité énorme. C'est la même chose pour les cheveux de Jean Laborde. Le malheureux a ingurgité une dose d'arsenic capable de tuer plusieurs personnes. Seule une constitution exceptionnelle lui a permis de survivre. Alors, on exhume les deux autres corps, le père et la grand-mère maternelle. Les résultats de l'autopsie sont exactement les mêmes : une dose d'arsenic effarante.

Peut-on dire qu'il y a une enquête ? Il ne reste à la ferme que la mère Laborde et Binette, et on n'a pas besoin de réfléchir longtemps pour savoir lequel des deux est coupable.

Les gendarmes interrogent Binette pendant douze heures d'affilée. Au bout des douze heures, il avoue tout : les trois meurtres, la tentative sur son frère, la fiole qu'il a remise dans sa cachette, sous le tas de fumier. Pour le mobile, à la question des gendarmes :

— Mais pourquoi as-tu fait cela ?

Binette n'a qu'une réponse :

— Pour rigoler !

Pour rigoler... C'est l'unique mobile de Binette. On l'arrête, on le met en prison, on va bientôt le juger mais ce n'est pas cela qui va l'empêcher de rigoler, bien au contraire.

Dès qu'il est devant le juge pour enfants chargé de l'instruction, Binette revient sur ses aveux.

— J'ai dit ça parce que j'avais peur des coups. C'est pas vrai, c'est pas moi.

Mais si ce n'est pas lui, qui est-ce ? On a bien retrouvé la fiole sous le tas de fumier, avec ses empreintes et l'arsenic dedans. Personne ne peut croire à ce brusque revirement... D'ailleurs, la question n'est pas là, elle n'est plus là. La culpabilité ne fait aucun doute. Ce qui compte, c'est l'état mental de Binette, son degré de responsabilité.

Or Binette, depuis qu'il est en prison, continue à se livrer à son activité favorite : rigoler. Il faut dire qu'il rigole toujours à sa manière. Il se promène dans les cours et les couloirs de la prison déguisé en cow-boy, portant une pancarte sur laquelle il a écrit : « Je suis arsenic ».

Et malgré cela, malgré ses antécédents familiaux, malgré toute son enfance, malgré ses réponses aux policiers sur le mobile de ses actes, les psychiatres, après l'avoir longuement examiné et contre-examiné, concluent : « Simulation se greffant sur un état débile ». Aux yeux des psychiatres, Binette est donc responsable.

Son procès s'ouvre le 8 avril 1954, devant la cour d'assises pour mineurs d'Angers, car Pierre Laborde, dit Binette, qui avait seize ans au moment des faits, relève de cette juridiction. C'est un procès curieux, étrange, qui laisse une impression de malaise. Oh ! ce ne sont pas les faits qui sont douteux. L'empoisonnement est prouvé. Les experts toxicologues peuvent dormir tranquilles, la défense ne discutera pas leurs conclusions. Les doses d'arsenic sont tellement énormes, qu'il n'y a aucun doute : ce sont des meurtres. Quant à la culpabilité de l'accusé, elle est évidente.

Non, ce qui met les gens mal à l'aise, c'est Binette

lui-même. Dès son arrivée, quand il apparaît, entre deux gendarmes, il éclate de rire. Visiblement il a l'air de trouver que c'est une excellente plaisanterie : le cadre solennel, impressionnant d'une cour d'assises, la robe des trois juges et de son avocat, il trouve ça irrésistible ! Quelques minutes avant l'audience, il a déclaré justement à son avocat :

— Moi, m'sieur, je suis l'empoisonneur des juges.

C'est très drôle et c'est de cela sans doute qu'il rigole encore en arrivant au tribunal. Et, pendant tout le procès, Binette va offrir le même spectacle : un visage ravagé de tics, un sourire hilare, une bouche tordue d'allégresse qui découvre sans cesse ses dents cariées.

Entre Binette et le président, un homme austère, d'une grande dignité, qui est habitué aux adolescents difficiles et qui cherche à comprendre, le dialogue s'engage. Un dialogue de sourds, un dialogue de fous, quelque chose d'absurde, d'irréel.

— Vous avez tué votre père ?

— Ouais, j'ai versé du poison dans son vin.

— Pourquoi ?

— Pour rigoler.

Là, Binette rigole un coup. Il met une bonne minute à retrouver son souffle. Le juge pour enfants reprend calmement :

— Mais enfin, après votre père, vous avez empoisonné vos deux grand-mères ?

— Ouais.

— Alors pourquoi ?

— Je voulais savoir si c'était vrai que l'arsenic avait empoisonné mon père.

Et Binette étouffe de rire. Il promène sur l'assistance un regard qu'il veut malicieux. Il lance des clins d'œil. Il a l'air de dire : « Hein, elle est bonne celle-là ? »

Enfin, arrive le moment décisif : l'audition des psychiatres. Ils sont deux et ils sont formels l'un et l'autre : Binette n'est pas fou, il est responsable de ses actes. Sans doute, il est légèrement débile, mais toute son attitude, aussi bien en prison que pendant le procès, n'est que de la simulation. Binette n'est pas un malade mental. D'ailleurs on ne pourrait pas le garder plus de quarante-huit heures dans un asile, on ne soigne pas des gens comme lui.

Oui, c'est tout le problème en effet. Binette, qui a tué les trois quarts de sa famille pour rigoler, qui se promène dans sa prison déguisé en cow-boy, qui est là hilare depuis le début de son procès, Binette n'est pas fou. Il n'est pas fou parce qu'on ne pourrait pas le soigner, parce que son anomalie n'entre pas dans la liste de celles qui sont connues, reconnues par l'Administration.

Les psychiatres l'ont décidé : Binette est tout à fait normal, Binette est quelqu'un comme vous et moi au même âge. On va donc pouvoir le juger et le punir comme tel. Quand le président, d'une voix légèrement émue, annonce que l'accusé est condamné à trente ans de prison, une peine très lourde pour un coupable de seize ans, chacun retient son souffle. Alors, dans le silence total, Binette éclate de rire, d'un fou rire comme on n'en a jamais entendu, qui le secoue tout entier. Il en pleure tant c'est rigolo et il rit encore, tandis que les gendarmes l'emmènent...

Pierre Laborde dit Binette n'a pas fait trente ans de prison, il n'en a fait que douze. Non pas qu'il ait été libéré pour bonne conduite, il s'est très mal conduit — avec ses plaisanteries continuelles, il s'est fait détester de tout le monde —, mais il est mort, tout simplement... On n'a jamais su exactement de quoi. Un soir d'hiver, on l'a retrouvé sans vie dans sa cellule. On a pensé à un suicide, mais non, il ne s'était pas suicidé. On a conclu à une mauvaise fièvre. Il est vrai qu'il faisait froid et que la prison n'était pas très bien chauffée. En fait, le malingre Binette était de constitution fragile et il a suffi de pas grand-chose pour l'emporter...

Mais, pendant ses douze ans de détention, qu'est-ce qu'il a pu rigoler ! Gardiens et détenus peuvent en témoigner. On n'entendait que cela dans la prison : son rire. Vous savez, le fameux rire de Binette, ce rire méchant, déplaisant, avec, si l'on y fait attention — mais personne, jusqu'au bout, n'a fait attention —, un arrière-fond de désespoir.

LES TIGRESSES DE NEW YORK

Aussi loin qu'elle remonte dans sa mémoire, Lori Andino ne se souvient que de cris. Les cris de colère de son père, les cris de souffrance de sa mère, les siens, un peu plus tard... Les cris des voisins et voisines aussi, car, dans tous les foyers, c'était la même chose.

Par malheur pour elle, Lori Andino, née en 1981, a vu le jour dans un des lieux les plus violents du monde : le ghetto latino-américain du Bronx, à New York... Il est difficile d'imaginer un environnement plus désespérant : des immeubles complètement délabrés, des maisons détruites par les incendies, des magasins vides aux fenêtres grillagées, des caniveaux débordant de détritus où se battent les rats.

Sa mère, Zulma, est une Portoricaine, son père, Angelo Andino, un émigré d'origine italienne... C'est de son père qu'elle se souvient surtout, du moins au début. Les premières années, il la laisse tranquille, mais dès qu'elle a six ans environ, c'est contre elle qu'il passe ses nerfs.

Angelo n'est pas dealer comme tant d'autres, mais mendiant dans le métro. Lorsqu'il rentre, il est immanquablement ivre et les coups pleuvent. Les coups, on ne peut pas les éviter, mais on peut empêcher qu'ils ne fassent trop mal. C'est sa mère qui lui montre le moyen : quelques joints et quelques cannettes de bière en fin d'après-midi et, le soir, on est assez défoncée pour ne pas sentir la douleur. A neuf ans, Lori est parfaitement rodée à cet exercice. Mais c'est à ce moment que tout va basculer.

Il faut dire que, malgré la drogue, l'alcool et la malnutrition, Lori est devenue mignonne, avec son type latin très prononcé et ses allures de petit animal sauvage... Ce soir-là, Angelo commence à la battre, comme d'habitude, et, brusquement, il s'arrête. Il la regarde avec des yeux brillants.

— Mais dis donc, viens un peu ici, toi !...

Il s'approche d'elle et, malgré sa résistance, commence ses caresses. Zulma, dans ces moments-là, a pris l'habitude d'aller boire une bière ou deux dans la pièce à côté, mais tout d'un coup, elle, l'effacée, la soumise, se révolte. Elle ne permettra pas que son mari viole sa fille ! Elle fait irruption et le frappe de toutes ses forces, avec sa bouteille entamée. Complètement surpris, Angelo tombe, la tête ensanglantée. Il tente de fuir, mais elle le poursuit sur le palier, frappant et frappant encore. Et elle s'acharne toujours, alors qu'il est à terre, inanimé et déjà mort.

— Vous avez bien fait !...

C'est la voisine qui vient de parler, Trinna Sanchez, une Cubaine. Elle vit seule. Son mari a été tué par balles ; sa fille et ses deux fils, elle ne sait pas où ils sont, mais ils sont vivants : ils reviennent de temps en temps... Elle répète, en montrant le corps, alors que Zulma a pris sa fille dans ses bras.

— C'était tout ce qu'il méritait. Vous avez bien fait !

Zulma Andino s'exprime avec un calme dont sa fille ne l'aurait pas crue capable.

— D'accord, mais maintenant ?

— Il vaut mieux ne pas rester ici. Je vais vous faire rencontrer quelqu'un de la Nation...

« La Nation », c'est-à-dire : « La Nation toute-puissante des rois et reines latinos »... Lori a déjà entendu prononcer ce nom, à mi-voix, avec crainte. Elle a vaguement compris qu'il s'agissait d'une association qui domine le ghetto latino-américain de New York.

Et la personne à qui la Cubaine présente Zulma, dans un terrain vague, au petit matin, n'est pas n'importe qui ! C'est Daniel Flores, dit « le roi aux yeux verts », roi suprême de la Nation toute-puissante des rois et reines latinos, c'est-à-dire ni plus ni moins son chef

Il se tient au milieu d'hommes et de femmes en armes, la plupart très jeunes... Lori l'examine avec crainte et émerveillement. Il a effectivement les yeux verts, ce qui produit un contraste saisissant avec son type andalou. Elle se dit que c'est peut-être à cette rareté de la nature qu'il doit son titre prestigieux.

La Cubaine explique en quelques mots ce qui s'est passé au cours de la nuit. Le « roi suprême » détaille Zulma de ses yeux verts, puis il prend la parole.

— D'accord. Mais il faut payer ton entrée : coucher avec moi ou le passage à tabac. Tu choisis !

Zulma Andino a un sourire de défi. En quelques heures, elle s'est totalement métamorphosée.

— Le passage à tabac.

Daniel Flores a un hochement de tête où on sent la surprise, mais aussi l'admiration. Il claque des doigts et trois garçons s'approchent... L'instant d'après, Zulma Andino est rouée de coups sous les yeux de sa fille. Mais Lori supporte sans trop de mal le spectacle. Elle a l'habitude et, pour une fois, cela va servir à quelque chose. Elle ne dit rien lorsqu'elle voit sa mère s'écrouler... Daniel va la ranimer en lui versant un seau d'eau sur la tête. Et elle est encore toute dégoulinante, lorsqu'il lui fait prêter le serment de la « Nation toute-puissante des rois et reines latinos ».

— Répète après moi : « Au nom de l'honneur, de l'amour, de l'obéissance et du respect, je suis prête au sacrifice... »

Zulma s'exécute. Le roi lui remet alors un revolver de gros calibre.

— Tu fais partie des nôtres. On va te tatouer une larme.

— Une larme ?

— Tu as bien tué ton mari, non ? Dans la Nation, les reines se tatouent une larme sous les yeux à chaque meurtre.

Sur un nouveau geste de sa part, une fille sort du groupe pour lui tatouer sa larme. Quand elle a fini, elle lui désigne l'arme qu'on vient de lui donner. La petite Lori ne perd pas un mot de ses paroles.

— J'ai vu douze fois des gens se faire descendre et, quatre fois, c'étaient des filles qui tiraient. Une fille qui tire, on la respecte : n'oublie jamais ça. Quel âge tu as ?

— Vingt-trois ans.

— Tu l'as eue tôt ta môme, alors ?

— Quatorze...

Daniel Flores s'approche de Zulma. Il a changé d'attitude. Ce n'est plus le chef autoritaire, qu'il était. Il parle d'une voix différente, radoucie.

— Cela te plairait d'habiter chez moi ?

Zulma Andino regarde l'Hispanique aux yeux verts, chef de la Nation toute-puissante des Latinos. Elle prend son temps avant de donner sa réponse.

— Oui, mais il faut que Lori vienne avec moi.

— D'accord.

— Et il faut que tu me fasses une promesse : tu ne la toucheras pas.

Le roi suprême aux yeux verts détaille la petite

Lori, qu'il n'avait pas encore remarquée jusqu'à présent, puis il dit une seconde fois :

— D'accord.

Pour Lori, la vie est transformée du jour au lendemain. Finis, les coups quotidiens d'un père ivrogne. Daniel Flores, le roi aux yeux verts, se montre aussi gentil avec elle qu'il sait se montrer dur et brutal comme chef de la Nation des Latinos... Sa mère participe à ses actions violentes : elle en a la preuve en voyant les larmes tatouées s'accumuler sous ses yeux. Zulma n'est plus la femme d'un mendiant minable et alcoolique du métro, c'est devenue une tueuse, une terreur !

Lori a douze ans, lorsque sa mère lui apprend la mort de Daniel Flores. Il a été tué dans une rue sombre, d'un coup de feu tiré d'on ne sait où. Il s'agit peut-être d'une vengeance, peut-être d'un ivrogne ou d'un drogué qui tirait sur tout ce qui bouge, comme cela se voit souvent, peut-être encore, tout simplement, d'une balle perdue.

Quoi qu'il en soit, Zulma ne s'attarde pas à pleurer son compagnon. Elle réagit avec l'énergie qui est désormais la sienne. Une nouvelle réunion a lieu dans le terrain vague. Elle annonce la mort de Daniel et dit :

— Le prochain roi suprême de la Nation toute-puissante des rois et reines latinos sera une reine et ce sera moi !

Personne n'émet d'objection. Seul un silence respectueux fait suite à cette déclaration. Lori Andino est très fière, tandis qu'elle se tient aux côtés de sa mère. La voilà donc fille de la reine suprême ! Elle est en train de vivre une sorte de conte de fées, avec la violence en plus. Elle n'a qu'à se laisser porter, vivre dans ce nouveau milieu, sans se poser de questions...

Et c'est ce qu'elle fait pendant trois ans. Elle vend

du crack dans les rues du ghetto. C'est dangereux, mais vu sa position au sein du gang, elle a du monde autour d'elle pour la protéger.

Elle a quinze ans lorsque se produit un nouveau coup de tonnerre : sa mère est arrêtée. Zulma Andino, prise les armes à la main avec d'autres rois et reines, est conduite au Metropolitan Maximum Security Correctional Center de Manhattan, la prison la plus violente des Etats-Unis, où il faut signer avant d'entrer une décharge pour le cas où on se ferait blesser ou tuer... Lori vient la voir quinze jours après. Au parloir, Zulma a gardé toute sa combativité, même si elle est fataliste.

— Pour moi, c'est fini. Je n'y couperai pas de la perpétuité. C'est à toi que je pense. Je ne suis plus reine suprême, mais on va s'occuper de toi...

Lori aussi a eu le temps de réfléchir. Et son idée est bien arrêtée.

— Non, maman, je ne veux pas faire partie de la Nation. Je veux fonder ma propre bande.

— Ce n'est pas si simple, tu sais.

— Si, c'est simple. Il suffit de tirer ! Une fille qui tire, on la respecte. Moi, ce sera un gang rien qu'avec des filles. Je lui ai même trouvé un nom.

— Dis voir...

— Les Tigresses de New York.

L'ancienne reine suprême regarde sa fille sans surprise. Lori tient d'elle, c'est normal.

— Comme tu voudras... Je vais te donner de l'argent. Ça t'aidera. Je te le ferai porter par le premier ou la première qui sera libéré.

— Comment tu aurais de l'argent en prison ?

— Facile ! Nous, les rois et les reines, on rançonne les autres prisonniers. On a des lames de rasoir cachées sous la langue et ceux qui ne veulent pas payer ont un 150, une croix sur le dos qu'il faut 150 points de suture pour refermer...

Commence alors l'aventure de Lori Andino et l'épopée tragique des Tigresses de New York. Lori recrute sans mal dans les bas-fonds de New York. Elle choisit ses hommes ou plutôt ses femmes de main, très jeunes, de treize à quinze ans. Elles ont toute une revanche à prendre sur la vie ; sur la vie, mais aussi sur les hommes. A toutes, Lori répète la phrase de celle qui a tatoué à sa mère sa première larme :

— N'oublie jamais : une fille qui tire, on la respecte !

L'une de ses recrues, Alyson Campos, âgée de treize ans, se présente avec un enfant d'un mois dans les bras. Lori lui demande qui est le père. La fille hésite et se jette à l'eau.

— Il est de mon père... Quand je l'ai dit à ma mère, elle m'a traitée de chienne et elle m'a foutue dehors. Alors, j'ai entendu parler des Tigresses et je me suis dit...

— Tu t'es dit qu'on t'accueillerait et tu as raison. Moi aussi, j'ai failli être violée par mon père. Ici, on a toutes vécu la même chose. Sois la bienvenue !

Telle est la force des Tigresses de New York. Le gang a pour but le gain par le crime, mais il offre à celles qui n'ont connu que le pire le premier visage de la fraternité... Par la suite, Alyson, justement, va devenir une des Tigresses les plus redoutables, une véritable enragée ne craignant personne. A Lori qui la complimentera, elle se contentera de répondre :

— Chaque fois que je tire sur quelqu'un, je pense que je tire sur mon père !

Alyson, qui après chaque action violente voit ses yeux se couvrir de larmes tatouées, tout comme ceux de son chef Lori Andino. C'est le seul emprunt qu'elle a fait aux reines latinos, avec lesquelles, d'ailleurs, elle continue à entretenir de bons rapports : la pratique de marquer chaque meurtre d'une larme...

Bientôt, c'est une véritable terreur que font régner les Tigresses de New York. Cette forme de banditisme exclusivement féminin et très jeune est, en effet, tout nouveau, même s'il se développe au même moment dans d'autres banlieues déshéritées des Etats-Unis. La police est prise de court devant cette délinquance qui ne correspond pas à ses schémas. Pour elle, les adolescentes ne sont capables que de vols mineurs ou alors de se livrer à la prostitution. Il en est de même pour les gangs adverses, qui sous-estiment les Tigresses et ne tardent pas à être débordés par leurs actions ultra-violentes.

Janvier 1997... La police s'est enfin décidée à réagir devant ce qui devient, à New York et ailleurs, un phénomène de société, un problème national : les gangs féminins. Les Tigresses sont la priorité absolue des autorités new-yorkaises. Lori Andino vient d'avoir seize ans et elle s'est fait tatouer sa huitième larme, quatre par œil. Bientôt leur nombre atteindra celui de ses années.

La police est bien décidée à ne pas attendre jusque-là. Il faut éliminer coûte que coûte ces Tigresses, qui non seulement ont un nombre impressionnant de meurtres à leur actif, mais qui donnent des idées aux autres filles. Toutes les Latinos les admirent. Il paraît qu'on se bat entre gamines de onze ans pour avoir l'honneur de faire partie de leur gang.

Le 30 janvier, la police monte une opération de grande envergure dans le Bronx, sans doute à la suite de renseignements. Lori et les siennes tombent dans un guet-apens. Elles tirent les premières, mais elles n'ont que des revolvers et les policiers répliquent à l'arme automatique. Huit filles restent sur le sol, six sont blessées, deux sont mortes. L'une d'elles est Lori Andino. Les policiers la ramassent dans le caniveau, criblée de balles.

Ainsi s'est terminée la courte existence du chef des Tigresses, fille de la reine des Latinos, princesse d'un royaume dérisoire, fait d'immeubles éventrés et de monceaux d'ordures. Sa domination sur quelques rues de New York, au prix de crimes, de violences et de cruautés quotidiennes, ne pouvait être qu'éphémère et elle le fut. Malgré sa courte revanche sur le sort contraire et la méchanceté des hommes, sa fin ne pouvait être que tragique, et elle le fut. L'histoire de Lori Andino ne pouvait être que tragique et elle le fut. La preuve : lorsqu'on l'a emmenée sur son brancard, ses yeux étaient pleins de larmes.

L'AQUARIUM

Nous sommes à Paris, pendant l'hiver 1954. Deux gardiens de la Santé échangent quelques commentaires, après avoir apporté son repas au détenu 2310, en internement préventif dans le quartier des mineurs.

— Il en a un appétit, celui-là !

— Dame, il a quinze ans...

— N'empêche qu'on le nourrit aux frais du contribuable. Engraisser du gibier de potence, je te demande un peu !

— Tu sais ce qu'il a fait, toi ?

— Il a tué un petit vieux qui promenait son chien.

— Pour lui prendre son fric ?

— Même pas. Sans raison. C'est ce qu'on dit...

— Alors, il est dingue.

— Non. Sans quoi, il ne serait pas chez nous. Il a le mal dans le sang, voilà. De la graine de guillotine, je te dis !...

« Graine de guillotine », « gibier de potence » : Georges Garnier, quinze ans, n'a cessé d'entendre ce genre d'expression dans la bouche des policiers depuis son arrestation. Et, après tout, cela semble mérité. C'est vrai, comme l'a dit le gardien, qu'il a tué sans raison un retraité qui sortait son chien et c'est tout aussi vrai qu'il n'est pas fou : le psychiatre qui l'a examiné l'a déclaré parfaitement sain d'esprit.

Alors qu'est-ce qui a pris à ce gamin parisien de quinze ans ? A-t-il vraiment le mal dans le sang ?... La seule manière de le savoir est de connaître son histoire.

Raymonde Garnier a de la chance dans son malheur. C'est, en tout cas, ce que lui disent les locataires de cet immeuble bourgeois de la rue de la Bienfaisance, dans le VIIIe arrondissement. Raymonde est veuve de guerre, avec deux enfants à charge, et c'est à ce titre qu'elle a obtenu son poste de concierge.

Mais si le malheur de Raymonde Garnier est incontestable, sa chance est moins évidente. Est-ce que la perte de son mari a été compensée par son emploi de concierge ? A cette question, le petit Georges Garnier répond sans hésitation « non ».

Il n'a pas connu son père. Il n'avait que quelques mois quand celui-ci est parti pour la guerre, en 1939. Il a été fait prisonnier et il est mort en captivité... De ses premières années d'existence, Georges Garnier ne garde qu'un souvenir confus. L'exode l'a conduit avec sa mère à Saint-Etienne. Il se rappelle vaguement une ville triste et froide. C'est là que lui est venu un petit frère. De qui était-il ? Il ne l'a jamais su. Il ne se souvient pas d'un homme habitant avec eux et sa mère ne lui a rien dit...

Toujours est-il qu'à la Libération Raymonde Garnier et ses deux fils rentrent à Paris. Elle végète quelque temps avec eux et quand, au milieu de l'année 1945, elle est informée officiellement du décès de son mari, elle se voit attribuer cette loge de concierge... Georges a six ans et il découvre la « chance » qui est la sienne.

Si l'immeuble est bourgeois, bâti en pierre de taille, avec tapis rouge dans l'escalier, la loge n'est qu'un réduit : une seule pièce de quatre mètres sur quatre, avec un cabinet de toilettes. Les WC proprement dits sont dans la cour et il faut la traverser entièrement pour s'y rendre.

Ils sont quatre à vivre dans la loge : Raymonde, quarante et un ans à l'époque ; un nouveau venu : son amant Sylvestre, âgé de vingt ans de moins qu'elle, qui serait, selon lui, un des responsables de la Résistance parisienne ; le jeune frère de Georges, prénommé Joël, à présent âgé de quatre ans, qui se révèle en prenant de l'âge handicapé mental ; et Georges lui-même.

Si, dans la journée, tout se passe à peu près convenablement, la nuit, la cohabitation dans la loge est un enfer. Après le dîner, il faut pousser la table, la mettre debout contre un mur et sortir les lits ou ce qui en tient lieu : un matelas à deux places, roulé pendant la journée, pour Raymonde et son jeune amant, des lits de camp pliables pour les garçons.

Les conditions quasi bestiales de cette promiscuité ne sont pourtant pas ce qu'il y a de plus insupportable. Il y a pire.

La loge, comme toutes les autres, est fermée par une porte-fenêtre et le règlement de copropriété stipule que son rideau doit être ouvert nuit et jour pour permettre de surveiller les allées et venues des locataires. Dans la pratique, cela signifie que ces mêmes locataires peuvent plonger le regard à tout instant dans la pièce. Raymonde et les siens sont comme des animaux dans un zoo, des poissons dans un aquarium...

C'est dans ces conditions que grandit le petit Georges. A l'école communale de son quartier, il n'est pas bon élève ; ses devoirs, en particulier, sont des plus médiocres. Il faut dire qu'à la maison, il n'est pas dans les conditions idéales pour les faire. Il traîne beaucoup dans les rues, aussi. Il fait partie d'une bande de gamins qui s'amusent sur le trottoir. Raymonde le lui reproche.

— Pourquoi est-ce que tu es toujours dehors ? Des locataires me l'ont encore fait remarquer...

Georges hausse les épaules et ne répond pas. Il n'ose pas dire qu'il reste dehors parce que habiter dans la loge le dégoûte et surtout lui fait honte. Oui, il meurt de honte de coucher tous les soirs dans ce qu'il n'appelle plus que « l'aquarium ».

Automne 1954... Georges Garnier a quinze ans. Il vient de rentrer en classe pour ce qui doit être normalement sa dernière année. Il a raté son certifcat d'études l'année précédente mais, cette fois, il espère bien l'avoir. Après, il ne sait pas ce qu'il fera. Il voudrait entrer en apprentissage quelque part et surtout être logé sur place. N'importe quoi lui conviendrait, même un taudis, même un placard, pourvu qu'il y ait une vraie porte. A ce moment-là, il se sentira enfin comme tout le monde. Il pourra vivre !

Mais en attendant, il a une année entière à tenir et les conditions de vie dans l'« aquarium » ne se sont pas arrangées, loin de là. Raymonde Garnier a maintenant cinquante ans. Sylvestre est toujours à ses côtés. A trente ans, il n'a jamais rien fait de ses dix doigts. Non seulement ses exploits dans la Résistance étaient imaginaires, mais il s'est révélé comme un alcoolique notoire. Il vit aux crochets de Raymonde, ce qui n'empêche pas cette dernière de lui conserver toute sa tendresse. Faut-il préciser que Georges ne nourrit pas les mêmes sentiments à l'égard de celui qui, dans le foyer, tient la place du père ?

Raymonde Garnier manifeste également beaucoup d'affection pour son petit dernier, Joël, sans doute à cause de son état de santé. Il n'est décidément pas normal. Joël est débile léger ; il a bien plus de mal à suivre en classe que Georges lui-même et il a des crises de somnambulisme, ce qui donne le charme supplémentaire qu'on imagine aux nuits dans l'aquarium...

Toutes ces épreuves accumulées finissent par rendre la vie totalement insupportable au jeune Georges. Il n'en peut plus et sa scolarité s'en ressent ; ses résultats sont médiocres, ce qui le contrarie plus encore : il voit s'envoler la perspective du certificat d'études et de fuir l'enfer familial. Alors, il devient amer, puis violent.

Il devient délinquant, aussi, même si, par chance pour lui, il ne se fait pas prendre. Il va voler dans les caves des locataires. Ce n'est pas pour le butin, car il va jeter le produit de ses larcins dans les poubelles de la rue à côté. Non, c'est de l'immeuble qu'il se venge, de l'immeuble, qui lui impose la honteuse promiscuité de l'aquarium.

Il essaie d'en parler à sa mère, de la faire réagir. Mais Raymonde, qui, en plus de sa tâche de concierge, multiplie les ménages pour faire vivre son compagnon et ses deux fils, est une femme fatiguée, résignée et soumise.

— Mais enfin, maman, tu ne peux pas accepter une vie pareille !

— Nous avons un toit et de quoi manger. Pense à tous ces malheureux qui meurent de froid et de faim dans la rue.

— Tu peux supporter cet aquarium où les gens nous regardent comme des bêtes ?

— Tais-toi ! Je ne veux plus t'entendre prononcer ce mot-là !

Mais Georges Garnier ne cesse de le prononcer, ce mot. L'aquarium est son obsession, son cauchemar. Il est de plus en plus amer, presque méchant. Il refuse de renseigner les visiteurs quand sa mère est dans les escaliers ; il répond avec insolence aux habitants de l'immeuble. Et puis, brusquement, il n'y tient plus, il franchit le pas !

Un soir, alors qu'on procède à la cérémonie quotidienne de la mise en place des lits, il s'empare de deux grands morceaux de nappe en papier qu'il avait préparés et les colle sur les carreaux de la porte... Sa mère se précipite, affolée.

— Tu es fou ! Qu'est-ce que tu fais ?

— Je ferme l'aquarium. J'en ai marre qu'on soit des poissons !

Raymonde Garnier appelle son concubin à la rescousse, mais Sylvestre s'est déjà allongé sur le matelas pour cuver son vin. Elle se retourne vers la porte-fenêtre et contemple le grand rectangle blanc, là où n'était visible jusqu'ici qu'un trou noir où on pouvait imaginer des paires d'yeux invisibles braqués vers la loge... Elle n'a jamais su faire preuve d'autorité. Elle se contente de pousser un soupir.

— Quand même, tu as tort. Que va dire le gérant ?...

Le gérant, il est là, le lendemain matin à 8 heures. Il habite l'immeuble et il a été prévenu, par un locataire rentré la nuit, de l'incroyable audace des concierges... Il fait irruption dans la loge, rouge de colère.

— Qu'est-ce que c'est que ce papier sur les vitres ?

Raymonde bégaie de confusion.

— C'était juste pour la nuit. Je l'ai enlevé quand je me suis levée à 6 heures... Vous voyez, il n'y est plus...

— La nuit, justement, vous devez surveiller les allées et venues suspectes. C'est écrit en toutes lettres dans votre contrat !

— Je sais, mais...

— Mais quoi ? De quel droit avez-vous pris cette initiative ?

— Ce n'est pas moi, c'est mon fils Georges.

En entendant ce nom, le gérant a un sourire mauvais.

— Cela ne m'étonne pas... Parlons-en, de celui-là ! Des locataires se sont plaints. Il leur a répondu avec impolitesse. Et puis, il y a ces vols dans les caves... Je suis navré de vous le dire, madame Garnier, mais une pétition circule dans l'immeuble. Après ce qui s'est passé cette nuit, je vais donner suite. Je vais demander votre expulsion !

Raymonde Garnier se décompose. Elle porte les mains à son visage.

— Je vous en supplie, ne faites pas cela ! Je vais parler à mon fils et il ne recommencera plus. Je vous le jure !...

Le gérant ne répond rien. Il se contente de marmonner quelques paroles indistinctes et il quitte la loge... Ce jour-là, Georges Garnier ne rentre que tard le soir, alors que la famille est en train de dîner. Et, dès qu'il arrive, pour la première fois de sa vie, sa mère hausse le ton. Elle est même hors d'elle. La menace d'une expulsion est trop grave...

— Tu es un bon à rien, un voyou ! A cause de toi, nous allons tous nous retrouver à la rue !

Et les reproches succèdent aux injures... C'est un véritable torrent, un déluge ! Raymonde Garnier crie, se déchaîne. Elle déverse contre son fils tout ce que la vie a accumulé en elle de rancœur... Georges ne répond rien, il claque la porte, la porte vitrée responsable de tout, et s'en va. En se retournant, il voit sa mère en train de sangloter, accoudée sur la table. Il la voit, comme pourrait la voir n'importe quel locataire arrivant à ce moment-là ; il la voit dans l'aquarium, étalant aux yeux de tous son désespoir et sa misère...

Georges Garnier marche longtemps dans les rues

de Paris. Il va au hasard, ruminant des idées de vengeance, jusqu'à ce que ses pas le ramènent devant chez lui. Il est rempli de haine. Pas contre sa mère : c'est une victime, comme lui-même. Non, c'est cet immeuble qui lui fait face qu'il hait, cet immeuble bourgeois, cossu, ventru, qui cache dans sa panse un réduit où des êtres humains sont entassés comme des bêtes et livrés aux regards, comme des poissons dans un aquarium !

C'en est trop pour Georges. Il faut qu'il fasse quelque chose, n'importe quoi, sinon, il va exploser !... Il voit alors la porte d'entrée s'ouvrir et une silhouette s'encadrer dans la porte cochère. C'est M. Lépreux, le retraité du deuxième, qui sort avec son chien. Comme, il le dira plus tard aux policiers, puis aux juges pour enfants, Georges Garnier ne sait pas ce qui s'empare de lui en cet instant. Il se précipite, les mains en avant, il se jette sur le cou du vieil homme, serre de toutes ses forces jusqu'à ce qu'il tombe à terre et s'enfuit en courant dans la nuit.

L'alerte est donnée rapidement par un passant. La police quadrille le quartier et finit par retrouver l'adolescent, qui errait dans la salle des pas perdus de la gare Saint-Lazare. Il ne fait aucune difficulté pour avouer et, après que le psychiatre l'eut reconnu responsable, il est enfermé dans le quartier des mineurs de la Santé.

Telle est l'histoire de Georges Garnier, meurtrier à quinze ans, que la cour d'assises pour mineurs de la Seine a condamné à dix ans de prison. Chacun peut à présent juger s'il était bien un gibier de potence, une graine de guillotine... La vie, en tout cas, a apporté une réponse : jamais, par la suite, on n'a reparlé de lui dans la rubrique des faits divers. Il semble qu'après avoir purgé sa peine, il ait mené une vie honnête, une vie comme tout le monde.

C'est qu'en prison, Georges Garnier, contrairement aux autres, a dû trouver des raisons d'espérer, puiser les forces nécessaires pour s'en sortir. Car, en prison, les portes ont bien un judas, mais elles ne sont pas vitrées et une cellule, c'est infiniment plus digne qu'un aquarium !

Table

PAPIER À BASE DE
FIBRES CERTIFIÉES

Le Livre de Poche s'engage pour
l'environnement en réduisant
l'empreinte carbone de ses livres.
Celle de cet exemplaire est de :
550 g éq. CO_2
Rendez-vous sur
www.livredepoche-durable.fr

Composition réalisée par JOUVE

Achevé d'imprimer en février 2014 en Espagne par
Black Print CPI Iberica, S.L.
Sant Andreu de la Barca (08740)
Dépôt légal 1re publication : décembre 2000
Édition 12 : février 2014
LIBRAIRIE GÉNÉRALE FRANÇAISE – 31, rue de Fleurus – 75278 Paris Cedex 06

31/4981/2